나를
닮은
사람

WATASHI NI NITA HITO

Copyright©2013 Tokuro Nukui, All rights reserved.

Original Japanese edition published in Japan by Asahi Shimbun Publication Inc., Japan.

Korean Translation copyright © 2017 by ELIXIR, an imprint of Munhakdongne Publishing Corp.

All rights reserved.

Korean translation rights arranged with Asahi Shimbun Publication Inc., Japan.

through Imprima Korea Agency.

이 책의 한국어판 저작권은 Imprima Korea Agency를 통해 Asahi Shimbun Publication Inc.와의 독점 계약한
'엘릭시르, (주)문학동네'에 있습니다. 저작권법에 의해 한국 내에서 보호를 받는 저작물이므로 무단 전재와
무단 복제를 금합니다.

이 도서의 국립중앙도서관 출판예정도서목록(CIP)은 서지정보유통지원시스템 홈페이지(http://seoji.nl.go.kr)와
국가자료공동목록시스템(http://www.nl.go.kr/kolisnet)에서 이용하실 수 있습니다.
CIP제어번호 : CIP2017011317

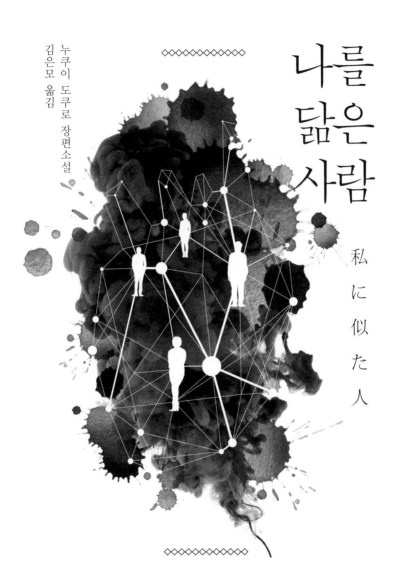

누쿠이 도쿠로 장편소설

김은모 옮김

나를 닮은 사람

私に似た人

엘릭시르

차례

히구치 다쓰로의 경우

1

처음에는 스마트폰으로 뉴스 사이트를 들여다보다가 알았다.

또구나 생각했다. 또 테러다. 올해 들어 몇 번째일까. 처음 테러가 발생했을 때는 깜짝 놀라서 뉴스에 민감하게 반응했지만 몇 번이고 계속되면 익숙해진다. 좋은 일뿐만 아니라 좋지 않은 일에도 익숙해지는 건 인간의 특성일까, 일본인의 나쁜 버릇일까. 또다시 테러가 발생했는데도 이런 반응을 보이는 사람은 분명 다쓰로만이 아닐 것이다.

퇴근하여 전철을 타고 집으로 돌아가는 길이었다. 손잡이를 붙잡고 서서 스마트폰을 만지작거리는 사람은 한둘이 아니다. 익숙한 광경이다. 몇 년 전만 해도 스마트폰이라는 물건이 존재하지 않았다니 도저히 믿기지 않는다. 사회는 눈 깜짝할 사이에 변화하고, 사람들은 아무 생각 없이 그 변화를 당연하게 받아들인다. 스마트폰도 테러도 그런 의미에서는 똑같았다.

집 근처 역에 내려 편의점에서 도시락을 샀다. 저녁밥이니까 돈을 좀 써서 480엔짜리 튀김 도시락을 골랐다. 몸이 기름기 있는 음식을 원할 때는 튀김 도시락에 손이 간다. 큰맘 먹고 돈을 써야 튀김 도시락이라도 먹을 수 있는 현실도 이제 더이상 가슴 아프지 않다.

연립주택에 도착해 우롱차를 컵에 따르고 도시락을 열었다. 스마트폰 DMB를 켜서 책상 위에 놓았다. 텔레비전은 지상파가 디지털로 전환됐을 때 버렸다. 텔레비전을 새로 살 돈이 없었기 때문이다. 텔레비전이 없으면 NHK에 수신료를 내지 않아도 되므로 오히려 경제적이다. 화면은 작지만 방송만 볼 뿐이라면 DMB로 충분하다. 원래는 DMB를 보더라도 NHK 수신료를 내야 하지만, 텔레비전을 버렸다는 말만으로도 수금원은 얌전히 물러갔다.

평소처럼 뉴스 프로그램에 채널을 맞췄다. 느닷없이 트럭이 빌딩에 충돌하는 영상이 나왔다. 드라마나 영화의 한 장면인 줄 알았는데 실제로 일어난 일이었다. 휴대전화가 있으면 쉽게 동영상을 찍을 수 있으므로 이제는 거의 모든 일본 국민이 비디오카메라를 늘 들고 다니는 셈이다. 이렇게 결정적인 장면을 우연히 촬영한 사람이 있어도 결코 이상하지 않다.

작년쯤부터 빈번하게 발생하기 시작한 소규모 테러였다. 여객기로 세계 무역 센터 빌딩을 들이받는 식의 요란하고 규모가 큰 테러가 아니다. 지금 보도된 것처럼 트럭 한 대로 빌딩을 들이받는 식의 국지적인 테러가 일본 각지에서 일어나기 시작했다. 범인들의 연관성은 아직 확실하게 밝혀지지 않았다. 연관성이 있다면 있기는 하지만, 대개는 당사자들끼리 안면이 없기 때문이다. 범인들 중 일부가 인터넷으로 대화를 나눈 적이 있을 뿐이라고 한다. 더군다나 이러한 테러에 편승해 범행을 저지르는 사람까지 있으므로 이쯤 되면 연관성은 아예 없는 것이나 마찬가지다.

조직화되어 있지도 않고, 지도자가 있는지 없는지도 확인되지 않았고, 사상조차 딱히 공유하지 않는 것이 소규모 테러를 저지른 범인들의 특징이었다. 그렇지만 그들은 스스로를 '레지스탕스'라고 칭했다. 사회에 저항하는 레지스탕스. 그들은 저항할 뿐 사회를 바꿀 수 있다고는 생각지 않는다. 테러 이후의 사회를 보지 않는다. 사람들은 어느덧 그런 신종 테러를 '소규모 테러'라고 불렀다.

여성 리포터가 마이크를 잡고 현장 상황을 중계하고 있었다. 아무래도 범인은 트럭 운전석에서 죽은 모양이다. 자폭 테러라기보다는 자기 과실 테러다. 여기에 몇 사람이 말려들어 사상자가 나왔다고 한다. 그 사람들이 테러 대상이 될 이유는 전혀 없다. 평범한 사람들이 죽거나 다쳤을 것이다. 소규모 테러의 범인들에게 분노를 느꼈지만, 그렇다고 해서 다쓰로가 할 수 있는 일은 아무것도 없었다.

전국 방방곡곡에서 볼 수 있는 익숙한 광경이었다. 이상한 일이라도 일상에서 자주 일어나면 예사로워신다. 시람들이 전철에서 인터넷에 집속하는 것과 마찬가지다. SF 영화나 소설에서만 볼 수 있었던 미래가 지금은 흔한 일상이 됐다. 흔하게 발생하는 테러. 처음 한동안은 무서웠지만, 이제는 무덤덤해졌다. 그리고 무덤덤해졌다는 것 자체에도 무감각해졌다.

스마트폰 화면에서 희생자의 이름을 보기 전까지는.

4.5인치 화면에 작게 표시된 글자인데도 어째서인지 이름만 큼지막하게 보여 눈에 확 들어왔다. 일찍이 몇 번이나 불렀던 이름. 언젠가 결혼하여 성이 '히구치'가 될 것이라 몽상했던 이름. 다쓰로는 자기 눈을 의심하며 무심결에 스마트폰을 집어 들고 얼굴에 가까이 댔다. 아무리 자세히 들여다봐도 표시된 이름은 바뀌지 않는다.

중계하고 있는 아나운서도 피해자 이름을 반복해서 불렀다. 두 번째로 부른 이름이 귀로 빨려들어 머릿속에서 메아리쳤다. 착각이라고 믿고 싶었지만 눈과 귀로 들어온 정보가 그렇지 않다고 부정했다. 피해자의 이름은 분명 '고즈키 사야'였다.

2

　사야하고는 고등학교 때 같은 반이 되면서 처음 만났다. 3학년으로 올라가면서 딱 한 번 반을 바꾸었을 때도 갈리지 않았으니까 삼 년 내내 같은 반이었던 셈이다. 둘 다 이성에게 적극적으로 다가가는 성격은 아닌지라 삼 년이라는 시간이 없었다면 친해지지 못했을 것이다. 1학년 때는 제대로 이야기를 나눈 적도 없었고, 2학년이 되어서야 조금씩 말을 섞다가, 3학년 때 학교 축제를 계기로 부쩍 가까워졌다. 그래서 학창 시절 추억에는 극단적으로 짙고 옅은 부분이 존재한다. 사야와 친하지 않았던 시절의 기억은 흐릿하지만, 3학년 2학기부터 갑자기 농밀해진다. 지금도 그 시절에 나누었던 말 한마디 한마디가 머릿속에 되살아날 정도였다.

　다쓰로는 미술 동아리에 들어갔다. 그림을 잘 그려서 들어간 건 아니고, 운동을 못하니까 몸을 쓰는 동아리를 빼고 골랐을 뿐이다. 음악은 젬병이었고, 공부와 다름없는 활동을 하는 동아리에 들어가기도 싫었다. 뭔가 창작한다면 글을 쓰기보다는 그림이 그나마 나을 것 같았다. 덧붙여 여학생이 많아 남학생 특유의 고약한 체취가 나지 않는 것도 미술 동아리를 선택한 이유 중 하나였다. 다쓰로는 말과 행동이 거친 사람이 딱 질색이라 얌전한 여학생들에게 둘러싸여 있는 편이 마음 편했다.

사야도 비슷한 성격이었지만 취주악 동아리 소속이었다. 사야는 어렸을 때부터 피아노를 배워서 음감이 좋았다. 나중에 다쓰로가 피아노를 배워야 했을 때도 사야가 많이 도와주었다. 그럭저럭 몇몇 곡을 칠 수 있게 된 건 사야가 가르쳐준 덕분이었다.

미술 동아리와 취주악 동아리는 접점이 전혀 없었지만, 학교 축제 준비에 두 동아리의 힘이 필요했다. 다쓰로 반에서는 간이식당을 열기로 해서 교실을 꾸미려면 미술부가 나서야 했다. 그리고 재즈 바 분위기를 내기 위해 사야가 전자 키보드를 치기로 했다. 맡은 일은 달랐지만 계속 함께 있다 보니 죽이 잘 맞는다는 것을 알았다. 운동 동아리보다 문화 동아리가 적성에 맞고, 사람이 많은 곳에서 눈에 띄려 하지 않지만 맡은 일은 책임감을 품고 마무리하려 한다. 타고난 성격이 닮았음을 알았으니 친해지는 것은 당연했다. 집이 같은 방향이었던 것도 두 사람의 거리를 좁히는 데 도움을 주었다. 몇 번이나 함께 돌아가는 사이에 두 사람은 서로에게 특별한 사람이 되었다.

둘의 관계는 서로 다른 대학에 들어간 후에도 계속됐다. 다쓰로도 사야도 학교 성적이 바닥은 아니었지만 특출하게 좋지도 않았다. 그러므로 둘 다 그냥저냥이라는 말이 딱 어울리는 중위권 대학교에 입학했다. 워낙 성실한 성격이라 공부는 했지만, 아무리 애써도 이제 와서 일류 기업에 입사하기를 꿈꾸기는 어렵다는 것쯤은 잘 알고 있었다. 그냥저냥 입학한 만큼 꿈도 없는 대학 생활을 보냈다. 하지만 다쓰로는 별다른 불만 없이 사회란 그런 법이라고 자연스럽게 받아들였다. 평범한 인생, 바로 그것이 다쓰로가 가장 바라는 인생이었다.

그러므로 사야는 다쓰로에게 좋은 동반자였다. 사야에게도 비범한 구석은 전혀 없었으니까. 못생겼다고 할 정도는 아니지만 남의 눈길을 끌 만큼 예쁘지도 않다. 딱 한 번 보고 사야의 얼굴을 기억하는 사람은 기억력이 꽤 좋은 축에 들 것이다. 다쓰로도 고즈키라는 이름이 예쁘다고 생각하기는 했지만 누구 이름인지는 좀처럼 기억에 남지 않았다. 이름에 어울리지 않게 정말 평범한 애라고 실례되는 생각을 한 적도 있었다.

하지만 그게 좋았다. 얼굴이 예쁘고 개성이 강한 여자는 자신에게 어울리지 않는다. 수수한 외모와 앞에 나서기를 꺼리는 성격이 다쓰로의 마음에 꼭 들었다. 조용한 성격이라도 둘만 있을 때는 다른 사람에게 보여주지 않는 쾌활한 모습이 고개를 쳐든다. 다쓰로와 사야는 툭하면 서로 "참 평범하다" 하고 말하며 웃었다. 평범하다고 말하는 것으로 자신들만의 친밀감을 확인하고 안심했다.

다쓰로는 장래에 보육사가 되고 싶었다. 보육사라는 직업은 여자가 하는 일이라는 인상이 강하지만 남과 경쟁하기 싫어하고, 남성 사회에서 살아가기가 버거운 자신에게는 딱 맞는 일 같았다. 사야 역시 쌍수를 들어 다쓰로의 꿈을 지지해주었다.

— 다쓰로만큼 보육사가 잘 어울리는 남자는 세상에 또 없을 거야.

사야는 환히 웃으며 그렇게 말했다. 사야는 다쓰로의 꿈까지 포함해서 다쓰로에게 호감을 품고 있었다.

— 난폭한 구석은 눈곱만큼도 없고, 다정하고 어린애를 좋아하고, 배려심도 있어. 정말이지 남자가 아닌 것 같다니까.

— 뭐야, 무슨 트랜스젠더인 것처럼 말하지 마.

다쓰로도 웃으면서 받아쳤지만, 속으로는 그 말에 동의했다. 운동을 싫어하는 다쓰로는 호리호리하고 근육이 거의 없다. 키도 크지 않아 여장하면 잘 어울릴 것 같다는 말을 자주 듣는다. 성정체성장애는 아니지만 자신은 여자로 태어나야 했다고 진지하게 생각하고는 했다.

— 나, 트랜스젠더하고 말이 잘 통할지도 모르겠다.

사야는 다쓰로와 이야기할 때는 과감한 농담도 할 줄 알았다. 설령 여자끼리라고 해도 다른 사람과 이야기를 나눌 때는 농담을 입에 담지 않았다. 다쓰로만이 알고 있는 사야의 뜻밖의 모습이었다.

대학 시절에 데이트할 때는 둘 다 돈이 없었기 때문에 주로 산책을 했다. 그래도 즐거웠다. 사야와 사귀고 나서 비로소 산책의 즐거움을 깨달았다. 도쿄는 산책하기에 딱 알맞은 곳이었다. 구경거리는 수없이 많은데다 각자 다른 매력이 있다. 매주 만나 나가는데도 보고 싶은 곳은 무궁무진했다. 사야도 다쓰로도 번화한 곳보다는 운치 있는 지역을 선호했다. 야나카, 갓파바시, 기요스미에서 몬젠나카 정 사이, 시바마타도 좋아했다. 고령자의 거리라고 불리는 스가모에도 몇 번 가봤다. 그 밖에 리쿠기엔과 하마리큐, 신주쿠교엔, 메이지진구 등의 정원 같은 한가로운 장소에 가는 것도 좋아했다. 메구로의 정원 미술관, 아오야마의 네즈 미술관, 롯폰기의 국립 신미술관, 우에노의 서양 미술관, 도쿄 도립 미술관 등에는 추억이 참 많다. 추억을 돌이켜보면 따스함과 쓰라림이 동시에 찾아들었다.

사야는 대학을 졸업하고 사회인이 된 무렵부터 변했다. 사회에 나가 화장 실력이 늘자 놀랄 만큼 예뻐졌다. 화장 하나로 이렇게 달라질 수 있다니 처음에는 깜짝 놀라 말문이 막혔다. 사회의 풍파에 단련된 사야에게 눈에 띄지 않는다거나 수수하다는 말은 더이상 어울리지 않았다. 화장을 지우면 예전 얼굴로 돌아오니까 마음이 놓였지만, 낮에 함께 돌아다닐 때는 다른 사람 같아 어색했다. 하지만 사야 본연의 모습은 전혀 달라지지 않았고, 지나가던 남자가 사야를 힐끔 쳐다볼 때는 우쭐하기도 했다. 다쓰로도 젊은 남자다. 여자친구가 미인이라는 사실은 두려움보다 만족스러움이 잎섰다.

다쓰로는 대학교 재학중에 보육사 자격시험에 합격하여 졸업과 동시에 보육사로 일하기 시작했다. 남자 보육사는 수요에 비해 공급이 적어 취업 걱정은 없었다. 남자 보육사에게 기대하기 마련인 힘쓰는 일이나 학부모들의 불만을 처리하는 일에 별로 도움이 되지 않아 처음에는 다들 꽤 실망한 눈치였지만, 다쓰로는 여자가 주류인 직장에서도 겉돌지 않고 금세 어울릴 수 있었다.

보육사 일은 보람이 있었다. 순수하고 귀여운 아이들이 인간으로 형성되는 과정에 적지 않은 영향을 끼친다고 생각하자 사명감이 생겼다. 기운 넘치는 아이들을 상대하려니 힘겨웠지만, 사랑스럽게 잠든 얼굴을 보면 힘이 났다. 아무 꿍꿍이속도 없이 순수하게 좋아한다고 애정을 표현하는 아이들에게 얼마나 감동을 받았는지 모른다.

아이들을 맡긴 부모의 사정으로 종종 야근을 할 때도 있었는데, 사야와 데이트하기로 약속한 날에 갑자기 야근을 해야 하면 아쉽기 그지없었다. 그럴 때는 사야를 어린이집으로 불렀다. 처음에는 여자친구를 직장에 부르기가 껄끄러웠지만, 다른 여자 보육사들이 엄청난 관심을 보이며 꼭 부르라고 했다. 그말에 힘을 얻어 사야를 부르자 보육사들은 할말을 잃고 입을 다물었다. 사야가 상상했던 것보다 예뻤기 때문이리라. 화장발이라는 말은 못 했지만 쑥스러우면서도 자랑스러웠다. 사실 이무렵부터 사야는 그저 화장발이 아니라 원래부터 단아하게 생겼다는 생각이 들었다. 수수하게 꾸미니까 몰랐을 뿐, 사야는 원래 미인이었다.

둘이서 있을 때 그렇게 말하자 사야는 부끄러워하며 얼굴이 발그레해졌다. 화장을 잘하는 선배에게 배워서 원래 생김새를 감췄을 뿐이다. 그 선배를 따라 하면 모두 미인이 된다면서 손사래를 쳤다. 다쓰로는 사야의 말에 대개 고개를 끄덕이지만, 이때만은 아니라고 내심 반박했다. 사야는, 내 여자친구는 역시 타고난 미인이다. 누구에게든 그렇게 말하고 싶었다.

사야의 변화가 두렵지 않았던 것은 다쓰로가 젊었기 때문이기도 하지만, 오랜 세월 사귀어온 까닭이기도 했다. 오 년쯤 교제하다 보면 신뢰도 두터워진다. 특히 다쓰로와 사야는 성격이 비슷할 뿐만 아니라 취미도 같아서 서로 무슨 생각을 하는지 손바닥 들여다보듯이 잘 알았다. 아니, 잘 안다고 믿었다. 어제까지 있었던 것은 내일도 변함없이 있을 것이라고 아무런 의심 없이 단정했다. 사회에 나온 여성이 뭘 느끼고 무슨 생각을 하는지 다쓰로는 상상해본 적도 없었다. 다쓰로 곁에는 같은 보육사들만 가득하다 보니 상상력을 펼칠 여지가 없기도 했다. 작은 어린이집에만 갇혀 있었던 탓에 다쓰로는 다른 사회를 전혀 몰랐다. 결정적인 변화가 일어난 후에야 비로소 그 사실을 깨달았다. 너무 늦게 알아차렸다고 후회해봤자 아무 소용없었다.

사야는 일단 어린이집에 발길을 끊었다. 다쓰로가 갑자기 야근을 하게 되면 다음에 보자며 만나기로 한 약속을 미뤘다. 다쓰로는 동료 보육사에게 놀림당하는 게 싫어서 그러는 거라고 해석했다. 사실 동료들은 처음에만 놀렸을 뿐 그후로는 보통 손님처럼 응대해주었지만.

주말에 만나자는 이야기도 가끔 거절했다. 몸이 안 좋다거나 회사 동료와 약속이 있다는 등 이런저런 이유를 대면 알았다고 물러서는 수밖에 없었다. 돌이켜보면 이 무렵부터 사야의 마음이 변했음을 알아차렸지만 애써 눈을 감고 있었다. 사야가 자신을 떠날 리 없다고 덮어놓고 믿었다.

만났을 때의 말과 행동도 조금 달라졌다. 장래에 대해 언급하는 횟수가 늘었다. 결혼을 구체적으로 생각하게 되었기 때문이라고 다쓰로는 받아들였다. 물론 다쓰로도 장래를 진지하게 생각하고 있었다. 하지만 지금 받는 월급으로 내년이나 내후년에 결혼하는 것은 무리였다. 유감스럽게도 보육사의 월급은 업무 내용에 비해 형편없었다.

— 어느 정도 저금을 하고 나서겠지. 한 이백만 엔 정도?

어느 날 카페에서 쉴 때 사야가 말했다. 고개를 숙인 채 잔에 꽂은 빨대를 만지작거렸다. 하기 힘든 말을 꺼낼 때 사야는 꼭 뭔가 만지작거린다. 상대의 얼굴을 똑바로 쳐다보지 못하는 마음은 다쓰로도 충분히 이해할 수 있었다.

목표액이 이백만 엔이라면 어느 정도 시간이 필요했다. 지금도 허리띠를 꽉 졸라매고 있지만, 그래도 한 달에 이삼만 엔 정도밖에 남지 않는다. 지금 이 수준이라면 최대한 저금해도 일 년에 삼십육만 엔이다. 상여금을 더해도 이백만 엔을 모으려면 오 년 가까이 걸리는 셈이다. 그러니 그때쯤 되어야 결혼할 수 있지 않을까 예상했다.

— 이백만 엔을 모으면 이십 대 후반쯤 되겠네. 딱 좋을 때다.

사야가 말한 이백만 엔이 둘이서 모을 금액인지 아니면 다쓰로 혼자 부담해야 할 액수인지는 분명치 않았지만, 자기 혼자 모아야 할 돈이라고 받아들였다. 월급이 쥐꼬리만하다고는 하나 사야에게 금전적으로 신세를 지고 싶지는 않았다.

　―이십 대 후반이라……

　사야는 툭 내뱉듯이 되뇌었다. 그 말을 듣고 사야는 좀더 일찍 결혼하고 싶은 모양이라고 추측했다. 하지만 현실적으로 불가능했다. 옛날이라면 몰라도 지금은 이십 대 후반에 결혼해도 결코 늦지 않다. 오히려 적령기 아닌가. 서두를 것 없다고 사야에게 말해주고 싶었다.

　말하지 않은 것을 다쓰로는 후회했다.

　말했다면 그후의 운명이 달라졌을까. 미련을 떨치지 못하고 몇 번인가 생각해본 적이 있다. 하지만 말했어도 달라진 건 없었으리라. 사야는 결혼 시기가 불만이었던 게 아니니까. 사야는 성격이 찬찬하고 견실한 만큼 미래에 불안을 품은 채 결혼하기가 싫었던 것이다.

　사야는 대학을 졸업하고 성인을 대상으로 강의하는 학원에 취직했다. 공인회계사나 세무사 등의 자격증을 따기 위한 강의다. 대형 학원이 아니라 급료는 적지만 다쓰로보다는 많이 받을 것이다. 사야도 나름대로 저금하면 그만큼 결혼하는 날이 가까워지리라고 다쓰로는 생각했다.

　―다쓰로, 넌 꿈이 뭐야?

　어느 날 사야가 물었다. 꿈이라는 말에 다쓰로는 당황했다.

보육사가 되는 것이 꿈이었으니 꿈은 벌써 이루었다. 그다음 꿈은 그려본 적도 없었다.

—보육사가 됐으니까, 음, 이제 내 아이를 가지는 거?

정말 그 정도가 다였다. 아이뿐만 아니라 가정을 가지고 싶었지만.

—보육사는 출세하고도 무관하겠네. 원장 선생님이 되는 게 보육사의 목표는 아니잖아.

—그렇지. 그런 사람이 있을지도 모르겠지만, 난 매일 아이들을 돌보는 게 즐거우니까 현장을 지키고 싶어. 원장 선생님은 나이를 먹고 나서 돼도 돼.

숨김없는 진심이었다. 경쟁 사회에서 앞서 나갈 자신은 없었다. 월급이 적다는 것을 제외하면 이상적인 생활을 하고 있으니 변화는 바라지 않았다.

—사야는 꿈이 뭐야?

결혼해서 행복한 가정을 꾸리는 것이라고 생각했다. 그것 말고 사야에게 무슨 꿈이 있을지 상상조차 되지 않았다. 하지만 사야는 뜻밖의 말을 꺼냈다.

—꿈을 가지는 것?

무슨 뜻인지 이해가 가지 않았다. 꿈을 가지는 게 꿈? 지금은 꿈을 가질 수조차 없다는 뜻인가. 나와 결혼한다는 꿈을 가지면 되지 않나?

　—무슨 소리야? 넌 꿈이 없어? 뭐, 없으면 없는 대로 살면
되지.

　—그런가.

사야는 고개를 갸웃거렸다. 그래, 하고 다쓰로는 힘주어 말
했다.

　—꿈을 가지는 게 그렇게 중요해? 지금 행복하다면 꿈은 없
어도 괜찮아.

　—그럴까. 꿈이 있으면 즐거울 것 같은데.

그러면 결혼해서 아이를 갖는 꿈을 꾸면 되잖아. 다쓰로는
속으로 그렇게 반박했지만 입 밖에 꺼내지는 않았다. 다쓰로는
사야와 말다툼을 한 적이 없었다.

다쓰로는 사야가 매일 꿈을 꾸는 남자들에게 둘러싸여 있다
는 사실을 몰랐다. 사야는 공인회계사와 세무사를 목표로 삼은
남자들을 늘 접하고 있었다. 얼마 지나지 않아 사야는 야심을
품은 남자가 얼마나 눈부신지 알게 되었다. 적극적으로 신분
상승을 노리는 남자들과 현상태에 만족하는 다쓰로의 차이를
깨닫고 갈팡질팡한 것이 틀림없다. 젊은 여자라면 양쪽을 비교
하여 다쓰로에게 부족함을 느낄 만도 했다. 사야가 더이상 수
수하다는 말이 어울리는 여자가 아니라는 사실을 다쓰로는 잊

고 있었다.

한 수강생이 사야에게 집적대고 있었다. 열 번 찍어 안 넘어가는 나무 없다고, 자꾸 호감을 보이면 마음이 흔들릴 수밖에 없으리라. 사야가 밀어붙이기에 약한 성격이기는 하지만, 상대에게 매력을 느꼈으므로 변심했다는 것을 지금은 안다. 사야가 신호를 보냈지만 둔감한 다쓰로는 제때 알아차리지 못했다. 알아차렸을 때는 이미 늦었다.

미안해. 좋아하는 사람이 생겼어.

이별 통고는 메일로 받았다. 처음에는 사야가 보낸 메일이 아니라 스팸이라고 생각하며 삭제하려고까지 했다. 현실을 도피하여 보낸 사람의 이름을 외면하려 했다.

삭제 버튼을 누르려는 손가락을 간신히 진정시키고, 삼십 분도 넘게 휴대전화 화면을 들여다보았다. 절전 기능 때문에 자동으로 꺼지면 버튼을 눌러 다시 화면을 켰다. 몇 번을 읽어봐도 무슨 내용인지 이해가 되지 않았다. 아니, 메일을 보낸 사야의 진의를 알 수 없었다. 혹시 무슨 암호인가 싶어 거꾸로 읽어보기도 했다.

직접 만나서 말하지 않고 메일로 이별을 고했다는 점도 이해가 되지 않았다. 메일에서는 갈등이 느껴지지 않았다. 실제로는 몹시 고민했겠지만, 메일로는 그 고민이 전혀 전해지지 않는다. 이런 메일 한 통으로 지금까지 함께해온 시간을 지울 수 있다고 여기다니 다쓰로는 충격을 받았다.

직접 만나서 이야기를 나누었다. 사야는 시종일관 고개를 푹 숙인 채 빨대가 들어 있던 포장지를 만지작거렸다. 고개를 들어주길 바랐지만 도저히 말이 나오지 않았다. 다쓰로는 하고 싶은 말도 제대로 하지 못하고 머뭇거리는 자신이 원망스러웠다.

— 난 장래가 불안했어. 지금 이대로라면 꿈조차 가질 수 없을 테니까.

사야는 언젠가 했던 말과 비슷한 말을 했다. 사야가 말하는 꿈이란 뭘까. 다쓰로는 도무지 짐작이 가지 않았다.

— 만약 이대로 너랑 계속 사귀면 앞으로 어떻게 될지 상상이 가. 넌 지금 생활에 만족하지? 하지만 우리 둘의 월급을 합쳐봤자 빤하다는 거 잘 알잖아. 어떤 수준으로 살면서 얼마나 고생할지 눈에 훤해. 꿈은 없겠지. 죽을 때까지 돈 걱정만 하다가 인생이 끝날 거야. 난 그게 싫어.

충격적인 말이었다. 다른 여자라면 몰라도 사야의 입에서 그런 말이 나올 줄이야. 돈을 적게 벌어서 안 된다는 건가. 보육사가 됐을 때 그렇게 기뻐했으면서. 보육사는 다쓰로의 천직이라고 아낌없이 지지해주지 않았던가. 전부 거짓말이었나.

아니, 그렇지 않다. 거짓말이 아니다. 사야는 진심으로 보육사가 되겠다는 다쓰로의 꿈이 이루어지기 바랐다. 하지만 다쓰로의 미래와 자신의 미래를 함께 생각하지 않았다. 다쓰로의 꿈은 사야의 꿈이 아니었다. 사야는 그저 그런 인생을 살다가 끝내고 싶지 않다는 야심을 품었다. 다쓰로는 다른 남자가 그런 야심을 심어주었다는 것을 나중에야 알았지만, 사야를 원망할 수는 없었다. 가난이 싫어서 벗어나고 싶어 하는 것은 결코 비난받을 일이 아니다. 아주 인간적인 바람이다. 그걸 잘 알기에 다쓰로는 입을 다무는 수밖에 없었다.

— 미안해.

고개를 숙인 채 사야는 탁자에 눈물을 떨어뜨렸다. 그나마 그 눈물이 다쓰로를 위로해주었다.

3

사야가 죽었다. 테러를 당해서 죽었다. 수수한 사야에게는 도무지 어울리지 않는 극적인 최후였다. 아니, 사야는 이제 수수한 여자가 아니다. 과거의 기억을 좀처럼 수정할 수가 없다. 사야와 자신의 운명이 더이상 교차하지 않는다는 사실을 인정하지 못하는 탓이었다.

사야와 헤어진 지 거의 일 년이 지났다. 사야는 그동안 행복했을까. 야심을 품은 남자와 사귀며 꿈을 가지게 되었을까. 분명 밝은 미래를 그리고 있었으리라. 공인회계사나 세무사의 아내가 된 자신의 모습을. 월급이 쥐꼬리만한 보육사의 아내가 되는 것보다 훨씬 낫다. 비아냥이나 자기 비하가 아니라 진심으로 그렇게 생각했다.

하지만 그 꿈은 누구도 예상하지 못한 형태로 물거품이 됐다. 이제 사야는 꿈을 이룰 수 없다. 사야의 꿈은 결코 실현되지 않는다. 그렇게 생각하자 몸 여기저기가 떨어져나가는 듯한 고통스러운 슬픔이 몰려왔다. 지금까지 느껴본 적 없는, 격렬한 통증을 동반한 상실감. 슬프고 원통해서 눈물이 멎지 않았다. 몸을 웅크려 방바닥을 벅벅 긁으면서 소리를 질렀다. 아무리 울어도 눈물이 마르지 않았고, 목이 쉬어도 울음소리가 계속 새어 나왔다. 이렇게 지독한 슬픔은 앞으로 몇십 년을 더 살아도 결코 맛볼 일이 없을 것 같았다. 사야가 죽었다는 현실을 받아들이기까지 시간이 얼마나 걸렸을까. 정신을 차리자 멍하니 벽에 기대어 있었다. 배터리가 떨어졌는지 스마트폰 화면은 컴컴했다. 전원 버튼을 눌러도 켜지지 않아 테러에 관한 속보는 더이상 확인할 수 없었다.

충전기를 꽂으면 DMB를 볼 수 있고 인터넷 뉴스도 확인할 수 있다. 하지만 그럴 기력이 없었다. 다쓰로가 확인하고 싶은 것은 테러 속보가 아니다. 사야는 과연 행복했을까. 행복했으리라 믿고 싶지만 연락을 아예 끊었던 터라 아무것도 모른다. 만에 하나라도 행복하지 않았다면 뭣 때문에 자신과 헤어졌단 말인가.

다쓰로는 요 일 년간 넋을 놓고 살았다. 일은 평소와 다름없이 열심히 했지만 어린이집에서 한 발짝만 벗어나면 빈껍데기가 됐다. 편의점에서 산 도시락을 먹으며 하루하루 알뜰하게 살았다. 튀김 도시락이 유일한 사치였다. 저금을 하려고 절약하는 것이지만, 돈을 모아서 뭘 할 거냐고 스스로에게 물어봐도 답은 없었다. 사야가 아닌 다른 사람과 결혼한 모습이 상상이 되지 않으니 결혼 자금은 아니다. 돌이킬 수 없는 과거를 좇으며 아무 목적도 없이 절약하고 있다는 기분이 들어 한층 더 허무하게 느껴졌다.

다쓰로가 그런 생활을 참아낸 이유는 사야 때문이었다. 자신과 헤어진 것이 사야에게는 잘된 일이다. 그렇게 생각했기 때문에 옹색한 생활도 견딜 수 있었다. 사야가 어떻게 지내는지 알고 싶기는 했지만 행복한 사야를 보고 자신을 긍정하는 것은 자기기만일 뿐이다. 그런 짓을 했다가는 평생 사야의 행복한 모습을 가슴에 품고 쓸쓸하게 살아갈 것이라는 예감이 들었다.

지금이야말로 확인하고 싶었다. 사야가 죽어서 이 세상에 없는 지금이야말로 요 일 년간 사야가 어떻게 살았는지 알고 싶었다. 사야는 어떤 남자와 사귀었을까. 그 남자와 결혼할 예정이었을까. 어떤 점에 끌렸을까. 남자와 자신은 얼마나 달랐을까.

알고 싶어서 애가 탔다. 그 욕구는 사야의 죽음을 애도하는 마음을 밀어낼 정도로 빠르게 부풀어올랐다. 아마도 정신적인 균형을 유지하기 위한 방어기제였겠지만, 다쓰로는 거기에 매달릴 수밖에 없었다. 다른 욕구로 마음을 채우지 않으면 견디기 힘든 슬픔에 짓눌려 찌부러질 것 같았다.

바로 행동에 나서지는 않았다. 아무리 슬퍼서 머리가 이상해질 것만 같아도 상식은 몸에 배어 있었기 때문이다. 사야가 갑자기 세상을 떠나서 동요한 것은 자기 혼자가 아니다. 사람들의 마음이 진정될 때까지 꾹 참고 기다릴 작정이었다.

사야의 경야는 이틀 후에 있을 예정이었다. 그 소식은 고등학교 3학년 때의 연락망으로 전달받았다. 상복이 없는 다쓰로는 경야에 가기 전에 부모님 집에 들러 아버지의 상복을 빌리기로 했다. 부모님 집까지 전철로 두 시간쯤 걸리는 터라 경야에 제때 참석하려면 어린이집을 조퇴해야 했다. 다행히 원장이 편의를 봐주었다. 안 그래도 일손이 부족한데 조퇴하려니 미안

했지만 사야를 알고 있는 동료들은 싫은 내색 하나 없이 보내
주었다.

경야에 사야의 남자친구가 오지 않을까 다쓰로는 기대했다.
가능하다면 얼굴을 보고 싶었다. 유능한 느낌이 물씬 풍기는
사람이라면 그것만으로도 마음이 정리될 것 같았다. 하지만 누
가 사야의 남자친구인지 알아보기는 힘들 것이다. 다쓰로의 지
인 중에 그 남자의 얼굴을 아는 사람은 없을 테니까.

장례식장에는 의외로 사람이 많았다. 젊은 사람이 비명에 죽
었다. 그 사실만으로도 조문객이 모일 이유는 충분하다는 뜻
이리라. 동시에 수많은 낯선 사람을 보며 사야에게는 사야만의
세상이 있었음을 깨달았다. 다쓰로가 알고 있는 사야는 극히
일부에 지나지 않았다.

추운 날씨인데도 조문객들의 행렬은 장례식장 밖까지 이어
졌다. 다쓰로는 그 줄의 제일 뒤로 갔다. 줄을 선 사람 중에 아
는 얼굴이 몇 명 있었다. 고등학교 동창생이었다. 인사를 나누
고 분향을 마친 뒤에 잠깐 이야기를 나누기로 했다.

이렇게 사람이 많아서야 사야의 남자친구를 찾는 건 포기하
는 수밖에 없었다. 나이로 대충 짐작이 가지 않을까 싶었지만
생각보다 젊은 남자도 많았다. 교육 강좌를 듣던 수강생들이
많이 왔는지도 모른다. 그러므로 그중에 누가 사야의 남자친구

인지 겉모습만으로 알아내기는 불가능했다.

이럭저럭 한 시간쯤 기다리다 드디어 분향할 차례가 왔다. 다쓰로와 안면을 튼 사야의 부모님이 있었지만, 그저 기계적으로 고개를 숙일 뿐 다쓰로를 알아본 낌새는 없었다. 알아본들 어색할 뿐이니 차라리 다행이었다. 다쓰로는 분향대 앞으로 나아가서 높직이 걸린 영정 사진을 올려다보았다.

다쓰로가 아는 사야였나. 지금도 선명하게 기어나는 사야의 웃는 얼굴이 찍혀 있었다. 그 얼굴을 보자 다시금 사야가 죽었다는 사실을 받아들이기가 힘들었다. 이렇게 젊은데 왜 죽어야 한다는 말인가. 테러범은 다들 사회에 불만을 품고 테러를 자행한다고 한다. 그렇다면 사회를 움직이는 사람들만 목표로 삼으면 된다. 정치와도 기업 경영과도 무관한 그저 평범한 회사원이 왜 테러의 희생자가 되어야 한단 말인가. 분노가 끓어올랐지만 그 분노를 받아내야 마땅한 테러범은 이미 죽었다. 갈 곳을 잃은 분노 대신에 간신히 억눌렀던 지독한 슬픔이 밀려올 것 같아서 서둘러 영정 사진에서 눈을 돌렸다. 재빨리 분향을 마치고 부모님께 머리를 조아려 인사한 후 물러 나왔다. 어금니를 꽉 깨물지 않으면 오열이 터질 것 같았다.

장례식장 문 가까이에 고등학교 동창생들이 모여 있었다. 고개를 끄덕여 알은체하며 사이에 끼어들었다. 한 명이 조심스럽게 말을 걸었다.

"이게 웬 날벼락이람. 너도 많이 놀랐겠다."

"응."

말투를 듣자 하니 다쓰로가 사야와 헤어졌다는 사실을 알고 있는 듯했다. 그렇다면 지금 여기 있는 사람들은 모두 알고 있다고 받아들여도 되리라. 다쓰로는 스스로 해명하지 않아도 돼서 마음이 편했다.

"왜 하필이면 고즈키야……."

동창생은 울분을 담아 혀를 찼다. 그 말에 여자 한 명이 동의했다. 학창 시절 때부터 또랑또랑한 말투가 인상적이었던 이나가키 고토미였다.

"사야가 얼마나 착하게 살았는데. 사고라면 또 모를까 테러에 희생되다니 이건 말도 안 돼."

그 자리에 있던 사람들 모두 침통한 표정으로 고개를 끄덕였다. 말도 안 되는 일이 버젓이 일어나는 세상이라고는 하나, 지인이 죽음을 당했는데도 달관한 사람같이 굴 수는 없었다.

"사야는 직장 심부름 때문에 우연히 사건 현장에 있었을 뿐이래. 평소에 자주 가는 곳도 아니었다지 뭐야. 운이 너무 나빴어. 일이 분만 빨랐거나 늦었어도 테러에 휘말리지 않았을 텐데."

사야가 사건 현장에 있었던 이유는 다쓰로도 몰랐다. 아무래도 이나가키 고토미는 다쓰로보다 더 많은 정보를 알고 있는 듯했다.

"어떻게 알았어?"

흥미가 앞서서 무심결에 물었다. 몰랐느냐는 듯이 고토미가 다쓰로에게 고개를 돌렸다.

"자격증 학원 직원들이 많이 왔잖아. 그 사람들이 하는 이야기를 들었어."

그러고 보면 고토미는 옛날부터 정보통이었다. 엿들은 건 아니겠지만 들리는 이야기에는 귀를 기울인 모양이다. 멍청하게 있던 다쓰로와는 전혀 달랐다.

"학원 사람이 생각보다 많아서 깜짝 놀랐어. 수강생도 많이 왔을까?"

달리 물어볼 사람도 없어서 고토미에게 물어보았다. 고토미는 바로 고개를 끄덕였다.

"그런가 봐. 젊은 남자는 대부분 수강생 아니려나."

역시 조문객 중에 남자친구가 있을 것이다. 아직 줄을 서 있을지도 모른다는 생각이 들어 늘어선 사람들에게 눈을 돌렸지만, 젊은 남자는 죄다 자신보다 생활수준이 높아 보여 심사가 조금 뒤틀렸다. 밤송이같이 가슴을 쿡쿡 찔렀다.

4

"사회에 대한 불만? 그래서 어쩌라고요. 불만은 누구에게
나 있습니다. 자기 인생에 완벽하게 만족하는 사람이 이 세상
에 몇 명이나 되겠습니까? 저도 불만은 있습니다. 하지만 모두
조금씩 참고 견디니까 사회가 돌아가는 거죠. 참아보지도 않고
다짜고짜 폭력을 써서 불만을 호소하다니, 무슨 사정이 있는지
모르겠지만 그런 짓은 틀림없이 '악'입니다. 무슨 핑계를 대도
나쁜 짓은 나쁜 짓입니다. 안 되는 건 안 되는 거고요. 요즘 부
쩍 늘고 있는 기본적인 규칙도 모르는 사람에게 저는 소리 높
여 부르짖겠습니다. 나쁜 것은 나쁘다. 테러는 절대로 받아들
일 수 없습니다."

침을 튀길 듯이 열변을 토하는 사람이 스마트폰 화면에 비
쳤다. 일본 총리다. 시원시원한 말투로 인기를 끌어 당내 주류
파가 아니었는데도 국민의 지지를 등에 업고 총리 자리에 올랐
다. 취임 이 년 차인 올해는 예전보다 혀를 더욱 날카롭게 놀
려서 인기가 점점 오르고 있다. 여태껏 봐온 정치가들과 달리
말과 행동에 이렇게도 저렇게도 받아들일 수 있는 모호함이 없
었다.

하지만 다쓰로는 별로 마음에 들지 않았다. 무슨 일이든 옳

고 그름을 확실히 가리려는 태도에 어쩐지 거부감이 들었다. 세상 모든 일에 오른쪽이나 왼쪽 중 하나라는 결론을 낼 필요가 있을까. 둘 중 하나를 고르지 않고 가운뎃길로 간다거나, 나중으로 미룬다는 선택지가 있어도 되지 않을까. 다른 사람은 몰라도 다쓰로에게는 대답을 낼 수 없는 일이 산더미처럼 많았다. 망설이고 고민했지만, 그래도 결론을 내리지 못한 일이 여러 가지였다.

총리는 단칼에 그런 태도는 글러먹었다고 말한다. 적당히 넘어가는 무사안일주의와 편의를 위해 미리 결론을 정해놓고 짬짜미하는 관행이 일본을 망쳤다고 딱 잘라 말한다. 그렇게 자신만만하게 단언하면 고개를 끄덕이게 된다. 누구나 정치가와 관료들의 흐리멍덩한 태도와 무책임한 행동에 분노해본 적이 있을 것이다. 그러한 것들을 '악'으로 단정하는 총리에게 사람들은 박수를 보냈다.

지금도 총리는, 테러는 악이라고 강하게 지탄했다. 옳은 말이다. 총리의 말에 지금까지 공감한 적이 없었던 다쓰로는 처음으로 동의했다. 뿐만 아니라 더 적극적으로 테러를 뿌리 뽑기 위해 나서기를 바랐다.

'소규모 테러'를 저지르는 테러범들은 특정 과격파나 사상 집단에 속해 있지 않다. 오히려 아무와도 유대 관계를 맺지 못해 고립된 경우가 많았다. 사회에서 밀려난 데서 온 불만을 흉악한 짓을 저지르며 표출한다. 무차별 살인과 다를 바 없지만, 딱 하나 다른 점은 그들이 스스로를 '레지스탕스'라고 칭한다는 것이었다.

레지스탕스들은 누구도 행복해질 수 없는 사회에 저항하기 위해 소규모 테러를 저지른다고 주장한다. 받아들여주지 않는다면 부수어버려라. 극단적으로 말하자면 그들의 주장은 단지 그뿐이었다. All or Nothing. 둘 중 하나라는 사고방식이 여기에도 있다. 아이러니하게도 일본을 대표하는 사람과 일본 사회에서 밀려난 사람들의 주장이 묘하게 닮았다. 하지만 이러한 유사점을 마음에 두는 사람은 아무도 없다.

나쁜 것은 나쁘다. 총리는 되풀이해 그렇게 주장한다. 백 퍼센트 옳은 말이다. 다쓰로는 다시 한번 마음속으로 맞장구를 쳤다.

슬슬 나갈 시간이었다. 다쓰로는 DMB를 끄고 스마트폰을 호주머니에 넣었다. 스마트폰이 있으니까 집 전화는 놓지 않아도 되고, 컴퓨터도 필요 없어 경제적으로 상당히 절약할 수 있다. 그 대신 스마트폰 의존도가 높아져 다쓰로의 모든 생활이 이 작은 기계에 담겨 있다고 해도 과언이 아니었다. 한 손으로 들 수 있을 만큼 자그만 생활. 기껏해야 백 그램이 넘는 스마트폰의 무게가 다쓰로의 인생의 무게였다.

이나가키 고토미를 만나러 갈 참이었다. 경야 자리에서 메일 주소를 교환하고 오늘 만나기로 약속을 잡았다. 물론 데이트는 아니다. 정보통인 고토미라면 사야의 남자친구에 관해 뭔가 알고 있을 거라는 생각에서였다. 모르더라도 자신보다는 이야기를 더 많이 주워들을 테니 뭔가 알게 되면 가르쳐달라고 부탁할 생각이었다.

고토미는 약속 장소인 커피숍에 먼저 와 있었다. 늦어서 미안하다고 사과하면서 맞은편 자리에 짐을 내려놓았다. "괜찮아" 하고 대답한 고토미에게 양해를 구하고 커피를 사러 계산대에 갔다가 돌아와 마주보고 앉았다.

"불러내서 미안해."

"미안하긴. 요전에는 상황이 상황이라 네 기분도 좀 그랬을 테니 다른 사람 이야기밖에 못 했지만, 히구치 너 보육사가 됐다면서? 잘 어울린다."

한동안 서로의 근황을 이야기했다. 고토미는 회사원이라고 한다.

"물론 사야 이야기를 하고 싶어서 갑자기 불러낸 거야. 내가 사야랑 헤어진 건 알지?"

확인부터 했다. 고토미는 거북한 듯이 고개를 끄덕였다. 에둘러서 말해봤자 아무 소용이 없으므로 직설적으로 말을 꺼냈다.

"사야하고는 일 년 전에 헤어졌어. 사야한테 다른 남자가 생겼거든. 그때는 포기하고 마음을 접었지만, 사야가 이렇게 세상을 떠나니까 일 년간 어떻게 지냈는지 너무 궁금하더라고. 다른 남자를 만나서 행복했을까, 뭐 이런 궁금증이 생겼지. 내가 생각해도 미련을 못 버리는 것 같아서 한심하기는 하지만."

스토커처럼 보일까 봐 걱정되어 자조하듯이 마지막 한마디를 덧붙였다. 하지만 괜한 걱정이었다. 고토미는 "이해해" 하고 말했다.

"네 마음은 이해가 가. 신경쓰이겠지. 나 같아도 알고 싶을 것 같아. 하지만…… 넌 모르는 게 나을 거야."

점점 목소리가 낮아졌다. 반대로 다쓰로는 목소리를 높였다.

"뭔가 아는 게 있어? 알면 가르쳐줘."

"히구치, 사야가 불행했다면 기쁠 것 같니? 아니면 행복했기를 바라니?"

고토미는 그렇게 물었다. 사야의 불행이 자신의 기쁨이라는 생각은 없었으므로 질문을 받고 놀랐다.

"물론 행복했기를 바라지. 어땠어? 사야는 좋은 사람과 사귀었어?"

자신도 모르게 몸을 내밀었다. 고토미는 난처한 듯이 미간에 주름을 잡았다.

"그렇구나. 넌 그럴 줄 알았어. 그럼 안 듣는 게 낫겠다."

"사야는…… 행복하지 않았던 거야?"

그래서 말을 망설이는 걸까. 이야기의 흐름상 예상은 했지만 역시 충격은 묵직했다. 상대가 도대체 어떤 놈이었는지 알고 싶다는 마음이 점점 강해졌다.

"가르쳐줘. 사야는 나쁜 놈이랑 사귀었던 거야?"

어물어물 넘기지 말라는 마음을 담아 고토미의 눈을 똑바로 바라보았다. 고토미는 하는 수 없다는 듯이 어깨를 축 늘어뜨렸다.

"사야는 정말 바보야. 걔한테는 너 같은 남자가 제일 잘 어울리는데. 사야는 너랑은 전혀 다른 남자랑 사귀었어."

고토미는 거리에서 남자와 함께 걷고 있던 사야와 우연히 마주쳤다고 한다. 그때는 인사만 하고 헤어졌지만 바로 사야에게서 메일이 왔다. 한번 보자는 말에 약속을 잡아서 만나자 남자에 대한 고민을 털어놓았다고 한다.

"사야 남자친구는 공인회계사를 목표로 공부하고 있대. 얼핏 봐도 머리가 좋아 보이기는 했어. 은테 안경을 끼고 머리 모양도 단정한 것이 유능한 회사원 같더라. 너랑 헤어졌다는 풍문을 들었던 터라 바로 새 남자친구인 줄 알았지. 이런 사람이랑 사귀나 싶어서 좀 의외였어."

별로 다정해 보이지 않았거든, 하고 고토미는 덧붙였다. 안경 너머로 보이는 눈이 차갑게 느껴졌다고 한다. 그래서 남자에 관한 고민을 들어도 놀라지 않았다.

"남자친구는 머리가 좋고 자신감이 넘쳐서 뭐든지 '내가 말하는 대로 하면 된다'고 생각하는 사람이래. 사야보다 자기 머리가 더 좋으니까 판단은 자기에게 맡기라는 식이라나 봐. 사야는 얌전하잖아. 그 남자는 자기가 시키는 대로 할 것처럼 보여서 사야에게 관심을 가진 거야. 결국 남자친구가 제대로 본 셈이지만."

사야는 학원 접수처에서 근무하므로 수많은 수강생들을 접한다. 애당초 남자친구와도 그렇게 알게 되었지만, 사귀고 나자 사야가 하는 일이 마음에 들지 않았던 모양이다. 다른 남자와 친근하게 이야기하지 말라고 명령했다.

"독점욕이 강한 거지. 사소한 일로 질투를 부린대. 개인적인 이야기를 하지 말라고 한 것도 모자라서 웃지도 말라고 했대. 접수처 직원이니까 웃는 얼굴로 사람들을 대해야 하잖아. 업무상 웃을 때도 많은데 그것도 안 된다고 화를 냈다지 뭐야."

남자친구는 명령하는 것에 그치지 않고 감시까지 했다. 쉬는 시간에는 반드시 사야를 감시했고, 한번 웃기라도 하면 나중에 화를 냈다. 얼마 지나지 않아 수강생을 상대할 때뿐만이 아니라 이미 결혼한 강사나 여자 동료와 이야기할 때도 웃지 말라고 명령했다. 사야는 자신과 있을 때만 즐거우면 된다는 것이 남자친구의 논리였다.

"그렇게 무지막지하게 속박하는 남자, 있잖아. 난 딱 싫지만. 사야는 그런 남자가 눈독을 들이는 유형이야. 저항하지 않고 시키는 대로 하니까. 너라면 사귀면서 여자의 의사를 무시하는 짓은 하지 않을 텐데. 너랑 헤어지다니 사야는 진짜 바보야."

고토미가 탄식하듯이 말했지만 하나같이 충격적인 이야기뿐이라 다쓰로는 맞장구를 칠 여유가 없었다. 사야가 처해 있었던 상황은 상상했던 것보다 훨씬 심각했다. 왜 그런 남자가 하라는 대로 했는지 전혀 이해가 가지 않았다.

"사야가 그놈이랑 헤어지고 싶다고 했어? 헤어지려면 어떻게 해야 하는지 너한테 상담한 거야?"

이별 말고 다른 선택지가 없어 보였다. 그런 남자와는 사귈 이유가 없다. 냉큼 헤어졌다면 운명이 바뀌었을지도 모르지 않는가. 헤어지고 자신에게 돌아오라는 말이 아니다. 다정한 남자와 사귄다면 다쓰로는 그걸로 만족이었다.

"그게, 헤어질 마음은 없었나 봐."

"뭐라고!"

너무 뜻밖이라 엉겁결에 목소리가 높아졌다. 스스로도 놀랐다. 당황하여 목을 움츠리고 "미안" 하고 사과했다.

"나도 모르게 그만⋯⋯."

"괜찮아. 화날 만도 하지. 나도 듣고 왜 헤어지지 않느냐고 화냈는걸."

고토미는 입을 꾹 다물고 인상을 팍 썼다. 사야가 소극적으로 나가서 안타까웠던 모양이다. 고토미는 고개를 갸웃거리며 말을 이었다.

"왜 헤어지려고 하지 않았는지는 나도 몰라. 너한테 이런 말을 하려니 좀 그렇지만, 좋아했는지도 모르지. 나는 그 마음이 영 이해가 안 가지만. 사야는 나한테 어떻게 하면 조금이나마 남자친구가 속박을 풀어줄지 물어봤어."

방법을 물어봐도 고토미에게 묘안은 없었다. 어쨌거나 대화를 나누는 수밖에 없지 않겠느냐고 진부한 해결책을 제시한 게 다라고 한다. 물론 헤어지라고 열심히 설득하기도 했다.

"나도 남자친구라는 사람이랑 이야기를 해본 게 아니니까 어떤 남자인지는 잘 모르잖아. 헤어지지 않으려는 사야의 마음도 이해가 안 갔고. 대화로 풀 만한 사람이라면 다행이지만 어땠을지⋯⋯."

"그후로는 별 이야기 없었어?"

"응. 아주 최근에 만나서 들은 이야기거든. 그후에 어떻게 됐는지 들을 기회는 없었어. 남자친구랑 대화를 나누었는지도 확실치 않고."

"그렇구나……."

모르는 편이 나을 거라는 고토미의 말이 맞았다고 다쓰로는 후회했다. 자신의 마음이 짙은 어둠의 수렁으로 빠져드는 것 같았다.

5

괜히 물어봤다고 후회하기는 했지만 알고 난 이상 더 자세히 알고 싶어졌다. 어떻게든 남자의 얼굴을 한번 보고 싶었다. 고토미가 차가워 보였다고 한 남자의 얼굴을 직접 보고 싶었다.

하지만 남자의 이름조차 모른다. 자격증 학원을 찾아가도 가르쳐주지 않을 것이다. 고토미에게 다시 의지할 수밖에 없었다. 망설이는 고토미를 사정사정하여 간신히 설득했다.

사야가 일하던 학원이 있는 건물 대각선 맞은편에 서서 드나드는 사람들을 지켜보았다. 남자는 직장인이라고 하니까 수업을 들으러 오는 시간은 한정된다. 평일 오후 6시 이후일 것이라 짐작하고 고토미와 함께 갔다. 오늘 허탕 치더라도 다른 요일에 몇 번이고 와서 여기 계속 서 있을 작정이었다.

"그 남자 얼굴을 봐서 뭐 어쩌려고? 사야를 소중하게 여기지 않았다고 화를 낼 것도 아니잖아."

같이 와주기는 했지만 고토미는 영 내키지 않는 모양이었다. 그도 그럴 것이 얼굴을 봐봤자 아무 의미도 없다. 스스로도 엉뚱한 짓을 한다는 것은 알고 있었다. 하지만 이렇게라도 하지 않으면 꺼지지 않을 불같은 감정이 마음속에 싹트고 말았다. 평생 사람을 한 번도 때린 적 없고 타인과 마찰을 일으키지 않도록 조심해서 살아온 다쓰로의 가슴에 정체 모를 야수가 태어났다. 애써 억누르려고 하면 손을 물어뜯는 사나운 야수다. 격한 감정을 누를 수 없어 다쓰로는 당황스러웠지만 동시에 묘한 해방감도 느꼈다. 화를 내고 남을 미워할 수 있다는 것을 새삼스레 깨닫고 나자 찾아온 해방감. 남자를 미워하는 동안은 사야가 죽어서 슬픈 마음을 달랠 수 있을 것 같았다.

"한번 보고 싶었을 뿐이야. 억지를 부려서 미안해."

다쓰로가 사과하자 고토미는 쓴웃음을 지으며 물러났다. 다쓰로가 바로 사과하자 약삭빠르다고 여겼는지도 모른다. 사과는 상대방의 말문을 막아버린다.

"아, 저 사람."

고토미가 다쓰로의 어깨 너머로 뒤쪽을 보았다. 허둥지둥 돌아서자 역 방향에서 이쪽으로 남자 몇 명이 걸어오고 있었다. 그중 한 명에게 다쓰로는 시선을 빼앗겼다. 아주 박정해 보이는 얼굴이었기 때문이다.

"누구?"

남자에게서 눈을 떼지 않고 고토미에게 확인했다. 고토미는 다쓰로에게 한 발짝 다가서서 속삭이듯이 말했다.

"두 번째로 걸어오는 사람. 진회색 코트를 입고 검정색 가방을 들었어."

다쓰로가 점찍은 남자였다. 첫눈에 저 남자가 틀림없다고 확신했다. 남자를 한눈에 알아봐서 다쓰로는 기뻤다. 사야를 함부로 대한 놈이라면 한눈에 알아볼 수 있으리라고 믿었다.

남자는 누가 자신을 노려보는 줄도 모르고 발걸음을 서둘러 건물로 들어갔다. 앞으로 두세 시간은 나오지 않을 것이다. 남자 얼굴은 기억에 단단히 새겨놓았다. 더이상 고토미를 붙들어놓을 필요는 없었다.

"고마워, 덕분에 잘 봤어. 난 조금만 더 여기 있을게. 오늘 네 도움이 컸다. 나중에 꼭 보답할게."

이제 가도 된다는 뜻으로 말했지만 고토미는 돌아가려 하지 않았다. 아직 할말이 남은 듯이 건물 현관과 다쓰로를 번갈아 쳐다보다가 "저기" 하고 입을 열었다.

"여기서 이대로 그 남자가 나오기를 기다리려고? 수업을 받을 테니 얼마간은 안 나올 거야. 차라도 한잔하지 않을래?"

"응? 어, 그러자."

고토미가 그런 제안을 하다니 뜻밖이었지만, 그저 시간이나 때우려는 건 아닌 듯했다. 하고 싶은 이야기가 더 있는 게 아닐까 싶었는데 그 예상이 들어맞았다.

"남자 얼굴이 보고 싶을 뿐이라고 했잖아. 보니까 어땠어?"

근처 패밀리 레스토랑에 간 김에 식사를 하기로 했다. 주문을 하고 나서 고토미는 뭔가 생각하는 표정으로 물었다. 다쓰로는 느낀 그대로 대답했다.

"확실히 차가워 보이기는 하더라. 사야가 왜 그런 놈이랑 사귀었는지 이해가 안 돼."

차여놓고 그렇게 말하니 억지를 부리는 것 같았지만, 한 치의 거짓도 없는 진심이었다. 사야는 내게 질려서 전혀 다른 부류와 사귀기로 한 걸까. 그렇게 생각하자 가슴이 꽉 조인 것처럼 괴로웠다.

"그렇지. 한 번 더 보니까 인상이 더 더러워 보이네. 나 같으면 절대로 안 사귀어. 사야는 정말로 남자 취향이 별로야…….

아, 너 말고 그 남자 이야기야."

고토미가 허둥지둥 덧붙였지만 말하지 않아도 안다. 쓴웃음을 짓자 고토미가 어쩐지 불안한 분위기가 감도는 말을 꺼냈다.

"말할지 말지 계속 망설였어. 아니, 처음에는 말하지 않으려고 했지. 들어도 불쾌할 뿐이니까. 사실 난 그 남자 겉모습만 보고 나쁜 인상을 품었던 게 아니야."

아직 뒷이야기가 남아 있었나. 그렇다면 듣고 싶다. 배려한답시고 감추지 않아도 된다. 사야에 관한 일이라면 뭐든지 알고 싶었다.

"그 남자, 사야한테 폭력을 휘둘렀대. 많이 때렸다더라. 다른 남자에게 웃었다거나 강사와 친하게 이야기를 나누었다는 이유로."

고토미는 목소리를 낮추어 말했다. 크게 말하면 남자 귀에 들어갈까 봐 두렵기라도 한 것 같았다.

다쓰로는 아무렇지도 않았다. 아니, 아무렇지 않다고 착각했다. 실제로는 너무나 강한 충격에 마음이 마비되어 감정이 날아가버렸다. 설마 그런 일이, 설마 그런 일이, 설마 그런 일이. 같은 말만 몇 번이고 머릿속으로 되풀이했다. 고토미의 말에 어려운 단어는 하나도 없는데 무슨 의미인지 전혀 이해가 가지 않았다.

"폭력……? 때려……?"

여자를 때리는 남자가 이 세상에 있는 줄은 알고 있었지만, 자신과는 동떨어진 세상의 이야기라서 소설같이 느껴질 뿐이었다. 그런데 아는 사람이, 그것도 세상에서 제일 소중히 여겼던 사람이 폭력을 당했다. 지금까지 쌓아온 상식이 뿌리째 흔들린 것 같아서 현기증마저 일었다.

"응. 말 안 하려고 했어. 하지만 그놈 얼굴을 보니 화가 막 치밀어 오르더라고. 다른 사람이라면 그 남자한테 덤벼들 수도 있지만, 넌 괜찮으니까 말한 거야. 미안해. 도저히 용서할 수가 없어서."

도저히 용서할 수가 없어서. 고토미의 말이 귓속에서 메아리쳤다. 지당한 말이다. 세상에는 용서할 수 있는 일과 용서할 수 없는 일이 있다. 사야에게 폭력을 휘두르다니 결코 저질러서는 안 되는 짓거리 아닌가. 용서 못 해, 용서 못 해, 용서 못 해. 단 하나의 생각이 다쓰로의 머릿속을 내달렸다.

그후에 어떤 이야기를 나누었는지는 거의 기억나지 않는다. 고토미와 둘이서 사야를 가엾어한 것 같다. 멍한 상태로 집에 돌아와 습관대로 스마트폰 DMB를 켰다. 뉴스 프로그램에 채널을 맞추자 총리가 또 테러에 대해 일장 연설을 늘어놓고 있었다.

"폭력은 최악입니다. 어떤 사정이 있든 폭력을 휘두른 시점에서 '악'입니다. 테러는 절대로 용서해서는 안 될 행위입니다. 사회 구성원 모두의 힘을 모아 테러와 싸웁시다."

폭력은 악이다. 총리의 말이 뇌리에 꽂혔다. 절대로 용서해서는 안 될 행위입니다. 그래, 절대 용서하지 않겠다. 다쓰로는 화면을 뚫어져라 들여다보며 몇 번이고 고개를 끄덕였다.

6

이번에는 혼자 건물을 감시하다가 남자가 나오자 뒤를 밟았다. 남자는 자신이 미행당할 줄은 꿈에도 모를 테니 뒤쪽을 살피는 기척은 조금도 없었다. 그러므로 아마추어인 다쓰로도 손쉽게 남자가 사는 곳을 확인할 수 있었다.

뜻밖에도 남자는 다쓰로의 집과 별반 다를 바 없는 목조 연립주택에 살고 있었다. 각 층에 개방식 복도가 있는 이 층 건물이다. 창문과 창문의 간격으로 보건대 넓어봤자 기껏해야 방하나에 부엌과 거실이 있을까. 다쓰로보다 수입이 많은 일을 하는 줄만 알았으므로 정말로 이 집이 맞는지 의심했다. 하지만 생각해보면 남자는 아직 공인회계사를 준비중이다. 고학생과 다름없는 생활을 해도 이상할 건 없었다.

남자는 1층에 있는 우편함을 확인하고 나서 자기집에 들어
갔다. 잠시 지켜보며 남자가 나오지 않는 것을 확인하고 우편
함으로 다가갔다. 고맙게도 이름이 씌어 있었다. 가쓰무라. 마
침내 미워하는 상대의 이름을 알아내서 다쓰로는 만족했다.

지금 다쓰로와 가쓰무라 사이에는 문 하나밖에 없다. 이 문
이 없으면 어땠을까. 가쓰무라와 단둘이 있는 상태에서 평정심
을 유지할 자신은 없었다. 여기 올 때까지도 가쓰무라의 등을
걷어차고 싶은 충동에 몇 번이나 휩싸였지만 주위에 다른 사람
이 있어서 실행에 옮기지는 못했다. 지금 가쓰무라는 집에 혼
자 있다. 이 집에서 사야를 때린 적도 있을까. 용서 못 한다. 강
렬한 분노가 끓어올라 눈앞이 시뻘게질 것만 같았다. 절대로
용서해서는 안 된다는 총리의 말을 떠올리며 마음속으로 고개
를 끄덕였다.

그날 이후 다쓰로는 시간이 날 때마다 가쓰무라를 미행했
다. 왜 미행하는지 스스로도 잘 몰랐다. 아니, 끝까지 파헤치
면 남는 감정은 하나다. 마음속에서 태어난 사나운 야수. 이것
이 증오라는 감정임을 태어나서 처음으로 실감했다. 남을 미치
도록 미워하는 격한 감정. 무섭지만 감미롭기도 했다. 가쓰무
라를 미워하는 한 사야가 이 세상에 없다는 현실도 견딜 수 있

다. 증오가 현재의 자신을 지탱하고 있음을 다쓰로는 똑똑히 자각했다.

가쓰무라의 뒤를 밟는 데 그치지 않고 얼굴을 볼 기회도 가끔 있었다. 한번은 어깨가 닿을 만큼 상대방이 가까이 다가왔다. 가쓰무라가 집에 가다 편의점에 들렀을 때다. 밖에서 기다리면 부자연스럽게 보일 것 같아서 뒤늦게 따라 들어갔다. 가쓰무라는 점포 왼편 안쪽에 놓인 음료수 냉장고 앞에 있었다. 다쓰로는 근처에 비치되어 있는 잡지 표지를 보는 척했다. 수없이 진열된 잡지의 글자를 눈으로 좇는 척하며 의식은 가쓰무라에게 집중했다. 그러므로 음료수를 든 가쓰무라가 다가오는 것은 알아차렸지만 달아날 수도 없어서 제자리에 가만히 서 있었다.

"실례."

그 한마디와 함께 손이 뻗어 왔다. 가쓰무라는 다쓰로 눈앞에 있는 컴퓨터 잡지를 진열대에서 뽑았다. 다쓰로는 가쓰무라의 옆얼굴을 바로 옆에서 똑바로 쳐다보았다. 눈꼬리가 약간 치켜올라갔고 입술은 얇았다. 턱은 뾰족했고 콧날은 곧게 쭉 뻗었다. 보기에 따라서는 잘생긴 남자지만 차가운 인상이었다. 여자에게 폭력을 휘두른다는 사실을 알아서 그런지 신경질적으로 보였다.

바로 눈을 돌린다고 돌렸지만 실제로는 꽤 오래 바라보았던 모양이다. 가쓰무라는 다쓰로의 시선을 알아차리고 쏘아보았다. 기가 죽어서 상대의 시선에서 달아나듯이 편의점을 나섰다. 나온 후에야 스스로가 한심하게 느껴졌다.

왜 맞서서 노려보지 못했을까. 후회가 몸을 뚫고 나갈 기세로 치밀어 올랐다. 가쓰무라를 미워하잖아. 그렇다면 노려봐야 했어. 아니, 그것만으로는 모자라. 노려보는 것만으로는 만족할 수 없어. 증오란 가벼운 감정이 아니야. 자신에게 솔직해져. 또 하나의 자신이 명령했다. 노려보는 데 그치지 않고 때리고 싶다. 때려도 된다. 놈은 사야에게 폭력을 휘둘렀으니까. 남에게 폭력을 휘두르는 인간은 폭력을 당해도 싸다. 인과응보란 그런 것이다. 사야가 느낀 아픔을 가쓰무라도 느껴야 마땅했다.

미행을 단념하고 집에 돌아왔다. 아무것도 없는 집에 돌아오자 가쓰무라의 눈빛에 기가 죽은 자신을 더욱 용서할 수 없었다. 이러니까 사야는 정이 떨어진 것이다. 남을 마주 노려볼 수 있는 용기를 키워야 한다. 자신이 조금만 더 강했다면 사야는 떠나지 않았다. 자신과 계속 사귀었다면 사야의 운명도 달라졌을 것이다. 사야는 테러에 희생당하지 않고 지금도 살아 있을 것이다.

강해지고 싶다고 절실하게 바랐다. 힘이 있으면 돈을 벌 수 있다. 힘이 있으면 연인에게 차이지 않는다. 노려보는 상대의 눈을 피하지 않고 맞서 노려보는 용기. 폭력을 휘두르는 놈을 응징할 수 있는 힘. 다음에 가쓰무라가 또 노려보면 반드시 때리겠다. 맞으면 얼마나 아픈지 가쓰무라에게 가르쳐줘야 사야의 한을 풀 수 있을 것 같았다.

증오는 화선지에 떨어진 먹물 한 방울 같았다. 마음에 검정색 점이 점점 퍼져나가서 이제 두 번 다시 하얗게 돌아갈 수 없다. 가쓰무라에게 느끼는 분노. 때리고 싶다는 충동. 그리고 그러한 감정은 가쓰무라 같은 남자를 사귄 사야를 원망하는 감정으로 발전했다. 왜 그런 남자와 사귄 건지, 사야의 마음이 도무지 이해가 가지 않았다.

분명 다쓰로는 돈을 많이 벌지 못한다. 사회 공헌도가 높고 많은 사람이 필요로 하는 일인데 왜 보수가 적을까. 반면에 가쓰무라는 공인회계사가 되면 유복한 삶을 누릴 수 있다. 여자에게 폭력을 휘두르는 남자가 사람들이 필요로 하는 자신보다 높은 사회적 지위를 얻는 모순. 이런 사회는 잘못된 것 아닐까. 생각할수록 더 화가 치밀었다.

나쁜 것은 나쁘다고 총리는 단언했다. 그런 논리로 말하자면 잘못된 사회는 잘못된 셈이다. 성실하게 살아가는 사람이 손해를 보는 사회는 뒤엎어야 한다. 어떻게 하면 사회를 뒤엎을 수 있을까. 선거에 출마하여 정치가가 되면 될까. 너무 비현실적이다. 일개 보육사가 느닷없이 선거에 출마한들 당선될 리 없다. 그렇다면 데모? 데모해봤자 아무것도 달라지지 않는다는 것은 모두 잘 알고 있다. 힘이 없는 자는 힘이 있는 자를 당해내지 못한다. 힘이 없는 자가 항거할 수단은 하나뿐이다. 그래서 테러를 택하는 건가. 다쓰로는 이제야 소규모 테러를 일으키는 사람들의 마음을 이해했다. 테러를 비판하는 사람은 약자가 눈에 들어오지 않는 사람들이다.

편의점에서 가쓰무라와 마주친 후부터 장을 볼 때면 무심코 날붙이에 눈길이 갔다. 이 기분은 뭐지? 날붙이로 뭘 하고 싶은 걸까. 가위, 식칼, 과도. 예리한 물건들만 시야에서 크게 확대된 것처럼 보였다. 저걸 집어 들면 되는 걸까. 날붙이를 들고 뭘 어쩌려고.

스스로에게 물어볼 필요도 없었다. 날붙이를 가쓰무라의 등에 쑤셔박고 싶은 것이다. 미행할 때 걷어차고 싶다는 충동을 몇 번이나 느끼지 않았던가. 발로 걷어차는 걸로는 부족하다. 날붙이가 있으면 가쓰무라의 등에 쑤셔박을 수 있다. 사야는 남자친구에게 얻어맞고 속박당한 끝에 느닷없이 목숨을 잃었다. 너무나 애처롭다. 사야의 원한을 갚을 수 있는 사람은 다쓰로뿐이다. 감히 사야를, 감히 사야를, 감히 사야를. 잠꼬대처럼 중얼거리며 가쓰무라의 등을 찌르는 자신의 모습을 수없이 상상했다. 마치 몸소 겪은 일처럼 생생하게 그 상황이 그려져서 현실과 망상의 경계가 흐릿해졌다. 근처 슈퍼마켓에 장을 보러 갔을 때 식칼을 들었다가 내려놓기를 반복했다. 그대로 계산대에 들고 가라고 또 다른 자신이 말했다. 이걸 사기만 하면 사야의 복수를 할 수 있다. 계기가 필요했다. 날붙이를 살 계기. 그 계기만 있으면 더이상 망설이지 않으리라. 앞으로 한 발짝만 더 나아가면 망상을 현실로 바꿀 수 있다는 예감이 들었다.

어느 날 어린이집 뜰에서 아이들과 놀고 있을 때였다. 모래밭 쪽에서 "뭐야!"라는 목소리가 들리더니 이어서 울음소리가 울려 퍼졌다. 둘 다 남자애 목소리였다. 아무래도 싸움이 벌어진 모양이었다.

바로 달려가서 누구인지 확인했다. 뭐야, 하고 소리를 지른 아이는 다섯 살배기 중에서 덩치는 큰 편이지만 말이 늦은 아이였다. 자신의 마음을 말로 잘 표현할 수 없어서 답답한지 손찌검부터 하고 드는 문제아이기도 했다. 난폭하기는 아이의 아버지도 마찬가지라서 누가 때리면 너도 때리라고 아이에게 시키는 모양이었다. 다쓰로는 이런 유의 부모가 제일 상대하기

난감했다.

　울음을 터뜨린 쪽도 굳이 따지자면 성격이 괄괄한 아이였다. 하지만 소리를 지른 아이만큼 덩치가 크지 않아서 그런지 다른 아이와 싸우다가 지면 금방 울음을 터뜨리고는 했다. 당연히 이 두 아이는 사이가 좋지 않아 보통은 함께 놀지 않는다. 그런데 오늘은 웬일인지 둘 다 모래밭에 있었던 모양이다. 떨어져서 놀면 될 것 아니냐고 속으로 투덜댔지만 아이에게 할 말은 아니었다.

　"왜 그러니? 무슨 일이야?"

　덩치가 큰 아이와 함께 놀고 있던 다른 아이들에게 물었다. 덩치가 큰 아이가 입을 뾰로통하게 내밀고 말했다.

　"얘가 잘못했어요. 나가 죽으라고 했단 말이에요."

　"뭐? 나가 죽으라고?"

　요즘 아이들은 거친 말도 예사롭게 입에 담는다. 부모가 평소에 쓰는 말이리라. 부모에게 그런 말을 듣고 자란 아이는 분명 나중에 자기 아이에게도 험한 말을 가르칠 것이다. 싸우는 아이들을 보고 있으면 사회에 모가 나는 과정을 세세하게 보는 듯해 암담한 기분이 든다.

　"왜 그런 말을 했니?"

　울고 있는 아이에게 물었지만 훌쩍훌쩍 우느라 말을 제대로 하지 못했다. 하는 수 없이 다른 아이들을 둘러보며 "아니?" 하고 묻자 한 아이가 가르쳐주었다.

"있죠, 있죠, 렌이 겐야의 터널을 부쉈대요."

"터널을? 왜?"

"어, 어, 비틀비틀 콱 했어요."

주변에서 보고 있던 아이들의 말을 종합하면 겐야가 만든 모래 터널을 덩치가 큰 렌이 부숴 겐야가 울음을 터뜨린 모양이다. 하지만 일부러 그런 것이 아니라 일어설 때 비틀거리다가 밟은 듯하다. 그래서 겐야가 나가 죽으라고 한 건 알겠는데, 왜 이렇게 우는지는 모르겠다. 렌이 또 손찌검을 한 게 아닐까 싶었는데 아니나 다를까 그랬다.

"겐야는 왜 이렇게 우는 거니?"

"렌이 때렸거든요."

다른 아이가 설명하자 바로 렌이 목소리를 높였다.

"열받잖아요."

도무지 다섯 살배기답지 않은 주장으로 렌은 자신의 행동을 정당화하고자 했다. 렌이 싫지는 않았지만 험한 말투는 아무래도 마음에 들지 않았다. '열받는다'는 이유로 남을 때리다니 앞날이 걱정됐다. 그러면 안 된다고 더 자라기 전에 가르쳐주고 싶지만 부모의 영향력은 크다. 어린이집에서 가르치는 것만으로는 한계가 있었다.

머릿속에서 타이를 말을 정리하고 있을 때였다. 멀찍이서 둘러싸고 이쪽을 지켜보던 여자애들 중 한 명이 앞으로 나섰다. 그 아이는 렌의 곁으로 다가가 어른스러운 말투로 말했다.

"열받는다고 해서 때리면 테러랑 똑같아."

유카라는 아이였다. 이 연령대는 여자애가 남자애보다 성장이 빠르고 말재간도 좋다. 개중에서도 이 아이는 부모가 건실한 사람인지 늘 옳은 소리를 했다. 싸우는 남자애들 사이에 종종 끼어들어 화해시키기도 했다. 덩치가 큰 렌도 여자애에게는 함부로 굴지 않는지 늘 끽소리도 못 했다.

유카는 분명 자기 부모가 한 말을 빌려 온 것이리라. 유카의 부모는 사회에 대한 분노에 몸을 맡기고 테러를 저지르는 사람들을 비판하지 않았을까. 그 비판을 어린이집에서 일어난 싸움에 끌어오다니 다섯 살배기다운 행동이라 웃음이 머금어질 만도 했지만 다쓰로는 웃을 수 없었다. 다섯 살배기의 말에 가슴이 철렁했기 때문이다.

화가 났다고 해서 남을 때리면 테러랑 똑같다. 바른말이다. 다쓰로도 예전에는 테러를 용서할 수 없는 짓이라고 생각했다. 그런 다쓰로의 가슴에 살의가 싹텄다. 폭력을 써서 미워하는 상대를 없애야 마음의 평안을 얻을 수 있다고 믿었다. 이 얼마나 무서운 발상인가. 완전히 이성을 잃었다. 마치 악마 같은 존재에 씌어서 조종당하고 있었던 것 같지만, 그렇지 않다. 가쓰무라를 죽이고 싶다고 진심으로 바란 것은 다른 누구도 아닌 다쓰로 자신이었다.

붉은 안개에 둘러싸여 있던 시야가 갑자기 탁 트인 것 같았다. 씌어 있던 것이 떨어져나갔다는 핑계는 대지 않겠다. 이제야 눈을 뜬 것이다. 자신은 지금까지 총리의 단락적이고 경솔한 말에 놀아났다. 가쓰무라가 사야에게 아무리 심한 짓을 했다고 한들 죽여도 되는 것은 아니다. 까딱 잘못했으면 다쓰로는 테러범과 다름없는 존재가 될 뻔했다. 자신을 구해준 유카에게 아무리 고마워해도 모자랄 지경이었다.

"그래, 유카. 유카 말이 맞아. 선생님은 정말 감탄했어."

쪼그리고 앉아 유카에게 눈높이를 맞추었다. 유카는 다쓰로를 보고 방긋 웃었다.

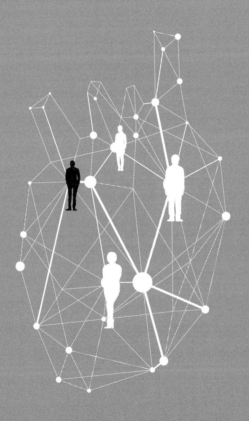

오무라 요시히로의 경우

1

오무라 요시히로는 시간의 흐름을 눈으로 볼 수 있다면 자기 앞의 이 광경이 아닐까 하고 생각했다. 같은 간격으로 왼쪽에서 오른쪽으로 쉴 새 없이 흘러가는 볼트의 행렬. 어디가 시작이고 어디가 끝인지도 모를 볼트의 행렬은 그야말로 시간의 흐름 그 자체다. 흐름은 언제나 동일하고 규칙적이기에 보는 이에게 고통을 더한다. 움직이는 시계 초침을 하루 종일 지켜보는 것이 일이라면 과연 그 일을 견딜 수 있는 사람은 얼마나 될까. 규칙적인 흐름을 지켜보는 것이 고행인 까닭은 인간이 기계가 아니기 때문이다.

자동차 공장에서 사람들이 가장 꺼리는 작업은 완성된 볼트를 검품하는 일이다. 단조로움을 견디지 못하고 하루 만에 그만두는 사람도 드물지 않다. 작업 내용은 아주 간단하다. 벨트컨베이어에 실려 눈앞을 지나가는 볼트를 지켜보다 불량품을 골라낸다. 누구나 할 수 있는 간단한 일이다. 하지만 오래하는 사람은 거의 없다. 요시히로는 이 일을 시작하고 나서 인간은 생각함으로써 살아 있음을 실감한다는 사실을 깨달았다. 인간인 이상, 사고를 버리고 그저 기계의 일부처럼 행동하기는 매우 어렵다.

에도시대에 행한 고문 중에 손발을 묶고 이마에 일정한 간격으로 물방울을 떨어뜨리는 고문이 있었다고 한다. 육체적인 고통은 전혀 없다. 하지만 몇 날 며칠 이 고문을 당하는 사람은 미친다고 한다. 듣기만 해서는 좀처럼 와닿지 않는 이야기지만 그와 비슷한 상황을 몸소 체험하고 나자 미칠 법도 하다고 이해했다. 요시히로는 퇴근 시간이 정해져 있으니까 견딜 수 있지만, 스물네 시간 연달아 며칠이나 근무하면 아마 미쳐버릴 것이다. 그만두지 않고 잘도 이런 일을 계속하는 자신의 인내심에 놀랄 지경이었다.

정신적으로만 괴로운 것은 아니다. 하루 종일 서 있으니 허리와 다리가 아프고, 오로지 눈알만 좌우로 움직여야 하기 때문에 눈도 피곤하다. 뻣뻣해진 허리와 다리를 풀기 위해 매일 스트레칭을 빼먹지 않는다. 가능하면 안약도 넣고 싶다. 단, 스트레칭은 공짜지만 안약을 사려면 돈이 든다. 그러므로 눈꺼

풀 위로 눈을 마사지하는 것이 고작이고, 그래도 힘들 때는 젖은 수건을 덮어 눈을 식힌다. 물론 그 정도로 만성적인 눈의 피로가 풀릴 리 없고, 최근에는 시력이 떨어진 느낌도 들었다. 말 그대로 몸과 마음을 바쳐 일하지만 그 대가로 받는 보수는 서글플 만큼 적었다.

즐거운 일을 할 때는 시간이 순식간에 지나가는데 힘든 일을 할 때는 왜 이리도 시간이 더디게 가는 걸까. 요시히로는 시간은 일정한 속도로 흐르는 게 아니라 상황에 따라 달라지는 게 아닐까 의심스러웠다. 여덟 시간 노동이 스무 시간이나 서른 시간으로 느껴졌고, 업무의 끝을 알리는 벨은 영원히 울릴 것 같지 않았다. 하지만 물론 그럴 리 없다. 끝없이 느껴지는 작업에도 끝은 찾아온다. 벨이 울리는 순간 요시히로는 몸에서 가만히 힘을 뺐다. 아직 벨트컨베이어에서 눈을 뗄 수는 없다. 벨트컨베이어는 멈추지 않기 때문이다. 뒤에서 기다리고 있는 교대 직원과 호흡을 맞추어 자리를 바꾸었다. 담당 구역에서 벗어나고 나서야 눈의 초점이 잘 안 맞는다는 것을 알아차렸다. 다리가 뻣뻣해지는 것에는 익숙해졌지만 눈의 피로에는 익숙해질 수가 없었다. 이러다 눈에 이상이 생길 것 같은 공포를 애써 무시했다. 걱정해봤자 소용없는 일은 걱정하지 않는 습관이 이제 완전히 몸에 배었다.

"수고하세요."

아직 남아 있는 사람들에게 인사하고 작업장을 나섰다. 모두가 인사를 받아주었다. 인사라도 하지 않으면 변화가 없어서 괴롭기 때문이리라. 이런 환경인데도 직장 분위기가 나쁘지 않은 것이 그나마 다행이었다.

오늘은 주간반이라 오후 6시에 일이 끝났다. 탈의실에서 옷을 갈아입고 공장을 나섰다. 다른 동료들도 같은 곳으로 돌아가므로 함께 걸어간다. 하지만 요시히로는 즐겁게 담소를 나누는 사람들 뒤를 따라갈 뿐이다. 따돌림당하는 것은 아니지만 아직도 대화에 끼어들기가 힘들었다. 동료들도 요시히로가 말더듬증이 있다는 것을 알아 억지로 대화에 끌어들이지는 않는다. 요시히로는 동료들의 이야기를 듣는 것만으로도 만족스러웠지만 가끔은 자기 생각을 말해보고 싶었다. 풍족한 삶은 분수에 넘치는 꿈임을 잘 알지만 이야기하는 즐거움마저 허용되지 않다니 조금 울적했다.

사원 기숙사로 돌아가는 길에 있는 편의점에 들러 저녁거리를 샀다. 일을 마치고 모두 함께 술을 마시러 갈 금전적인 여유는 없다. 기껏해야 누구 방에 모여서 함께 저녁을 먹는 정도다. 하지만 오늘은 그런 이야기도 나오지 않고 계산을 마친 사람부터 순서대로 편의점을 빠져나갔다. 요시히로도 주먹밥과 어묵구이를 사서 동료들과 거리를 두고 혼자 기숙사로 향했다.

작은 공원에 접어들 무렵에는 제법 어두워졌다. 딱 하나 서 있는 외등이 놀이기구를 환히 비추었다. 놀고 있는 아이는 없다. 요시히로는 썰렁한 공원에 들어가서 나지막한 화단 앞에 쪼그리고 앉았다. 쯔쯔쯔, 하고 혓소리를 내자 야옹, 하고 대답하며 덤불 속에서 흰 고양이가 나타났다.

"꼬, 배고팠지?"

흰 고양이에게 말을 걸었다. 사람하고 이야기할 때는 말이 잘 안 나오는데, 왜 고양이한테는 말이 술술 잘 나오는 걸까. 오십음도의 가か 행이 입에서 제일 잘 안 나오고 아ぁ 행이 가장 발음하기 쉽지만, 그게 이유는 아닌 것 같았다. 아마 고양이와 이야기할 때가 제일 마음 편하기 때문일 것이다. 사람과 함께 있으면 요시히로는 긴장한다. 아무리 좋은 사람이라도 편하게 이야기할 수 없다. 왠지는 모른다. 중학교 때 타고난 체질이라고 받아들이고 고치기를 포기했다.

꼬는 요시히로가 고양이에게 붙인 이름이다. 처음 봤을 때는 새끼여서 꼬마라고 불렀다. 하지만 점점 자라자 꼬마가 어울리지 않아서 꼬로 바꿨다. 꼬라는 이름을 고양이도 알아듣는 것 같아서 기뻤다. 기숙사에 살지 않으면 데려가서 키우고 싶었지만, 애완동물을 키우는 것 또한 요시히로에게는 사치였다.

"어묵구이 사 왔어. 맛있겠지?"

포장된 어묵구이를 비닐봉지에서 꺼내서 뜯었다. 통째로 다 주고 싶지만 그럴 수 없어서 안타까웠다. 3분의 1만 자기 몫으로 남기고 나머지를 꼬 앞에 놓았다. 꼬는 걸신들린 것처럼 어묵구이를 먹어치웠다. 어렸을 때는 조금만 떼어줘도 충분했지만, 요즘은 3분의 2를 먹어도 모자라는 듯했다. 자식이 자라는 모습을 지켜보는 기분이 이럴까. 무럭무럭 잘 자라서 기뻤지만 더이상 크지는 말라고 속으로 부탁했다. 요시히로도 하다못해 어묵구이 3분의 1 정도는 먹고 싶었다.

어묵구이를 먹고 주먹밥도 뜯었다. 주먹밥도 꼬에게 조금 나누어주었다. 얼마 안 되는 음식을 길고양이와 나누어 먹는 생활. 스스로 생각해도 비참했지만, 맛있게 먹는 꼬를 보면 어느새 흐뭇한 기분이 들었다.

2

일하면서 눈을 혹사하기에 집에서는 쉬는 편이 좋다는 것은 안다. 하지만 동료와 대화를 나누지도 못하고, 방에는 텔레비전도 라디오도 없으니 스마트폰만이 유일한 오락거리다.

한물간 기종이라 기곗값을 주지 않고 산 스마트폰이 요시히로의 생활을 180도 바꾸었다. 예전 휴대전화와 달리 인터넷 세상을 자유로이 보고 돌아다닐 수 있어 좋다. 스마트폰은 대인관계가 서투른 요시히로를 바깥세상으로 데려다주는 창문이었다.

늘 이용하는 SNS에 로그인하여 자주 드나드는 소모임을 확인했다. 이 소모임은 별로 유명하지 않은 소설가의 팬클럽이라 회원 수가 적다. 하지만 그런 만큼 회원 한 명 한 명과 깊게 교류할 수 있어 요시히로는 마음에 들었다. 몇 번이나 대화를 나눈 상대는 닉네임과 간단한 프로필밖에 모르는데도 머릿속으로 얼굴을 그릴 수 있을 정도였다.

어젯밤 잡담 게시판에 소설가가 쓰고 있는 시리즈가 앞으로 어떻게 전개될지 간단하게 예상하는 글을 올렸다. 그 글에 댓글이 하나 달려 있었다. 댓글을 단 사람의 닉네임은 미도링이었다. 저도 모르게 표정이 누그러졌다.

재미있어요. 하지만 독자의 예상보다 더 재미있게 써야 하니까 작가도 힘들겠네요.

스마트폰 화면에 뜬 단 두 줄의 댓글. 하지만 요시히로는 더할 나위 없이 기뻤다. 다른 댓글은 없었다. 요시히로가 쓴 글에 반응하는 사람은 대개 미도링뿐이지만 섭섭하지는 않다. 요시히로는 그 누구보다도 미도링의 댓글이 달리기를 바라기 때문이다.

분명 제가 생각한 내용보다 훨씬 재미있게 써주실 거예요. 이렇게 부담을 팍팍.

마지막에 웃는 얼굴 이모티콘을 넣었다. 요시히로는 남과 직접 마주보고 이야기할 때는 농담 한마디 못 하지만 글로 교류할 때는 익살을 떨 줄도 안다. 자기가 한 말에 반응이 돌아와서 기뻤다. 인터넷 세계에 푹 빠지기 전까지는 남과 교류하는 것이 이렇게 즐거운 줄 몰랐다. 왜 사람은 고독을 견디지 못하는 걸까. 혼자 살아갈 만큼 강하다면 이 세상에 괴로운 일은 없을 텐데. 하지만 실제로는 미도링이 쓴 댓글 하나에 마음이 따스해졌다. 강해지기를 바라면서 남의 반응으로 마음이 치유되다니 모순이다. 하지만 강해질 수 없다면 남의 온기를 나누어 받고 싶었다. 설령 그 온기가 고작 사 인치 크기의 화면상에서 나누는 대화에 불과하더라도.

미도링의 프로필은 헤아릴 수 없이 많이 봤으므로 완벽하게 외웠다. 1990년 8월 7일생, 23세. 도쿄 도내 회사에 다니는 회사원. 직종은 사무직. 취미는 독서와 영화 감상, 귀여운 것 수집. 프로필에 적혀 있는 정보는 그게 다였다. 얼굴 사진은 비공개였고, 몸무게는 물론 키도 밝히지 않았다. 그래서 말랐는지 통통한지, 머리가 긴지 짧은지, 얼굴이 둥그스름한지 갸름한지 등등 외모에 관해서는 전혀 모른다. 다만 늘 차분한 느낌의 글을 써서 그런지 나이에 비해 어른스럽게 느껴졌다. 그리고 배려심이 있어서 남에게 상처를 주지 않는다. 글만 읽어보아도 상냥한 여자임을 알 수 있었다. 요시히로에게는 그걸로 충분했다.

미도링과 더 많은 이야기를 나누고 싶었다. 미도링에 관해 더 많이 알고 싶었고, 자신에 관해서도 더 많이 알려주고 싶었다. 실제로 만나면 말을 제대로 못 할 것이 뻔하니 인터넷을 통한 대화로 충분하다. 하루에 한마디 댓글만 오고가는 게 아니라 실시간으로 이야기를 해보고 싶었다.

그것이 현재 요시히로의 꿈이었다. 이렇게 말하면 거창하지만 살아가는 희망이라고 할 수 있다. 희망이 없으면 삶은 괴롭다. 희망이 있으므로 공장의 톱니바퀴나 다름없는 무미건조한 생활도 견뎌낼 수 있었다.

미도링하고는 아직 실시간 대화를 나누어본 적이 없지만, 다른 사람하고는 대화를 나누기도 한다. 요시히로는 다른 SNS로 이동했다. 이 SNS에서는 현재 로그인 상태인 사람의 명단이 표시된다. 요시히로는 명단에서 도베를 발견하고 그의 개인 페이지로 가서 비밀 대화 기능으로 말을 걸었다.

지금 일 마치고 돌아왔어요. 아, 피곤하다~

바로 대답이 돌아왔다. 도베는 결코 요시히로를 무시하지 않는다.

수고했어. 눈은 괜찮아?

예전에 일 때문에 눈을 혹사한다고 쓴 적이 있었는데 그걸 기억하고 걱정해준 것이다. 작은 관심이었지만 정말 기뻤다. 자신도 도베처럼 마음씀씀이가 고운 사람이 되고 싶었다.

안약 넣었으니까 괜찮아요.

요시히로는 선의의 거짓말이라는 말이 괜히 있는 게 아니구나 싶었다. 도베에게 쓸데없는 걱정을 끼치고 싶지 않을뿐더러 안약을 살 돈도 없다고 고백하는 건 비참하다. 도베와 이야기를 나누면 즐겁고 도베를 신뢰하기도 하지만 자신에 관해 미주알고주알 다 털어놓을 생각은 없었다. 그래서 친구를 잘 못 사귄다는 건 알지만 속내를 털어놓았다가 서로 부딪히는 게 훨씬 싫었다.

말더듬 때문에 자신의 마음을 잘 표현하지 못하는 요시히로는 서로 감정이 엇갈리면 바로 주먹부터 나가는 아이였다. 자기 생각을 상대에게 전달할 수단이 폭력밖에 없었던 것이다. 초등학생 때는 걸핏하면 싸움을 거는 녀석이라는 꼬리표가 붙어 반 아이들과 사이가 멀어졌다. 중학교에 입학했을 무렵부터 폭력 충동을 누를 수 있게 됐지만, 폭력을 휘두르지 않을 뿐 시뻘게진 얼굴로 주먹을 부들부들 떠는 모습도 무서워 보이기는 매한가지였다. 그런 경험을 하면서 의견 대립은 무조건 피해야 한다고 배웠다. 충돌하지 않으면 감정이 요동칠 일도 없다. 실제 대인 관계에서뿐만 아니라 인터넷에서도 마찬가지다. 실생활에서 대인 관계가 좋지 않은 만큼 인터넷에서 알게 된 친구를 소중히 하고 싶었다. 그러므로 요시히로는 자신의 모든 것을 밝힐 생각이 없었다.

그거 다행이군. 그런데 오늘은 뭐 좀 새로운 일이 있었나?

도베가 물었다. 요시히로가 예전에 생활이 죽을 만큼 단조로워 힘들다고 푸념했을 때, 도베는 하루를 지루하게 보낼지 재미있게 보낼지는 본인 하기 나름이라고 말했다. 생활이 단조롭더라도 그 속에서 새로운 뭔가를 찾아내면 그것만으로도 하루가 신선해진다. 그러니까 지금의 삶이 재미없다면 적극적으로 새로운 뭔가를 찾으라고 했다. 요시히로는 도베가 몇 살인지는 몰라도 생각이 참 깊다고 순수하게 감탄했다. 이십 대 후반인 요시히로보다 인생 경험이 훨씬 많은 것이리라. 그후 요시히로는 도베가 말한 대로 새로운 것을 찾으려고 애썼다. 매일 찾아내지는 못했지만, 그래도 세상을 보는 눈이 확 달라진 것 같았다.

성장을 지켜보는 건 기쁘기도 하고 서운하기도 하구나. 뭐 이런 거?

　오늘 느낀 일은 아니었지만 꼬에게 어묵구이를 줬을 때 느낀 점을 썼다. 도베의 대답이 한 박자 늦었다.

　— 뜬금없군. 무슨 소리야?

　— 고양이요. 저를 잘 따르는 고양이가 있다고 전에 말씀드렸잖아요. 그 고양이를 보니 그런 생각이 들었어요.

　요시히로는 자신이 느낀 점을 설명했다. 잘 설명했는지 자신은 없었지만 도베는 이해해주었다.

　그건 너 자신의 성장이기도 해. 넌 아이를 가진 부모의 마음을 이해한 거야. 대단한 발견이군.

　누군가에게 인정받으면 기쁘다. 요시히로는 지금까지 살아오면서 다른 사람에게 인정받았던 적이 별로 없었다.

　이대로 살아도 괜찮다고 인정받는 게 심적으로 얼마나 큰 힘이 되는지 모른다. 도베는 언제나 요시히로가 듣고 싶은 말을 해주었다.

　— 남의 마음을 이해하지 못하는 사람은 남의 아픔도 이해하지 못해. 넌 그렇게 시야가 넓어지면서 남의 아픔을 이해하는 인간이 되고 있는 거야.

　— 그렇군요. 전 남의 아픔을 이해하는 인간이 되고 싶어요.

　도베의 말은 늘 느끼는 바가 많다. 요시히로는 학교 선생님을 존경했던 적은 없었지만 도베는 인생의 참된 선생님으로 여기고 있다. 얼굴도 정체도 모르는 인생의 스승. 도베의 가르침 덕분에 단조로웠던 오늘도 조금 윤택해진 것 같았다.

3

"오무라, 이번 선거 때 누구 찍을 거야?"

휴식 시간에 갑자기 가와사키가 물었다. 가와사키 선배는 시사 문제에 대해 이야기하는 것을 좋아한다. 옛날에는 선거나 정치에 전혀 흥미가 없었지만, 아이가 생긴 후로 사회에 관심을 가지게 됐다고 한다. 지금까지 한 번도 투표한 적이 없는 요시히로를 야단치고, 작년 참의원 선거 때 투표소까지 데려간 사람도 가와사키였다.

"아, 아, 아직 안 정했는데요."

가와사키와 이야기할 때는 비교적 매끄럽게 말이 나온다. 말더듬은 익숙함의 문제도 커서 자주 이야기를 나누는 사람과 말할 때는 덜 더듬는다. 말을 더듬을까 봐 무서워서 이야기 상대를 만들지 못하는 게 문제다. 일단 말을 해야 익숙해질 텐데, 첫걸음을 떼기가 너무 힘들다.

가와사키는 귀중한 예외였다. 요시히로가 말을 더듬든 말든 신경쓰지 않고 처음부터 적극적으로 말을 걸었다. 요시히로가 대답을 잘 못 해도 재촉하지 않고 가만히 기다려주었다. 어릴 적에 말을 더듬는 친구가 있어서 어떻게 대해야 하는지 안다고 했다. 그 말을 듣자 마음이 펴해져 가와사키와는 거리낌없이 이야기를 나누게 되었다.

"안 정했다고? 두말할 것 없이 이번에는 자헌당이지."

당연하다는 듯한 말투였다. 가와사키 말고도 그렇게 생각하는 사람이 전국에 꽤 많을 것이다.

현재 자헌당 내각 지지율은 팔십 퍼센트에 가깝다. 자헌당의 정책 때문이 아니라 총리가 개성적이라 인기가 높기 때문이다. 과거 정치가들에게서는 볼 수 없었던 딱 부러지는 언동과 배우 뺨치는 외모로 남녀노소를 가리지 않고 폭넓은 지지를 얻었다. 좋아하는 것은 바이올린 연주와 애니메이션. 그저 인기를 끌기 위해 물과 기름처럼 보이는 두 가지 취미를 즐긴다고 공언한 것은 아니다. 그 방면의 평론가나 마니아 들과도 심도 깊은 논쟁을 벌일 수 있을 만큼 지식과 이해력이 풍부하다는 것이 잡지와 인터넷을 통해 널리 알려졌다.

모든 의미에서 파격적인 정치가였다. 정체된 시대에 답답함을 느끼던 국민들은 새로운 영웅의 등장을 열광적으로 환영했다. 그는 파벌의 폐습을 뛰어넘어 당대표를 꿰찼고, 인기를 등에 업고 참의원 선거에서 당에 대승을 안겨준 후, 여세를 몰아 총리 자리까지 올랐다. 이제야 다른 나라의 지도자들과 나란히 서도 창피하지 않은 인물이 총리가 되었다고 사람들은 기뻐했다. 궁상맞게 생긴 노인이 나라를 대표해 외국에 나가는 게 부끄러웠던 것이다.

팔십 퍼센트 가까운 국민이 지지하는 당이 아닌 다른 당에 투표하겠다고 하면 기이하다고 눈총을 받는다. 자헌당을 찍는 것이 당연하며, 그렇지 않으면 이상한 사상을 품고 있기 때문일 거라고 간주된다. 왜 자헌당을 지지하느냐고 물으면 사람들은 "총리가 마음에 드니까" 혹은 "생각하고 자시고 할 것도 없어"라고 대답한다. 국민에게 이유는 그것으로 충분했다.

"난 가방끈이 짧아서 어려운 정치 이야기는 잘 몰라. 하지만 현재 총리는 어려운 이야기는 한마디도 섞지 않고 뭐가 되고 뭐가 안 되는지 확실하게 말해준다고. 고개를 끄덕이게 되더라니까. 총리 얘기를 듣고서 처음으로 낙하산 인사도 세금 낭비도 하면 안 되는구나 싶었어. 물론 말은 쉽지. 하지만 정치가는 국민의 목소리를 들은 척도 안 하잖아. 하물며 총리가 우리와 같은 목소리를 내줄 리가 없지. 그런데 그 말도 안 되는 일이 벌어졌으니 기분 좋잖아. 그 총리한테 맡기면 분명 일본의 장래는 밝을 거야."

가와사키는 들고 있던 캔커피를 휘두를 듯한 기세로 열렬하게 말했다. 정치 이야기가 나오면 가와사키의 목소리에는 열기가 깃든다. 가와사키는 뭐든지 단정적으로 이야기하는 편이라 시종일관 양자택일을 부르짖는 총리의 논리가 마음에 쏙 들었으리라. 총리는 "낙하산 인사, 허용할 수 있습니까?", "세금 낭비, 참을 수 있습니까?" 하고 국민에게 묻는다. 물론 모두가 아니라고 답한다. 그 결과 총리를 지지하는 사람은 늘어난다. 지지하기를 망설이는 사람은 매국노 소리를 듣는다.

"우리가 얼마나 죽어라 일하냐? 그런데 고작 입에 풀칠이나 하다니 이상하잖아. 너도 휴식 시간에 하다못해 주스 하나쯤은 마시고 싶잖아. 물밖에 못 마시는 이 사회가 잘못된 거야."

가와사키의 말에 무심코 손에 든 종이컵을 보았다. 가와사키 말대로 요시히로는 돈이 아까워 음료수가 아니라 물을 마신다. 비참하다는 기분도 들지 않게 된 지 오래다.

요시히로는 파견 사원이고 가와사키는 계약 사원이다. 계약 사원이 파견 사원보다 반드시 급료가 높지는 않지만, 이 회사는 계약 사원을 중시했다. 그러므로 가와사키처럼 가정이 있는 사원도 안심하고 일하고, 휴식 시간에 캔커피 정도는 마실 수 있었다. 장래가 보이지 않는다는 점에서는 계약 사원도 파견 사원과 별 차이 없지만 사회의 밑바닥인 빈곤층에도 격차는 있다. 중산층이 되고 싶다는 가당찮은 소망은 이미 버렸지만 가와사키가 사는 정도의 안정감은 얻고 싶었다.

"거품경제가 꺼진 후에 사회에 나온 우리들이 제대로 된 직장을 얻지 못하는 건 실력이 모자라서가 아니야. 애당초 사람을 별로 뽑지 않으니까 그런 거잖아. 거품경제 시절에 놀고먹던 놈들은 아직도 잘 먹고 잘사는데 우리만 불황의 여파를 떠안았어. 정치가 사회를 바꿔야 마땅해."

이것이 최근에 가와사키가 마음에 들어 하는 논리였다. 아마 어디서 주워들은 소리를 자기 의견인 양 말하는 것이리라. 우리 잘못이 아니라 사회가 잘못됐다. 참 듣기 좋은 소리다. 요시히로는 사회를 원망한 적이 없었지만 가와사키의 말을 계속 듣다 보니 자신들은 희생자일지도 모른다는 생각이 싹텄다.

"그러니까 난 이번 선거 때도 자헌당을 찍을 거야. 지금 총리라면 분명 우리 삶을 바꿔줄 거라고."

요시히로도 그렇게 되면 좋겠다고 생각했다. 꿈같은 이야기지만 꿈이 없는 것보다는 훨씬 낫다. 어차피 아무것도 바뀌지 않는다고 많은 사람들이 체념한 것이 문제였다. 사회가 바뀐다고 믿으면 내일조차 보이지 않는 생활도 조금은 밝아진다.

"이봐, 너도 한마디해봐. 나 혼자 떠드니까 바보 같잖아. 나한테는 무슨 생각을 하는지 말해도 돼."

요시히로가 맞장구 한번 제대로 치지 않자 가와사키는 쓴웃음을 지었다. 늘 그렇지만 자신의 정치 이야기에 찬성이든 반론이든 의견이 듣고 싶은 모양이다. 자헌당이 정말로 사회를 바꿔준다면야 동의하고 싶지만, '그럼요'라는 맞장구의 첫머리에는 샇 행 음이 온다. 사 행은 공기가 새므로 발음하기가 꽤 어렵다. 말하기 쉬운 단어를 골라서 입을 열었다.

"저, 저도 그렇게 생각해요."

"그렇지? 너도 그렇게 생각하지?"

가와사키는 기분이 좋아져서 요시히로의 어깨를 탁탁 두드렸다. 몸집이 큰 가와사키가 치면 꽤 아프다. 하지만 요시히로는 가와사키의 이러한 호탕한 성격이 좋았다. 가와사키가 있기에 가혹한 업무를 견디며 이 공장에서 일할 수 있다고 해도 과언이 아니었다.

"아참, 오늘 저녁에 아내가 전골 요리를 한다고 했는데. 먹으러 올래?"

가와사키가 느닷없이 화제를 바꾸어 저녁 식사에 초대했다. 전골 요리는 3인분이든 4인분이든 매한가지라며 가끔 부른다. 매일 식사를 해결할 돈도 빠듯한 요시히로에게는 눈물이 날 만큼 고마운 제안이었다. 돈도 아낄 수 있을 뿐만 아니라 사람의 온정을 느낄 수 있어서 기뻤다.

"예, 감사합니다."

감사 인사가 입에서 술술 나왔다. 자기 입이지만 참 약았다 싶어 웃음이 났다.

4

일을 마친 후에 가와사키의 차를 같이 타고 갔다. 가와사키는 가정이 있으므로 기숙사에 살지 않는다. 조금 먼 곳에서 차로 출퇴근한다. 이용할 만한 대중교통이 얼마 없어 차가 없으면 생활하기 불편한 지역이라 자가용이 있다고 해서 특별히 사치를 부리는 것은 아니다. 그래도 요시히로는 영원히 차를 가질 수 없을 테니 가와사키가 부러웠다. 가정과 자가용이 있는 생활. 그렇게 대단한 목표가 아닌데도 도대체 언제부터 일본에서는 그 목표가 비현실적인 꿈이 된 걸까. 전 국민이 중산층이던 시대가 있었다는 말을 들어도 동화 속 이야기라는 생각밖에 들지 않았다.

"어서 와요."

가와사키 아내는 요시히로를 웃는 얼굴로 맞아주었다. 말수가 적고 농담 한마디 할 줄 모르는 손님이 와봤자 재미도 없을 텐데 싫은 내색 한번 하지 않는다. 단 한 번이라도 마지못해 맞이했더라면 요시히로는 두 번 다시 오지 않았을 것이다. 대인관계가 좋지 못한 요시히로가 기꺼이 초대에 응하는 까닭은 늘 웃는 얼굴로 맞이해주기 때문이었다. 결혼할 거면 이런 여성이 좋겠다고 가와사키의 집에 갈 때마다 생각했다.

"매, 매번 불러주셔서 감사합니다."

다행히도 제대로 감사 인사를 했다. "에이, 진수성찬을 차리는 것도 아닌데요, 뭘" 하고 가와사키 아내는 손을 내저으며 부엌으로 들어갔다. 부엌 옆에서 아기 의자에 앉은 아기가 기분 좋게 장난감을 흔들고 있었다. 한 달 만에 보았는데 꽤 많이 커서 놀랐다.

세 평짜리 방 한가운데에 놓인 상을 둘러싸고 넷이서 식사를 했다. 가와사키가 캔맥주를 따서 요시히로와 아내에게 따라주었다. 요시히로는 평소에 술을 마시지 않아 맥주 맛도 제대로 몰랐지만, 마시면 가와사키가 좋아하므로 술을 받았다. 함께 모여 밥을 먹으며 마시자 왠지 맥주가 조금 맛있게 느껴졌다.

"오무라도 이번 선거 때는 자헌당을 찍을 거래."

가와사키는 첫잔을 단숨에 들이켜더니 아내에게 말했다. 가와사키 아내는 "어머, 그래?" 하고 말하더니 요시히로를 보고 이맛살을 찌푸렸다.

"이이가 강요한 건 아니죠? 선거 때는 자기가 좋아하는 후보한테 투표하면 돼요."

"아, 아니요. 강요한 거 아닌데요."

솔직히 말하자면 정치에는 전혀 흥미가 없었다. 어느 정당이 정권을 잡든 일본은 바뀌지 않을 것이다. 하지만 어느 당이든 상관없다면 가와사키가 좋아하는 정당을 찍고 싶었다. 가와사키에게 막대한 영향을 받았기 때문이지만 현재 총리에게 호감을 품고 있기도 했다.

"난 거품경제 세대가 싫거든. 그치들이 일본을 말아먹었단 말이야. 그런 놈들을 키운 부모 세대도 책임을 져야 해. 그렇게 생각해보면 지금 총리는 아직 예순 살밖에 안 됐으니까 거품경제 세대의 부모가 아니라고. 난 일흔 살 넘은 정치가는 절대로 인정 못 해."

가와사키가 딱 잘라 말했다. 이 논리는 처음 들었다. 요시히로는 지금까지 그런 기준으로 정치가를 본 적이 한 번도 없었다.

"또 세대론이 나왔네. 게다가 중이 미우면 가사袈裟까지 밉다는 소리야?"

냄비에서 건진 건더기를 그릇에 담아 요시히로에게 주면서 가와사키 아내가 놀리듯이 말했다. 가와사키는 자기 그릇을 내밀며 입을 삐죽거렸다.

"세대론이 뭐 어때서. 거품경제 세대랑 우리는 전혀 다르잖아."

"그럼, 그럼."

기와사키 아내는 논쟁을 벌일 생각이 없는지 가볍게 받아넘겼다. 가와사키는 고개를 휙 돌리고 요시히로에게 말했다.

"거품경제 세대가 왜 나쁜지 알아? 그놈들은 맛있는 알맹이만 쏙 빼먹었거든. 거품경제는 전에 없던 호경기였잖아. 그 호경기를 만들어낸 건 거품경제 세대가 아니라 그 윗세대라고. 거품경제 세대는 세상이 장밋빛으로 물들었을 때에 맞춰 사회에 나왔을 뿐이야. 특별한 능력도 없고 펑펑 놀기만 하던 놈들이 호경기 덕분에 일류 기업에 쉽게 들어갔지. 반면에 거품경제가 붕괴된 후의 세대는 조금 늦게 태어난 죄로 놈들에게 자리를 다 빼앗겼고. 거품경제 세대는 지금 사십 대 후반쯤이잖아. 좋은 회사에 들어갔다면 제법 유복하게 살고 있겠지. 정말 성질난다니까."

"딱히 유복하게 살고 싶은 건 아니지만 얼마나 대단했는지 거품경제 시대를 직접 경험해보고 싶기는 해."

아기에게 밥을 먹이며 가와사키 아내가 즐거운 듯이 말했다. 그 덕분에 가와사키의 원망 어린 푸념이 조금 가벼워진 느낌이

들었다.

"인간은 한번 손에 쥔 건 절대 내놓으려 하지 않아." 젓가락질을 하면서도 가와사키는 말을 멈추지 않았다. "거품경제가 붕괴되기 전에 사회에 나온 작자들은 경제가 어려워져도 자신들의 생활수준을 낮추려고 하지 않았어. 지금까지 누리던 풍족한 삶을 그대로 유지하려고 했지. 하지만 그건 불가능해. 어딘가 탈이 난다고. 그 탈은 아직 사회에 나오지 않은 세대가 떠안아야 해. 학생은 돈이 없는 게 당연하잖아. 윗세대가 계속 흥청망청 살아온 대가를 치르느라 우리는 가난을 면하지 못하는 거야. 사회의 부라는 파이를 모두 함께 나눈다는 발상이 없었거든. 윗세대가 조금만 양보했더라면 우리도 좋은 직업을 가질 수 있었을 텐데."

가와사키는 아이가 태어난 후 자신이 저축을 얼마나 할 수 있는지 계산해봤다가 아주 조금밖에 안 된다는 것을 알고 깜짝 놀랐다고 한다. 아들의 장래를 걱정하는 마음은 윗세대를 향한 원망으로 변했다. 그후 아이에게 안정된 장래를 보장하지 못하는 사회는 잘못됐다는 주장을 펼치게 되었다.

"오무라, 너도 좋아서 파견 사원이 된 건 아니잖아. 예전에는 기술이 있으면 대기업은 아니더라도 중소기업에 취직해서 인간다운 생활을 할 수 있었어. 하지만 우리는 처음부터 정사원이 되는 길이 막혀 있었잖아. 취직도 제대로 못 하는데 무슨 수로 기술을 익혀? 결국 직업훈련을 받지 못했다는 이유로 중도 채용도 안 돼. 사회가 우리를 자살로 내모는 거야. 우리가 자살하면 그만큼 파이를 덜 떼어줘도 되니까. 젊은 세대를 외면하면 사회기 쇠약해질 거라는 걱정은 아무도 안 해. 자기만 잘살면 그만이거든. 다들 국가의 미래는 정치가에게 맡겨놓으면 된다고 생각하지. 조금만 생각해봐도 알 텐데 생각하려 들지 않으니까 일본은 이 모양 이 꼴이 된 거라고."

요시히로는 고개를 끄덕이며 가와사키의 열변을 들었다. 조금만 생각해봐도 알 텐데 생각하려 들지 않는다는 비난은 요시히로에게도 들어맞는다. 요시히로도 그런 생각을 해본 적이 없었다. 생각할 여유가 없었기 때문인데, 생각할 여유가 없는 상황을 만든 것 또한 윗세대인 모양이다. 윗세대가 아랫세대를 배려했더라면 요시히로도 다른 인생을 살게 되었을까. 눈이 번쩍 뜨이는 기분이었다.

가와사키는 실컷 먹고 실컷 마시며 요시히로가 맞장구를 치든 말든 개의치 않고 열띤 어조로 계속 떠들었다. 한바탕 말을 쏟아낸 끝에 젓가락을 놓더니 "화장실 좀 다녀올게" 하고 자리에서 일어났다.

"너무 막무가내죠? 미안해요."

가와사키 아내가 쓴웃음을 띠고 요시히로에게 사과했다. 그렇지 않다는 의미를 담아 고개를 저었지만 가와사키 아내는 어깨를 움츠렸다.

"아무 생각도 없는 윗세대가 잘못했다고 말하는데, 요전에 텔레비전에서 토론하던 논객이 한 말을 그대로 따라 하는 거예요. 저이는 그렇게 어려운 말을 할 수 있을 만큼 머리가 좋지 않거든요."

아아, 그렇구나. 어쩐지 그럴 것 같았기에 실망하지는 않았다. 오히려 텔레비전에서 본 내용을 자기 의견처럼 말할 수 있다는 것만으로도 대단하다고 생각한다. 설령 남이 한 말을 앵무새처럼 따라 했다고 해도 가와사키가 말해주지 않았다면 요시히로는 몰랐을 이야기다. 듣고 나니 가와사키가 왜 분노하는지 조금은 이해할 수 있었다.

"세대론은 머리에 쏙쏙 들어오지만 공허한 기분이 들기도 해요. 말해본들 아무 소용없다고 할까. 난 그저 우리 애가 건강하게 쑥쑥 자라주기만 하면 돼요. 모두가 평화롭게 작은 행복을 누리며 만족할 방법이 있다면 찬성하겠지만."

듣고 보니 이 말도 맞다. 모두가 누리는 작은 행복. 내 행복은 뭘까, 하고 요시히로는 멍하니 생각했다.

너무 오래 있으면 실례가 될 것 같아 한 시간 반쯤 지나서 자

리에서 일어섰다. 술에 취한 가와사키는 딱히 붙들지 않고 드
러누우며 "조심해서 가" 하고 손을 흔들었다. 가와사키 아내
가 부엌에서 음식을 랩에 싸주었다.

"자, 이건 고양이 주고요."

"가, 감사힙니다."

예전에 왔을 때 길고양이에게 밥을 준다는 이야기를 했다.
그후 가와사키 아내는 집에 들렀다 돌아갈 때 꼭 남은 음식을
싸주었다.

공손하게 고개 숙여 인사하고 집을 나섰다. 기숙사까지는 꽤
멀지만 걸어가지 못할 정도는 아니다. 오랜만에 맛있는 음식을
배불리 먹어서 걸어도 힘들지 않았다.

기숙사를 지나 공원으로 향했다. 화단에 대고 혀를 차자 왜
이제 왔느냐는 듯이 꼬가 튀쳐나왔다. 기다리고 있었던 것 같
아서 기뻤다. 랩에 싸온 생선 완자를 꺼내서 주자 꼬는 허겁지
겁 먹어치웠다.

가와사키는 아내와 아이를 얻고 나서 사회에 대해 생각하게
끔 됐다. 삶에 의욕이 생겼기 때문이리라. 사람은 남을 사랑함
으로써 살아갈 힘을 얻는다. 자신은 이 길고양이에게서 살아갈
힘을 나누어 받고 있는 셈이다.

사랑하는 존재가 있다는 데서 오는 기쁨. 이것이 가정을 가

질 수 없는 요시히로의 작은 행복이었다.

5

선배 말이 맞아.

스마트폰 화면에 도베의 말이 표시됐다. 기숙사에 돌아오자마자 가와사키가 한 말을 그대로 전달했다. 도베가 가와사키의 의견을 어떻게 생각할지 궁금했다.

현재 일본은 부유층, 중산층, 빈곤층으로 나뉘어 있어. 부유층을 탓해봤자 아무 소용없지. 역사상 언제 어느 때든 부유층은 존재했거든. 문제는, 옛날에는 부유층과 빈곤층밖에 없었는데 지금은 중산층이 존재한다는 거야. 중산층이 없을 때는 빈곤층끼리 사회의 파이를 나누었어. 그래서 상부상조 정신이 살아 있었지. 하지만 지금은 중산층이 자신들의 소유권에 집착하는 탓에 빈곤층은 겨우 숨만 쉬는 게 고작이야. 상부상조 정신은 중산층에서 볼 수 없을 뿐 아니라 빈곤층에서도 사라졌어. 이게 일본 사회가 냉혹해진 원인이야.

도베는 가와사키의 의견을 듣자마자 자신의 주장을 논리정연하게 써 내려갔다. 도베는 정말로 머리가 좋다. 요시히로는 경제적 이유로 좋은 교육을 받지 못했지만, 설령 대학에 갔더라도 도베처럼 자신의 생각을 정리하지는 못할 것이다.

옛날 빈곤층은 서로 도우며 살았나요?

그런 이미지가 떠오르기는 했다. 이웃집과 된장 간장을 서로 빌러 쓰는 사이. 된장을 빌려 머을 정도로 가난해도, 그게 당연한 일이라면 부끄러워하지 않아도 된다. 가진 자가 가지지 못한 자에게 나누어주는 사회. 요시히로는 옛날이 참으로 부러웠다. 현대의 빈곤층은 남에게 다정하게 대하고 싶어도 그럴 수 없다. 나누어줄 것이 하나도 없으니까.

서로 도왔지. 부유층이 파이를 먹은 후에도 충분히 인간답게 살 수 있을 만한 양이 남아 있었거든. 독점욕이 강한 중산층의 탄생이 상부상조하는 사회를 망가뜨렸어. 벼락부자가 구두쇠인 것과 똑같지. 중산층은 한번 움켜쥔 부를 절대 놓지 않아. 빈곤층으로 전락하는 게 무서우니까. 동시에 빈곤층에게서 눈을 돌렸어. 눈에 안 보이면 없는 거나 똑같아. 없으면 무서워할 필요도 없지. 거품경제 붕괴 후 등장한 너희 같은 세대는 그렇게 사회에서 버려진 거야.

사회에서 버려졌다. 체감한 적은 있지만 새삼스레 지적받자 충격이었다. 요시히로의 감정 밑바닥에 뜨거운 뭔가가 생겼다. 요시히로는 사회를 원망한 적이 없었다. 원망하기에는 사회라는 대상이 너무나 막연했기 때문이다. 하지만 이렇게 논리적인 설명을 듣자 자신이 못난 탓에 이런 처지에 놓인 게 아니라는 기분이 들었다. 다른 사람이 떠넘긴 고난과 고통. 왜 나만 이렇게 살아야 하느냐는 분노가 부글부글 끓어올랐다.

너희는 원래 가져야 마땅한 권리를 빼앗긴 세대야.

도베가 거듭 강조했다. 도베의 말은 듣기 좋았다.

너희는 꿈을 가져도 돼. 용기를 내도 돼. 하고 싶은 일을 위해 한 발짝 내디뎌도 돼. 꿈은 있어? 하고 싶은 일이 뭐야?

도베의 질문을 읽으며 요시히로의 머릿속에 바로 미도링이 떠올랐다. 미도링과 실시간으로 대화를 나누고 싶었다. 지금껏 직접 만나고 싶은 생각은 없었지만 실은 그렇지 않다. 만나서, 가능하면 사귀고 싶었다. 미도링 같은 사람과 사귀면 살면서 처음으로 살아 있기 잘했다는 기분이 들 것 같았다. 부자가 되고 싶은 것이 아니다. 그저 한 여자와 진심을 나누는 사이가 되고 싶을 뿐이다. 지금까지는 이처럼 소박한 소망조차 가질 권리가 없다고 여겼지만, 이제는 작은 행복을 찾고 싶었다.

꿈은 있어요.

도베에게 미도링에 관해 들려주고 싶었다. 도베라면 이렇게 작은 바람이라도 비웃지 않을 것이다. 사회구조에 분노하다가 느닷없이 규모가 작아졌지만 이게 요시히로의 꿈이니까 어쩔 수 없다. 도베에게 털어놓아서 뭔가 달라질 수 있다면 말해볼 만했다.

미도링이 얼마나 상냥한 여자고, 현재 자신의 마음을 얼마나 지탱해주고 있는지 요시히로는 숨김없이 썼다. 쓰고 나서야 자기 마음속에 미도링이 얼마나 크게 자리잡았는지 깨달았다. 미도링 덕분에 괴롭고 단조로운 생활을 견뎌낼 수 있었다. 미도링을 알게 해준 운명에게 감사하고 싶었다.

넌 용기를 내야 해.

도베는 요시히로의 마음을 담은 글을 다 읽고 나서 바로 그렇게 대답했다. 용기라. 용기를 내는 것도 빈곤층에게는 사치라고 자조했다. 하지만 도베의 지적에는 마음이 흔들렸다.

— 실시간으로 대화를 나누는 건 별거 아니야. 여자가 보기에 그렇게 망설이는 모습은 매력적이지 못해. 무의미할 뿐 아니라 두 사람의 관계에 도움이 안 되지. 용기를 내.

— 미도링에게 채팅을 제안하라는 말씀이군요.

— 그래. 네가 지금까지 상대방에게 불쾌한 인상을 주지 않았다면 거절할 리 없어. 언제까지 착취당하고만 있을 거야? 한 발짝 내딛지 않으면 아무것도 달라지지 않아.

난 현재의 처지에서 벗어나기 위한 노력을 게을리했나? 아니라고 반박하고 싶었지만 그럴 수 없었다. 도베의 말이 옳다는 것을 이제야 깨달았기 때문이다. 실종된 아버지, 정서 불안에 시달리던 어머니. 붕괴된 가정이 요시히로에게서 선택지를 앗아간 탓에 어쩔 수 없이 지금 여기에 있는 것이라고 믿었다. 여기를 벗어나서 다른 곳으로 가려고 시도해본 적도 없었다. 한 발짝 내딛지 않으면 다른 곳에 갈 수 없다는 당연한 사실도 몰랐다. 미도링은 자신을 여기가 아닌 다른 곳으로 이끌어줄 계기일까.

알았어요. 충고해주셔서 감사해요.

순수하게 감사의 뜻을 표했다. 이 대화 덕분에 새로운 힘을 얻은 기분이었다.

도베의 말은 거짓이 아니었다. 미도링에게 쪽지를 보내 채팅을 하자고 제안하자 선뜻 승낙했다. 이렇게 간단하다니. 뭘 그리 망설였느냐고 과거의 자신을 야단치고 싶었다. 약속 시간을 기다리는 동안 살면서 이렇게 가슴이 두근거린 적은 처음이었다. 이렇게 흥분을 맛보는 순간이 올 줄은 꿈에도 몰랐다.

두 사람만 아는 비밀번호를 설정한 채팅룸에서 기다리고 있자 약속 시간 오 분 전에 미도링이 접속했다. 서로 "안녕하세요" 하고 인사했다. 요시히로는 긴장됐지만 글로 대화할 때는 말을 더듬지 않는다. 인터넷이 발달해서 정말 다행이었다.

느닷없이 채팅하자고 해서 미안해요. 싫지 않았어요?

도베가 들으면 용기가 모자라다고 호통칠 만한 말을 제일 먼저 꺼냈다. 미도링의 대답이 바로 말풍선 형태로 표시되었다.

아니에요. 소모임에서 댓글로 이야기를 나누면 아무래도 대답이 늦어지니까 저도 욧시 씨와 채팅해보고 싶었어요.

욧시가 요시히로의 닉네임이다. 채팅해보고 싶었다는 문장을 보자 요시히로는 하늘로 날아오를 듯한 기분이었다. 설령 빈말이라도 이제껏 그렇게 말해준 사람은 없었다.

이왕 채팅을 하게 됐으니 이것저것 물어보고 싶은데, 어디까지 물어봐도 될까요? 가족이 몇 명이고 어디 사는지 그런 거 물어봐도 돼요?

직접 대화를 나누는 게 아니라면 대담한 말도 할 수 있다. 얼굴을 마주보고는 도저히 꺼낼 수 없는 말이었다.

상식적인 범위에서 뭐든지 물어보세요. 저도 물어볼게요.

미도링은 그렇게 대답했다. 상식적인 범위에서, 라고 못을 박았지만 경계하는 낌새는 별로 없는 것 같아 기뻤다.

잘됐다 싶어서 서슴없이 질문했다. 물어보고 싶은 것은 산더미처럼 많았다. 미도링에 대해서라면 아무리 사소한 것이라도 상관없었다. 미도링의 전부를 알고 싶었다. 그러므로 질문은 끝없이 샘솟았다.

미도링은 부모님과 함께 산다고 했다. 오빠가 한 명 있고, 사는 곳은 도쿄. "대도시네요" 하고 감탄하자 "아니에요" 하고 겸손을 떨었다. 근처에 밭이 있는 한가로운 동네라고 말했다. 도쿄에 그런 곳이 있다니 놀라웠다.

미도링은 대학 부속고등학교를 거쳐 유명 여대를 졸업했다. 그 말에 조금 주눅이 들었다. 자신과 똑같이 고졸이었으면 마음이 편했겠지만, 도베가 말한 요즘 중산층 가정에 고졸은 없을 것이다. 처음부터 미도링이 자신과 다른 계층이라고 짐작했다. 이제 와서 마음에 담아두고 끙끙 앓아봤자 아무 소용없다.

휴일에는 대학 시절 친구를 만나거나 혼자 윈도쇼핑을 하면서 논다고 한다. 영화는 로맨스보다 서스펜스나 SF 액션을 더 좋아한다고 한다. 좀 의외라서 흥미가 동했지만 유감스럽게도 좋아하는 영화 제목을 들어봤자 요시히로는 모른다. 어떻게 재미있는지 언젠가 들려주면 좋겠다고 몽상했다.

키는 153센티미터다. 여자 키로는 보통 정도다. 요시히로가 175센티미터라고 하자 "키가 크시네요!" 하고 감탄했다. 자랑할 만큼 큰 키도 아닌데 감탄해주는 미도링에게 호감을 품지 않을 수 없었다.

제 이야기만 하네요. 욧시 씨에 대해서 물어봐도 되나요?

요시히로의 질문이 그치기를 기다리고 있었는지 미도링이 그런 말을 꺼냈다. 나 같은 사람한테 흥미가 있나? 몹시 의외라서 대답이 한 박자 늦었다. 하지만 물어보면 대답하기로 마음먹었다. 이런 심정은 처음이었다.

— 뭘 물어봐도 괜찮지만 제 대답은 우울할 거예요.

— 우울하다고요? 혹시 이야기하고 싶지 않으신 거라면 대답을 강요하지는 않을게요.

— 아무한테도 이야기한 적이 없어요. 이야기하면 나만 비참해질 것 같은 기분이 들었거든요. 하지만 실은 누가 들어주길 바랐는지도 모르죠. 지금은 그런 기분이에요.

— 그럼 들려주세요.

미도링은 무슨 생각으로 이야기를 듣겠다고 하는 걸까. 이렇게 서론을 깔아도 꽁무니를 빼지 않았으니 단순히 재미로 들으려는 생각은 아닐 것이다. 자신을 동등한 인간으로 받아들인다는 걸까. 그렇다면 기쁘지만 세상에 그런 사람도 있나 싶어 의심스럽기도 했다.

우리 아버지는 소심한 주제에 무모한, 모순된 성격의 사람이었어요.

일단 아버지 이야기를 꺼냈다. 떠올리지 않으려고 무던히 애썼던 터라 그동안 욕 한번 하지 않고 지내왔다. 말하려고 하자 딱 맞는 표현이 불쑥 떠올랐다. 잊은 지 오래라 믿었던 아버지의 천성을 적확하게 표현했다. 생각하지 않으려고 했을 뿐, 실은 마음속에 아버지의 잔상이 계속 남아 있었음을 깨달았다.

아버지는 공인 중개 사무소를 운영했다. 직원은 어머니뿐인 동네의 작은 사무소다. 기본적으로는 임대 물건을 다루지만 가끔 매매 물건도 다룬다. 매매계약이 성사되면 목돈이 들어온다. 그런 때는 저녁에 평소와 달리 진수성찬을 먹었던 기억이 생생했다.

부동산 매매에는 도박 같은 요소가 있는 모양이다. 한번 큰 매물 계약이 성사되어 평생 만져보기 힘든 큰돈을 손에 넣자 아버지의 인생은 변했다. 아버지는 유흥가에서 노는 법을 배웠다.

유흥가에서 놀기 위해서는 돈이 든다. 일확천금의 맛을 알아버린 아버지는 서슴없이 돈을 물쓰듯이 썼다. 한 번의 성공으로 손에 넣은 큰돈이 사라지고 오히려 빚을 졌다. 그래도 아버지는 대박을 노리며 자잘한 일에는 손을 대지 않았다.

처음에는 은행에서 돈을 빌렸다. 그런데 언제부터인가 질 나쁜 패거리가 빚을 받으러 오기 시작했다. 추심꾼이 오면 어머니는 그저 머리를 조아리며 빌었다. 무릎을 꿇은 적도 한두 번이 아니었다. 하지만 무릎을 꿇었다고 용서해줄 만큼 세상은 만만치 않았다. 어머니는 빚을 갚기 위해 밤에도 일하러 나갔다. 돌이켜보면 어머니가 예쁘게 생긴 것이 불행이었다.

마지못해 시작한 일이었는데, 어머니는 술장사가 체질에 맞았어요.

당시 초등학생이었던 요시히로는 어머니가 어떤 일을 했는지 정확하게는 모른다. 어머니는 요시히로에게 저녁을 차려주고 나갔다가 다음날 아침에 눈을 뜨면 옆에서 자고 있었다. 요시히로는 어머니가 옷을 예쁘게 차려입고 짙은 화장을 하고 서둘러 나가는 모습이 보기 싫었다. 어머니가 생기 넘치게 느껴지는 건 더 싫었다.

아버지는 추심꾼을 피해 집에 돌아오지 않았어요. 어느 틈엔가 사라져서 언제 마지막으로 봤는지도 기억이 안 나네요. 하지만 전 아버지가 추심꾼을 피해 달아난 게 아니라 화려해진 어머니가 싫어서 집을 나갔다고 믿었죠. 사실은 지금도 그런 게 아닐까 싶어요. 그만큼 어머니는 많이 변했거든요.

어머니는 마음이 굳센 사람이 아니었다. 추심꾼이 주는 스트레스와 아버지가 달아났다는 굴욕감이 동시에 어머니의 마음을 좀먹었다. 느닷없이 "제기랄" 하고 외치며 물건을 집어던지는 건 예삿일이고, 그 폭력 충동을 요시히로에게 풀 때도 많았다. 처음에는 어쩌다 던진 물건에 맞았을 뿐 고의는 아니었다. 어머니는 놀라서 다치지 않았느냐고 요시히로를 걱정했다. 하지만 얼마 지나지 않아 대놓고 폭력을 휘두르게 되었다. 특별한 이유는 없었다. 슬리퍼를 가지런히 놓아두지 않았다는 둥 문을 꼭 닫지 않았다는 둥 사소한 이유로 손찌검을 하다가 끝내 눈빛이 마음에 들지 않는다고 생트집을 잡으며 요시히로의 따귀를 갈겼다. 어린 요시히로는 어머니의 이유 없는 폭행에 대해 따지거나 저항하지 못했고, 원래부터 있었던 말더듬 증상만 악화됐다. 어머니에게 맞을 때마다 말이 쑥 들어갔다. 요시히로는 말수가 없어졌고 친구도 잃었다. 같이 있을 때 지루한 사람과는 아무도 놀아주지 않는다. 요시히로는 마음을 겉으로 드러내지 않고 꼭꼭 감추었으며, 그와 동시에 폭력으로 해결하는 방법을 배우고 말았다.

말을 더듬는다고 놀림당한 적은 없었다. 그렇게 보면 좋은 학급이었지만, 요시히로가 화내면 무서우니까 놀리지 않은 것일 수도 있다. 진심을 확인해본 적이 없어 어느 쪽인지는 모르겠다. 이야기를 할 기회가 줄어들자 말은 점점 더 안 나왔다. 어머니한테 맞아도 '아파'라는 말도 할 수 없게 됐다.

어머니는 제가 초등학교 5학년 때 집을 나갔어요. 마지막으로 저녁을 지어준 후 "건강하렴"이라는 말을 남기고 나갔죠. 무슨 일이 있었는지는 몰라요. 아마도 남자와 눈이 맞아서 나갔겠지만 저는 그 남자가 누군지 못 봤어요. 어머니는 절대로 집에 남자를 데려오지 않았거든요.

그게 어머니의 마지막 고집이었는지도 모른다. 남편과 정식으로 이혼하지도 않고 외간남자와 놀아나는 모습을 아들에게 보여주기 싫었던 것이리라. 하지만 결국 요시히로를 남겨두고 자취를 감췄으니 그런 고집이 다 무슨 소용일까. 어머니에게 버려진 날부터 요시히로는 머물 곳을 잃었다. 어디에도 자리를 잡지 못하고 사회의 밑바닥을 기어다녔다.

어머니는 아들을 어떻게 생각하고 있었을까. 애정을 잃은 걸까. 어쩌면 강해져만 가는 폭력 충동에 두려움을 느끼고 아들을 죽이기 전에 스스로 몸을 감춘 것일지도 모른다고 시간이 흐른 후 요시히로는 추측했다. 그 추측에 매달려서 십 대를 버텼다고 할 수 있다. 하지만 냉정하게 생각해보면 초등학교 5학년치고 덩치가 제법 컸던 요시히로를 가냘픈 어머니가 어떻게 죽이겠는가. 어머니는 죄다 지긋지긋해진 것이리라. 이 역시 나중에 짐작한 일인데, 어머니는 술장사 벌이만으로는 빚을 갚기에 모자라 윤락업소에서도 일한 듯하다. 추심꾼이 강요한 것이 틀림없다. 그런 지경까지 굴러떨어졌으니 도망치고 싶을 만도 하다. 도망칠 때 아이는 거치적거릴 뿐이다. 어쩔 수 없다고 요시히로는 스스로를 위로했지만, 정말로 마음이 정리됐는지는 본인도 아직 모른다.

요시히로는 보호시설에 들어갔고, 중학교를 졸업한 후에는 일하면서 야간 고등학교를 다녔다. 고등학교를 졸업하고 일자리를 구하지 못했지만 규칙상 보호시설에서 나와야 했다. 그후로 아르바이트와 파견직을 전전하면서 나이를 먹었다. 이런 성장 과정을 거치면서 꿈을 가질 만큼 요시히로는 몽상가가 아니었다.

깜짝 놀랐죠? 미도링 씨 주변에는 인생의 탄탄대로를 달려온 사람밖에 없을 거예요. 같은 일본에 사는 사람의 이야기라니 믿기지 않죠?

너무 묵직한 사연을 털어놓은 것 같아서 마지막에는 괜스레 넉살을 떨었다. 잠시 후에야 "깜짝 놀랐어요"라는 글자가 표시됐다.

— 저는 세상을 전혀 모르는 풋내기였네요.

— 모르는 게 당연하죠. 몰라도 돼요. 그리고 불쌍하다고 생각할 것 없어요. 동정받고 싶어서 한 이야기가 아니니까. 이게 제 운명인데 뭘 어쩌겠어요? 남을 부러워해봤자 아무 소용없는걸요.

얼마 전까지만 해도 자신은 계속 이렇게 살다가 언젠가 몸이 망가져서 죽을 거라고 체념했다. 하지만 지금은 뭘 어쩌겠느냐고 체념해도 마음이 편해지지 않았다. 사회가 잘못됐다고 분개하는 가와사키와 중산층은 제멋대로라고 지적하는 도베의 말이 요시히로의 마음에 까만 점처럼 새겨졌다. 까만 점은 곰팡

이처럼 서서히 증식했다. 제대로 살 권리를 빼앗겼다는 생각이
마약처럼 요시히로의 뇌를 마비시켰다.

옷시 씨는 강하시네요. 존경스러워요.

미도링은 그렇게 말해주었다. 태어나서 처음으로 남에게 존
경스럽다는 말을 들었다. 존경스럽다, 즉 존재 가치를 인정받
았다는 뜻이다. 이 얼마나 기쁜 말인가. 이 한마디로 미도링은
요시히로의 인생에서 특별한 사람이 되었다.

6

도중에 차가 밀려 예정보다 조금 늦었다. 하지만 신주쿠의
고층 빌딩들이 눈에 들어왔을 때도 아직 9시 반이었다. 버스
터미널에서 10시에 만나기로 했으니 이 정도면 여유롭게 약속
장소에 도착할 수 있을 것 같았다.

요시히로에게는 두 번째 도쿄 방문이었다. 예전에 파견 업무
때문에 며칠 도쿄에 머무른 적이 있었다. 그때는 아침부터 밤
까지 일하느라 바빠서 관광은 엄두도 내지 못했다. 과장이 아
니라 도쿄 공기만 마시다가 돌아갔다. 그러므로 신주쿠에서 고
층 빌딩을 보는 건 이번이 처음이었다.

다른 세상 같았다. 저렇게 높은 건물이 서 있는 자체가 놀라운데, 안에서 사람들이 날마다 일하고 있다니 그야말로 살아가는 세상이 달랐다. 저게 요즘 중산층이 사는 세상인가. 도쿄의 풍경이 계층 차이를 역력하게 보여주는 것 같았다.

이 마당까지 와서 주눅이 들기는 했지만 즐겁다는 감정이 훨씬 앞섰다. 드디어 미도링을 만날 수 있다. 요시히로의 꿈이 이루어지기 직전이었다. 너무 막막하여 절대 실현되지 않을 것이라 여겼던 꿈. 한 달 전까지만 해도 이런 날이 올 줄은 상상도 못 했다.

요시히로는 비참한 과거를 털어놓았으니 미도링이 멀어질지도 모른다고 단단히 각오했지만, 뜻밖에도 미도링은 평소와 다름없었다. 오히려 친근감을 품은 것처럼 느껴졌다. 닉네임밖에 모르는 상대를 완전히 믿을 수는 없었으리라. 과거를 깡그리 털어놓은 덕분에 미도링은 요시히로에게 경계심을 풀었다. 요시히로가 묻지도 않았는데 휴대전화 메일 주소를 가르쳐주었다.

그뿐만이 아니었다. 어느 날 드디어 본명까지 알려주었다. 미도링은 본명을 밝히는 데 전혀 거부감이 없는 것 같았다. 미도링의 본명은 요시카와 미도리였다. 본명을 알아도 미도링은 여전히 미도링이지만 인터넷 친구에 불과한 사람에게 본명까지 가르쳐주다니 기뻤다. 받아들여진 것 같았다.

지금의 좋은 관계를 망칠까 봐 두려웠다. 하지만 한 발짝 내딛고 싶다는 욕구를 억누를 수 없었다. 빌딩 옥상에서 뛰어내리는 것과 진배없을 만큼 큰 용기를 쥐어짜내 도쿄에 가보고 싶다고 메일을 보냈다. 도쿄에 가면 안내를 해주지 않겠느냐고.

미도링은 선선히 승낙했다. 목숨이라도 거는 심정으로 단단히 각오한 것이 바보처럼 느껴질 만큼 싱거운 대답이었다. 미도링은 자신이 요시히로의 삶에 얼마나 큰 희망을 주었는지 알까? 요시히로는 이 순간의 환희를 죽을 때까지 잊지 않겠다고 다짐했다.

미도링의 일정을 물어보고 휴가를 냈다. 하룻밤 자고 올 돈은 없으니까 당일치기다. 미도링을 한번 보는 것만으로도 충분한데 한나절이나 함께 돌아다닐 수 있다니 그야말로 꿈만 같은 일이었다.

고속버스로 세 시간 반이나 걸린 여행이 드디어 끝났다. 버스에서 내려 터미널 안팎을 둘러보며 돌아다녔다. 10시가 되려면 아직 이십 분쯤 남았으니 미도링은 도착하지 않았을 것이다. 그래도 사람을 기다리는 듯한 여자를 보면 미도링이 아닐까 신경이 쓰였다.

아무래도 없는 것 같아서 대기실 의자에 앉았다. 빨간 야구 모자를 쓰고 오겠다고 약속했으니까 미도링은 요시히로를 쉽게 찾을 수 있을 것이다. 하지만 요시히로는 미도링의 외양적 특징을 전혀 모른다. 멋대로 머릿속에 그려보기는 했지만 실제 모습과 많이 달라도 실망하지 않을 자신이 있었다. 미도링의 실물을 보고 실망하다니 말도 안 되는 소리였다.

"욧시 씨세요?"

갑자기 뒤에서 누가 말을 걸었다. 대기실 문만 계속 보고 있었으므로 설마 뒤에서 부를 줄은 몰랐다. 허둥지둥 일어서서 몸을 돌리자 뒤에 서 있던 여자와 눈이 마주쳤다. 요시히로가 일어서는 바람에 키가 작은 미도링을 내려다보는 꼴이 됐다. 요시히로가 갑자기 움직여 미도링도 놀란 것 같았다.

가냘픈 사람이었다. 몸에 굴곡이 없어 소년 같은 몸매였다. 어깨가 좁고 얼굴도 작았다. 거짓말처럼 작았다. 그리고 예상보다 훨씬 귀여웠다. 자기 같은 사람이 빤히 바라보면 안 될 것 같아서 요시히로는 바로 눈을 돌렸다.

"미, 미미미미."

꼴사납게 말을 더듬고 말았다. 이럴 때 말을 더듬다니. 가장 걱정하던 사태가 벌어져서 얼굴이 빨개졌다. 마음을 진정시키려고 허벅다리 옆을 두드렸지만 좀처럼 말이 매끄럽게 나오지 않았다. 몇 번이나 허벅다리를 두드려서 오히려 정신이 이상한 사람처럼 보일 것 같았다.

"미도링이에요. 이제야 만났네요."

미도링은 요시히로를 비웃거나 무서워하지 않고 먼저 자기소개를 했다. 요시히로는 자신이 말을 더듬는다고 미리 이야기해두었다. 그래서 놀라지 않은 것이리라. 배려를 받자 기뻐서인지 마음이 조금 진정되었다.

"죄, 죄죄죄죄송해요. 기기기긴장하면 말이 잘 안 나와서."

마음이 차분해진 덕분에 간신히 사과했다. 미도링은 입가에 웃음을 띠고 고개를 저었다.

"긴장하지 않으셔도 돼요. 그리고 말을 더듬을까 봐 너무 걱정하지 마시고요. 만약 말이 잘 안 나오면 스마트폰에 써서 보여주세요."

"어, 같이 있는데도요?"

미도링의 제안이 재미있어서 그만 웃음이 나왔다. 미도링도 "그럼 마음 편하잖아요"라고 말하며 웃었다. 요시히로가 지금까지 살아오면서 본 것 중에 제일 매력적인 웃음이었다. 도쿄까지 올라온 보람이 있었다.

"바로 갈까요? 하루뿐이니까 열심히 구경해야죠."

그렇게 말하고 미도링은 대기실 뒤쪽으로 향했다. 그제야 그쪽에도 문이 있다는 것을 알아차렸다. 미도링은 여기로 들어온 것이다.

　부끄러웠지만 돈이 별로 없다고 말해두었다. 그래서 오늘은 공짜로 구경할 수 있는 곳을 중심으로 관광 계획을 짰다고 미도링이 일러주었다. 제일 먼저 도쿄 도청사에 갔다. 전망대가 무료로 개방되어 있다고 한다. 버스에서 본 광경 속으로 자신이 들어간다고 생각하자 신기했다.

　도무지 공공건물 같지 않은 이상한 외관을 아래에서 올려다보며 감탄한 후, 전망대에 올라가자 압도당할 것만 같은 느낌에 또 감탄했다. 도쿄는 물론이고 전국을 한눈에 바라볼 수 있지 않을까 싶을 만큼 시야가 탁 트였다. 전망대에 서 있을 뿐인데도 다른 사람으로 다시 태어난 것 같은 기분이 들었다. 저멀리 아래쪽을 내려다보자 혼까지 빨려들 것 같았다.

　"도도도, 도쿄 사람은 늘 이렇게 멋진 경치를 구경하나요?"

　곁에 있는 미도링에게 묻자 "설마요" 하고 웃었다.

　"아니에요. 저도 오랜만에 높은 곳에 올라온걸요. 도쿄에 살긴 하지만 이렇게 높은 곳에서 보니 정말 멋지네요."

　그렇구나. 그 말을 듣고 조금 안심했다.

　미도링이 다음으로 데려간 곳은 아사쿠사였다. 가미나리몬◀

▶　아사쿠사에 위치한 센소지 절의 산문.

의 큼지막한 등롱을 보고 또 놀랐다. 도쿄는 뭐든지 크다. 사
람 수도 규모도 요시히로가 아는 세상과는 차원이 달랐다. 상
점가를 빠져나와 센소지 절에 새전을 넣고 돌아오는 길에 점심
을 샀다. 새우튀김 주먹밥을 처음으로 먹었다. 평소 먹는 편의
점 주먹밥과 모양은 비슷했지만 맛은 딴판이었다. 이렇게 맛있
는 음식은 처음 먹어봤다.

더듬더듬 그런 감상을 말하자 "정말요?" 하고 미도링은 기
쁜 듯이 눈썹을 끌어올렸다. 미도링의 기쁜 얼굴을 보자 행복
했다. 더 보고 싶다는 욕심이 생겼다.

그후 우에노로 나가서 사이고 다카모리◀ 동상을 보고, 오카
치마치까지 걸어가서 아메요코 상점가를 구경하다가 커피숍에
들어가서 쉬었다. 미도링이 지루할까 봐 열심히 이야깃거리를
찾았다.

"미, 미도링 씨, 크리스마스에는 뭐하세요?"

크리스마스를 함께 보내고 싶다는 생각은 없었다. 선물을 주
려는 생각도 아니었다. 이제 곧 연말이니까 시기에 맞는 화제
를 꺼냈을 뿐이다. 크리스마스를 여자와 함께 보내다니 그런
당치않은 소망은 애당초 품지도 않았다.

▶ 에도막부를 타도하고 메이지유신을 성공으로 이끈 유신삼걸 중 하나.

"아직 안 정했지만 아마도 남자친구랑 만나 밥을 먹을 것 같네요."

미도링이 눈을 내리뜨고 조금 부끄러운 듯이 말한 덕에 요시히로는 표정이 변했다는 걸 들키지 않았다. 그 순간 자신이 무슨 표정을 지었는지 스스로도 모른다.

충격을 받기는 했지만 가슴이 아플 정도는 아니었다. 이렇게 매력적인 여자에게 남자친구가 없으면 그게 더 이상하다. 당연한 일이므로 놀라지는 않았다. 아아, 그렇구나 하고 담담하게 받아들였다.

"남자친구가 있으시군요. 어떤 사람인가요?"

냉정한 목소리가 나와서 다행이었다. 미도링은 고개를 숙인 채 더듬더듬 설명했다.

남자친구는 두 살 연상의 회사원이라고 한다. 대학생 때부터 운동을 좋아했고, 책은 별로 읽지 않는다. 소설에는 전혀 흥미가 없어 가끔 읽는 책도 잡지나 비즈니스 서적이 다다. 영화나 드라마도 보지 않고 텔레비전으로는 스포츠 경기만 본다. 미도링하고는 취향이 별로 맞지 않는다는 이야기였다.

"왜 사귀는지 저도 신기하다니까요."

겸연쩍은지 그런 말을 덧붙였다. 하지만 요시히로는 미도링이 남자친구와 헤어질 마음이 전혀 없다는 것을 알 수 있었다.

부럽지는 않았다. 미도링이 멋진 남자와 사귀고 있다니 요시히로도 기뻤다. 미도링이 행복하기를 바랐다. 요시히로 같은 빈곤층이 아니라 정규직에 취업해 경제력이 있는 남자와 맺어졌으면 했다. 한 치의 거짓도 없이 진심으로 그러기를 바랐다.

미도링은 요시히로에게 크리스마스에 뭘 할 거냐고 묻지 않았다. 아무 할 일도 없다는 것을 분명 눈치챘을 것이다. 미도링은 정말 멋진 여자다. 이런 여자와 알게 되다니 하늘에 감사하고 싶을 정도였다.

그후 오다이바에 가서 실물 크기의 건담을 보았다. 새삼스레 도쿄는 역시 뭐든지 크다는 생각이 들었다. 그리고 다이버시티의 푸드코트에서 저녁을 먹었다. 요시히로는 값싼 쓰케멘◀을 골랐지만 이렇게 호화로운 저녁은 앞으로 몇 년을 더 살아도 먹을 일이 없을 것 같았다.

혼자 가도 된다고 사양했지만 미도링은 요시히로가 신주쿠에서 버스를 타는 모습까지 봐야겠다고 우겼다. 아무래도 마음을 바꾸지 않을 것 같아서 후의를 받아들이기로 했다. 전철을 갈아타고 버스 터미널에 도착하자 다시 고마움을 표시했다.

"오, 오늘 정말 즐거웠어요. 살면서 이렇게 즐거웠던 적은

▶ 따로 나오는 국물에 면을 찍어 먹는 일본 라면.

없었어요. 감사합니다."

"저도 즐거웠어요. 또 놀러오세요. 다음에 어디로 안내할지 생각해둘게요."

빈말로 들리지 않는 말투였다. 미도링이 즐거웠다니 이보다 더 기쁜 일은 없다. 그야말로 일생에 남을 추억이었다.

버스를 타고 창문 너머로 손을 흔들었다. 미도링은 버스가 출발할 때까지 자리를 지켰다. 문이 닫히고 버스가 천천히 출발했다. 꿈같은 하루가 끝나고 현실로 돌아갈 때가 왔다. 마법은 풀렸다.

미도링의 모습이 시야에서 사라진 후에도 요시히로는 계속 뒤쪽을 바라보았다. 야경을 아리땁게 수놓는 고층 건물들이 멀어져갔다. 밤 풍경도 역시 다른 세상이다. 여기는 내가 있을 곳이 아님을 깨달았다.

7

넌 분노해야 마땅해. 왜 화내지 않지?

도베는 뜻밖의 말을 꺼냈다. 분노하라고? 미도링에게? 미도링에게 고마워하면 모를까, 화낼 이유는 전혀 없었다.

넌 자신이 그 여자와 다른 세상에 산다고 느꼈어. 그래서 그 여자가 다른 남자와 사귄다는 말에 어떻게 해봐야겠다는 생각은 조금도 없이 바로 포기했지. 이상하지 않아?

그런 말을 들어도 자신과 미도링이 사귀는 모습은 머릿속에 그려지지 않았다. 인간이 하늘을 날 수 없듯이 자신은 미도링의 남자친구가 될 수 없다. 의심할 여지도 없는 일이었다.

넌 네가 빈곤층이니까 중산층 여자와는 사귈 수 없다고 포기했어. 만약 너도 중산층이었다면 그렇게 쉽게 포기했을까? 지금은 에도시대가 아니야. 계층의 차이가 인간의 차이가 돼서는 안 된다고. 그 여자도 너도 똑같은 인간이야. 그러니까 넌 그 여자와 너 사이에 장벽을 세우는 이 사회에 분노해야 해.

도베의 말은 강한 힘을 띠고 있었다. 그렇게 가정해본 적은 없었으므로 요시히로는 생각에 잠겼다. 만약 자신에게 남만큼 경제력이 있다면. 남부끄럽지 않은 학력이 있다면. 그랬다면 자신도 미도링과 사귈 수 있었을까. 그렇게 생각하자 미도링이 그림의 떡이 아니라, 남이 빼앗아 간 떡처럼 느껴졌다.

—넌 네 처지를 부끄러워할 게 아니라 분노하지 않는 걸 부끄러워해야 해. 왜냐하면 분노를 표현하는 사람들이 속속 나타나고 있으니까.

—소규모 테러 말씀인가요?

─그래. 레지스탕스는 자신의 불운한 처지를 한탄하는 데서 그치지 않고 사회를 바꾸기 위해 일어섰어. 이렇게 잘못된 사회는 남에게 맡겨놓기만 해서는 절대로 달라지지 않아. 총리가 아무리 듣기 좋은 소리를 하면 뭐해? 말만으로 세상이 달라질까? 정치가는 자기에게 이익이 되는 일밖에 안 해. 어리석은 자들이나 정치가에게 기대하는 거야.

도베는 테러를 저지르라고 부추기는 걸까. 사실 예전부터 레지스탕스에게 공감하고 있었다. 어지간한 사정이 있기 때문에 테러를 저질렀을 것이라고 이해했다. 그 '어지간한 사정'을 세상 사람 대부분은 이해하지 못한다. 사람은 타인의 아픔에 둔감하다. 자기만 잘살면 그만이니까. 특별한 상상력이라도 없는 한 타인의 아픔에 공감하기는 어렵다.

그렇지만 레지스탕스가 되겠다는 마음은 한 번도 먹어본 적 없었다. 항의해서 세상이 바뀐다면 항의할 만하다. 하지만 요시히로 혼자 항의해봤자 어차피 아무것도 바뀌지 않는다. 바꾸지도 못하고 죄인이 되다니 무의미한 짓이다. 지금까지는 그렇게 생각했다.

저보고 레지스탕스가 되라는 건가요?

머뭇머뭇 물었다. 그래야 한다고 주장하면 뭐라고 대답해야 할까. 승낙은 할 수 없지만 거부도 못 한다. 느닷없이 도베가 목에 칼을 들이댄 느낌이었다.

그건 아니야.

도베는 강경하게 나오지 않았다. 화면에 표시된 답변을 보고 요시히로는 안도했다. 도베가 말을 이었다.

하지만 넌 절망의 수렁에서 빠져나오도록 노력해야 해. 이대로 가면 개죽음할 거야. 너도 그건 알지? 미래도 없고 태어난 의미도 없이 살아가다가 누구 하나 슬퍼하지 않는 죽음을 맞고 싶어? 너 스스로 네 인생에 의미를 부여해야 해. 그걸 잊지 마.

도베의 지적이 가슴에 강하게 꽂혔다. 누구 하나 슬퍼하지 않는 죽음을 맞는다고 상상하자 비명을 지르고 싶을 만큼 무서웠다. 무의미한 삶보다는 무의미한 죽음을 견디기가 더 힘들 것 같았다.

그날 이후 요시히로는 한 가지 생각에 사로잡혔다. 미도링과 자신 사이에 장벽을 세우는 사회. 그런 사회는 차라리 망해버리는 게 낫다. 인간이 인간답게 살 수 없는 사회에 존재 의의가 있을까? 얻으려고 노력해보기도 전에 모든 것을 포기한 자신은 역시 잘못 살아온 것 아닐까?

혼자 힘으로는 사회를 바꿀 수 없다. 하지만 집단의 힘은 뭔가 움직일 수 있을지도 모른다. 그래서 소규모 테러를 일으킨다. 특별한 사상이나 신조가 없는 사람들이 서로 아무 연관 없이 일으키는 테러. 사회는 언제 누가 테러를 일으킬지 모른다는 불안감에 휩싸였다. 약자를 무시해온 사회가 약자를 의식할 수밖에 없게 된 것이다. 레지스탕스들은 자신의 목숨을 바쳐 사회를 움직이려 한다. 하지만 뒤를 잇는 사람이 없으면 그들의 희생도 결실을 얻지 못한다. 뜻을 이어나가는 사람이 반드시 나타날 것이라 믿고 몸을 바치는 의기는 숭고하다 해야 마땅하리라. 요시히로는 레지스탕스들에게 존경심을 느꼈다.

그들의 죽음을 헛되이 해서는 안 된다. 고민하면 할수록 자신이 나아가야 할 길은 하나로 좁혀졌다. 기계의 일부 같은 삶에 무슨 의미가 있을까. 이대로 살아간들 무슨 낙이 있을까. 의미도 낙도 전혀 없다. 미도링과는 영원히 맺어질 수 없을 것이다. 여자친구가 다 뭔가, 제대로 된 식사를 하는 것조차 요원한 꿈에 지나지 않는다. 의미도 없고 희망도 없이 그저 숨을 쉬고 배설하기 위해서만 살아가는 인생. 더이상 이런 무의미한 인생을 살기는 싫었다.

하지만 마지막 용기가 솟지 않았다. 스스로가 한심하기 그지없었지만 단조로운 일상에 매몰되고 나면 빠져나오기가 쉽지 않다. 똑같은 일만 계속하면 되니까 정신적으로 편하기 때문이다. 단조로운 일상 탓에 미쳐버릴 줄 알았는데, 어느덧 그런 생활에 안주하고 있었다니 자신이 얼마나 나약한지 깨달았다. 레지스탕스들은 어떻게 마지막 용기를 얻은 걸까. 물어보고 싶어도 그들은 이미 죽었다. 혼자 뒤처진 기분이 들었다.

도베의 이야기를 다시 들어보고 싶었지만 어째서인지 만날 수 없었다. 평소 늘 인터넷에 있었는데, 지금은 언제 접속해도 로그아웃 상태였다. 우연이겠지만 도베에게 버려진 것 같기도 했다. 대답은 알아서 찾아야 한다는 뜻이리라.

아무리 우울해도 시간은 멈추지 않고 흘러간다. 날마다 기숙사에서 공장으로 출근해 눈과 허리의 통증을 견디며 볼트를 검품한다. 돌아오는 길에는 공원에 들러 꼬에게 자그마한 온기를 나누어 받는다. 그런데 어느 날 꼬가 나타나지 않았다. 길고양이니까 언제 어디로 거처를 옮겨도 이상하지 않다. 그건 알지만 고양이에게까지 버림받은 것 같아서 서글펐다.

다음날 오전 작업을 마치고 점심시간이 됐다. 요시히로가 편의점에서 주먹밥을 사서 돌아오자 동료 몇 명이 휴게실 탁자를 둘러싸고 앉아 담소를 나누고 있었다. 그중에는 가와사키도 있었다. 가와사키는 우두머리 기질이 강하므로 언제나 좌중의 중심에 있다. 요시히로는 슬그머니 탁자 구석자리에 앉아 이야기에 귀를 기울였다.

"왜, 서른 살이 넘으면 체력이 확 떨어진다고 하잖아. 서른다섯 살 때도 그렇다니까. 오늘도 아침부터 어깨가 무지근하더라고. 지금까지 어깨가 결린 적은 없었는데 골치네."

아내가 싸준 도시락을 다 먹고 나서 가와사키가 고개를 좌우로 꺾으면서 투덜거렸다. 눈의 피로, 요통과 함께 어깨결림은 공장 직원들의 만성적인 고민이다. 서른다섯 살이 될 때까지 어깨가 결린 적이 없었다면 가와사키는 건강한 편이라고 할 수 있다.

"아침부터라니, 오늘 갑자기 그런 거예요?"

가와사키 맞은편에 앉은 남자가 실없는 말투로 물었다. 실수가 많아서 늘 정사원한테 혼나지만 넉살이 좋아 전혀 주눅들지 않는 남자였다. 가와사키는 인상을 찌푸리며 "응" 하고 대답했다.

"잠을 잘못 잤나. 어쩐지 이 부근이 아프네."

가와사키는 목 언저리를 손으로 누르며 끙끙댔다. 그러자 남자가 경망스럽게 이상한 말을 던졌다.

"오늘 갑자기 그런 거면 고양이의 저주 아닐까요?"

"갑자기 무슨 소리야, 멍청아."

가와사키가 당황한 표정으로 야단치며 요시히로를 힐끔거렸다. 가와사키의 행동이 마음에 걸려서 요시히로는 주먹밥을 포장지에 내려놓았다. 아무래도 불길한 예감이 들었다.

"고양이의 저주라니 무슨 뜻인가요?"

왠지 말이 술술 잘 나왔다. 깜박이는 것도 잊을 만큼 눈을 부릅떴다. 가와사키를 응시하며 천천히 일어서 탁자에 손을 짚고 몸을 내밀었다.

가와사키는 난처한 표정을 지었지만 각오를 굳힌 듯, 요시히로의 눈을 똑바로 보며 고개를 끄덕였다. "실은……" 하고 평소보다 딱딱한 목소리로 말을 꺼냈다.

"어제 출근하다가 고양이를 치었어. 갑자기 튀어나와서 피할 수 없었어. 죽었더라고."

"어, 어, 어, 어디서요?"

요시히로가 묻자 가와사키는 장소를 설명했다. 일을 마치고 돌아가는 길에 들르는 공원 근처였다.

"꼬다."

말을 내뱉은 줄도 몰랐다. 눈앞이 깜깜해져서 아무것도 보이지 않았다. 그래서 어젯밤에 꼬가 나오지 않은 것이다. 사체는 벌써 보건소에서 수거해 갔으리라. 애도해주는 사람 한 명 없이 동물 사체로 처리됐다. 그렇게나 사랑스럽고, 요시히로를 잘 따르던 꼬가 쓰레기처럼 버려졌다. 너무나 큰 충격을 받아 온몸에서 힘이 쭉 빠졌다.

"미안해, 역시 네가 아끼던 고양이였구나. 그렇지 않을까 싶긴 했는데 말을 꺼내기가 힘들어서……."

가와사키의 변명이 귀로 들어왔지만 뇌에서 의미 있는 말로 변환되지 않았다. 꼬가 죽었다, 꼬가 죽었다, 꼬가 죽었다. 단순한 한 문장만이 머릿속에서 어지러이 춤추며 두개골을 두들겼다. 밖으로 토해내지 않으면 뭔가가 뻥 터질 것 같았다.

"저한테는 꼬밖에 없었어요."

말을 꺼내자 감정이 한꺼번에 터져 나와 눈물이 넘쳐흘렀다. 달랠 길 없는 격정이 솟구쳤다.

"단 하나뿐인 친구였는데. 가와사키 씨가 죽였어. 살려내. 꼬를 살려내!"

가와사키에게 이런 식으로 말한 건 처음이었다. 안색이 변하여 고래고래 고함을 지르는 요시히로를 보고 가와사키와 다른 사람들은 놀라서 입을 떡 벌렸다. 요시히로는 두 주먹을 불끈 쥐고 몸을 부들부들 떨었다. 온몸에 힘을 주지 않으면 격정을 억누를 수 없을 것 같았다.

"미안해. 하지만 갑자기 튀어나왔단 말이야. 나도 고의로 그런 건……."

"꼬를 살려내!"

두 주먹으로 탁자를 내리쳤다. 탁자가 흔들려 놓여 있던 페트병들이 우르르 넘어졌다. 무릎과 도시락에 액체가 쏟아지자 앉아 있던 사람들이 "우왁", "뭐야" 하고 소리를 질렀다. 그

자리에 있던 모든 사람의 얼굴에 비난의 빛이 나타났다.

"오무라, 가와사키 씨가 사과했잖아. 그깟 도둑고양이 한 마리 가지고 야단법석 떨지 마."

"고양이보다 내 도시락이 중요하다고. 이거 어떻게 할 거야?"

모두가 한꺼번에 요시히로를 비난했다. 가와사키 역시 요시히로가 사람들에게 피해를 줘서 화가 난 것 같았다.

"고양이를 친 건 사과하겠지만 너도 사람들한테 사과해. 고양이 한 마리 때문에 직장 분위기를 망치면 쓰겠어?"

사과한다고 말하면서도 가와사키는 머리 한번 숙이지 않았다. 꼬를 하찮게 보고 있다는 증거다. 격정은 아직 몸속에 머물러 있었다. 입을 열면 이 자리에 있는 모두에게 욕을 퍼부을 것 같았다. 그래서 아무 말도 없이 탁자를 한 번 더 내리치고 나서 휴게실을 나섰다. 화장실 칸막이실에 틀어박혀 점심시간이 끝났음을 알리는 벨 소리가 들릴 때까지 나오지 않았다.

오후에도 평소와 똑같이 기계적으로 일했다. 오후 6시에 야간반 사람과 교대하자 가와사키가 다가왔다. 요시히로의 어깨에 손을 얹고 "야" 하고 말을 걸었다.

"정말 미안해. 하지만 이런 일로 네가 직장에서 겉돌면 어쩌겠다는 거야. 네 기분이 풀릴 때까지 사과할 테니 너도 다른 사람들한테 사과해."

가와사키가 중재에 나섰다. 가와사키다운 태도였지만 요시히로는 순순히 응하지 않았다. 가와사키의 손을 뿌리치고 걸음을 옮겼다. 평소 얌전한 요시히로가 무례하게 굴자 가와사키는 놀란 모양이었지만 이윽고 화가 났는지 "그래, 네 맘대로 해라" 하고 씩씩거렸다. 요시히로는 돌아보지 않았다.

공장을 나서서 공원으로 갔다. 화단을 향해 꼬의 이름을 불러도 대답은 들리지 않았다. 꼬는 이미 머나먼 곳으로 가버렸다. 미도링에게는 원래부터 손이 닿지 않았고, 보살펴주던 가와사키의 손도 뿌리쳤고, 절대 배신할 리 없었던 꼬도 가버렸다. 이제 정말 혼자가 됐다. 발끝에서 오한이 기어 올라오는 듯한 고독이 느껴졌지만 속수무책이었다. 제자리에 털썩 주저앉아 땅에 양손을 짚고 엉엉 울었다. 꼬를 위해 이대로 영원히 울고 싶었다.

기숙사로 돌아와 스마트폰으로 고속버스 표를 예매했다. 미도링을 만나러 갈 때 탔던 노선이므로 방법은 잘 안다. 운 좋게도 빈자리가 있어서 망설임 없이 구매 버튼을 눌렀다. 감정이 마비된 마음속에는 한 가지 결의밖에 없었다.

하룻밤을 꼬박 새우고 기숙사 사람들이 일어나기 전에 출발했다. 편지는 남기지 않았다. 할말이 없었고, 애당초 말을 남기고 싶은 사람도 없었다. 고독은 사람을 강하게 한다. 꼬를 잃고 나자 용기가 끝없이 샘솟았다.

버스를 탄 지 세 시간이 지나자 신주쿠의 마천루들이 눈에 들어왔다. 그 풍경을 보아도 미도링과 함께 보낸 하루의 추억은 되살아나지 않았다. 즐거웠던 기억도 마비된 마음에는 아무 의미가 없었다. 버스에서 내려 약간의 짐이 든 배낭을 메고 걸음을 옮겼다.

특별한 목적지 없이 초고층 빌딩가를 향해 걸었다. 아침이라 그런지 직장인들이 바쁘게 오가고 있었다. 마치 이방인이 된 듯한 기분으로 인파를 헤치고 나아가다 좌우를 둘러보았다. 아직 생각이 정리되지 않았다.

눈을 끄는 것이 없어서 초고층 빌딩가를 그대로 빠져나왔다. 하지만 사회에서 밀려났다는 실감은 충분히 맛보았다. 회사원들과 자신은 살아가는 세상이 확연히 달랐다. 분노가 조용히 침전됐다. 지나가는 사람들이 전부 적으로 느껴졌다.

조금 더 걷자 커다란 공원이 나왔다. 공원에는 볼일이 없지만 다리가 아파 안으로 들어갔다. 구석에 인공 폭포가 있는 광장이 펼쳐졌다. 광장에 면한 벤치에 앉아 초점 없는 눈으로 앞을 멍하니 바라보았다.

아무것도 하지 않고 그저 시간만 흘려보냈다. 무력한 자신에게 화가 났다. 언제까지 이러고 있을 거냐. 도쿄 공기만 마시다 공장에 돌아갈 생각이냐. 아니다. 난 기다리고 있다. 결정적인 순간을. 반드시 그 순간이 올 것이라고 요시히로는 확신했다.

시야 구석에서 뭔가 움직였다. 길가에 트럭이 멈추더니 운전사가 내렸다. 운전사는 서둘러 요시히로 뒤쪽을 지나갔다. 별생각 없이 운전사가 공중화장실로 향하는 모습을 눈으로 좇았다.

자기 의지와는 관계없이 몸이 멋대로 움직였다. 일어서서 길가에 세워진 트럭으로 갔다. 폐품 회수업자의 트럭인지 가전제품과 가구가 잡다하게 실려 있었다.

트럭 옆으로 돌아가서 운전석을 들여다보았다. 운전사는 볼일이 아주 급했는지 키를 꽂아둔 채 자리를 비웠다. 하지만 요시히로는 이상하다는 생각도 없이 오히려 당연하게 받아들였다. 아아, 이걸 타면 되겠구나. 그렇게 생각하고 문을 열었다. 운전석에 앉자 모든 것이 꼭 들어맞아야 할 곳에 들어맞은 것처럼 느껴졌다.

운전면허증은 없지만 차를 움직이는 방법은 안다. 키를 돌리자 시동이 걸렸다. 사이드브레이크를 풀고 가속페달을 밟았다. 트럭이 움직였다.

방향 지시등을 켜고 우회전해서 초고층 빌딩가로 향했다. 어묵구이를 맛있게 먹던 꼬의 모습이 느닷없이 머릿속에 떠올랐다. 꼬와 장난치던 행복한 나날이 떠오르자 마음이 편안해졌다. 온몸이 따스한 빛에 감싸이는 것 같았다.

운전대를 꺾어 인도로 올라갔다. 가속페달을 힘껏 밟아 속력을 더 높였다. 빌딩 1층에 입주한 가게의 창문이 눈앞으로 다가왔다. 요시히로는 꼬를 다시 만날 수 있기를 빌었다.

니노미야 마이코의 경우

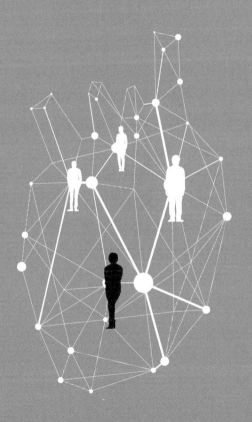

1

마치 가위에 눌린 것 같았다.

토끼는 총소리를 듣기만 해도 움직이지 못할 때가 있다고 한다. 마이코가 바로 그런 상태였다. 뒤에서 엄청나게 큰 소리가 나는 바람에 제자리에 못박혀 옴짝달싹도 못했다. 고개를 돌려 뒤를 보기만 하면 되는데, 그것조차 할 수 없었다. 귓속에 남은 소리의 여운이 몸을 옭아매기라도 한 것 같았다.

주변이 마비에서 풀려난 뒤에야 마이코도 몸을 움직일 수 있었다. 마이코뿐만 아니라 이 일대의 시간이 모조리 정지된 상태였다. 비일상적인 사태가 벌어지면 사람은 바로 반응하지 못하고 굳어버리는 모양이다. 하지만 한 명이 움직이면 다른 사람들도 따라서 가위에서 풀려난다. 몸을 빙글 돌린 마이코의 눈에 믿기지 않는 광경이 들어왔다.

트럭이 빌딩 1층에 처박혀 있었다. 트럭 주변에는 튕겨 나간 듯한 사람들이 나지막한 신음 소리를 내며 쓰러져 있었다. 검붉은 액체가 퍼져나가는 가운데 미동도 하지 않는 사람도 있었다. 피는 상상했던 것보다 훨씬 까매서 뭔가 다른 것처럼 느껴졌다. 너무나 끔찍한 광경이라 뇌가 받아들이기를 거부했다.

"구급차!"

누가 그렇게 소리치며 트럭으로 달려갔다. 쓰러져서 피를 흘리고 있는 사람 곁에 무릎을 꿇고 앉아 얼굴을 들여다보았다. 주변을 둘러보더니 다시 크게 소리쳤다.

"구급차를 불러주십시오! 그리고 편의점에서 지혈용 붕대를! 자동 제세동기도 있으면 가져다주세요!"

마이코와 비슷한 나이대로 보이는 남자가 척척 지시했다. 어쩐지 낯이 익었지만 누군지 떠올릴 여유는 없었다. 자신에게 지혈용 붕대를 가져오라고 시킨 것 같은 기분이 들어서 편의점에 뛰어들었다. 눈에 띈 붕대를 전부 들고 계산대로 가자 "계산은 됐습니다" 하고 점원이 사양했다.

편의점 밖으로 나와보고 놀랐다. 부상자를 돌보는 사람도 있었지만 대부분은 방관할 뿐이었다. "사고야?", "테러?" 하고 이야기를 나누는 소리가 띄엄띄엄 들려왔다. 휴대전화로 사고현장을 촬영하는 사람도 있었다.

마이코는 방관자들에게서 눈을 돌리고 지시를 하던 남자 곁으로 달려가 붕대를 건네주었다. 남자는 부상자의 목덜미를 누르고 있었다. "고마워요" 하고 받아들었지만 바로 사용하지는 않았다.

"큰일인데. 출혈이 너무 심해. 어디를 눌러야 지혈이 되는지 모르겠어. 이봐요, 압니까?"

남자가 마이코에게 물었다. 남자가 응급처치를 할 줄 안다고 믿었으므로 깜짝 놀랐다. 하지만 아무것도 하지 않고 사고 현장을 촬영하는 사람보다는 훨씬 낫다. 남자는 생각보다 행동이 앞서는 사람 같았다.

"저도 몰라요."

"의사 선생님 안 계십니까! 없으면 근처 병원에서 좀 불러주십시오!"

마이코의 대답에 반응하는 시간도 아까운 듯 남자는 주변에 도움을 요청했다. 하지만 아무도 나서지 않았다. 마이코는 옆 건물에 내과가 있다는 것이 기억나 자신이 가야겠다고 결심했다.

"제가 불러올게요."

"부탁합니다."

남자는 짤막하게 말하고 다시 부상자에게 눈을 돌렸다. 이십 대 중반 여성이었는데 안색이 창백했다. 숨이 붙어 있는지 긴가민가했다. 머리에서 피가 나는 모양인데 어디에 상처가 났는지도 분명치 않았다. 남자는 목덜미 혈관을 압박해 어떻게든 출혈을 줄이려고 애쓰는 것 같았다.

"다른 사람한테도 붕대를."

남자가 턱을 까딱했다. 그쪽에도 피를 흘리는 사람이 있었다. 하지만 아예 움직이지 못하는 것은 아니고 스스로 머리를 누른 채 몸을 웅크리고 있었다. 그 사람 곁에서 상처를 압박하고 있던 다른 남자에게 남은 붕대를 건네주었다.

트럭이 충돌한 곳은 빌딩 1층에 입주한 패스트푸드점이었다. 길에 면해 있는 통유리에 트럭이 충돌한 탓에 유리는 산산조각 났다. 주변에 파편이 튀고 유혈이 낭자하여 처참한 광경이었다. 마이코도 무릎을 꿇었을 때 유리에 베였는지 피가 났지만 아픔을 느낄 겨를이 없었다.

대충 훑어보니 부상자는 대여섯 명이었다. 양식 있는 사람들이 부상자들을 각각 돌보고 있었다. 그에 비해 방관자는 열 명 정도일까. 요란한 소리를 듣고 사람들이 더 몰려들었다. 돕기는커녕 촬영만 하는 사람도 방금 전보다 늘었다.

그런 사람들을 보자 기분이 착잡했다. 사고 자체도 꽤나 비참했지만 사고 현장보다는 방관자들에게서 눈을 돌리고 싶어 마이코는 서둘러 옆 건물로 달려갔다.

2

의사를 데리고 와서 응급처치를 맡긴 후, 구급차가 와서 부상자를 옮기는 모습을 지켜보았다. 첫 번째로 지시를 따른 것도 인연인지라 마이코는 제일 먼저 부상자에게 달려간 남자와 끝까지 함께 있었다. 마지막 구급차가 출발하고 나서야 한숨 돌렸다. 남자가 "고생 많았어요" 하고 말을 걸었다.

"고생하셨어요."

고개 숙여 인사하고 다시 남자를 보았다. 그제야 깨달았는데 남자는 언뜻 보기에 마치 조직폭력배처럼 보일 정도로 무섭게 생겼다. 가는 눈썹에 눈매가 날카롭고, 광대뼈가 튀어나왔다. 길에서 마주치면 되도록 멀리 떨어져서 지나갈 것이다. 하지만 역시 어디서 본 기억이 있었다.

남자가 입은 양복 윗도리와 셔츠도 피투성이였다. 일하는 도중이었다면 도저히 이대로는 못 돌아간다. 마이코도 치마에 피가 묻었지만 눈에 띌 정도는 아니었다. 자기 옷이라면 많이 아깝겠지만 다행히 회사 제복이라 속상하지는 않았다.

"양복 다 버리셨네요."

무섭게 생긴 남자였지만 옷이 더러워지는 것도 개의치 않고 사람을 도우러 달려간 행동에 감명을 받았다. 그래서 안타까운 마음에 말을 걸었다. 그러고 보니 방관한 사람이 많았던 것은 옷을 버릴지도 모른다는 우려 때문이 아닐까.

"어? 아이고, 큰일이네."

마이코의 말을 듣고 나서야 알아차렸는지 남자는 몸을 내려다보고 한숨을 내쉬었다. "어쩌지" 하고 중얼거리는 남자에게 마이코는 조언을 건넸다.

"물빨래하는 게 나을 거예요. 애벌빨래를 해서 세탁소에 맡기는 수밖에 없겠네요."

"그렇습니까? 이건 포기하고 싼 양복을 한 벌 살까. 골치 아프네."

남자는 인상을 팍 썼지만 심각한 분위기는 아니었다. 자기 옷보다 부상자들의 안부가 걱정되는 모양이었다. 특히 머리에서 피를 흘리던 여자는 의학적 지식이 전혀 없는 사람의 눈에도 꽤나 위중해 보였다. 이 남자가 열심히 돌봤으니 어떻게든 무사하기를 바랐다.

"그럼."

남자는 가볍게 손을 들어 인사하고 걸어갔다. 마이코도 일하던 중이었으므로 직장으로 향했다. 방향이 같아서 남자 뒤를 따라갔다.

신주쿠 오피스 거리니까 방향이 같아도 이상할 건 없다. 하지만 남자는 마이코의 시야에서 사라지지 않고 계속 앞쪽에 있었다. 마침내 어느 건물에 들어가는가 싶었는데, 거기는 마이코의 목적지이기도 했다.

그제야 남자가 누구인지 알아차렸다. 헤이토 씨다. 마이코는 무심코 혼잣말을 했다.

3

"헤이토 씨, 그래 보여도 착한 구석이 있네요."

후배 미카의 감상이었다. '그래 보여도'라는 한마디가 군더더기처럼 느껴졌지만 그렇게 말하는 마음은 이해가 갔다. 아무래도 착실한 사회인으로는 보이지 않을 만큼 무섭게 생겼으니까. 방금 전과 같은 비상사태가 아니라면 마이코도 절대 먼저 말을 붙이지 않았을 것이다.

"착한 구석 정도가 아니지. 아무것도 안 하고 가만히 보고만 있던 사람도 얼마나 많았는데. 믿기지가 않아. 옷에 피가 묻을까 봐 그랬겠지. 하지만 다쳐서 쓰러진 사람이 눈앞에 있는데 그런 게 신경쓰이나?"

당시 상황을 떠올리자 다시금 방관자들에게 화가 났다. 그들은 찍은 사진과 동영상을 SNS에 올릴 것이다. 개중에는 분명 다친 사람의 얼굴이 나오게 촬영한 사람도 있었을 것이다. 그런 모습이 전 세계에 공개되면 사진을 찍힌 사람의 기분이 얼마나 나쁠지 전혀 모르는 걸까. 그들과 자신 사이에 뛰어넘을 수 없는 단절을 느끼며 분노가 치미는 동시에 겁도 났다.

"옷이 더러워질까 봐 그런 사람도 있었겠지만 몸이 바로 움직이지 않았던 사람도 많았을 거예요."

미카는 방관자들을 두둔하는 것이 아니라 그저 떠오른 생각을 입에 담았을 뿐이라는 듯이 담담하게 말했다. 무슨 말인지는 알겠지만 그래도 마이코는 이해가 가지 않는다는 듯 되물었다.

"무슨 뜻이야?"

"그럴 때 바로 도와주러 달려가는 사람이 대단한 거 아닐까요? 보통은 어떻게 해야 할지 몰라서 머뭇거리는 사이에 끼어들 기회를 놓치고 방관하게 되죠. 저도 아마 그럴 거예요."

듣고 보니 마이코 역시 헤이토 씨가 제일 먼저 움직였기 때문에 도와주러 달려갈 수 있었다. 혼자였다면 그렇게 정확한 판단하에 움직일 수 있었을까. 아니, 설령 머뭇거린다고 해도 태평스레 사고 현장을 촬영하지는 않는다. 아무리 생각해도 그건 무신경한 행동이다.

"그렇다고 해도 휴대전화로 촬영하는 건 너무하지 않아? 정말 비인간적이야."

"그러게요. 무슨 일이든 기록하는 게 중요하다는 사고방식도 있겠지만, 마이코 선배의 마음도 이해는 돼요."

미카는 두 살 연하지만 다혈질이라 금방 울컥하는 마이코보다 사고방식이 훨씬 성숙하다. 생각해본 적도 없는 각도에서 의견을 제시해서 감탄한 적도 한두 번이 아니었다. 지금도 마이코는 기록의 중요성을 전혀 염두에 두지 않았기 때문에 놀랐다. 그렇다 해도 자신이 느낀 찜찜함은 씻어낼 수 없었다.

"정말 화가 나더라고. 내가 화내봤자 소용없지만."

냉정한 미카와 달리 창피할 만큼 감정적인 말밖에 나오지 않았다. 하지만 미카는 그 말을 듣고 갑자기 피식피식 웃었다.

"마이코 선배, 헤이토 씨랑 꽤 마음이 잘 맞을 거 같은데요?"

"뭐? 헤이토 씨랑?"

헤이토 씨는 사내에서 제법 유명인이었다. 얼굴 때문이 아니라 특이한 성격 탓이다. 지금까지 제대로 이야기를 나누어본 적이 없어서 자세히는 모르지만, 소문에 따르면 평소 자기주장이 강한 까닭에 직장에서 겉돈다고 한다. 헤이토 씨에게는 함께 있기 거북하고 다가가기 힘든 사람이라는 인상이 있었다.

"헤이토 씨는 불의를 엄청 싫어하잖아요. 입만 산 사람들 눈에야 거슬리겠지만, 큰 사고가 터졌을 때 옷을 버리는 것도 개의치 않고 부상자를 돕다니 얼마나 훌륭해요? 마이코 선배랑 성격이 비슷해요."

"음……."

성격이 유별나기로 유명한 사람과 비슷하다는 말을 들으니 썩 마음에 들지 않았지만 헤이토 씨에게 공감한 것은 사실이었다. 얼굴이 너무 무섭게 생겨서 편견이 앞서지만 실은 좋은 사람 아닐까. 그러나 입사하고 한 번도 접점이 없었던 사람에게 흥미를 품어본들 호기심을 채울 기회는 아마 찾아오지 않을 것이다. 앞으로 그 무서운 얼굴을 보면 좀더 주의를 기울이는 게 전부일 것이다.

하지만 얼마 지나지 않아 헤이토 씨와 다시 말을 나눌 기회가 찾아왔다. 마이코는 평소처럼 사무실에 있다가 내선 전화를 받았다. 상대가 부서명에 이어 "나토리입니다" 하고 이름을 댔지만 헤이토 씨인 줄은 예상도 못 했다. 이때까지 마이코는 헤이토 씨의 이름을 몰랐기 때문이다. 내선 전화를 끊고 복도로 나가서 기다리고 있던 상대의 얼굴을 보고서야 "아" 하고 놀랐다.

"아, 요전의……."

상대방도 바로 마이코를 알아보았다. 자신을 기억하고 있다니 뜻밖이었다. 다시 봐도 헤이토 씨의 얼굴은 조직폭력배 그 자체였다. 가부키 정을 걸어가는 헤이토 씨에게 젊은 조직원이 인사하러 왔다는 소문이 우스갯소리처럼 떠도는데 정말일지도 모르겠다.

"양복, 어떻게 하셨어요?"

자연스레 그런 질문이 나왔다. 이렇게 무섭게 생긴 사람에게 아무렇지 않게 말을 걸다니 어쩐지 재미있었다. 헤이토 씨가 더 놀랐는지 잠깐 멍하니 있다가 "아아" 하고 겨우 말을 꺼냈다.

"그때 알려준 대로 애벌빨래해서 세탁소에 맡겼더니 깨끗해졌어요. 가르쳐줘서 고맙습니다."

헤이토 씨는 머리를 꾸벅 숙였다. 거리낌없이 여자에게 머리를 숙이는 모습을 보니 생김새와 행동의 차이가 더욱 크게 느껴졌다.

"그건 그렇고 같은 회사 사람이었다니 우연도 이런 우연이 다 있나."

"네, 저도 깜짝 놀랐어요."

"요전번 사고, 결국 사망자가 나왔잖습니까. 그 사람, 우리가 지혈한 사람일지도 몰라요."

뉴스에서 보도한 세 명의 사망자 중 한 명은 이십 대 여자였다. 머리에서 피를 흘리던 그 여자였다고 해도 결코 이상하지 않다.

"사람들이 죽어서 정말 안타깝지만, 헤이토 씨, 앗, 나토리 씨는 훌륭하게 행동하셨어요."

혹시 다음에 만나게 되면 칭찬해야겠다고 마음먹었는데, 무심코 별명을 입에 담고 말았다. 헤이토 씨는 자기 별명을 듣고 씩 웃었다.

"헤이토 씨라니, 나요?"

"죄송해요. 말이 잘못 나왔네요."

"괜찮아요. 남들이 그렇게 부른다는 거 다 아니까."

금세 화를 내는 사람이라고 들었는데 실제로는 전혀 달랐다. 겉모습 때문에 사람들이 색안경을 끼고 보는 것은 아닐까.

"아, 갑자기 마우스 휠이 말을 안 듣네요. 좀 봐줘요."

헤이토 씨는 잡담을 마무리짓고 마이코를 자기 자리로 데려갔다. 마우스를 움직이며 "봐요" 하고 책상 위 모니터를 가리켰다. 자리를 바꾸어 마이코가 마우스를 조작했다. 마우스 휠이 반응하지 않았다.

"최근에 소프트웨어 같은 거 설치하셨어요?"

"아니, 아무것도."

"인터넷을 하다가 플러그인을 설치했다거나?"

"아무것도 안 했습니다."

"그래요? 그럼 하드웨어에 문제가 있을지도 모르겠네요."

컴퓨터를 끄고 가지고 온 마우스로 교체했다. 컴퓨터를 다시 켜자 이번에는 마우스 휠이 작동했다. 역시 마우스가 고장난 모양이었다.

"마침 고장도 났으니 쓰기 편한 걸 새로 살까? 추천 좀 해주지 않겠습니까?"

물어보기에 가지고 온 마우스를 가리키며 "이게 쓰기 편해요" 하고 알려주었다. 헤이토 씨는 순순히 제품명을 메모했다.

"고마워요. 덕분에 한시름 덜었네. 또 골칫거리가 생기면 그때도 잘 부탁합니다."

헤이토 씨는 싹싹한 말투로 고맙다는 뜻을 표하고 가볍게 손을 들었다. 마이코는 "언제든지 말씀만 하세요"라고 말하고 자기 사무실로 되돌아왔다. 소문과는 전혀 다르게 헤이토 씨는 아주 멀쩡한 사람이었다. 왜 '헤이토 씨'라고 불리는지 더욱 궁금해졌다.

4

헤이토 씨라는 호칭을 처음으로 들었을 때 마이코는 그의 이름이 '헤이토'인 줄 알았다. 하지만 사실은 영어 'hate◀'였다. 싫어한다는 뜻의 동사. 헤이토 씨가 싫어하는 대상은 일본인이었다.

소문을 듣자 하니 헤이토 씨는 일본인을 끔찍하게 싫어한다고 한다. 주변 사람들이 질색하는데도 걸핏하면 일본인 기질을 비판한다. 토론이 벌어져도 절대 양보하지 않고 완고하게 자기 의견을 주장한다. 결국 아무도 상대해주지 않아 팀에서, 아니 회사 전체에서 배척당하는 꼴이 됐다. 상대하지 않는 정도면 그나마 다행이고, 헤이토 씨를 진심으로 미워하는 사람도 적지 않다고 들었다.

성격이 그런데다 조직폭력배처럼 생겼으니 친하게 지내는 사람이 없는 것도 이해가 간다. 마이코도 그런 괴짜가 회사에 있다는 것은 알고 있었지만, 자세히 알아보고 싶었던 적은 없었다. 그런데 우연히 접해보고 나자 소문에 악의가 많이 섞여 있다는 것을 알았다. 분명 헤이토 씨를 싫어하는 사람이 있기는

▶ 헤이토는 hate의 일본식 발음이다.

있을 것이다. 헤이토 씨는 여러 명의 적에 함께 맞설 자기편을 만들려 하지 않았던 것 아닐까. 일 대 다수라면 당연히 한 명이 불리하다. 수의 논리는 언제나 폭력적이다. 거기까지 생각이 미치자 마이코는 의분을 느꼈다. 헤이토 씨를 싫어하는 사람은 보나마나 사고가 나도 도우러 나서지 않는 유형일 것이다.

마이코는 이해해주는 동료가 없어서 직장에서 고립되었는데도 비굴해지지 않은 헤이토 씨에게 감탄했다. 만약 자신이 같은 처지라면 얼마나 힘들까. 그래서 기회가 생기면 더 많은 이야기를 해보고 싶었다. 왜 일본인을 싫어하는지 그의 의견을 들어보고 싶었다.

미카가 지적한 대로 마이코는 자신이 옳다고 여기면 주변의 시선을 신경쓰지 않고 행동하는 면이 있다. 헤이토 씨와 같은 범주에 속하는 성격일 것이다. 그러므로 일을 마치고 건물 밖으로 나왔을 때 헤이토 씨를 보고 바로 결단을 내렸다. 뒤에서 종종걸음으로 다가가서 말을 걸었다.

"나토리 씨, 퇴근하세요?"

"어? 아, 헬프 데스크의……."

돌아다본 헤이토 씨는 마이코의 이름이 생각나지 않는 모양이었다. 이번 기회에 제대로 기억해두기를 바라며 이름을 말했다.

"니노미야예요."

"아아, 맞다, 니노미야 씨. 요전에는 고마웠습니다."

요전번과 똑같이 머리를 꾸벅 숙였다. 마이코도 고개를 숙여 인사를 받고 옆에 나란히 서서 걸었다.

"마우스는 사셨어요?"

"네, 샀어요. 그거 좋던데요. 물어보길 잘했어요."

헤이토 씨는 당황한 기색으로 대답했다. 왜 마이코가 말을 걸었는지 짐작이 가지 않아서 그런 것이다. 헤이토 씨는 잠깐 머뭇거리다가 물었다.

"어, 음, 그러니까 회사 사람 중에 나한테 이렇게 말 거는 사람은 없거든요. 다들 날 꺼려서요. 무슨 꿍꿍이속이라도 있습니까?"

꿍꿍이속이라는 말까지 나왔다. 배척당하는 상황에 어지간히 익숙해진 모양이다. 같은 회사에 다니는 동료라면 수다를 떨면서 퇴근하는 것 정도는 흔한 일일 텐데.

"꿍꿍이속이라. 있기는 있죠. 왜 나토리 씨가 헤이토 씨라고 불리는지 알고 싶어요."

"남들이 뭐라고 하는지 못 들었습니까?"

옅은 눈썹을 찡그리며 곤혹스러운 표정을 지었다. 조직폭력 배 같은 얼굴로 그렇게 어리벙벙한 표정을 짓자 조금 정이 갔다.

"어차피 다 소문일 뿐인걸요. 진짜인지 아닌지 모르잖아요."

"그야 그렇지만. 당신 참 별난 사람이군요."

"맞아요."

별나다는 말이 딱 어울린다고 스스로도 인정했다. 이렇게 나란히 걸어가면 분명 내일 직장 동료들이 신나게 입방아를 찧을 것이다. 그럴 줄 알면서도 헤이토 씨에게 접근했으니 별난 인간이랄 수밖에.

"일본인을 엄청 싫어한다는 소문을 들었는데 정말인가요?"

단도직입적으로 물었다. 에둘러 물어봤자 아무 의미도 없고, 애당초 그런 방식은 좋아하지 않는다. 헤이토 씨는 마이코의 직설적인 질문에 또 당황했다.

"일본 국적을 가진 사람을 전부 다 싫어하는 건 아니에요. 일본인에게 좋은 점이 많다는 건 알지만 못마땅한 점도 있다는 겁니다."

"예를 들면 대형 사고가 발생해도 부상자를 돕지 않고 수수방관하는 사람이 싫다거나?"

"아아, 그런 느낌이에요. 즉 당신은 내가 싫어하는 유형의 일본인이 아닌 거죠."

그렇구나. 짧은 대화였지만 헤이토 씨를 이해할 수 있을 것 같았다. 그래서 더 듣고 싶었다.

"나토리 씨, 혹시 시간 괜찮으면 한잔하러 가지 않으실래요?"

"예?"

마이코의 제안이 몹시 의외였는지 헤이토 씨는 멈춰 서서 말문이 막힌 채 휘둥그레진 눈으로 미이코를 바라보았다. 마이코도 쓴웃음을 지으며 걸음을 멈추고 덧붙여 말했다.

"오해하지 마세요. 못된 속셈을 품었거나 나토리 씨에게 이성으로서 관심이 있는 건 아니에요. 다단계판매를 권하려는 것도 아니고요. 일본인의 어떤 점이 싫은지 자세하게 들려주셨으면 해서요."

"아아……. 그래요. 당신, 정말 괴짜로군요."

"괴짜라고 불릴 정도는 아닌데요."

부정은 했지만 괴짜 맞다고 속으로 중얼거렸다. 다만 괴짜라는 점은 헤이토 씨도 마찬가지다. 같은 부류의 냄새를 맡았기 때문에 서서 이럴 게 아니라 느긋하게 의견을 들어보고 싶었다.

"뭐, 처음부터 그렇게 툭 터놓고 말해주면 나도 마음이 편하죠. 그럼 한잔하러 갈까요?"

"예."

고개를 끄덕인 마이코의 뺨에 저절로 웃음이 맺혔다. 어쩐지 재미있을 것 같은 예감이 들었다.

5

"아까도 말했지만 나는 일본인의 국민성을 전부 부정하는 게 아닙니다. 좋은 점도 많다는 건 알아요. 그래서 더더욱 못마땅한 점을 없애고 싶은 거죠. 그것만은 분명히 하고 넘어갑시다."

역에서 가까운 적당한 술집에 들어가서 주문을 마치자 헤이토 씨는 제일 먼저 그렇게 말했다. 지금까지 하도 많이 오해를 받아서 그런 서론부터 깔아야 한다는 것을 배운 듯했다. 서론만 들어봐도 헤이토 씨를 이해해주는 사람이 정말 없다는 현실이 절실히 와닿았다. 본인의 성격 탓도 크겠지만.

"알았어요. 저도 평상시에 일본인에 대해 못마땅하게 여기는 점이 많으니까 나토리 씨가 무슨 말씀을 하고 싶으신지 이해해요."

"오, 그렇습니까. 하기야 당신은 나한테 술 마시러 가자고 제안할 정도로 괴짜니까 줏대도 없이 남을 따라 하기 좋아하는 일본인하고는 다르겠죠."

바로 가시 돋친 말이 나왔다. 이런 표현을 들으면 언짢아하는 사람도 있을 것이다. 남의 행동에 영향을 받는 경향이 강하다고 하면 될 텐데 줏대도 없이 남을 따라 하기 좋아한다니, 약간 악의가 있다.

"남이 하는 행동을 따라 하는 사람이 싫으세요?"

확인하자 헤이토 씨는 "아니요" 하고 고개를 저었다.

"그건 각자의 개성이니까 싸잡아 비난할 마음은 없습니다. 재해를 입은 지역에 봉사 활동을 하러 가거나 성금을 모금하는 건 설령 남의 행동을 따라서 하는 일이라고 해도 좋은 일이잖아요. 내가 싫어하는 건 아무 생각도 없는 사람입니다."

"아무 생각도 없는 사람?"

"예. 예를 들면 일본인은 차가 다니지 않는데도 빨간불에는 횡단보도를 건너지 않는다고 외국인들이 비웃잖아요. 웃기기는 하겠지만 사회 규칙을 지킨다는 의미에서는 아주 훌륭한 일이에요. 그렇다면 뭐든지 고지식할 만큼 철저하게 지키라 그겁니다. 노약자석 옆에서는 휴대전화 전원을 끄는 것이 사회 규칙이지만 대부분은 지키지 않죠. 이상하지 않습니까?"

"그러네요."

멀쩡한 젊은이가 노약자석에 당당하게 앉아 있는 것도 모자라 휴대전화까지 만지작대는 모습을 보면 마이코도 눈살이 찌푸려졌다. 그런 사람은 분명 왜 휴대전화 전원을 꺼야 하는지 생각해본 적도 없을 것이다.

"규칙이니까 무작정 지키는 건 우스꽝스러운 짓이죠. 하지만 우스꽝스러워도 꿋꿋이 지킨다면 그건 장점이에요. 하지만 모두가 태연하게 규칙을 무시합니다. 왜냐하면 생각이 없거든요. 차가 오지 않는데도 왜 신호가 파란불로 변하기를 기다리는지 생각하지 않는 것처럼, 노약자석 옆에서는 왜 휴대전화 전원을 꺼야 하는지 생각해보려고 하지 않아요. 생각이 없는 건 일본인의 큰 단점입니다."

"생각이 없다."

헤이토 씨가 무슨 말을 하려는지 완벽하게 이해한 건 아니지만 방향성은 어렴풋하게나마 느껴졌다. 세상만사를 별다른 의문 없이 받아들이는 사람과 일일이 따져보는 사람의 수를 비교하면 전자가 압도적으로 많을 것이다. 그리고 얼마 안 되는 후자는 의문이 없는 사람들을 답답하게 여길 것이다. 헤이토 씨는 일본인이 싫은 게 아니라 안타까운 것이다.

"모난 돌이 정 맞는다는 속담이 있을 만큼 일본인은 튀지 않는 걸 미덕으로 여기는 풍조가 있죠." 헤이토 씨를 맥주에 입도 대지 않고 말을 이었다. "난 거기에도 이의가 있지만 국민성이 그렇다는 식으로 넘어갈 수도 있어요. 문제는 다른 사람과 똑같이 사는 것이 생각을 하지 않는 것으로 이어진다는 점입니다. 그야 옆 사람과 똑같이 행동하기만 하면 되니까 머리를 쓰지 않을 법도 하죠. 분명 대부분의 사람들은 머리를 쓰지 않는다는 자각조차 하지 못할 겁니다."

머리를 쓰지 않는다는 표현을 듣자 마이코는 대번에 회사 사람이 몇 명이나 떠올랐다. 일류 대학을 나와 높은 자리에 앉기는 했지만, 모난 돌이 될까 봐 벌벌 떨며 하루하루를 무탈하게 보내는 데만 힘쓰는 사람들. 그런 사람들은 대개 스스로를 뛰어나다고 생각한다. 머리가 좋다고 자부하는 사람들이 헤이토 씨의 지적을 들으면 아주 괘씸하게 느낄 것이다. 회사에서 겉돌 만도 하다.

"듣고 보니 일상생활에서는 의외로 머리를 쓰지 않을지도 모르겠네요."

마이코는 자기는 다르다고 떳떳하게 말할 수 없었다. 일을 할 때는 물론 머리를 쓴다. 그러나 어쩔 수 없이 쓰는 것일 뿐 자주적인 행동은 아니다. 업무에서 벗어나면 과연 얼마나 생각을 하면서 살까. 자신 없었다.

"머리는 의식해서 쓰려고 하지 않으면 의외로 쓰지 않게 되는 법입니다. 하지만 쓰지 않는다는 것조차 모르니까 내가 이런 말을 하면 대부분은 화를 내죠. 그 결과 미움받는 거고요."

"사람은 바른말을 들으면 화가 나는 법이에요."

흔해빠진 말인 줄은 알지만 헤이토 씨가 가여워서 그런 말이라도 꺼내지 않을 수 없었다. 바른말을 하는 사람은 늘 미움받는다. 마이코도 보통 사람이므로 미워하는 쪽의 기분이 어떤지 이해가 간다. 하지만 바른말을 한다는 이유로 미움받다니 애처롭다. 바른말을 하는 사람을 이해하는 사람이 한 명쯤은 있어도 되지 않겠는가.

"내 표현 방식이 잘못됐다 그거죠? 지금까지 충고 많이 받았습니다."

아니꼽게 들릴 수도 있는 말이었지만 헤이토 씨는 화내지 않고 의기소침하게 대꾸했다. 그제야 잔을 들어 맥주를 벌컥벌컥 마신 후에 덧붙여 말했다.

"하지만 천성이 그래서 어쩔 수 없더라고요."

"본인 성격이 마음에 안 드세요?"

고치고 싶은데 고치지 못하는 거라면 비극이다. 다만 인간관계에 지쳐서 자기 의견을 굽히지는 않기를 바랐다. 자기 주관이 뚜렷한 헤이토 씨의 언동은 귀중하다.

"싫지는 않습니다. 옛날부터 그랬으니 미움받는 데도 익숙해졌고요. 오히려 이렇게 여자랑 단둘이서 술을 마시는 게 드문 일이라 긴장되는데요."

"에이, 전혀 긴장한 것처럼 안 보이는데요."

"남들에게 오해받기 쉬운 유형이다 보니."

예상치도 못한 농담에 그만 웃음이 터졌다. 조직폭력배처럼 무섭게 생겼어도 유머 감각은 있는 모양이었다. 세상 대부분의 사람들이 가까이하기 힘든 인물이겠지만 아무래도 마이코는 예외인 듯했다.

"그런데 이런 이야기를 듣는 게 재미있습니까? 괜히 술 마시러 가자고 했다고 마음속으로 후회하고 있죠? 재미없으면 이만 돌아가도 됩니다. 술값은 내가 낼게요."

헤이토 씨는 갑자기 진지한 표정을 짓더니 마이코에게서 눈을 돌리고 불쑥 말했다. 그런 걱정을 하고 있었나 싶어서 조금 놀랐다. 사람들과 어울리는 데 서투른 사람이라고 다시금 실감했다.

"후회는요. 재미있어요. 또 일본인의 어떤 점이 못마땅하세요?"

이야기를 재촉하자 헤이토 씨는 허를 찔린 표정을 짓더니 반쯤 어이없다는 목소리로 말했다.

"당신, 정말로 별나군요. 회사에 이렇게 별난 사람이 있는 줄은 몰랐습니다."

"헤이토 씨 정도는 아니에요."

또 '헤이토 씨'라고 불렀지만 이번에는 정정하지 않았다. '나토리 씨'보다 훨씬 입에 짝 달라붙는다. 헤이토 씨도 불쾌하지는 않은 듯 마이코의 얼굴을 빤히 바라보다가 웃었다. 마이코도 헤이토 씨를 따라 웃자 어쩐지 유쾌해졌다.

너무 웃었는지 헤이토 씨가 콜록콜록 기침을 했다. 그렇게 우습나 싶어서 보고 있었는데 좀처럼 기침이 멎지 않았다. 걱정이 되어 몸을 내밀자 헤이토 씨는 손을 저으며 "괜찮아요, 괜찮아요" 하고 말했다.

"가벼운 천식입니다. 별거 아니니까 걱정하지 마세요."

"술 드셔도 돼요? 담배는 안 피우시죠?"

"예. 이래 보여도 착실한 인간이라 태어나서 지금까지 담배는 한 번도 입에 댄 적이 없습니다."

"그것참 어울리지 않는 말씀을."

짓궂게 빈정거리듯이 말하자 헤이토 씨는 "당신도 얼굴과 어울리지 않게 입이 험하군요" 하고 받아쳤다. 좋은 관계로 지낼 수 있을 것 같은 예감이 들어서 마이코는 기뻤다.

6

"어제 마이코 선배가 퇴근하고 헤이토 씨랑 같이 가는 모습을 봤다는 이야기를 들었는데, 정말이에요?"

점심시간에 도시락을 먹고 있는데 어디서 들었는지 미카가 물었다. 역시 소문은 빠르다. 숨길 생각은 없었기에 주변에 사원들의 눈이 있는 줄 알면서 말을 걸었으니 소문이 날 거라고 각오는 했지만.

"응. 같이 한잔했어."

"뭐라고요!"

솔직하게 대답하자 미카는 놀라서 눈알이 튀어나올 만큼 눈이 휘둥그레졌다. 참 요란스럽다 싶었지만 헤이토 씨가 회사에서 어떤 처지인지 생각하면 이해 못 할 일은 아니다.

"어, 어, 어, 어째서요? 같이 한잔하자고 보채던가요?"

"내가 떼를 썼어."

"우와아아앗."

실은 천동설이 맞는다는 이야기라도 들은 것처럼 기겁하더니 말문이 막힌 듯 좀처럼 다음 말을 꺼내지 않았다. 귀찮아서 모르는 척 다시 도시락을 먹었다.

"……마이코 선배, 헤이토 씨랑 사귀려고요?"

해서는 안 되는 질문을 하는 것처럼 미카는 머뭇머뭇 물었다. 너무 눈치를 보기에 마이코는 저도 모르게 웃었다.

"고작 술 한 번 같이 마신 것 가지고 왜 이래? 그냥 대화를 좀 나눠보고 싶었을 뿐이야."

"아, 그런가요. 다행이다."

미카는 가슴에 손을 대고 안도의 한숨을 크게 내쉬었다. 미카의 반응에 괜히 심통이 나서 마이코도 한마디 쏘아주었다.

"왜 네가 그렇게 안심하는 건데?"

"하필이면 헤이토 씨라니 남자 보는 눈이 없는 데도 정도가 있잖아요. 그럴 바에야 차라리 사이비 종교에 빠지는 편이 훨씬 나아요. 제 일은 아니지만 걱정되네요."

너무 심한 말이었다. 미카는 헤이토 씨와 말해본 적이 없으니까 이건 순전히 편견이다. 아니, 헤이토 씨의 외모만 보고 그러는지도 모른다. 그렇다면 이해가 가지 않는 것도 아니라 마이코는 쓴웃음만 짓고 말았다.

"그런데 왜요? 제가 헤이토 씨랑 마음이 맞을 것 같다고 해서 관심이 생겼어요?"

미카는 진심으로 책임감을 느끼는지 눈을 치뜨고 마이코를 보았다. 그런 후배를 조금 놀려줄 생각으로 "뭐, 그런 셈이지" 하고 인정했다.

"네가 추천한 사람이니까 한번 제대로 이야기를 해볼까 싶어서."

"진짜요? 그럼 마이코 선배가 헤이토 씨랑 사귀면 제 탓이에요?"

"하늘이 두 쪽 나도 그런 일은 없을 테니 안심해."

헤이토 씨와 나눈 대화는 지적 호기심을 자극해 즐거웠다. 하지만 이성과 둘만의 시간을 즐기는 기분은 눈곱만큼도 없었다. 이렇게 말하면 미안하지만 역시 그 무시무시한 얼굴을 연애 대상으로 보기는 힘들다. 게다가 입을 열면 가시 돋친 말이 튀어나오니 낭만적인 분위기가 생길 리도 없었다. 상대편도 오해한 낌새는 없었으므로 마이코는 마음이 편했다.

그후로는 헤이토 씨가 특별히 찾아오는 일도 없어서 얼굴을 보지 못하는 나날이 이어졌다. 그날 밤 일은 회사의 괴짜와 술을 한번 같이 마셔보았다는 경험담으로 끝날 줄 알았다. 그런데 어느 날 화가 나는 일이 생겼다. 마이코와 엮인 일은 아니었다. 오히려 완전히 동떨어진 세상의 이야기였다. 하지만 마이코는 화를 억누르지 못하다 헤이토 씨와 나눈 대화가 떠올랐다. 이 역시 일본인의 못마땅한 점이다 싶어서 혐오감을 느꼈다.

한 연예인이 방송에서 실언을 했다. 고령 출산을 하면 기형아를 낳을 가능성이 높으므로 자신은 빨리 낳고 싶다는 이야기였다. 배려가 없는 발언이라 해당 연령대의 여성들이 화를 내는 것도 당연하기는 했다. 연예인은 재빨리 사과했지만 인터넷에서 큰 소동이 벌어졌다. 연예인을 비난하는 목소리가 넘칠 듯이 터져 나왔다.

마이코는 결혼 계획이 아직 없고, 설령 결혼한다고 쳐도 꽤나 늦은 나이에 하지 않을까 예상하고 있다. 아이를 낳는다면 고령 출산은 피할 수 없다. 그래서 그 연예인의 발언이 불쾌했다. 실제로 고령 출산이라는 소리를 듣는 연령대였다면 미친듯이 화를 냈을지도 모른다. 그래도 연예인은 사과를 했으며, 여성이라면 머리 한구석에 품고 있을 부정할 수 없는 진심을 여과 없이 말했다고도 볼 수 있다. 그러니 앞으로는 좀더 생각하고 말하라고 핀잔을 주는 정도로 끝내면 되지 않을까.

하지만 인터넷에서는 마치 일본 국민 전체가 그 연예인을 비난하고 있는 것 같았다. 마이코는 별 관심이 없었지만, 검색 사이트의 인터넷 뉴스에 달린 댓글을 보고 놀랐다. 그 연예인의 인격, 인생, 존재 자체를 부정하는 댓글이 주르르 달려 있었다. 그야말로 '단죄'하는 듯한 투로.

관용이라고는 전혀 느껴지지 않는 이 상황은 도대체 뭘까. 조건에 들어맞는 여성이 화를 낸다면 그나마 이해가 간다. 그러나 비난에 열을 올리는 남성도 적지 않았다. 그런 사람들은

'정의감'에 불타올라 연예인의 '죄'를 지적했다. 정당한 의견을 가지고 상식 쪽에 선 사람으로서.

하지만 그런 사람들은 한 명에게 우르르 몰려들어 비난하는 짓이 얼마나 추악한 행위인지 전혀 모른다. 그 연예인을 단죄하는 것은 정의로운 행동이니 망설일 이유가 없다고 여긴다. 일치단결하여 가차없이 정의의 철퇴를 휘두르는 모습을 보자 마이코는 무서웠고 한편으로는 화가 치밀었다. 충동적으로 헤이토 씨에게 메일을 보냈다.

고령 출산에 관해 실언한 연예인이 인터넷에서 인간 취급도 못받는 거 아세요? 저, 그거 보고 엄청 열받았어요.

메일을 처음 보내면서 느닷없이 이런 화제를 꺼내다니 기막혀할 줄 알았다. 하지만 헤이토 씨도 동감을 표하는 답장을 보냈다.

나도 화났어요. 남들 따라 하는 데는 선수라니까. 정말로 일본인다워요.

메일로 이야기를 나누려니 답답했다. 줏대 없이 몰려다니며 남을 비난하는 사람들을 요전번에 술집에서 그랬던 것처럼 날카롭게 비판해주었으면 했다. 마이코는 그런 기분을 담아 메일을 보냈다.

— 내일 밤에 시간 있으세요? 또 한잔하러 가지 않으실래요?

— 아아, 좋습니다.

대번에 결정됐다. 이것저것 재지 않고 제안하고 가볍게 응하는 분위기라 마음 편했다.

"내가 보기에는 그것도 생각이 없는 거예요. 만사를 좋다 나쁘다 둘 중 하나로밖에 판단하지 못하니까 나쁜 사람에게는 무슨 말을 해도 상관없다는 발상이 나오는 거죠. 자신에게 누군가를 비난할 권리가 있는지는 전혀 생각해보지도 않고요. 자기는 좋은 일을 한다고 여길 겁니다."

다음날 밤에 퇴근하고 나서 선술집에 가자 헤이토 씨는 처음부터 말을 술술 늘어놓았다. 두 번째쯤 되자 거리낌없는 그 말투가 속시원하게 느껴졌다. 잘한다, 더 해라 하고 마이코는 속으로 부추겼다.

"저는 지금까지 의분은 아름다운 거라고 생각해왔는데 아니네요. 몹시 추해요. 뭐가 그렇게 잘났냐고 쏘아주고 싶더라니까요."

마이코가 맞장구를 치자 헤이토 씨는 동의한다는 듯이 씩 웃었다.

"오, 끝내주는데요. 맞아요, 맞아. 의분은 질이 안 좋죠. 어쨌거나 의분에 휩싸인 사람은 정의의 편에 선 거니까요. 세상에는 만사를 이분법적으로 나누는 사람이 정말로 많습니다. 선이냐 악이냐. 적이냐 아군이냐. 오직 그것만 판단하는 거죠."

"일본인은 원래 태도와 결론이 모호하고 흑백을 제대로 가리지 않는 점이 문제라고 지적받지 않았던가요? 그런데 언제부터인가 흑인지 백인지만 따지게 된 것 같지 않아요?"

"일본인은 원래 모두가 일제히 같은 방향을 향하는 민족이었어요. 태평양전쟁이 바로 그러한 민족성에서 비롯됐죠. 전쟁이 끝나고 나서 반성하고 단정이나 극단론을 피하게 된 거예요. 하지만 전쟁의 기억이 희미해지자 원래 지니고 있던 단순한 가치관이 다시 고개를 쳐든 거라고 봅니다."

"아, 단순한 가치관. 그거다! 제일 열받는 거!"

마이코도 지난번보다 긴장이 풀렸기 때문인지 허물없는 말투가 툭 튀어나왔다. "그거다!" 하고 말할 때 헤이토 씨를 몇 번이나 가리키며 동의한다는 뜻을 내비쳤다.

"나쁜 행위에도 세세한 단계가 있잖아요. 나쁜 놈은 전부 사형이라는 사고방식은 너무 난폭해요. 지금 인터넷에서 그 연예인을 비난하는 사람들은 무슨 말을 해도 된다고 여겨요. 나쁜 짓을 한 사람에게는 무슨 말을 퍼부어도 상관없다고 생각한다고요. 그 단순한 모습을 보고 있자니 정말로 뚜껑 열리더라고요."

생각이 있는 사람일수록 인터넷에서는 발언을 하지 않을지도 모른다. 그러므로 마이코도 연예인을 비난하는 사람이 다수파라고 단정하고 싶지는 않았다. 그래도 가끔 연예인을 두둔하는 발언을 한 사람이 악플로 뭇매질을 당하는 꼴을 보면 이건 마녀사냥 같다는 생각이 들기도 했다. 사회의 울적한 기운이 그런 곳에서 분출되는 것 같아서 으스스했다.

"가치관이 단순한데다가 이걸로 스트레스를 배출하는 거죠. 약한 처지에 놓이거나 절대로 반격하지 않을 사람에게는 고압적으로 나오는 사람이 많으니까요. 인터넷에서 남을 비난하는 사람이 실상은 약자인 경우도 있으니 참 뿌리깊은 문제라고 할 수 있어요."

마이코가 바짝 열을 내는 만큼 오늘은 헤이토 씨가 냉정한 논조를 유지했다. 직접 이야기해보면 늘 불뚝거리는 사람이라는 회사 내의 평가는 틀렸음을 알 수 있다.

"이것도 엄연한 왕따죠. 공격해도 무방한 상대를 발견하면 모두 힘을 합쳐 한꺼번에 공격합니다. 두둔한 사람도 역시 공격 대상이 되고요. 사회 전체가 그런 분위기이니 학교에서 왕따가 사라질 리 없죠."

분노가 사그라지지는 않았지만 이야기하는 사이에 절망적인 기분이 들어서 우울해졌다. '왕따'라는 표현을 듣고 깨달았는데 다수파에게 동조하지 않는 헤이토 씨를 배척하는 것도 틀림없이 왕따다. 동떨어진 이야기가 아니었다.

그렇다면 내가 헤이토 씨의 편이 되자. 망설임 없이 마이코는 그렇게 결심했다. 별나다고 해서 배척하는 쪽에 서고 싶지는 않았다. 설령 자신에게 불리하다 해도 나는 내가 옳다고 여기는 쪽에 선다. 헤이토 씨는 말투(와 얼굴) 때문에 손해를 보고 있을 뿐 결코 잘못은 없다. 내가 지지하지 않으면 누가 같은 편이 된단 말인가.

울컥한 마음에 결정한 일이지만 헤이토 씨에게 말할 생각은 없었다. 입 밖에 내면 동정하는 것처럼 들릴지도 모르기 때문이다. 그런 말을 들어도 헤이토 씨는 코웃음 칠 것이 틀림없다. 동정심이나 측은함 때문이 아니라 마이코는 그저 헤이토 씨와 이야기를 하고 싶었다.

"나도 당신 말을 듣고 기사에 달린 댓글을 훑어봤는데 크게 두 종류로 나뉘더군요. 논리적이고 이지적인 의견이랍시고 주절대는 사람과 입에 담지 못할 욕만 퍼붓는 사람."

헤이토 씨는 마이코와 달리 이번 소동을 분석적으로 바라본 듯했다. 머릿속으로 재빨리 되짚어보고 그의 말이 맞다 싶어 고개를 끄덕였다.

"맞아요. 머리가 텅 빈 것처럼 욕만 퍼붓는 사람도 질색이었지만, 바른말을 한답시고 냉정한 의견을 남기는 사람도 정말

얄밉더라고요."

"동감입니다. 하지만 그 두 종류의 사람들이 실생활에서도 전혀 다르게 구분될까요? 욕을 퍼붓는 사람은 난폭한 사람이고, 이지적으로 떠드는 사람은 정말로 지식층일까요? 다들 비슷비슷할 것 같아요. 인터넷에서 험한 말로 비천한 인간성을 고스란히 드러내는 사람도 실은 멀쩡한 인간의 탈을 쓰고 평범하게 회사에 다니지 않을까요?"

"아, 그럴지도 모르겠네요."

그렇게까지 생각해본 적은 없지만 듣고 보니 정곡을 찌르는 지적이었다. 그도 그럴 것이 심하게 욕하며 비난하는 사람의 수는 결코 적지 않기 때문이다. 그 사람들이 몽땅 반사회적 존재라면 일본의 치안은 상당히 위태로운 셈이다. 개중에는 유치한 중고등학생도 어느 정도 섞여 있겠지만, 화제가 화제인 만큼 평균 연령층은 높을 것이다. 그렇다면 대부분 사회인이라고 봐야 한다.

건실한 사회인으로 살면서 익명이 보장되는 인터넷에서는 더러운 말을 아무렇지 않게 내뱉는다. 스트레스 탓일까, 혹은 모두 똑같은 짓을 하면 억제가 되지 않는 일본인의 특성 때문일까. 어느 쪽이든 간에 인간의 양면성을 본 것 같아서 기분이 언짢았고, 내일부터 주변을 보는 시각이 달라질 것 같았다.

헤이토 씨가 왜 끝까지 고고함을 지키려 하는지 겨우 이해가
갔다.

"생각하면 생각할수록 우울해지네요. 죄송하지만 화제를 바
꿔도 될까요?"

이랬다저랬다 제멋대로인 여자라고 여길지도 모르지만 그
렇게 청했다. 헤이토 씨는 선선히 "아아, 그러죠" 하고 고개를
끄덕였다. 마이코는 잠깐 생각하다 "휴일에는 뭘 하세요?"라
고 물었다. 지난번에는 헤이토 씨의 사생활에 전혀 관심을 보
이지 않았음을 이제야 깨달았다.

"음, 책을 읽거나 DVD를 보면서 지내요. 특별히 하는 건
없습니다. 여름에는 당일치기로 스쿠버다이빙을 하러 가고는
해요."

"스쿠버다이빙요? 저도 하는데."

"그래요? 장비는 가지고 있어요?"

"없어요. 리조트에 가면 하루 정도 잠수하는 게 다거든요.
하지만 자격증은 있어요. 당일치기라니, 어디로 가시는데요?"

"무조건 이즈죠."

예상치도 않게 이야기꽃이 피었다. 어떻게 당일치기로 다녀
오느냐고 묻고 자연스레 자신도 가보고 싶다는 말을 꺼냈다.
헤이토 씨는 "기회가 되면 같이 갈까요?" 하고 말을 맞추어주

었지만 진심으로 받아들이지 않은 것이 분명했다. 빈말이 아니었으므로 조금 섭섭했다.

지난번에는 일차 술자리를 마치고 헤어졌지만 오늘밤은 흥이 올라서 이차를 갔다. 헤이토 씨가 아주 마음이 잘 맞는 이야기 상대임을 똑똑히 확인했다. 그러자 헤이토 씨가 잘생긴 남자가 아니라 무섭게 생겨서 다행이다 싶었다. 연애 감정이 끼어들면 관계가 번거로워질 뿐이다.

밤 11시 가까이까지 실컷 떠들다가 헤어졌다. 헤어질 때 헤이토 씨는 "오늘 재미있었습니다. 다음에 또 마셔요" 하고 말했다. 마이코도 같은 마음이었으므로 순순히 "예" 하고 고개를 끄덕였다.

7

헤이토 씨는 약속한 대로 이 주 후에 먼저 연락해서 만나자고 했다. 마이코는 물론 거절하지 않았다. 예전 두 번은 눈에 띈 가게에 들어갔지만 이번에는 헤이토 씨가 미리 예약했다. 요리가 맛있다는 설명대로 뭘 먹어도 맛있었다. 음식이 별미고, 거기에다 마음 편한 친구까지 함께 있으니 즐거움이 갑절로 커졌다. 세상의 못마땅한 점과 서로의 취미에 대해 이야기를 나누자 시간이 순식간에 흘러갔다.

"저도 당일치기로 스쿠버다이빙을 해보고 싶은데 가게를 소개해주지 않으시겠어요?"

"어, 진심이었어요?"

역시 빈말인 줄 알았던 모양이다. 갈 마음도 없는데 그런 말을 하지는 않는다고 힘주어 설명하자 헤이토 씨는 "이제 당신 성격을 좀 알 것 같네요" 하고 말했다. 이해해준다면야 고맙다. 더욱 허물없이 만날 수 있겠다고 마이코는 생각했다.

스쿠버다이빙 전문점에 회원으로 가입하여 당일치기 여행에 참가할 때까지 밟아야 할 절차가 많았지만, 마이코는 얌전하게 따랐다. 스쿠버다이빙 전문점 직원들은 헤이토 씨가 여자를 데려왔다며 놀랐다. 여자와는 인연이 없는 사람이라고 여겼던 모양이다. 접객업이라서 그런지도 모르지만, 스쿠버다이빙 전문점 직원들은 헤이토 씨를 싫어하지 않는 것 같아서 안심했다. 가는 곳마다 남들과 부딪히면 마이코도 마음이 놓이지 않을 것이다.

마침내 이즈 당일치기 여행에 참가했다. 이른 아침에 역 앞에 모여 스쿠버다이빙 전문점의 차를 타고 서쪽으로 향했다. 마이코와 헤이토 씨 말고도 참가자가 두 명 더 있었고, 스쿠버다이빙 지도자까지 합쳐서 총 다섯 명이었다. 두 번 잠수한 후 느지막한 점심을 모두 함께 먹고 나서 도쿄로 돌아왔다. 저녁 7시가 다 되어서야 아침에 모였던 역 앞에 도착했으므로 헤이토 씨와 저녁만 먹고 헤어졌다. 날씨가 좋고 바다도 투명하여 스쿠버다이빙을 만끽할 수 있었다. 헤이토 씨는 변함없이 같이 있어도 불쾌한 구석이 없는 사람이었다.

하루 종일 즐거웠지만 딱 하나 마음에 걸리는 점이 있었다. 돌아올 때 헤이토 씨가 기침을 심하게 하다가 약을 흡입했다. 예전에도 보았던 천식 발작인 듯했다. 걱정되었지만 본인은 "별일 아닙니다" 하고 전혀 개의치 않았다.

"매일 스테로이드 흡입제를 들이마셔야 하는데 깜빡했어요. 잠깐 있으면 잦아드니까 아무 문제없습니다."

실제로 그후에는 기침을 하지 않았다.

헤이토 씨와 친해진 사실을 숨기지 않았으므로 당연히 회사에서는 소문의 중심에 있었다. 사내 연애는 어떤 조합이든 이야깃거리를 제공하지만 상대가 헤이토 씨다 보니 더욱 호기심이 동하는 모양이었다. 특히 늘 얼굴을 마주하는 미카는 정말로 어떤 관계인지 신경쓰여 죽을 지경인 듯했다.

"끈질기게 자꾸 물어서 죄송하지만, 헤이토 씨랑 사귀는 거 아니죠?"

점심시간에 또 그렇게 물었다. 귀찮았지만 평소에는 귀여운 후배이므로 매몰차게 대하지는 않았다.

"안 사귀어. 믿지 않아도 상관없지만."

"믿을게요. 믿지만 사이가 엄청 좋다는 이야기가 떠돈다고요. 쉬는 날도 만나다던데 진짜인가요?"

"응. 취미가 같거든."

"아이고 머리야. 지금은 아무 사이도 아니더라도 우정에서 출발해서 애정으로 변하는 일도 있으니까 조심하세요. 헤이토 씨를 쏙 빼닮은 여자애가 태어나기라도 하면 비극이니까요."

"그건 동의해. 하지만 절대로 그럴 일 없으니까 걱정 마."

뒷소문이 나돌기는 했지만 마이코가 당당하게 굴기 때문인지 대놓고 놀리는 사람은 없었다. 그후로도 한 달에 한두 번 꼴로 술을 마시러 갔고, 쉬는 날에 따로 볼일이 없을 때는 낮부터 만나서 놀기도 했다. 만난 지 오래 지나도 헤이토 씨는 처음 태도 그대로 마이코를 어디까지나 친구로 대했다. 그래서 마이코도 안심하고 휴일에도 만날 수 있었다.

"이제 곧 생일이지? 무슨 계획이라도 있어?", "딱히 없는데", "그럼 같이 밥이라도 먹을까?" 그런 메일을 주고받고 마이코의 생일날 밤에 저녁 식사를 같이했다. 마이코도 남자와 사귀지 않기로 작정한 것은 아니라 아무 계획도 없이 생일을 그냥 넘기려니 쓸쓸했다. 그래서 헤이토 씨가 생일을 기억하고 있다가 식사에 초대하자 놀랄 만큼 기뻤다. 보통은 갈 일이 없는 고급스러운 프렌치 레스토랑에서 만나 헤이토 씨는 "이거" 하고 포장된 꾸러미를 탁자 위에 아무렇게나 내려놓았다.

"여자한테 선물해본 적이 없어서 뭘 사야 할지 모르겠더라. 마음에 안 들면 전당포에라도 가져가서 팔아."

부끄러운 모양이었다. 자식, 얼굴에 다 씌어 있네, 하고 생각하면서도 꾸러미를 풀 때는 가슴이 뛰었다. 포장지 속에는 백금으로 된 별 두 개가 달린 목걸이가 들어 있었다.

"와, 예쁘다. 헤이토 씨, 얼굴이랑 어울리지 않게 센스가 괜찮네."

"중간에 한마디는 빼라."

바로 목에 걸고, 화장실에 갔을 때 거울에 잠시 비춰보았다. 헤이토 씨와 친해지길 정말로 잘했다. 이런 사람과 이제 두 번 다시 만날 수 없을지도 모른다. 그래서 헤이토 씨가 남자인 것이 더욱 유감스러웠다.

앞으로도 두 사람 모두 평생 혼자 산다면 아무 문제도 없다. 하지만 마이코도 언젠가는 결혼하고 싶었다. 그러면 헤이토 씨와 쌓은 우정도 끝이다. 이성 사이의 우정은 왜 이렇게 번거로

울까.

차라리 헤이토 씨와 사귀면 어떨까, 하는 생각이 요즘 자주 머리를 스쳤다. 헤이토 씨의 얼굴도 지금은 전혀 마음에 걸리지 않는다. 마음이 잘 맞고, 취미가 똑같고, 서로 신뢰한다. 냉정하게 따져보면 이보다 더 좋은 남자는 없다. 마이코 스스로도 헤이토 씨에게 품은 호의가 우정인지 애정인지 잘 분간이 가지 않았다.

그런 만큼 처음에 헤이토 씨에게 이성으로서 관심이 있는 건 아니라고 딱 잘라 말한 것이 후회스러웠다. 헤이토 씨는 그 말을 진지하게 받아들여 지금도 마이코를 이성으로 보지 않는다. 사귀어도 괜찮겠다고 생각하는 건 마이코뿐일지도 모른다. 그러니 마이코가 현재 관계를 망칠 만한 말을 제 입으로 꺼낼 수는 없었다.

그날 밤도 헤이토 씨는 어디까지나 신사적으로 행동했고, 너무 늦지 않은 시간에 마이코와 헤어졌다. "다음에 또 보자"라는 헤이토 씨의 인사가 아쉽게 느껴지기는 처음이었다.

계절이 한 바퀴 돈 후에도 헤이토 씨와의 관계는 변함없었다. 헤이토 씨는 원래 주변에 여자가 없었고, 마이코도 다른 남자와 사귈 마음이 없어졌다. 회사 동료가 한번 접근한 적이 있었지만 밥을 같이 먹어도 별로 재미가 없었다. 마이코의 쌀쌀

맞은 마음이 전해졌는지 상대방도 포기하고 물러났다.

이런 식으로 헤이토 씨와 쭉 친구로 지내는 것도 나쁘지 않을 것 같았다. 적어도 이십 대까지는 이대로 지내도 상관없다. 앞날이 어떻게 될지는 아무도 모르니까 일단은 지금의 좋은 관계를 소중하게 유지하기로 했다.

하지만 어느 날 느닷없이 끝이 찾아왔다. 너무나 갑작스러워서 마이코는 받아들일 수가 없었다. 전화를 건 사람이 헤이토 씨 어머니임을 알면서도 악질적인 농담을 듣는 것 같았다. 어제까지 팔팔하게 살아 있던 사람이 갑자기 죽었다는 소식을 누가 곧이 받아들일 수 있을까. 나중에 돌이켜보고서야 알았는데 마이코는 몇 번이고 "거짓말이죠?" 하고 되풀이해 물었다.

헤이토 씨 어머니는 울면서 아들의 부고를 마이코에게 전했다. 천식 발작으로 호흡곤란에 빠진 끝에 그대로 사망했다고 한다. 마이코는 일 년 넘게 알고 지내면서 헤이토 씨가 몇 번인가 천식 발작을 일으키는 모습을 봤다. 하지만 본인의 입으로 가벼운 증상이니까 걱정할 것 없다고 했다. 실제로 몇 분 정도 지나면 발작이 멈췄다. 그래서 처음에는 걱정했지만 요즘은 마이코도 그다지 신경쓰지 않았다.

이번 발작은 성인 남자의 생명을 빼앗을 만큼 심각했던 걸까? 천식에 대한 지식이 없어서 그런지 속은 듯한 심정이었다.

그렇게 중병이라면 몸조심하라고 좀더 시끄럽게 잔소리를 했어야 했다. 천식인데 스쿠버다이빙을 하거나 술을 마셔도 괜찮았던 걸까? 지금까지 함께한 시간들이 단숨에 머릿속에 되살아나서 마이코는 스스로를 질책했다. 설마, 하는 말밖에 머리에 떠오르지 않았다.

밤이라 택시를 타고 헤이토 씨 어머니가 알려준 병원으로 급히 달려갔다. 지하 영안실로 안내받아 얼굴에 하얀 천이 덮인 헤이토 씨와 마주했다. 부모님의 허락도 받지 않고 천을 벗겼다. 눈을 감은 헤이토 씨는 잠든 것처럼 보였다.

"어째서……."

중얼거리며 뺨을 만졌다. 으슬으슬할 만큼 차가워서 마이코는 저도 모르게 손을 뗐다. 살아 있는 인간의 체온이 아님을 깨닫고 나자 감정을 막고 있던 둑이 무너졌다. 헤이토 씨의 시신에 엎드려 "왜? 왜?" 하고 큰 소리로 물으며 엉엉 울었다.

그후 며칠간은 현실감이 전혀 없었다. 아는 사람이 죽어도 회사는 쉴 수 없다. 이렇게 큰 구멍이 뻥 뚫렸는데 왜 평소와 다름없이 지내야 하는지 마이코는 이해가 가지 않았다. 시간이 담담하게 흘러가는 것이 이상했다.

미카를 비롯한 동료들은 괜히 위로하려고 들지 않았다. 헤이토 씨와 어떤 관계였는지 잘 모르니까 위로하기도 힘들었을 것이다. 다만 몹시 침울해진 마이코를 보고 역시 연인 사이였다고 지레짐작하는 듯했다. 마이코는 오해를 바로잡을 기력도 없었다.

경야와 장례식 둘 다 참석했고, 며칠 지난 후 헤이토 씨의 본가에도 찾아갔다. 영정 사진 속의 헤이토 씨는 아무리 봐도 조직폭력배처럼 생겨서 마이코는 울다가 웃음이 터지고 말았다. 이렇게 무서운 얼굴 아래 올곧은 기질이 숨어 있는 줄은 부모님을 제외하면 자신밖에 모를 것이다. 나는 헤이토 씨를 제일 잘 이해했고, 헤이토 씨 또한 나를 제일 잘 이해해준 사람이었다. 그렇게 생각하자 또 눈물이 한없이 펑펑 쏟아져 나왔다.

헤이토 씨는 발작을 일으킨 날, 매일 흡입해야 하는 스테로이드 흡입제를 들이마시는 걸 깜빡했다. 어쩌다 한 번 발작이 일어나는 정도라 방심한 것이다. 하지만 평소와 다름없는 발작이 그날은 헤이토 씨를 호흡곤란으로 몰아넣었다. 헤이토 씨어머니의 설명에 따르면 천식 발작으로 사망하는 예는 그리 드물지 않다고 한다. 증상이 가벼운 사람일수록 만만하게 여기다가 목숨을 잃을 때가 많다고 한다. 헤이토 씨가 바로 그런 유형이다. 바보, 하고 마이코는 속으로 책망했다.

"발작을 일으켰을 때 미치아키는 만화방 독실에 있어서 아무에게도 도움을 받을 수 없었어요. 하다못해 회사였다면 누가 구급차를 불러줘서 살았을 텐데."

헤이토 씨 어머니는 눈시울을 누르며 안타깝다는 듯이 말했다. 안타깝기는 마이코도 마찬가지였다. 병원에서 적절한 조치를 받았다면 살았을 거라는 이야기를 듣자 더 안타까웠다. 왜 만화방 같은 데 갔느냐고 헤이토 씨를 탓하고 싶었다.

소용없는 짓인 줄 알지만 헤이토 씨 어머니에게 들은 만화방에 가보고 싶었다. 헤이토 씨가 마지막을 맞이한 곳을 두 눈으로 직접 보고 싶었다. 할 수 있다면 그때 상황을 점원에게 물어보고 싶었다.

만화방은 신주쿠 역 옆에 있었다. 지금까지 몰랐는데 헤이토 씨는 퇴근하는 길에 자주 이 만화방에 들렀다고 한다. 동료와 술 한잔하는 일 없이 그저 집과 회사를 오고가는 나날이 실은 괴로웠던 걸까. 그런 티를 전혀 내지 않았던 만큼 마이코는 마음이 찡하게 아팠다. 어쩌면 내가 생각했던 것보다 훨씬 나랑 만나는 날을 기다렸는지도 모른다. 그 사실을 너무 늦게 알아차려서 마이코는 가슴이 먹먹했다.

가게는 찾았지만 만화방이 처음이라 뭘 어떻게 해야 할지 몰랐다. 그래서 계산대에 있는 점원에게 사정을 모두 털어놓고 헤이토 씨가 쓴 방을 보여달라고 했다. 점원은 싫어하는 기색도 없이 안내해주었다. 마이코는 그 뒤를 따라갔다.

독실이 늘어선 층에 들어서자 약간 의외였다. 독실이라고 해서 문이 달려 있을 줄 알았는데 커튼이 쳐져 있을 뿐이었다. 즉 독실은 밀폐된 공간이 아니라 소리를 지르면 밖에 들리는 구조다. 그 사실을 알자 어쩐지 찜찜한 예감이 솟아올랐다.

"여긴데요."

점원은 통로 한가운데쯤에 있는 독실 앞에서 걸음을 멈췄다. 그 방은 비어 있었지만 좌우 방에는 손님이 있었다. 커튼을 걷고 안을 들여다보았다. 등받이를 젖힐 수 있는 일인용 소파와 컴퓨터가 놓여 있었다. 두 팔을 펼치면 벽에 닿을 만큼 좁았다.

"이 소파에서 돌아가셨나요?"

점원에게 묻자 "아니요"라는 대답이 돌아왔다.

"바닥에 쓰러져 계셨대요."

"바닥에? 어디쯤에요?"

"머리가 여기까지 나와 있었다나 봐요."

점원은 독실 입구 근처를 가리켰다. 독실 밖이지만 통로를 지나가는 사람들에게 걸리적거릴 정도는 아닌, 미묘한 위치였다.

"……그때 가게에 다른 손님은 없었나요?"

"밤 시간대였으니까 아무도 없지는 않았을걸요."

마이코는 전후 상황을 다시 생각해보았다. 통로 한가운데쯤에 있는 방이니까 안쪽 독실에 있는 사람이 음료수나 만화책을 가지러 간다면 반드시 여기를 지나쳐야 한다. 통로로 나왔다면 쓰러진 헤이토 씨가 눈에 띄었을 것이다. 설령 우연히 그때 지나간 사람이 없었다고 쳐도 신음 정도는 들렸을 것이다. 좌우 벽을 두드리며 도움을 청했다면 몰랐을 리 없다.

"섬원이 발견할 때까지 아무도 도와주지 않았군요."

"……그렇게 들었는데요."

마이코가 낮게 잠긴 목소리로 말한 탓인지 점원은 대답을 잠시 망설였다. 자신이 어떤 표정을 짓고 있는지 마이코는 짐작이 가지 않았다.

예전에 사고가 발생했을 때와 똑같다. 트럭이 빌딩에 충돌해 많은 사람이 다쳤는데도 돕지 않고 방관하던 사람들. 발작을 일으킨 헤이토 씨가 쓰러져서 괴로워하는데도 다른 손님들은 무시했다. 헤이토 씨의 얼굴이 무서워서 도와주기 겁났는지도 모른다. 쓰러진 건지 바닥에 누워 있는 건지 판단하기 힘든 위치였던 것도 불운이었다. 귀찮은 일에 얽힐까 봐 쓰러진 헤이토 씨의 머리를 피해서 지나가는 사람들의 모습이 눈에 선했다. 일본인이다. 무사안일주의에 빠진 전형적인 일본인. 타인의 고통에 무관심한 일본인의 특성이 헤이토 씨를 죽였다.

둘도 없이 소중한 사람이었음을 마이코는 이제야 통감했다. 아무도 대신할 수 없는, 소중한 사람이었다. 그런 사람이 제일 싫어하던 일본인의 악습에 죽임을 당했다. 그래서 헤이토 씨는 화를 낸 건데. 언젠가 이런 일이 벌어질 것이라 예상하고 좀더 좋은 나라가 되기를 바란 건데.

이딴 나라 콱 망해버려라. 마이코의 가슴속에 시커먼 악의가 불쑥 싹텄다. 테러든 뭐든 좋으니 이렇게 냉담한 사회를 부숴버려. 저주하는 말이 마음을 서서히 좀먹었다. 이 검은 얼룩은 절대 지워지지 않을 것 같았다.

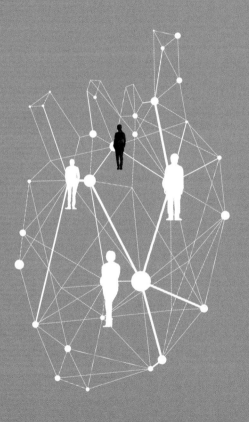

기타시마 와카코의 경우

1

저녁에 뉴스를 보고 사건에 관해 처음 알았다.

낮에는 드라마 DVD를 보느라 내용이 귀에 들어오지 않았다. 휴대전화를 쓸 때도 메일이나 인터넷 게시판만 볼 뿐 뉴스는 그다지 주의깊게 보지 않는다. 원래 와카코는 세상이 어떻게 돌아가는지 별로 관심이 없다. 대부분의 뉴스는 자신과 관계가 없으니까.

그래서 사건이 발생했다는 것을 알고 나서도 '무서워라'라는 감상이 전부였다. 세상이 뒤숭숭해져서 큰일이라는 생각은 들지만 테러는 외국에서나 발생하는 일이라는 의식이 있어서인지 절박한 사태라는 느낌은 들지 않았다. 도쿄에 산다면 시각이 달라질지도 모르지만 이 평화로운 지방 도시에는 대단한 사건이 일어나지 않는다. 텔레비전에 방송되는 사건은 죄다 남의 일에 지나지 않았다.

또 소규모 테러가 발생했다는 뉴스였다. 이십 대 중반쯤 된 남자가 시부야 역 앞 스크램블교차로에서 칼을 휘둘렀다. 남자는 교차로 한가운데서 "나는 레지스탕스다" 하고 고래고래 소리치며 느닷없이 주변 사람들에게 칼부림을 했다고 한다. 젊은 여자 두 명이 얼굴에 큰 상처를 입었다. 남자가 그 자리에서 바로 붙들려 사망자는 나오지 않았지만 부상자가 다섯 명에 이른다고 했다.

경찰이 취조하자 남자는 "냉혹한 사회에 항의하기 위해서"라고 범행 동기를 밝혔다고 한다. 와카코는 그게 무슨 소린지 이해가 가지 않았다. 얼굴을 다친 젊은 여자들은 남자가 말하는 '사회'하고는 아무 상관도 없지 않은가. 젊은 나이에 얼굴을 크게 다치다니 정말 딱하다. 흉터 없이 잘 나을지 걱정이었다.

"사회에 항의하기 위해서라니 무슨 소린지 모르겠다. 그럴 거면 차라리 총리 관저에라도 쳐들어가면 될 텐데."

의문을 입 밖에 꺼내자 아들 도모히사가 비아냥거리며 말했다.

"말이야 쉽지. 총리 관저에 쳐들어갔다가는 바로 체포될걸. 사회에 항의하고 싶으니까 자기하고 아무 관계도 없고 무고한 사람을 덮치는 거지."

아들도 중학교 2학년쯤 되자 어릴 적 귀여웠던 모습은 온데 간데없이 사라졌다. 머리가 좀 굵어졌답시고 말대꾸를 하는 꼴을 보고 있으면 네 기저귀는 누가 갈아줬느냐고 따지고 싶어진다. 요즘은 멋을 부리고 싶은지 늘 헤어 젤 냄새를 풍겨서 골치다. 좋아하는 여자애라도 생긴 걸까.

"왜 사회에 항의하고 싶은데 자기랑 아무 관계도 없고 무고한 사람을 덮쳐?"

도모히사는 뉴스에서 보도된 내용을 이해한 듯했기에 솔직하게 물어봤다. 아들이 똑똑한 건 기쁜 일이므로 사회 정세를 물어볼 때도 부끄럽지 않았다. 앞으로 사회에 나가야 하니까 남자애는 설령 중학생일지라도 시사 문제에 통달해야 한다.

"사회는 불특정 다수로 이루어진 집단이잖아. 총리라는 특정 인물을 노려서는 사회에 항의하는 게 아니라고."

"하지만 그 여자들은 아무 잘못도 없는걸. 이왕 노릴 거면 나쁜 놈들을 노려야지."

"정말 그래. 어머니가 범인한테 그렇게 좀 말해주라."

도모히사는 그런 식으로 대꾸하고 멋대로 대화를 끝맺었다. 마지막 말은 내가 무식하다고 놀리는 걸까. 그런 느낌이 들었지만 못 알아들은 척하고 넘어갔다. 언제나 엄마 말에 휘둘리는 마마보이는 여자를 당해낼 수 없다. 때에 따라서는 엄마를 무시할 줄도 알아야 한다.

아들의 태도는 제쳐두고, 범인의 범행 동기가 여전히 이해가 가지 않았다. 젊은 여자 얼굴에 상처를 내다니, 그 비정함에 치가 떨렸다. 어차피 범인은 자기보다 약자만 노리는 겁쟁이일 것이다. 칼로 여자 얼굴을 긋다니 최악의 범행이었다.

범인이 스스로를 레지스탕스라고 주장하는 것도 와카코는 불쾌했다. 레지스탕스는 무슨. 범인의 정체는 아직 밝혀지지 않았지만 분명 사회에서 낙오된 근로 빈곤층이 틀림없다. 자신이 제대로 된 직업을 갖지 못하는 것에 앙심을 품고 사회가 잘 못됐다는 핑계로 자신을 정당화하며 사람에게 칼부림을 하다니 투정도 정도껏 부려야지. 자포자기하는 거야 개인의 자유지만, 자포자기해서 폭발할 거면 남에게 피해는 주지 말란 말이다. 남을 끌어들이다니 정말 형편없는 짓이라고 와카코는 생각했다.

와카코 자신은 전업주부이므로 세상 물정을 잘 안다고 주제넘은 소리를 할 마음은 없었다. 하지만 젊었을 때 회사에 다녔기에 회사원이 얼마나 힘든지는 잘 안다. 가혹한 경쟁을 이겨내고 회사에 취직하지만 입사 후에도 경쟁에 시달린다. 취직만하면 장밋빛 미래가 펼쳐질 거라고 속 편하게 생각하는 사람은 역시 철부지라 할 수밖에 없다.

그러나 이 년쯤 선배까지 포함한 자신들 세대가 편하게 살아왔다는 건 알고 있었다. 와카코는 거품경제가 한창일 때 전문대학을 졸업했다. 어떤 일류 기업도 입맛대로 골라 들어갈 수 있었고, 입사한 후에도 극진한 대우를 받았다. 고생다운 고생도 해본 적 없이 지금의 남편과 사내 연애하여 결혼했고, 결혼과 함께 퇴사한 후로는 쭉 전업주부로 살아왔다. 아랫세대가 비뚤어진 시각으로 보아도 할말이 없을 만큼 풍요롭게 살아온 것은 분명했다.

자기 탓은 아니지만 편안하게 살아서 미안하다는 기분이 들때도 있었다. 취직 빙하기를 이겨내고 입사한 젊은 사원이 자신이나 남편 세대보다 우수한 것 아닐까 싶을 때도 있다. 하지만 운이 있고 없고는 인간의 힘으로 어찌할 수 있는 일이 아니며, 지금의 안정적인 생활을 버릴 마음은 털끝만큼도 없었다. 젊은 세대를 동정하기는 하지만 마음속에 우월감이 숨어 있는 것은 부정할 수 없었다.

범인은 근로 빈곤층이 틀림없다는 발상에는 그런 우월감이 깃들어 있었다. 입 밖에 내면 못된 사람처럼 보일 테니 가슴속에만 담아두었다. 남을 내려다보는 인간은 되고 싶지 않았다.

도모히사가 어른이 될 무렵이면 사회경제 상황이 확 좋아질 것이라는 낙관적인 예상은 하지 않았다. 자신들이 젊은 시절을 보냈던 그 시대는 특별했다. 이제 두 번 다시 그런 시대는 오지 않을 테니 도모히사 세대가 안락하게 살 가망은 없다. 그러니까 도모히사는 낙오하면 안 된다. 경쟁 사회에서 낙오하여 항의니 뭐니 되지도 않은 소리를 하며 남에게 해를 끼치는 인간이 되어시는 안 된다. 그러려면 먼저 좋은 고등학교에 들어가야 한다. 3학년이 되어 수험 공부를 시작하면 늦으므로 와카코는 벌써부터 고등학교 입시에 대비하라고 도모히사를 달달 볶고 있다.

"잘 먹었어."

도모히사는 그렇게 말하고 젓가락을 내려놓았다. 그릇을 싱크대에 가져다놓고 재빨리 자기 방으로 돌아갔다. 남편 가즈히로는 야간 근무라 도모히사가 자기 방에 들어가자 주방에는 와카코 혼자 남았다. 아들이 부모 품안에서 벗어나는 것은 적적한 일이지만 장래에 살아남기 위해서는 촌음을 아껴서 공부할 필요가 있다. 맛집 특집으로 넘어간 뉴스 프로그램을 보고 와카코는 "어머, 맛있겠다" 하고 혼잣말을 했다.

2

날이 밝자 어제 발생한 소규모 테러의 구체적인 내용이 공개
됐다. 역시 범인은 무직 남자였다. 일정한 직업이 없어서 생활
이 한계에 다다르는 바람에 사회에 복수하기로 마음먹었다고
한다. 와카코의 예상이 꼭 편견만은 아니었음이 증명됐다.

"근로 빈곤층은 모두 사회를 원망할까?"

야간 근무를 마치고 돌아와서 아침을 먹는 가즈히로에게 물
어보았다. 불규칙적인 생활 탓인지 가즈히로는 와카코보다 고
작 두 살 많다는 것이 믿기지 않을 만큼 나이들어 보였다. 배가
툭 튀어나왔고, 머리숱이 줄어들었고, 얼굴 피부도 축 늘어졌
다. 결혼할 때만 해도 남편이 이런 중년 아저씨가 될 줄은 상상
도 못 했다.

"모두 다 그렇지는 않겠지."

가즈히로는 와카코에게 눈길 한번 주지 않고 텔레비전만 보
면서 대답했다. 텔레비전에는 어제 사건이 발생했던 현장의 생
생한 영상이 비치고 있었다. 사건 직후의 영상이라 길에는 핏
자국이 남아 있었다. 피를 저렇게 많이 흘렸으니 칼을 맞은 여
자는 크게 다쳤을 것이다. 다시금 범인에게 화가 치미는 것과
동시에 도쿄에 살지 않아서 다행이라는 생각도 들었다. 남편이

지방에서 근무하기로 결정됐을 때는 불만이 이만저만 아니었지만, 이런 일이 빈번하게 발생한다면 도쿄에는 두 번 다시 돌아가고 싶지 않았다.

"그럼 원망하는 사람이 있긴 있다는 거네?"

와가코가 이런 질문을 하는 것은 가즈히로가 파견 사원이 많은 공장의 공장장이기 때문이다. 파견 사원들의 생활 형편이 어떤지 자세히는 모르지만, 세간에서 말하는 근로 빈곤층이란 그들 같은 처지인 사람을 가리키는 것이리라. 그러니 가즈히로는 정사원이지만 수많은 근로 빈곤층과 접할 기회가 있는 셈이다. 이 문제에 관해 물어보기 가장 적합한 상대였다.

"적반하장으로 사회를 원망하면서 현재 상태를 겨우겨우 참아내는 사람도 있긴 있을 거야."

공장장인 가즈히로가 이렇게 말하는 걸 보니 파견 사원들의 급료는 틀림없이 형편없을 것이다. 실제로 얼마나 받는지는 알고 싶지 않지만.

"진짜 적반하장이라니까. 우리 때에 비하면 힘들기는 하겠지만 우수한 사람은 좋은 회사에 척척 취직하잖아. 젊은 사람들이 모조리 근로 빈곤층이 되는 건 아니라고. 제대로 된 직업을 갖지 못하는 건 역시 자기 책임이지."

그것이 세상이 잘못됐다는 논리에 수긍할 수 없는 가장 큰 이유였다. 격차 사회라고 떠들어대지만 같은 세대 안에서도 격차는 있다. 유능한 사람과 무능한 사람. 유능한 사람은 그만한 노력을 들여서 안정된 생활을 얻는다. 그러니 무능한 사람이 삐딱하게 구는 것은 잘못된 일 아닐까. 아무래도 그런 생각을 지울 수가 없었다.

"어허. 당신이 파견 사원이랑 직접 마주칠 일은 거의 없겠지만 그래도 말조심해. 걔들은 '자기 책임'이라는 말을 엄청 싫어하니까."

그제야 가즈히로는 텔레비전에서 눈을 돌리고 쓴웃음을 지으며 말했다. 와카코는 남편의 말이 이해가 되지 않았다.

"왜? 자기 책임이라는 말이 뭐 어때서? 책임은 각자가 지는 게 당연하잖아. 사회에 책임을 떠넘기면서 의존하려는 거야."

"그야 그렇지만. 국가는 국민 모두에게 행복한 삶을 제공할 의무가 있다는 게 걔들 주장이거든. 그게 복지래. 어느 정도 일리 있는 말이기는 해."

가즈히로도 젊었을 때는 남에게 가차없이 구는 성격이었는데 어느덧 사고방식이 유연해졌다. 나이를 먹어서 그런 걸까. 와카코는 겉모습뿐만 아니라 알맹이도 변해가는 남편이 어쩐지 신기했다.

"복지는 어린애랑 노인을 도와주는 거 아니야? 젊은 사람까지 도와주면 한도 끝도 없을 텐데."

"내가 크게 다쳐서 일을 못 하게 되면 복지 혜택을 받을 건데?"

"그야 그래야지. 다쳤는걸. 아파서 일을 못 하는 거니까 복지 혜택에 기대도 돼. 하지만 당신 공장에서 일하는 사람들은 아파서 일을 못 하는 게 아니잖아."

"으음, 뭐, 그렇지."

결국 가즈히로가 한 발짝 물러서는 형태로 대화가 끝났지만 와카코는 왜 남편이 근로 빈곤층의 편을 드는지 이해가 되지 않았다. 공장장으로서 부하를 감싸는 걸까.

같은 시대를 함께 거쳐온 까닭에 가즈히로와는 부부이자 동료라는 의식을 공유해왔다. 격차 사회라는 둥 젊은이의 빈곤화라는 둥 텔레비전에서 문제를 거론해도 자신과는 상관없다는 생각만 든다. 도모히사가 어른이 될 무렵에는 그런 문제가 해결되면 좋겠다고 바랄 뿐이다. 남을 내려다보려는 건 아니지만 공감할 만한 요소가 없는 상대를 동정하기는 힘들다.

와카코는 중학교부터 전문대까지 좋게 말해 1.5류 학교에 다녔다. 1.5류 전문대를 졸업해도 일류 기업에 취직할 수 있었으니 분명 좋은 시대였지만, 입시는 전쟁이나 다를 바 없었다. 죽어라 공부한 덕택에 중학교부터 전문대까지 시험 없이 진학하는 학교에 들어갔으니 경쟁에서 승리한 셈이다. 지금은 저출산의 영향으로 바라면 누구나 대학에 들어갈 수 있는 시대라지 않나. 취직하기 힘들어도 입시가 편해졌으니 균형이 맞는 게 아닌가 싶었다.

남편도 가혹한 입시 전쟁에서 살아남은 사람이다. 와카코와 달리 떳떳하게 일류라고 말할 수 있는 대학을 졸업해 세계적으로 유명한 기업에 다니고 있으니 옛날식으로 표현하자면 '승자조'다. 와카코는 사내 연애 끝에 결혼에 골인했을 때 정말 안도했다.

그런 남편이 근로 빈곤층을 이해한다는 식으로 말하다니 도대체 어떻게 된 걸까. 가즈히로는 도량이 넓은 사람이고 자신은 독선적인 여자 같지 않은가. 동료에게 배신당한 기분이었다.

가즈히로의 말도 불만이었지만, 애당초 와카코의 제일 큰 불만은 남편의 현재 위치였다. 지방 공장의 공장장. 어떤 집단에서든 제일 윗자리에 앉는 것은 인정받는다는 증거겠지만, 와카코가 젊었을 때 그렸던 장래와는 조금 어긋났다. 같은 전문대를 나온 친구의 남편들은 마루노우치나 시나가와의 번듯한 사무실에서 일한다. 그에 비해 가즈히로는 매일 작업복을 입고 공장에 출근한다. 파견 사원과 업무 내용이 다르다고는 하나 겉모습으로는 구분이 가지 않는다. 젊은 시절의 멋진 양복 차림을 기억하고 있는 만큼 이게 아니라는 불만이 늘 가슴 한구석에 있었다.

가즈히로는 아침을 다 먹고 나서 크게 하품을 하며 화장실로 향했다. 이를 닦고 바로 잘 모양이었다. 왜 공장장이 되었는데도 야간 근무를 해야 하는지 와카코는 잘 모르겠지만, 그렇게라도 해서 인건비를 줄여야 할 만큼 본사가 경영합리화를 꾀하는 것이리라. 와카코가 회사에 다닐 적에는 앞으로 영원히 회사가 번창하리라고 믿어 의심치 않았건만. 그런 점에서도 계산이 잘못됐다는 느낌이 들었다.

가즈히로는 저녁까지 자고 나서 다시 야간 근무를 하러 나가므로 저녁밥으로 먹을 도시락을 만들었다. 낮에 자는 걸로는 피로가 풀리지 않는지 가즈히로는 늘 아슬아슬하게 출근 시간에 늦지 않을 정도까지 자다가 허둥지둥 집을 뛰쳐나간다. 오늘도 단잠에서 깨어나 서두르는 바람에 도시락을 두고 갔다. 남편을 배웅하고 거실로 돌아와 덩그러니 남아 있는 도시락을 보고 와카코는 기운이 쭉 빠졌다.

가즈히로가 도시락을 가지러 돌아올 시간은 없고, 도시락이 없으면 근처 편의점에서 사 먹어야 한다. 하지만 다행히 오늘은 도모히사가 학원에 가는 날이다. 일찌감치 저녁을 먹여서 보내고 나면 한숨 돌릴 여유가 생긴다. 그래서 직접 가져다주기로 했다.

도모히사를 학원에 보내고 나서 집을 나섰다. 공장까지 걸어서 못 갈 정도는 아니지만 자전거를 타고 가는 편이 편할 만큼은 멀다. 가즈히로도 자전거를 타고 갔으므로 쫓아갈 마음이 들지 않은 것이다. 자전거를 타고 가자 십 분도 걸리지 않아 공장에 도착했다.

정문 옆에 자전거를 세운 후 수위에게 인사하고 공장 부지로 들어섰다. 수위에게 도시락을 맡겨도 되지만 그도 맡은 일이 있으니 언제 남편에게 도시락을 전해줄지 알 수 없다. 그래서 직접 전해주기로 했는데 부지가 넓어서 사무실이 어디인지 아리송했다. 몇 번을 와도 헤맨다.

자신 있게 걸음을 내디뎠지만 그 방향이 아니라 결국 여기저기 기웃거렸다. 그때 지나가던 사복을 입은 젊은 남자에게 말을 걸었다. 교대하여 돌아가는 참이리라. 사무실이 어디냐고 묻자 손가락으로 가리키며 이상한 소리를 내기 시작했다.

도대체 뭔가 싶었지만, 아무래도 남자에게는 말더듬 증상이 있는 듯했다. 새빨개진 얼굴로 "저, 저, 저, 저, 저, 저"라고 되풀이해 말했다. 손가락으로 가리키는 곳을 보건대 '저쪽'이라고 말하고 싶은 것 같았다. 듣고 있자니 답답해서 "저쪽으로 돌아가면 되는군요. 고마워요" 하고 말을 잘랐다. 남자는 설명을 제대로 못 해서 창피한 듯이 고개를 숙이더니 "살펴 가세요" 하고 이번에는 더듬지 않고 말했다.

고개 숙여 인사하고 남자 곁을 떠났다. 가르쳐준 모퉁이를 돌아가도 사무실이 어디 있는지 찾을 수 없었다. 결국 또 헤매다가 다른 사람에게 물어보고 나서야 겨우 사무실을 찾았다. 이렇게 방향감각이 없었나 싶어 와카코는 고개를 설레설레 저었다.

3

"일찍이 일본의 미덕이라 여겼던 점은 이제 결점에 지나지 않습니다. 매사에 삼가고 겸양하는 태도는 외국인에게 통하지 않습니다. 좋은 것은 좋다. 안 되는 건 안 된다. 딱 잘라 말하는 외국인이 부러웠던 적 없으십니까? 우리도 말하면 됩니다. 지금까지의 정치가 새로운 시대에 어울리지 않는다면 거리낌없이 노, 라고 말합시다. 우리가 정치를 바꿔나갑시다."

텔레비전에 나온 총리는 마치 자신의 위치를 잊어버리기라도 한 것처럼 정치를 비판했다. 일찍이 이런 총리는 없었다. 재미있는 사람이 나왔다 싶어서 와카코는 기뻤다. 정치에는 전혀 관심이 없었지만 이 총리가 하는 말은 꽤 재미있어 귀를 기울이게 된다.

"공공사업, 필요합니까? 낙하산 인사, 허용할 수 있습니까? 여러분의 세금이 이런 식으로 사라져갑니다. 세금은 사회를 위해서 써야 합니다. 고령자가 안심하고 살 수 있는 사회, 몸이 불편한 사람에게 친절한 사회를 만들기 위해서는 돈이 필요합니다. 여러분의 피와 땀이 어린 돈을 세금으로 받았으니 소중하게 사용하겠습니다."

세금을 적지 않게 뜯어가는데도 돌아오는 것은 전혀 없다고 느끼며 살았는데, 총리가 이렇게 말해주자 십 년 묵은 체증이 쑥 내려가는 것 같았다. 이렇게 잘 알아듣게 말해주면 얼마나 좋냐고 와카코는 고개를 끄덕였다. 지금까지는 정치가들의 이야기가 너무 추상적이라서 무슨 말을 하는지 전혀 이해가 되지 않았다.

"부정은 용인할 수 없습니다. 저희 정치가도 여러분께 받은 세금을 올바르게 사용할 테니 국민 여러분도 올바르지 못한 행동은 하지 마십시오. 무슨 핑계를 대도 나쁜 짓은 나쁜 짓이고 안 되는 건 안 되는 겁니다. 요즘 부도덕한 행위를 하는 사람들이 눈에 띄는데 우리들 한 명 한 명이 사회질서를 바로 세웁시다. 이마에 땀을 흘리며 일하는 게 제일입니다."

아무렴 그렇지, 하고 와카코는 자기도 모르게 텔레비전에다 대고 맞장구를 쳤다. 텔레비전에 대고 혼잣말을 하다니 아줌마가 다 됐다 싶어 혀를 쯧쯧 찼다. 하지만 무심결에 맞장구를 치고 싶어질 정도로 총리가 하는 말에는 사람을 끌어당기는 힘이 있었다. 총리가 하자는 대로 하면 다 잘될 것 같았다.

알맞은 자리에 알맞은 사람을 쓰는 게 얼마나 중요한지 와카코는 새삼 느꼈다. 리더십이 있는 총리가 정치를 맡고, 남편은 집안을 떠받치는 기둥 구실을 하고, 아내는 가정을 지킨다. 총리와 남편에게도 고민이 있겠지만 와카코가 관여할 일은 아니다. 신뢰할 수 있는 사람에게 백지위임하는 것이 제일이다. 그 대신에 와카코는 안살림을 맡는다. 할 일이 명확하게 나뉘어 마음이 편했다. 정치 같은 어려운 일은 총리에게 맡기면 그만이다.

가두연설 중계 영상이 끝나자마자 뉴스가 재미없어졌다. 드라마를 보는 데도 질려서 멍하니 뉴스를 틀어놓고 있었는데 이제 뉴스도 지루하다. 이런 때는 친구에게 메일을 보낸다. 중학교 때부터 친했던 마키코는 아들끼리 동갑이라 이야기가 잘 통한다. 지금도 일주일에 두세 번은 전화로 수다를 떠는 사이이다.

마키코에게 "지금 한가해?" 하고 메일을 보내자 바로 전화가 걸려왔다. 인터넷 전화라서 통화료는 들지 않는다. 인터넷

전화에 가입한 후 수다를 떠는 시간이 더 늘어났다. 아무리 오래 통화해도 무료라니 세상 참 좋아졌다. 이런 점에서도 와카코는 세상이 잘못됐다는 실감이 별로 들지 않았다.

"왜? 드라마 보는 것도 질렸니?"

오래 알고 지내다 보면 서로 언제 수다를 떨고 싶은지도 훤히 다 안다. 와카코는 쓴웃음을 지으며 "그래" 하고 말했다.

"왜 이렇게 이야기를 질질 *끄*는지 원. 괜히 DVD 박스 세트를 샀어."

"그러니까 빌려서 보라고 그랬잖아. 요즘은 인터넷으로도 DVD를 빌릴 수 있어. VOD 서비스도 있고."

마키코는 여자치고는 전자제품을 잘 안다. 인터넷 전화도 마키코에게 하나하나 배워서 설정했다. VOD 서비스가 뭔지 모르지만 *부끄*러워서 못 물어본다. 마키코는 사이좋은 친구지만 젊었을 때부터 맞수이기도 했다. 맞수에게 약점을 쉽게 드러낼 수는 없었다.

"조만간 볼 거야. 사놓으면 언제든지 볼 수 있잖아."

"VOD도 언제든지 볼 수 있어."

역시 무슨 말인지 모르겠다. 재빨리 화제를 바꿨다.

"요전에 도모히사가 학원에서 모의고사를 봤는데 성적이 제법 괜찮게 나왔더라고. 그래서 더 고민이야."

"속 편한 고민이라 좋겠네. 그나저나 고민할 거 없잖아?"

마키코가 선뜻 말했다. 작은 일에도 끙끙 앓는 와카코와 달리 마키코는 옛날부터 성격이 시원시원했다.

"쉽게 말하지만 그렇게 쉽지가 않아."

"나 같으면 고민 안 할 텐데. 너희 남편이야 다 큰 어른이니 알아서 하겠지만 도모히사는 아직 중학생이잖아. 누구 곁에 있어야겠니?"

"그건 그렇지만."

와카코의 고민은 도모히사의 진학 문제였다. 여기에도 대학 진학을 목표로 가르치는 학교는 있지만, 수준이 제일 높은 학교라고 해봤자 별 볼 일 없다. 대학 진학을 고려하면 역시 도쿄에 있는 고등학교에 가는 게 좋다. 도모히사의 성적이 신통치 않다면 고민할 일도 없으련만 다행인지 불행인지 도쿄의 괜찮은 고등학교를 노려볼 정도는 됐다. 한편 가즈히로는 얼마간 전근을 갈 것 같지 않다. 전근을 간다고 해도 도쿄로 돌아간다는 보장은 없다. 그렇다면 가즈히로를 여기 두고 도모히사만 데리고 도쿄에 가서 살까 고민하는 중이었다.

"너희 남편 혼자 살 거면 넓은 집도 필요 없잖아. 방 두 개짜리 연립주택 정도면 그쪽에서는 싼값에 빌릴 수 있지 않나? 너랑 도모히사가 도쿄로 올라와도 그렇게 부담되지 않을 텐데."

그 말이 맞다. 조건만 생각하면 망설일 이유는 별로 없다. 하지만 역시 가족이 흩어지는 게 마음에 걸린다. 젊었을 때 그린 미래의 모습에 남편을 지방에 남겨두고 아들과 둘이서 도쿄에 산다는 그림은 없었다.

"그이를 혼자 남겨두려니 불쌍해서 말이야."

애정을 과시하려고 한 말은 아니었지만 마키코는 그렇게 받아들이지 않았다.

"아이고, 금슬도 좋으셔라. 난 남편이 혼자 전근 가겠다고 하면 기꺼이 보낼 거야. 생활비만 보내준다면 딱 좋지."

마키코의 부부 생활이 원만하지 않다는 것은 예전부터 불평을 들어서 알고 있었다. 하기야 친구에게 불평을 털어놓아 스트레스를 해소할 수 있는 동안은 이혼하지 않겠지만.

"나는 왜, 사고방식이 낡았잖니."

언제나 마키코가 그렇게 놀려대 오늘은 선수를 쳤다. 실제로 낡았다는 생각은 딱히 해본 적이 없다. 상식적인 사고방식을 지니고 있을 뿐이다. 놀림받을 일은 아니다.

"뭐, 좀더 고민해봐. 그런데 도쿄에 오면 어느 고등학교에 보내려고?"

느닷없이 단도직입적인 질문이 날아들었다. 실은 와카코도 같은 질문을 하고 싶었다.

마키코의 아들도 일류 고등학교를 목표로 할 만큼 머리가 좋기 때문이다. 더 정확하게 말하자면 분명 도모히사보다 성적이 좋을 것이다. 도모히사는 초등학교 고학년 때 이쪽으로 이사 온 후로 공부 쪽에서 불리해졌다. 계속 도쿄에 살았다면 차이가 나지 않았을 거란 생각에 와카코는 몰래 분을 삭였다.

"아니 뭐, 그냥저냥 괜찮은 곳에. 다이키만큼 좋은 학교에 갈 수 있을 정도는 아니야."

다이키는 마키코의 아들 이름이다. 어물쩍 넘어가려고 겸손을 떨었지만 현재로서는 그게 사실인지라 그렇게 대답하고 나자 화가 울컥 치밀었다. 설마 와세다 대학교나 게이오 대학교 부속고교를 생각하고 있는 건 아닐 테지. 도모히사의 성적이 좋다고는 해도 그 정도 고등학교에 붙는 건 하늘의 별 따기다.

"그냥저냥 괜찮은 데라니, 그게 어딘데? 메이지 대학교나 아오야마학원 대학교 부속고교를 그냥저냥 괜찮은 데라고 말하는 건 아니겠지?"

속을 떠보고 싶은지 마키코가 학교 이름을 구체적으로 꺼냈다. 물론 그 정도 학교를 두고 그냥저냥 괜찮다고 할 리 없다. 도모히사가 꽤 열심히 공부해야 기대해볼 만한 학교다. 와카코는 수준이 조금 더 낮은 곳을 염두에 두고 있었다.

"대학교 부속고교에 들어가준다면 한시름 놓을 텐데. 다이키는 어때? 부속고교를 노리려고?"

이번에는 내 차례라는 듯이 물어보았다. 마키코는 얼버무리지 않고 확실하게 대답했다.

"일단 부속고교를 목표로 두고 도립도 칠 거야. 국립 대학교에 갈 가능성이 없는 건 아니니까."

물론 학비를 아끼기 위해서 도립 고교를 거쳐 국립 대학교에 진학하려는 것은 아니리라. 도쿄 소재의 국립 대학교라면 도쿄 대학교나 히토쓰바시 대학교다. 마키코는 틀림없이 둘 중 하나를 염두에 두고 있는 것이다.

졌다. 도모히사가 메이지 대학교나 아오야마학원 대학교에 입학하기만 해도 와카코는 덩실덩실 춤을 출 것이다. 도쿄 대학교나 히토쓰바시 대학교는 상상해본 적도 없었다. 몇 년이나 지방에 살다 보니 꿈이 작아진 걸까. 짜증이 났다.

저녁 식사 때 그 이야기를 꺼냈다. 도모히사는 어렸을 적에는 다이키와 자주 놀았지만 만나지 않은 지 오래되었다. 옛날에는 도모히사가 재기 발랄했고 다이키는 개구쟁이였다. 어느 틈엔가 다이키가 앞지르다니 참으로 분했다.

"다이키는 도쿄 대학교나 히토쓰바시 대학교에 갈 생각인가 보더라. 너도 국립 대학교에 갈래?"

와카코가 묻자 도모히사는 코웃음을 쳤다.

"농담도 심해라."

도모히사는 아직 진학에 관심이 없는지 반드시 좋은 고등학교에 가겠다는 열의가 전혀 느껴지지 않는다. 의욕 없는 아들을 보고 있자니 애가 타서 와카코가 들볶고 있는 실정이었다.

"농담 아니야. 국립은 학비도 싸니까 엄마두 부담이 덜해."

"어머니 아들이 그렇게 좋은 대학에 어떻게 가?"

와카코가 1.5류 전문대를 졸업했다고 야유하는 것이다. 마키코도 1.5류 전문대를 졸업했다고 받아치고 싶었다.

"엄마는 제쳐두고 아빠는 일류 대학 출신이잖아. 넌 아빠 아들이기도 하다고."

도모히사는 더이상 엄마 아빠라고 부르지 않지만 와카코는 아직도 고치지 못했다. 도모히사가 엄마라고 부르던 시절이 그리웠다.

"안타깝지만 난 어머니를 닮았어."

도모히사가 밉살스런 말투로 톡 쏘아붙였다. 와카코는 자존심에 상처를 입어 화가 났다. 분명 성적순으로 따지자면 1.5류일지도 모르지만 도쿄에서도 손에 꼽는 요조숙녀 학교였다. 그래서 일류 대학을 나온 남자와 결혼할 수 있었다. 세상에는 그런 측면도 있다는 사실을 아직 중학생인 도모히사는 모른다.

"부모가 하는 말을 무시하다가 지방의 그저 그런 고등학교

밖에 못 가서 눈물을 쏙 빼봐야 정신 차리지."

그만 매정한 말로 야단치고 말았다. 본인이 단단히 마음먹고 공부해야 입시에 성공할 수 있다. 도모히사는 지방의 느긋한 분위기에 취해서 모르겠지만 도쿄에서는 벌써 경쟁이 시작됐다. 뒤떨어지면 큰일이라고 조금은 조바심을 내기 바랐다.

"지금은 좋은 대학을 나와도 취직하기 힘든 시대잖아. 입시에 목숨 걸어봤자 아무 의미 없어."

"그런 시대니까 좋은 대학을 나와야지. 엄마는 네 장래를 위해서 이야기하는 거라고."

"예, 예, 어련하시려고요."

도모히사는 건성으로 대답하더니 저녁을 다 먹지도 않고 자리에서 일어났다. 한창 잘 먹을 나이인데 밥을 남기다니 너무 닦달했나 싶어 와카코는 반성했다. 하지만 다 본인을 위해서다. 뜻이 전해질 때까지 계속 말해야 한다고 다시금 자신의 마음을 다잡았다.

4

"있지, 다이키는 도쿄 대학교나 히토쓰바시 대학교를 목표로 하고 있대. 깜짝 놀랐어."

다음날 아침, 가즈히로가 돌아오자마자 그 소식을 알렸다. 도쿄에 테러가 일어나 몇 명이나 되는 피해자가 나온 것보다 다이키가 어느 대학교를 지망하는지가 와카코에게는 더 큰 사건이었나.

"우와, 그거 대단한데."

가즈히로는 입으로만 그렇게 말할 뿐 그렇게 놀라거나 질투하는 것 같지 않았다. 와카코는 복장이 터졌다.

"도쿄 대학교나 히토쓰바시 대학교라고. 지금 이대로라면 도모히사는 꿈에서도 못 가볼 곳이야. 어릴 때는 도모히사가 더 똑똑했는데 이제 뒤처져버렸다고. 당신은 아무렇지도 않아?"

"신동 소리를 듣던 아이가 크면서 평범해지는 건 흔한 일이니까."

도대체 무슨 말을 하는 건지. 자기 아들 일인데 생판 남 이야기하듯 말한다. 아빠란 다들 이 모양일까. 아니면 가즈히로가 이상한 걸까.

"여기 이대로 있으면 좋은 학원에도 못 갈 테니 차이가 점점 벌어질 거야. 아무래도 도쿄에 있는 고등학교에 보내는 걸 진지하게 생각해봐야겠어."

가즈히로를 남겨두고 가려니 마음이 편치 않아서 어제까지만 해도 고민이 많았지만, 지금 반응을 보고 결심이 섰다. 좋아, 도모히사를 도쿄의 고등학교에 입학시키자. 그래야 일류 대학에 들어갈 수 있다. 마키코에게 질 수는 없었다.

"아아, 그래."

무덤덤한 대답만 듣고서는 가즈히로가 와카코의 결심을 어떻게 받아들였는지 추측하기 힘들었다. 와카코는 아침을 깨작깨작 먹기 시작한 남편에게 다시 말을 붙였다.

"대학교 부속고교에 들어가길 바랐지만, 그저 그런 부속고교에 가느니 대학교 입시 때 좀더 수준 높은 곳에 도전하는 편이 낫겠어. 그럼 유명 도립 고교도 고려해봐야 할 텐데, 도립 고교에 가려면 언제 이사해야 할까?"

가즈히로의 얼굴을 보고 있으니 마키코가 한 말이 마치 자기 생각인 양 그대로 줄줄 흘러나왔다. 아들의 진학에 흥미가 없는 가즈히로가 문제다. 자기도 수험생이었던 시절이 있었으면서 왜 진지하게 걱정하지 않는 걸까.

"도립이든 대학교 부속이든 상관없지만 도모히사를 너무 몰아붙이지 않도록 조심해."

"뭐라고?"

드디어 말을 받아주는 줄 알았더니 너무 뜻밖의 이야기라서 당황했다. 내가 언제 도모히사를 몰아붙였다는 거지? 오히려 앞으로는 좀더 엄하게 대해야겠다고 결심했을 정도인데.

"오늘이 아니라 어제구나. 부하 직원이 요전에 소규모 테러를 일으킨 범인의 마음도 이해가 간다고 그러더라. 말해두는데 그 녀석은 당신이 깔보는 근로 빈곤층이 아니야. 좋은 대학을 나온 녀석이라고. 그런데도 까딱 잘못하면 자기도 소규모 테러를 저지를지도 모른다는 생각이 든대."

"그게 무슨 소리야……."

가즈히로가 무슨 의도로 갑자기 이런 이야기를 꺼내는지 짐작이 가지 않았다. 도모히사의 진학과 무슨 관계가 있나. 설마 공부, 공부, 하고 잔소리만 늘어놓으면 도모히사가 테러범이 될까 봐 걱정하는 걸까.

"그야 좋은 대학을 나와도 사회에서 낙오되는 사람은 있겠지. 그리고 당신 부하는 마침 당신과 이야기할 때 소규모 테러를 저지를지도 모른다는 생각이 든 것뿐이잖아. 도모히사는 그럴 애 아니니까 쓸데없는 걱정 하지 마."

와카코의 불평을 듣고 가즈히로는 어쩐지 어두운 표정으로 말을 이었다.

"우리가 이십 대였을 때와 지금은 상황이 전혀 달라. 이 시대를 살아가는 젊은이들의 좌절과 원망은 우리 세대가 상상도 못 할 만큼 크다고. 당신은 남들처럼 평범하게 사는 걸 포기하거나 사회제도를 원망한 적이 한 번도 없겠지. 요즘 젊은이들은 당신이 상상도 못 할 만큼 혹독한 세상에서 살고 있어."

"난 한 번도 사회를 원망해본 적 없어. 그게 보통이잖아. 보통이 아닌 사람들을 이해하지 못하는 걸 부끄러워하라는 거야?"

괜한 트집을 잡는 기분이 들어서 와카코는 성깔을 부렸다. 젊었을 때 노력한 끝에 지금 안락한 인생을 보내고 있는 건데, 왜 비난받아야 하는지 이해가 되지 않았다. 노력하여 행복을 거머쥐는 걸 부정하다니 가즈히로는 일본이 구 소련 같은 사회주의 국가가 되기를 바라는 걸까.

"지금 젊은이들은 장래에 희망조차 품을 수 없다는 뜻이야. 눈앞에 있는 건 현실, 현실, 오로지 현실뿐이라고. 오늘 하루를 어떻게 버틸까 걱정하는 사람이라면 사회가 망하기를 바라는 게 당연하지. 그러니까 하다못해 중학생 때까지만이라도 꿈을 꾸게 해줘. 도모히사도 결국 현실에 부딪혀 꿈조차 꿀 수 없게 될 테니까."

마지막에는 도모히사 이야기로 돌아왔지만 가즈히로의 이야기는 비약이 심해서 수긍할 수 없었다. 좋은 대학을 목표로 하는 것도 하나의 꿈 아닐까. 지금은 본인이 진지하게 여기지 않더라도 막상 입시가 눈앞에 닥치면 와카코의 말이 옳았음을 깨달을 것이다. 그때가 되면 부모에게 고마워할 테니까, 꿈을 꾸랍시고 내버려두는 것은 무책임한 처사다.

와카코가 불만을 품은 줄도 모르고 가즈히로는 말을 이었다.

"내 부하는 정년 때까지 회사에 붙어 있는 게 꿈이래. 정사원이라도 언제 정리해고당할지 모른다는 공포가 심하거든. 출세고 뭐고 다 필요 없고 그저 큰 흠 없이 무난하게 인생을 마치고 싶은가 봐. 그 녀석이 그런 말을 하는 것도 이해는 가. 내가 지금 이십 대였다 해도 똑같이 생각할 테니까. 하지만 출세는 필요 없으니 회사에 붙어 있게만 해달라는 게 꿈이라니 너무 씁쓸하잖아. 어쩌다 세상이 이 꼴이 됐나 따져보면 우리를 포함한 윗세대 탓을 하지 않을 수 없다고."

가즈히로의 이야기가 다시 거창해졌다. 와카코는 요즘 사회가 예전에 비해 좋아졌다고 생각한다. 아무리 통화를 오래해도 공짜라니, 젊었을 적에는 상상도 못 했다. 텔레비전 크기도 커졌고, 휴대전화와 인터넷으로 검색하거나 쇼핑하기도 훨씬 편리해졌다. 자연스럽게 신기술을 생활에 받아들였지만, 냉정하게 돌이켜보면 이건 바로 젊었을 적에 꿈꾼 미래 사회 그 자체 아닌가. 사회는 앞을 향해 나아가고 있다.

가즈히로는 일류 대학을 졸업해 일류 기업에 취직했지만 정규직에 채용되지 못하고 일용직 노동자나 다름없는 삶을 살고 있는 젊은이들을 가까이에서 보고 있다. 그런 탓에 비관적인 시각이 몸에 배어서 사회의 밝은 면을 보지 못하는 것이다. 분명 사회의 양극화는 진행중인지도 모른다. 가즈히로의 직장은 양극화의 상징이라고 할 수 있다. 그렇다면 더더욱 위쪽에 속해야 한다. 자기 아들이 아래쪽으로 굴러떨어지는 사태만은 어떻게든 막고 싶다. 그러기 위해서는 입시 전쟁에서 이겨야 한다. 위쪽에 향하는 길을 첫발부터 잘못 디딜 수는 없었다.

가즈히로하고는 말이 안 통한다. 젊었을 적에는 같은 공기를 마시며 같은 가치관을 공유했는데 어느 틈엔가 보는 시각이 달라졌다. 사회 걱정보다는 아들의 장래를 걱정해줬으면 싶었다. 하지만 말해봤자 소용없을 것 같았다. 도모히사의 진학에 관해서는 홀로 고민하여 결단을 내리는 것이 최선일 듯했다.

"당신, 회사원이 아니라 정치가가 될걸 잘못했네."

홧김에 비아냥거리는 말투로 한마디 내뱉고 말았다. 가즈히로가 정치가가 된들 아무도 그의 말에 귀를 기울이지 않겠지만. 지금 총리처럼 시원시원하게 뭐가 옳고 그른지 딱 잘라 구분하는 사람이야말로 이 시대가 필요로 하는 사람이다. 가즈히로의 물렁한 사고방식은 젊은 시절을 별 고생 없이 지내온 어리광쟁이나 품을 법한 투정이다.

비아냥거리는 말에 발끈했는지 가즈히로는 더이상 말하려 하지 않았다. 아침을 다 먹은 후 "잘게"라는 말만 남기고 바로 침실로 향했다. 그릇을 정리하며 와카코는 일류 대학 진학률이 높은 도쿄의 고등학교에 대해 꼼꼼히 알아보기로 결심했다.

5

뉴스를 보고 놀란 것은 또 테러가 발생했기 때문이 아니었다. 테러도 처음 한두 번이야 깜짝 놀라지만 이렇게 자주 발생하면 '또 저러네, 또'라는 생각밖에 들지 않는다. 이런 일에 익숙해지다니 기분이 찜찜하기는 하지만 자신과 관계없는 사건이라면 누구든지 그러리라. 모르는 사람의 죽음을 애도하고 있을 만큼 주부는 한가하지 않다.

와카코는 텔레비전 화면에 비친 테러범의 사진을 보고 놀랐다. 트럭을 몰고 가다 신주쿠의 빌딩에 충돌해서 죽은 테러범의 얼굴을 어디서 본 기억이 있었다.

일 분쯤 기억을 더듬은 끝에 떠올렸다. 가즈히로의 공장이다. 가즈히로가 두고 간 도시락을 전해주러 갔을 때 사무소 위치를 물어본 사람. 말을 더듬던 그 젊은이와 테러범 얼굴이 아주 비슷했다.

설마 가즈히로의 공장에서 일하던 사람이 테러를 저지른 걸까. 그 순간 남편의 책임 문제로 발전하지 않을까 걱정됐다. 기업명이 나오면 큰일이다. 상층부는 노발대발하며 공장장인 가즈히로에게 책임을 물으리라. 순식간에 거기까지 생각이 미쳐 조마조마 마음을 졸이며 뉴스를 보았다. 아나운서의 말을 한마디도 놓치지 않으려고 집중했다.

다행히도 테러범의 직장이 어딘지는 나오지 않았다. 파견 사원이라고만 설명했다. 그 젊은이가 파견 사원이라 정말 다행이라며 가슴을 쓸어내렸다. 정사원이었다면 가즈히로가 상당히 불리해졌을 것이다.

그래도 불안한 마음에 가즈히로에게 메일을 보냈다. 테러범의 얼굴을 본 기억이 있는데 공장에서 일하는 사람이냐고 물었다. 좀처럼 답장이 오지 않았지만 일하는 중이라면 어쩔 수 없다. 불안한 마음으로 한나절을 보냈다.

저녁에야 "테러범은 우리 공장에서 일하던 파견 사원이었어"라는 대답이 돌아왔다. 역시 그랬구나.

파견 사원이니까 걱정 마. 우리하고 직접적인 관련은 없으니까.

이어서 그렇게도 씌어 있었다. 다행이다. 가즈히로 혼자 매듭지을 사안은 아니니까 분명 본사에서 협의한 끝에 내린 결론이리라. 그렇다면 이제 안심이다. 이상한 사람이 파견 사원으로 왔으니 가즈히로의 공장은 오히려 피해를 입은 셈이다.

안심하고 나자 바로 남에게 말하고 싶어졌다. 그도 그럴 것이 어마어마한 사건을 일으킨 범인과 말을 주고받았는데 어떻게 입다물고 있을 수 있겠는가. 마키코에게 간략한 메일을 보내자 바로 전화가 걸려왔다.

"진짜? 가슴이 콩닥콩닥한다 얘."

인사도 없이 갑자기 그런 소리를 했다. 자신이 무슨 공을 세운 것도 아닌데 마키코가 놀라자 기분이 꽤 좋았다. 자기도 모르게 말투가 우쭐해졌다.

"정말 깜짝 놀랐다니까."

"무서워라. 어떤 느낌이었어? 테러를 저지를 법하게 생겼든?"

테러를 저지를 법하게 생긴 건 도대체 어떻게 생긴 걸까. 마키코의 말이 웃겨서 큭 웃었다.

"평범했어. 오히려 쭈뼛쭈뼛하는 게 심약해 보이던데."

새빨개진 얼굴로 말을 더듬거리며 사무소의 위치를 설명하려 애쓰던 모습이 떠올랐다. 그런 사람이 자신의 목숨을 던져 여러 사람을 죽이는 테러를 저지르다니 믿기지 않았지만, 그게 현실인지도 모른다. 소규모 테러는 사회 부적응자가 일으키는 범죄다.

"그래? 눈이 무서웠다거나 생각해보니 분위기가 이상했다거나 뭔가 남과 다른 점은 있었을 거 아니야. 그런 사건을 일으키는 사람이 평범할 리 없다고."

마키코는 이해가 가지 않는다는 어조로 거듭 물었다. 하는 수 없이 이야기를 나누던 상황을 자세하게 설명했다.

"처음 보는데도 스스로에게 자신감이 없는 사람이라는 느낌이 확 오더라. 뭔가 달성할 만한 능력이 있다면 사회에 반발하지는 않겠지. 아무것도 없으니까 적반하장으로 사회를 원망하는 거 아니겠어?"

"신랄하네. 와카코 너, 의외로 남한테 엄격하게 구는구나?"

평소에는 차별 의식이 드러나지 않도록 조심하지만 상대가 마키코다 보니 무심코 본심이 새어 나왔다. 하나 마키코는 십대 전반부터 이십 대 시절을 함께 보낸 사이다. 남에게 이야기하면 눈살을 찌푸릴 만한 차별 의식도 받아들여줄 것이다.

"인간에게는 엄연히 능력의 차이가 존재하잖아. 전 세계 사람이 모두 평등하다는 건 말이 안 돼. 능력 차이가 있으니 생활수준에도 차이가 나는 게 당연한데 거기에 불만을 품고 아무 관계도 없는 사람을 죽이다니 용서할 수 없어. 너 설마 테러범의 마음을 이해한다는 건 아니겠지?"

가즈히로에게 품었던 불만이 되살아나서 마키코의 진의를 물었다. 가즈히로와 달리 마키코는 와카코를 배신하지 않았다.

"당연히 이해가 안 되지. 이해한다는 사람이 있어?"

"우리 남편."

"진짜? 이해가 간대?"

"정확하게 말하자면 테러범의 마음도 이해가 간다고 한 부하의 마음을 이해한다고 했어."

"너희 남편, 젊은 사람을 포용할 줄 아는구나."

진심으로 감탄할 리 없으니 빈정거리는 걸까. 가즈히로의 의견에는 전혀 동의할 수 없지만 마키코가 빈정거리는 것도 듣고 싶지 않다. 이야기를 돌리고 싶었다.

"그이 말로는 꿈도 희망도 없는 사람이 테러를 일으키는 거니까 도모히사를 너무 몰아붙이지 말래. 도대체 무슨 소리인가 싶지? 자기 아들을 무슨 테러범이 될 것처럼 말하다니 기가 막혀서 말도 안 나오더라니까."

"잘 몰라서 묻는 건데, 너희 남편 공장에서 일하는 사람들은 모두 테러범에게 공감하는 거야?"

아들 입시 쪽으로 이야기를 살살 돌리려고 했는데 마키코는 넘어오지 않았다. "글쎄"하고 와카코는 흥미 없다는 듯이 툭 내뱉었다.

"공장 사람들은 잘 몰라. 사건을 일으킨 사람하고는 우연히 마주쳤을 뿐이야."

"역시 가정환경이 중요해. 풍족한 환경에서 자란 사람은 절대로 테러 같은 짓 저지르지 않을걸."

와카코의 기분을 민감하게 알아차린 듯 마키코는 이야기의 방향을 바꾸었다. 이런 점 덕분에 마키코와 오래도록 친하게 지낼 수 있었다. 기분이 좋아져 "그럼, 그럼" 하고 맞장구를 쳤다.

"당연하지. 내 생각도 그래. 그러니까 그이가 뭐라고 하든 도모히사는 좋은 고등학교에 보낼 거야. 사회가 양극화된다면 풍족한 쪽에 들어가야지."

"어머, 그럼 도모히사를 도쿄에 있는 고등학교에 보내기로 결심한 거야?"

"응. 정규직도 얻지 못하고 테러나 저지르는 인간이 되면 안 되니까."

"우리 애들은 걱정없어. 뭐가 어떻게 돼도 취직을 못 해서 빌빌대지는 않을 거야."

"그럼. 타고난 됨됨이가 다른걸."

마키코와 둘이서 수다를 떨 때는 가치관이 다른 사람의 눈치를 볼 필요가 없으니까 말이 거침없이 나온다. 그게 바로 수다의 즐거운 면이기도 했다. 생각을 있는 그대로 말하지 못하면 역시 답답하다.

푸념과 자랑을 섞어가며 한창 이야기를 나누고 있는데 갑자기 뒤에서 인기척이 났다. 돌아보자 거실 입구에 도모히사가 서 있었다. 간식이 모자라나 싶어서 전화를 끊었다. 스마트폰을 탁자 위에 내려놓고 아들에게 말을 붙였다.

"배고프니? 이제 곧 저녁 지을 거야."

"말해두겠는데 난 테러범의 마음을 이해해."

"뭐?"

너무나 갑작스러워서 무슨 말인지 바로 이해가 되지 않았다. 그렇게 크게 떠든 것 같지는 않은데, 혹시 마키코와 나눈 이야기를 도모히사가 엿들은 걸까. 자신이 어떤 말을 했는지 걱정됐다. 도모히사는 표정 변화 없이 퉁명스럽게 말했다.

"인간의 타고난 됨됨이는 크게 다르지 않아. 오히려 어머니처럼 남을 깔보는 사람이 테러범을 만드는 거 아닐까?"

"그, 그게 무슨 소리니?"

비판하는 걸까? 도모히사가 예상치도 못한 반감을 드러내는 바람에 와카코는 어리둥절할 뿐이었다. 도모히사를 생각하는 마음에 염려했는데 왜 비판받아야 하는 걸까. 도모히사가 왜 화난 표정을 짓고 있는지 이해가 되지 않았다.

"내가 테러범이 되면 어머니의 자존심을 제일 먼저 부숴버릴 거야."

도모히사는 그런 말을 내뱉고 몸을 돌려 와카코의 시야에서 사라졌다. 도모히사의 말이 머릿속에서 메아리쳤다. 그런데도 아들이 무슨 말을 했는지 도무지 이해가 가지 않았다.

와카코는 도모히사가 서 있던 곳을 그저 멍하니 바라보았다.

이노하라 고헤이의 경우

1

매직미러 너머에 스무 살 남짓으로 보이는 남자가 고개를 푹 숙이고 있었다. 어깨를 축 늘어뜨린 채 코를 훌쩍이며 "저는, 저는" 하고 몇 번이고 되풀이해 말하는 꼴이 참 앳되어 보였다. 하지만 실제 나이는 스물아홉 살이라고 한다. 남녀를 불문하고 제 나이보다 어려 보이는 사람이 늘었는데, 이런 남자를 보면 미성숙하기 때문에 나이가 덜 들어 보이는 것이 아닌가 싶다. 이 나라에서 어린 것은 창피한 일이라는 가치 기준은 사라진 지 오래다. 그래서 유치한 인간이 늘어나는 거라고 이노하라 고헤이는 씁쓸함을 곱씹었다.

"사실 저는 살인 같은 거 하고 싶지 않았어요."

스피커에서 새된 목소리가 들려왔다. 하루 종일 침묵을 고수하다니 의외로 잘 버틴다 싶었지만, 말문이 터지고 나서는 변명과 자기변호의 홍수였다. 취조관은 오로지 책임을 떠넘기기 바쁜 남자의 진술에 질리고 말았다. 사회가 나쁘다, 세상이 잘 못됐다는 소리만 되풀이할 뿐 피해자에게 사죄하는 말은 한마디도 꺼내지 않는다. 이런 놈들이 적지 않다고는 하나 볼 때마다 역겨운 건 변함없었다.

"저는 그저 사회가 좀더 자비로워지길 바랐을 뿐이에요. 자기 책임이라느니 살아남으려면 자기 힘으로 노력해야 된다느니 그런 말은 너무 차갑잖아요. 딱한 사람이 있으면 손을 내미는 게 인지상정인데 제게는 아무도 손을 내밀어주지 않았어요. 한 명이라도 따뜻하게 대해주었다면 저도 칼을 휘두르지는 않았을 거라고요."

"네가 부상을 입힌 여자는 네 이름도 성도 모르는 생판 남이었어. 그런데 따뜻하고 자시고가 어디 있어."

취조관이 따끔하게 쏘아붙였다. 당연한 반론이었다. 남자의 주장은 앞뒤가 안 맞는다. 어리광쟁이의 자기 정당화에 불과하다.

"아는 사이였다면 분명 나한테 차갑게 굴었을 거야. 지금까지 내게 따뜻하게 대해준 여자는 한 명도 없었으니까!"

정당한 항의라도 하는 것처럼 남자는 탁자를 주먹으로 내리쳤다. 자신의 주장이 받아들여지지 않아 답답하다는 심정이 매직미러 너머로 고스란히 전해졌다. 하는 짓은 유치원생이나 마찬가지지만 이렇게 정신연령이 낮은 놈들도 몸은 다 컸다. 인파 속에서 칼을 휘두르면 많은 사람에게 해를 끼칠 수 있다. 무서운 일이다.

남자의 이름은 아키야마다. 아키야마는 시부야 역 앞 스크램블교차로에서 지나가는 사람에게 느닷없이 칼을 휘둘렀다. 여자 두 명이 얼굴을 베였지만 생명에 지장은 없었고, 아키야마는 주변에 있던 사람들에게 붙들렸다. 주목해야 할 점은 아키야마가 스스로를 레지스탕스라고 칭했다는 사실이다. 소규모 테러 현행범이다. 지금까지 소규모 테러는 범인이 자살하면서 남을 끌어들이는 방식이었다. 그러므로 몇 명의 사망자가 생기는 것과 동시에 범인도 죽었다. 그런데 이 얼빠진 남자는 아무도 죽이지 못한 대신에 자신도 죽지 않았다. 레지스탕스를 자칭하는 소규모 테러 현행범이 처음으로 체포됐다.

지금까지는 소규모 테러 범인들끼리 서로 아무 연관도 없다고 추정됐다. 과거에 딱 한 번 서로 의논하여 테러를 저지른 범인들이 있었지만, 두 사람은 직접 만난 적이 없었다. 인터넷에서 알게 된 후 의기투합하여 테러를 저질렀다. 그 외의 테러범들은 서로 아무 접점도 없었다.

이노하라가 소속된 경시청 공안부가 정보를 공개하지 않았기 때문에 그런 추측이 나돌고 있을 뿐이다. 실제로는 소규모 테러 범인들이 느슨하게 연결되어 있는 게 아니냐는 의혹이 있다. 처음으로 생포한 현행범에게서 반드시 그 연결고리를 알아내야 했다.

"테러를 일으켰다고 주장하고 싶은 거야? 무차별 살인 미수가 아니라?"

취조관이 이야기를 되돌렸다. 아키야마는 이제야 말이 통한다는 듯이 고개를 끄덕거렸다.

"그럼요. 이건 테러입니다. 사회에 대한 항의라고요."

"항의는 개뿔."

함께 취조실 상황을 보고 있던 동료가 혼잣말을 불쑥 내뱉었다. 이노하라도 동감했다.

"원숭이로군. 원숭이 흉내내듯 다른 테러범이 한 말을 따라서 지껄이는 거야."

취조관이 일부러 자극적으로 말했다. 아키야마는 싱겁게 도발에 걸려들었다.

"원숭이라뇨! 제게는 숭고한 이념이 있습니다. 냉담한 사회를 바꾸겠다는 이념이."

"누가 그 생각을 불어넣은 거 아니야? 어차피 네 머리로 생각한 건 아닐 테지."

"아닙니다. 저 스스로 생각한 거예요."

"뻥 좀 작작 쳐. 네깟 놈이 그렇게 어려운 생각을 한다는 게 말이 되냐?"

"말이 심하네요. 네깟 놈이라니, 도대체 저에 대해 뭘 안다고 그러세요? 저는 정신적으로 불안정해서 좋은 대학에는 못 갔지만 중학교 때까지는 성적이 좋았다고요. 경찰이면 경찰답게 제대로 좀 조사하세요."

어처구니가 없다는 듯이 아키야마는 입을 삐죽 내밀었다. 스물아홉 살이나 먹은 남자가 보일 반응은 아니었다.

"중학교 때 성적이 사회에서 아무 도움도 안 된다는 것 정도는 네가 더 잘 알 텐데. 중학교 때 공부 잘했다고 널 써주는 회사가 있었어?"

"……일본은 학벌 지상주의니까요. 그런 점도 고쳐야 해요."

아키야마의 목소리가 작아졌다. 아픈 곳을 찔려서 불리함을 느낀 것이리라. 취조관은 기세를 몰아 계속 질문했다.

"그런데 네 컴퓨터 말이야, 왜 아무 데이터도 남아 있지 않지?"

"왜기는요, 제가 지웠으니까 그렇죠."

"그러니까 왜 지웠느냐고."

"저는 사회에 항의하기 위해 목숨을 바칠 작정이었어요. 죽을 각오를 했으니 신변을 정리해야죠. 그래서 지웠어요."

"남이 보면 곤란한 데이터가 있었던 거 아니야?"

"아니, 뭐, 다들 그런 거 하나둘쯤은 가지고 있잖아요?"

"야동 같은 거 말고. 남에게 보여주기 싫은 메일이나 대화 기록이 있었던 거 아니냐고."

"……저한테 친구가 없다는 거 벌써 다 조사하셨을 텐데요."

아키야마는 불쾌한 듯이 몸을 약간 옆으로 돌렸다. 친구가 없다는 사실을 인정하려니 자존심이 상하는 모양이었다.

"진짜 사회에서는 그렇지. 인터넷에서는 어땠어? 지인이 한 명도 없었던 건 아니겠지?"

"예? 그런 사람 없어요."

보고 있던 이노하라는 거짓말이라는 감이 왔다. 거짓말을 하는 놈은 반드시 평정심을 잃는다. 아무리 사소한 변화라고 할지언정 공안 형사의 눈을 피할 수는 없었다.

"거짓말하지 마. 게시판에 글 썼잖아. 전부 다 지운다고 지웠겠지만 인터넷에는 로그라는 게 남아."

취조관이 지적하자 아키야마는 인상을 찌푸렸다. 게시판 운운은 넘겨짚기였지만 효과는 충분했다. 아키야마는 마지못해 인정했다.

"남들이랑 이야기 정도는 나눈 적 있어요. 하지만 그런 사람들을 지인이라고 하지는 않잖아요. 인터넷에서 이야기를 나눴을 뿐 얼굴도 몰라요."

"얼굴을 몰라도 친해질 수 있어. 몇 번이고 이야기를 나누다 보면 서로 어느 정도 알게 되잖아. 그런 사람이 있었지?"

"없는데요."

"왜 감싸는 거지? 협박받았나?"

"협박이라뇨? 누구한테요? 무슨 말씀이세요?"

아키야마의 말투가 공격적으로 변했다. 감추고 싶은 것이 있는 인간의 전형적인 말투였다.

"넌 사회에 불만을 품었어. 그건 사실이야. 하지만 테러를 자행할 만한 배짱은 없었어. 누가 등을 떠밀어주지 않으면 언제까지고 푸념만 늘어놓을 뿐 아무것도 못 하는 인간이라고."

"아니에요! 저한테도 테러를 저지를 만한 행동력은 있다고요. 그래서 이렇게 경찰에 붙잡힌 거잖아요."

"죽을 배짱이 없었으니까 그렇지. 그거 아나? 소규모 테러를 일으킨 놈 중에서 죽지 않고 경찰에 붙잡힌 얼간이는 네가 처음이야."

아키야마는 입술을 깨물었다. 물렁한 인간은 자신의 물렁한 면을 지적당하는 걸 싫어한다. 하지만 너무 몰아붙이면 진짜 자살할지도 모른다. 상태를 봐가면서 적당히 힘을 조절해야 한다고 이노하라는 속으로 취조관에게 주의를 주었다.

"넌 남이 제안하거나 명령해야 뭘 할 수 있는 인간이야. 배짱도 행동력도 없으니까. 넌 테러를 저지를 생각이 없었어. 누가 살살 꼬드기는 바람에 속아넘어간 거야. 맞지? 사실은 너도 남을 다치게 하기 싫었다고 아까 그랬잖아."

밀고 당기는 시기가 절묘했다. 고압적으로 밀어붙인 후에 상대에게 달아날 길을 터준다. 이 기술이면 대부분의 용의자가 넘어온다. 책임을 회피하기에 급급하던 아키야마가 이 미끼를 물지 않을 리 없었다.

아키야마는 입을 꾹 다물었다. 손해와 이득을 따져보느라 머리를 팽팽 굴리고 있는 것이다. 취조관이 쉬었다 하자고 말하자 긴장이 풀렸는지 안심한 표정을 지었다. 이노하라의 눈에는 이제 시간문제였다.

그날 아키야마는 테러를 교사한 사람이 있다고 인정했다. 아키야마는 그 사람을 도베라고 불렀다.

2

소규모 테러 범인은 저마다 멋대로 폭주할 뿐 횡적인 유대 관계는 없다고 추정되었다. 하지만 그 배후에 테러를 교사하는 인물이 존재한다는 의혹은 꽤 이른 단계부터 제기되었다. 테러범 중에 컴퓨터와 스마트폰을 초기화하거나 부순 사람이 있었기 때문이다. 남에게 보여주기 싫은 데이터가 없다면 삭제할 필요도 없다. 공안은 데이터 복원에 매달린 끝에 단편적이나마 몇몇 데이터를 되살리는 데 성공했다. 그리하여 범인들이 테러를 저지르기 전에 누군가와 대화를 나누었다는 사실이 밝혀졌다.

동일인이라는 보장은 없었다. 오히려 단 한 명이 모든 테러를 교사했다고 보는 건 너무나 비현실적이다. 공안은 배후 조직이 존재할까 봐 걱정이었다. 지금까지 공안의 정보망에 전혀 걸리지 않은 수수께끼의 테러 조직. 그런 조직이 존재한다면 공안 경찰 입장에서는 천지가 뒤바뀌는 것만큼 대사건이었다. 일본에 공안 몰래 활동해온 테러 조직은 절대로 없어야 한다.

조직이 존재한다는 것은 어디까지나 가정이었다. 조직이 있다고 보아야 자칭 테러라는 파괴 행위가 빈발하는 현상을 그럴 듯하게 설명할 수 있기 때문이다. 하지만 현재 조직의 윤곽은

불투명하다. 좌익이나 종교와는 다른 방향에서 느닷없이 튀어나온 테러인 만큼 기존의 정보망은 도움이 되지 않았다. 그러므로 도베라는 구체적인 이름이 나오자 공안은 기대감으로 술렁거렸다.

도베는 누구인가. 아키야마는 도베에 대해 조금씩 털어놓기 시작했다.

"팝컴의 '인생에 지친 사람이 서로 상처를 핥아주는 모임'이라는 소모임에서 처음 봤어요."

"뭐야, 그게."

동료가 어이없다는 투로 말했다. 이노하라도 동감이었다. 소모임명이 너무나 직설적이라 멋도 맛도 없었다. 하지만 그런 만큼 사람들이 모여들기 쉽지 않았을까.

팝컴이란 일본 최대 규모의 SNS다. 젊은 연령층을 중심으로 가입자가 늘고 있다고 한다. SNS 내부에 다양한 주제의 소모임이 있고, 자유롭게 소모임에 가입해 글을 쓴다. 연예인 팬클럽이나 취미 소모임이 있는 한편, 고민이나 불평을 늘어놓기 위한 소모임도 있다. 아키야마가 이름을 댄 소모임은 후자에 속했다.

"소모임에는 저처럼 취직을 못 하고 아르바이트로 근근이 먹고사는 사람이나 악덕 기업에 취직해서 죽도록 고생하는 사람, 집에서 부모님의 등골을 빨아먹는 사람들이 모여요. 그래서 그런지 다들 친구 같아서 마음이 편하죠. 하지만 서로 상처만 핥아주고 있으면 뭔가 허무하잖아요. 그럴 때 정곡을 팍 찌르는 말을 해주는 사람이 있으면 기분 좋죠. 그게 도베 씨였어요."

옆에서 듣고 있던 과장이 눈짓하자 형사 한 명이 방에서 나갔다. 팝컴에 있다는 소모임을 조사하기 위해서였다. 이노하라는 형사가 나가는 모습을 보고 나서 다시 매직미러 너머로 눈길을 돌렸다.

"도베는 상처를 서로 핥아주기 위해 소모임에 드나든 느낌은 아니었군?"

취조관이 확인했다. 아키야마는 잠깐 생각한 후에 "예" 하고 고개를 끄덕였다.

"그런 것 같아요. 오로지 조언만 했었어요. 글은 가끔 쓸 뿐이었지만."

"그런 존재라면 소모임에서도 눈에 띄었을 텐데?"

"예. 하지만 진짜 가끔 글을 쓰니까 도베 씨를 모르는 사람도 있었을 거예요."

"넌 도베와 직접 이야기를 나눌 기회가 있었던 거로군."

아주 중요한 질문이었다. 불특정 다수가 보는 곳에서 테러를 교사할 리 없다.

"제가 쪽지를 보내서 귓속말로 이야기를 하게 됐어요."

쪽지란 직접 보내는 메시지다. 귓속말이란 단둘이서 내밀히, 라는 뜻이다. 젊은이들 말이기는 하지만 이노하라도 이 정도는 알고 있었다.

"왜 쪽지를 보냈지?"

"뭐랄까, 도베 씨가 아주 어른처럼 느껴져서 친해지고 싶었거든요."

"도베는 너보다 나이가 많다 그거지?"

"진짜 몇 살인지는 몰라요. 글이 어른스러워서 멋대로 짐작했을 뿐이에요."

"도베와 직접 만난 적은 없다?"

"예, 한 번도 없어요."

그렇지 않을까 예상했지만, 매직미러 너머 이쪽 편에는 실망의 기운이 가득했다. 아키야마가 도베의 인상착의를 설명해주었다면 큰 진전이 있었을 텐데.

"쪽지를 처음으로 보낸 계기는 뭐지?"

"으음, 뭐였더라……. 아아, 그래. 다른 사람과 댓글을 주고받는 걸 보고 엄청 감탄했거든요. 자세한 내용은 기억이 안 나지만 도베 씨의 말에 감동했어요. 그 기분을 전하고 싶었죠.

하지만 두 사람의 댓글에 느닷없이 끼어들면 뜬금없어 보이니까 쪽지를 보냈어요. 맞아요."

아키야마는 몇 번이고 고개를 끄덕이며 말했다. 자신이 무슨 짓을 저질렀는지 까맣게 잊어버린 듯한 태도를 보고 있자니 이노하라는 화가 치밀었다.

"느닷없이 쪽지를 보냈는데 도베가 놀라지는 않았나?"

"놀랐을지도 모르지만 소모임에서 몇 번 댓글을 주고받은 적이 있으니까요. 평소와 다름없는 느낌이었어요."

"그걸 계기로 소모임 밖에서도 이야기를 나누게 된 거군."

"예. 눈에 띄면 반드시 말을 걸었죠."

"말을 걸어?"

"아아, 예. 채팅요. 도베 씨는 소모임에 글은 자주 올리지 않았지만 항상 들어와 있었어요. 하지만 채팅은 친구 한정이었거든요. 저도 쪽지를 보내 친구가 된 다음에야 알았지만."

'친구'란 팝컴 내부의 특별한 관계를 가리킨다. 친구로 등록하면 대화 수단이 늘어난다. 모르는 사람이라도 말을 걸 수 있도록 채팅 기능을 설정한 사람도 있지만 도베는 상대를 친구로 한정한 모양이다.

"팝컴에 접속하면 대개 도베 씨가 있으니까 그후로는 거의 채팅으로 대화를 나눴죠."

"이봐, 채팅 기록은 팝컴에서 보관해두나?"

과장이 형사 한 명에게 물었다. 인터넷에 빠삭한 형사는 안타깝다는 듯이 고개를 저었다.

"기록은 남지 않습니다. 전화 통화랑 똑같아요."

"정말이야? 표면적인 방침만 그런 게 아니고?"

"정말 저장하지 않는 모양입니다. 기록을 남겨놓으라고 정식으로 요청할까요?"

"멍청아. 그런 짓을 했다가는 매스컴에서 생난리를 칠 게 뻔하잖아."

공안은 치안을 유지하기 위해서라면 도청도 마다하지 않는다. 컴퓨터로 나눈 대화인데 기록이 남아 있지 않다니 공안으로서는 그저 안타까울 따름이었다.

"채팅으로는 주로 어떤 이야기를 했지?"

"일에 대한 불평요. 죽어라 일해도 아르바이트생은 일회용이다 뭐다 그런 이야기를."

"불평을 듣고 도베는 뭐라고 했지?"

"제가 능력이 없어서 생활이 힘든 게 아니라 사회가 잘못된 거라고 했어요. 우리 같은 젊은 세대를 착취해서 일부 사람들만 득을 보고 있다고 도베 씨가 가르쳐줬죠."

"투정 부리고 싶은 놈이 투정을 받아줄 사람을 잘 찾아낸 셈이로군."

누군가가 그렇게 중얼거렸다. 적확한 요약이기는 했지만 젊은 세대들은 '착취'라는 표현이 가슴에 확 와닿지 않을까. 이노하라조차 자신이 젊었을 적과 비교해 요즘 젊은이들은 손해를 보고 있다고 느낄 정도니까.

"그 말이 맞다고 생각했나?"

"예. 도베 씨 말은 하나같이 다 옳아요. 전부 수긍이 가더라고요."

아키야마는 스스로 생각해서 사회에 항의할 목적으로 테러를 저질렀다고 말한 것을 까맣게 잊어버린 듯했다. 어려운 내용은 모조리 도베에게 얻어듣고서 자기 생각인 척했는지도 모른다.

"도베의 말을 듣고 자신이 아니라 사회가 잘못됐다는 걸 알았다. 그래서 사회에 항의하고자 결심한 건가?"

"예. 사회는 반성해야 해요."

"도베가 항의 수단은 테러밖에 없다고 했나?"

"도베 씨가 딱 잘라 그렇게 말한 적은 없지만 이야기하다 보니 그런 생각이 들어서……."

아키야마의 목소리에서 기운이 빠졌다. 어디까지나 스스로 생각하여 테러를 저질렀다고 주장하고 싶은 기분과, 시키는 대로 움직였을 뿐이라고 인정해야 죄가 가벼워질 것이라는 계산이 머릿속에서 다투고 있으리라. 그 타산적인 모습을 보자 이노하라는 침을 뱉고 싶을 만큼 혐오감을 느꼈다.

취조관은 그 부분을 끈질기게 물고 늘어졌지만 직접적으로 교사하지 않은 것은 사실인 듯했다. 도베는 교묘하게 아키야마의 마음을 유도한 모양이었다. 기록도 남아 있지 않으니 아키야마의 증언만으로는 도베에게 죄를 묻기 힘들 것 같았다.

그렇다면 하다못해 도베의 정체라도 알아내야 한다. 각각의 소규모 테러의 연결점일지도 모를 인물이 드디어 수사선상에 떠올랐다. 이 중요한 실마리를 놓칠 수는 없었다.

그러나 이노하라를 포함한 형사들 모두 인터넷에서는 예전부터 내려오는 수법이 전혀 통하지 않는다는 것을 잘 알고 있었다. 아니나 다를까 형사가 돌아와 팝컴에서 도베라는 인물을 검색해보았지만 아무 결과도 나오지 않았다고 보고했다. 처음부터 차질이 발생하자 이노하라는 앞길이 막막하게 느껴졌다.

3

아키야마가 고집을 부리지 않고 진술한 덕분에 일찍 귀가할 수 있었다. 집이 보이자 이노하라는 먼저 2층 창문을 올려다보았다. 딸 히로미의 방이다. 낮밤이 뒤바뀐 생활을 하므로 대개 불이 켜져 있다. 이노하라가 아무리 늦게 돌아와도 히로미 방이 어두운 적은 없었다. 그렇다고 히로미가 귀가한 아버지를 맞이해주는 것은 아니다. 가끔은 불이 꺼져 있지 않을까 이노하라는 기대하지만 최근에 그 기대가 이루어진 적은 단 한 번도 없었다.

밤 11시가 지났을 무렵에 집에 돌아왔으므로 아내 요시코도 아직 깨어 있었다. 복도를 걸어오는 발소리가 여느 때보다 경쾌하게 울려 퍼졌다. 웬일인가 싶어 고개를 들자 요시코는 얼굴 가득 웃음을 짓고 있었다.

"고생 많았어. 좋은 소식이 있으니까 들어봐. 오늘 히로미가 학교에 다녀왔어."

"그래?"

생각지도 못한 희소식을 듣고 깜짝 놀랐지만 정말 기뻤다. 저도 모르게 천장을 올려다보고 딸이 자기 방에 있는 모습을 상상했다. 요시코가 이렇게 웃고 있는 것을 보니 학교에 갔다가 별 탈 없이 돌아온 것이리라. 한 걸음 나아갔다고 할 수 있지 않을까.

"수업만 받고 온 거야?"

요시코에게 물었다. 너무 앞질러 가지 말라는 듯이 아내는 고개를 끄덕였다.

"한꺼번에 다 좋아질 수는 없지. 다른 사람과 말을 나누지 못하더라도 일단 학교에 가는 게 중요하잖아."

"그건 그래."

히로미에게 들릴까 봐 이노하라와 요시코는 목소리를 낮추었다. 부모가 작은 목소리로 자신을 걱정하고 있다는 것을 알면 히로미는 또 껍데기 속에 틀어박히겠지만 걱정하지 않을 수 없었다.

거실로 가 요시코가 내어준 캔맥주를 땄다. 담배를 끊은 후로 집에 와서 마시는 맥주 한 캔이 유일한 낙이었다. 한 잔 따라서 벌컥벌컥 들이켰다. 요시코가 대각선 맞은편에 앉자 방금 전 이야기를 꺼냈다.

"무슨 일 있었어?"

무슨 계기가 있었으니 스스로 학교에 가려고 했을 것이다. 그렇게 생각하고 물었지만 요시코는 고개를 저을 뿐이었다.

"아마 있었겠지만, 모르겠어."

히로미 나름대로 자신의 장래를 고민했는지도 모른다. 현재 상태를 바꾸고 싶다는 바람은 분명 가슴속에 있었을 것이다. 그렇다면 어떻게든 노력을 계속해주기 바랐다. 고등학교 정도의 작은 세계에서 좌절해서야 사회에 나설 수 있을지가 걱정이다.

히로미의 현재 상태를 정확히 설명하기는 어렵다. 이른바 '은둔형 외톨이'일지도 모르지만 약간 다르다. 외출을 전혀 하지 않는 것은 아니고 몸차림에도 나름대로 신경을 쓴다. 자기 방에 틀어박혀 있기만 하지 않고 부모와도 말을 나눈다.

히로미는 타인과 의사소통하는 데 문제가 있었다. 히로미는 친구를 만들고 친하게 지내는 것을 너무 힘들어했다. 게다가 그러한 자신의 성격을 결점으로 받아들였다. 그러다 보니 학교에서 누구와도 이야기를 못 하는 자신이 부끄러워 견디지 못하고 결국 등교를 거부했다.

대인공포증이라는 표현은 적합하지 않다. 히로미는 자신을 모르는 생판 남하고는 아무렇지 않게 이야기를 나눌 수 있다. 슈퍼마켓 계산대에서 점원과 이야기할 때는 말을 술술 잘하고, 누가 길을 물으면 알려준다. 학교에만 가지 않으면 히로미는 평범한 열여섯 살 소녀였다. 그러므로 이노하라는 자기 딸을 은둔형 외톨이라고 부르고 싶지 않았다.

히로미는 어릴 때부터 숫기가 없었다. 유치원에 다닐 때도 친구들과 어울려 즐겁게 놀기보다 방구석에서 혼자 그림책을 보는 아이였다. 그래도 어릴 적에는 활발한 아이가 있으면 그렇지 않은 아이도 있으니 아이들 사이에서 특별히 소외당하지는 않았다. 초등학교 4학년 무렵까지는 얌전한 히로미를 주변 아이들이 받아들여주었다.

아이들과의 관계가 삐걱댄 것은 남자애들이 히로미에게 관심을 보이기 시작한 이후부터다. 히로미는 예쁘장하게 생겼다. 학교에서 제일가는 미인은 아니었지만 아이들 사이에 있으면 눈길을 끄는 외모였다. 초등학교 5학년쯤 되면 남자애들도 여자애들의 외모에 민감하게 반응한다. 히로미에게 관심을 보이는 남자애들은 한둘이 아니었다.

어떻게든 친해져보려고 이러쿵저러쿵 말을 거는 아이도 있고 장난을 치는 아이도 있었다. 그러나 남이 자신의 영역에 들어오는 것에 익숙지 않은 히로미는 어떤 접근 방식도 달가워하지 않았다. 노골적으로 무서워하고 싫어하여 적지 않은 남자애들에게 상처를 주었다. 그러자 여자애들의 반응도 달라졌다. 수수하고 눈에 띄지 않았던 히로미가 남자애들의 인기를 끄는 것도 모자라 남자애들에게 냉랭하게 굴자 재수없다고 여기는 여자애들도 생겼다.

뒤에서 히로미를 험담하는 아이들이 늘어났다. 무시하고 괴롭히는 건 예삿일이었다. 히로미로서는 아무 잘못도 안 했는데 도대체 왜 이러느냐는 심정이었으리라. 히로미는 자신에게 비난의 화살을 돌리는 분위기에 도무지 적응할 수가 없었다.

원래 숫기가 없었던 히로미는 더더욱 내향적으로 변했다. 중학교에 입학하자 마음이 맞는 아이들하고만 어울렸으며 평소 되도록 눈에 띄지 않게 조심했다. 남학생들의 관심은 여전히 높았고 험담도 끊이지 않았지만 얼마 안 되는 친구들이 히로미를 도와주었으리라. 중학교 시절은 그나마 히로미에게 좋은 환경이었다고 할 수 있다.

남학생들의 관심이 무서웠던 히로미는 여고에 진학했다. 그러나 불행히도 같은 학교에 입학한 친구가 없었다. 히로미는 낯선 사람들로 가득한 고등학교에 내팽개쳐졌다. 새 학기가 시작되자 적극적으로 나서서 친구를 만드는 성격이 아닌 히로미는 꾸어다 놓은 보릿자루 신세가 됐다. 분명 그게 문제였으리라. 친구로 이루어진 테두리가 만들어지는 과정에서 히로미는 어디에도 끼지 못했다.

일단 소외되고 나면 사람들 사이에 끼어들기 힘들다. 따돌림을 당하는 건 아닌데도 히로미는 늘 혼자 지내게끔 되었다. 고독한 자신을 담담하게 받아들일 수 있을 만큼 히로미는 강하지 않다. 말을 나눌 상대가 없다는 상황이 창피해서 견딜 수 없었다. 몸이 아프다는 핑계로 한번 학교를 쉬자 더는 등교할 용기가 나지 않았다. 요 몇 달간 학교에는 한 번도 가지 않았을 것이다.

그런데 오늘은 부모가 시키지도 않았는데 학교에 다녀왔다. 도대체 무슨 일이 있었던 걸까. 심경이 변한 계기가 있었을 것이다. 이노하라는 부모로서 그 계기가 궁금했다.

"이야기를 해봐도 괜찮을까?"

요시코에게 확인하자 자신 없는 표정으로 고개를 끄덕였다.

"아마 괜찮을 거야. 그래도 조심해."

"알았어."

이런 걸 보고 긁어 부스럼 만들까 봐 걱정이라고 하나 싶어서 이노하라는 쓴웃음을 지었다. 딸과 이야기를 나눌 뿐인데 왜 조심해야 한단 말인가. 사내놈이었다면 엉덩이를 걷어차서라도 학교에 보냈겠지만 그런 짓을 하면 상황이 더욱 악화될 뿐이라는 건 알고 있었다. 딸이라서 차라리 다행이라고 스스로를 타일렀다.

"히로미, 아빠다. 잠깐 들어가도 될까?"

문을 두드린 후 안에다 대고 물었다. 응, 하는 대답을 듣고 문을 열었다. 히로미는 의자를 빙그르르 돌려 이노하라를 바라보았다. 귀여움과 아름다움이 절묘하게 균형을 이루어 자기 딸이지만 매력적으로 생겼다는 생각이 들었다. 학교에 가지 않는 건 걱정이지만 적어도 집에 있는 동안은 못된 놈이 들러붙을 걱정이 없어 안심이었다.

"어, 그러니까, 그, 오늘 학교에 다녀왔다면서?"

스스로도 어처구니없게 느껴질 만큼 머뭇머뭇 말을 꺼냈다. 울던 아이도 울음을 그친다는 공안 형사가 외동딸 앞에서는 꼴이 우습다. 차라리 소규모 테러 현행범을 신문하는 편이 마음 편했다.

"응, 다녀왔어."

반면에 히로미는 태평한 말투였다. 마치 흔해빠진 일상을 이야기하는 듯했다. 너한테 학교 가는 건 일상이 아닐 텐데, 하고 말하고 싶었다. 하지만 긁어 부스럼을 만들지도 모르는 상태이니 말을 잘 골라야 했다.

"음, 무슨 좋은 일이라도 있었니?"

"아니, 딱히 없었는데."

히로미는 고개를 저었다. 요즘 제대로 얼굴을 보고 이야기를 나눈 적이 없어서 표정으로는 참말인지 거짓말인지 알아낼 수 없었다. 딸은 몇 살부터 부모가 모르는 비밀을 만드는 걸까. 적어도 히로미는 벌써 그럴 나이가 됐을 것이다.

"아, 내일도 학교 갈 거니?"

무의미한 감탄사를 붙이지 않고는 히로미에게 물어볼 수가 없었다. 그런 자신이 한심했다. 딸은 아빠 마음도 모르고 "응, 가려고" 하고 선선히 대답했다.

"아, 그래. 열심히 하렴."

말을 하고 나서야 격려는 금물인데 싶어 가슴이 철렁했다. 하지만 히로미는 마음에 두는 기색도 없이 "응" 하고 고개를 끄덕였다. 그 모습을 보고 안심하여 대화를 마무리지었다. 히로미는 의자를 움직여 아빠에게 등을 돌렸다.

문을 닫을 때 히로미가 스마트폰을 들고 있는 모습이 눈에 들어왔다. 학교에 가지 않게 된 이후 히로미는 내내 스마트폰을 만지작거리고 있다고 한다. 저 작은 기계가 히로미를 이상하게 만들었다고 탓하고 싶었지만, 그건 생트집이리라. 바깥세상과 연결되는 단 하나의 통로를 빼앗으면 히로미가 진짜 고독해진다는 것쯤은 이노하라도 잘 알고 있었다.

이노하라는 선천적으로 눈이 좋았다. 이제 사십 대 후반이지만 안경 신세를 지려면 아직 멀었다. 시력을 검사한 지 좀 지났지만 아직도 2.0을 유지하고 있을 것이다. 그러므로 문가에서도 히로미 손 근처의 글자를 알아볼 수 있었다.

이노하라는 깜짝 놀랐다. 히로미의 스마트폰에 도베라는 글자가 떠 있었다.

4

딸이 도베라는 인물을 안다. 도베의 이름은 바로 오늘 들었으니 정말 대단한 우연이다. 물론 아키야마의 진술에 나온 도베와 히로미가 이야기를 나누는 듯한 도베가 동일 인물이라는 보장은 없다. 아마 같은 닉네임을 쓰는 다른 사람이리라. 하지만 경찰관 생활을 오래하다 보면 세상에는 말도 안 되는 우연도 일어나는 법임을 알게 된다. 특히 공안이 활동하는 영역에서는 우연과 운 덕분에 상황이 진전될 때가 많다. 이번에도 그런 것이 아닐까 이노하라는 직감했다.

문을 다시 열고 도베가 누구냐고 히로미에게 묻고 싶었다. 하지만 그런 짓을 하면 모처럼 마음잡고 등교한 히로미의 마음이 다시 닫힐지도 모른다. 이노하라에게 그런 위험을 감수할 용기는 없었다.

망설인 끝에 히로미 방 앞에서 물러났다. 작은 결단이지만 나라의 치안보다 가족의 평안을 우선했다고 내면의 직업윤리가 지적했다. 공안 형사로서 나라의 치안을 진심으로 걱정한다면 설령 딸이 상처 입더라도 따져 물어야 한다. 그런데도 그렇게 하지 않았으니 이노하라는 이기적이라는 비난을 면할 수 없을 것이다.

어휴, 뭐가 그리 거창해. 이노하라는 내면의 목소리에 고개를 저었다. 중범을 놓친 게 아니다. 등교를 거부하는 딸에게 다시 말을 거는 걸 조금 미뤘을 뿐 아닌가. 잘못 본 걸지도 모르고, 물어본들 기껏해야 학교 친구 닉네임으로 판명되는 것이 고작이리라. 일단 대화를 끝내놓고 또 묻기는 좀 그러니까 내일이라도 넌지시 물어보면 될 일이다. 국가의 치안과 함께 천칭에 올려놓고 경중을 가리다니 주책이 따로 없다.

하지만 이것이 변명에 불과하다는 사실도 이노하라는 잘 알고 있었다. 내일 다시 물어보다니 절대 그렇게는 못 한다. 부모의 힘으로는 어찌할 수 없는 곳에 몰린 딸이 간신히 바깥세상에 나갈 용기를 되찾았다. 설령 상사가 강요한다고 해도 딸의 용기를 꺾을지도 모를 짓은 하고 싶지 않았다.

공안 형사의 각오는 결국 이 정도인가. 새로운 사실을 깨닫고 어안이 벙벙해졌다. 이노하라는 지금까지 자기 일에 자부심을 가지고 살아왔다. 직무에 전념하는 것은 가족의 행복을 지키는 일이기도 했다. 같은 경찰관이라도 형사경찰은 맛볼 수 없는 감각이다. 이 일을 하며 일본을 직접 지킨다고 실감했다.

자신들 공안 형사가 밤낮으로 일하는 덕분에 각 가정이 평온하게 생활할 수 있다고 당당하게 가슴을 쭉 폈다.

하지만 그러한 신념과 긍지도 모순이 없어야 지닐 수 있음을 새삼스레 깨달았다. 나라의 평화와 가족의 평온이 대립하자 자신은 대번에 가족을 선택했다. 조금도 주저 없이 선택한 스스로에게 이노하라는 충격을 받았다. 공안 형사로 살아온 십 몇 년이 한순간에 부정된 듯한 심정이었다. 남자에게 직업이란 도대체 뭐냐고 스스로에게 묻지 않을 수 없었다.

복잡한 기분으로 욕실에 들어갔다. 욕조에 몸을 담그고 충격을 곱씹었다. 다시 생각해보았지만 자신은 역시 백이면 백 같은 선택을 했을 것이다. 순간적인 판단 실수가 아니었다. 자신은 수많은 사람의 목숨보다 가족의 마음을 소중하게 여기는 파렴치한 인간임을 깨달았다.

이렇게 목욕을 하고 있으니 옛날 일이 자꾸 떠올랐다. 히로미와 함께 목욕하던 무렵의 일이다. 당시에도 바빴던 이노하라는 비번 날에나 딸과 함께 목욕할 수 있었는데, 흔하지 않은 기회라 그런지 히로미는 아주 좋아했다. 딸이 좋아하자 이노하라도 기뻐서 손으로 물총을 쏘는 방법을 가르쳐주거나 거즈를 물에 담가 공기 방울을 내면서 노는 등 목욕 시간을 즐겁게 보내려고 애썼다. 욕조 밖으로 나올 때까지 소리 내어 시간을 헤아린 것도 좋은 추억이다. 엊그제 일처럼 생생하게 느껴졌지만 벌써 십 년도 넘은 옛날 기억이었다.

직업윤리를 어겼지만 추억 덕분에 양심의 가책은 크지 않았다. 일억 이천만 명의 국민을 배신했다고 비난받아도 그게 뭐 그리 대수야, 하고 벋댈 수 있을 것 같았다. 나는 한 번도 본 적 없는 사람들보다 내 딸이 중요해. 당연하잖아. 그게 무슨 잘못인데.

정신을 차리자 뜨거운 물에 몸을 담근 채 고개를 푹 숙이고 있었다. 자신의 굳건한 심지를 잃어버린 것 같았다. 번대본들 해결되는 것은 없다. 잘못 봤을지도 모른다고 자신을 속여봐도 도베라는 이름을 본 기억은 지워지지 않는다. 히로미는 도베라는 인물을 알고 있다. 그 사실을 받아들여야 했다.

요시코에게도 마음속 갈등을 털어놓지 못하고 잠자리에 들었다. 계속 고민한 탓인지 깜박깜박 졸다가 깨기를 되풀이했다. 다음날은 잠이 부족한 상태로 아키야마가 정보를 더 제공해주기를 기대하며 출근했다. 하지만 다시 신문해도 아키야마는 어제 이야기한 것 이상의 정보를 토하지 않았다.

인터넷에 존재하는 도베라는 닉네임을 모조리 찾아내는 작업에 들어갔다. 주로 인터넷 게시판이나 SNS에서 도베라는 이름이 발견됐다. 하지만 그들이 쓴 글을 꼼꼼히 읽어봐도 테러를 교사하는 낌새는 느껴지지 않았다. 아키야마가 말한 도베의 흔적은 좀처럼 발견되지 않았다.

이노하라로서는 마냥 낙담할 만한 일도 아니었다. 도베라는 닉네임을 사용하는 사람이 많다면 히로미가 이야기를 주고받은 상대도 테러의 배후 인물이 아니라 보통 사람이라고 볼 수 있으니까. 냉정하게 생각해보면 공안 형사의 딸이 테러의 배후 인물과 연관되어 있다니 그런 우연이 일어날 리 없다. 지나친 생각이었다고 웃어넘기고 싶었다.

한편으로 공안 형사로서 테러를 증오하는 마음도 가슴속에 엄연히 살아 숨쉬고 있었다. 돌발적으로 일어난 소규모 테러 때문에 지금까지 희생자가 몇 명이나 나왔던가. 얼굴에 아키야마의 칼을 맞은 여자는 차라리 죽는 편이 낫겠다며 통곡했다. 절망에 빠진 그 모습을 보자 테러는 절대로 용서할 수 없다는 분노가 끓어올랐다. 자신만이 실마리를 쥐고 있을지도 모르는데 외면하고 있다는 자책감이 이노하라를 괴롭혔다.

일억 이천만 명의 목숨과 바꿔서라도 딸을 지키겠다는 각오는 변함없었다. 하지만 히로미에게 상처를 주지 않고 도베를 뒤쫓을 수단은 없을지 곰곰이 궁리하는 것도 사실이었다. 히로미에게 직접 묻지 않고 이야기 상대가 누구인지 조사할 수 있을까.

혼자서 몰래 고심했지만 인터넷에 대한 전문 지식이 없는 이노하라가 머리를 쥐어짜봤자 시간 낭비였다. 이틀을 끙끙 앓다가 겨우 사이버 전담반 사람에게 의논하기로 결심했다. 친하게 지내는 건 아니지만 매사에 초연한 성격이라 재미있다고 느낀 녀석이 있다. 그 녀석이라면 자초지종을 털어놓아도 안색 하나 바꾸지 않고 이야기를 들어줄 것 같았다.

"미안한데 잠깐 괜찮을까?"

컴퓨터 화면과 마주하고 있는 남자 뒤에서 말을 걸었다. 사이버 전담반과 연합하여 인터넷에서 도베를 수색하고 있으니 공안 형사가 말을 걸기에 자연스러운 상황이었다.

"안 괜찮은데요. 바쁩니다."

예상치 못한 대답이라 당황했다. 상대는 이노하라보다 한참 어리므로 이렇게 무례하게 대응할 줄은 몰랐다. 하지만 바쁘게 마우스를 움직이고 있는 걸로 보아 손을 뗄 수 없는 것은 사실인 듯했다.

"의논하고 싶은 일이 있어서 그래. 좀 들어줘."

짬이 나기를 세월아 네월아 기다릴 여유가 없어서 귓가에 대고 속삭였다. 남자는 놀라서 요란스럽게 몸을 젖히더니 "뭐, 뭡니까?" 하고 드디어 이쪽으로 고개를 돌렸다. 은테 안경을 낀 얼굴은 이지적으로 생겼지만 눈에는 뭔가 재미있는 일이 없는지 찾는 듯한 장난기가 서려 있었다. 남자의 이름은 미나미노. 나이는 삼십 대 초반으로 기억하고 있다.

"귀에 입김 불지 마세요. 저는 그런 취향 아닙니다."

워낙 큰 소리로 말해서 다른 사이버 전담반 사람들의 주의를 끌고 말았다. 겸연쩍은 나머지 "무슨 헛소리야" 하고 말하며 미나미노의 팔꿈치를 잡고 일으켜 세워 복도로 끌고 갔다.

"뭡니까? 바쁘다니까요."

미나미노는 이노하라의 행동이 아주 불만스러운 듯했다. 선배를 선배로 여기지 않는 태도가 사이버 전담반다웠다. 여느 경찰관과는 다르다. 그래서 더욱 의논하고 싶었다.

"스마트폰 속의 정보를 본인 모르게 확인해볼 수 있나?"

거두절미하고 본론으로 들어갔다. 미나미노도 왜 그런 걸 묻느냐고 반문하지 않고 바로 대답했다.

"비밀번호를 알고 있다면 간단하죠."

"모르니까 묻는 거잖아. 자네 솜씨로 어떻게 안 돼?"

"시간이 걸려도 괜찮다면야."

"많이는 못 줘. 기껏해야 이십 분 정도야."

"이십 분? 진심이세요?"

미나미노는 어이없다는 듯이 말했다. 당연한 반응이었다. 무리한 부탁임은 잘 알고 있었다. 밑져야 본전이라는 생각으로 오기는 했지만 역시 헛걸음이었나.

"정말로 실망하신 모양이네요." 그런 이노하라를 보고 미나미노가 말을 이었다. "뭐, 안 될 것도 없죠. 일단 통째로 백업해서 나중에 천천히 들여다보겠습니다. 백업은 이십 분이면 충분하니까요."

"그래?"

그럼 진심이냐고 묻지 말고 처음부터 할 수 있다고 하란 말이야. 속으로 그렇게 투덜거렸지만 부탁하는 처지이므로 입 밖에 꺼내지는 않았다. 문제는 이다음이었다.

"백업은 자네가 아니면 못 하는 건가?"

"어, 성함이 어떻게 되시더라?"

미나미노는 이제 와서 얼빠진 질문을 던졌다. 이 자식, 내 이름도 모르고 이야기를 듣고 있었단 말이야? 헛웃음이 나올 것 같았다.

"이노하라. 공안의 이노하라야."

"아아, 공안. 테러에 관련된 일입니까?"

무엇에 관한 이야기인지조차 몰랐던 모양이다. 경찰관치고는 세상일에 무관심해 보였다. 채용 시험을 쳐서 경찰관에 임용된 것이 아니라 아마 원래는 기술자였으리라.

"컴퓨터나 스마트폰을 잘 다루세요?"

"남들만큼은."

"스마트폰을 통째로 백업하실 수 있겠어요?"

"가르쳐주겠나?"

"귀찮은데."

미나미노는 거리낌없이 눈살을 찌푸렸다. 너무 당당하게 무례한 행동을 하니 어떻게 상대해야 할지 난감했다.

"상대가 없는 틈을 노려야 하니까 겨우 이십 분이겠죠. 알겠습니다. 재미있을 것 같으니 제가 직접 가겠습니다."

재미있을 것 같다는 말이 진심임을 증명하듯 미나미노는 눈을 반짝였다. 이 녀석을 집에 데려가야 하다니. 내키지 않았지만 뾰족한 수가 없었다.

"그래주겠나. 다른 사람들한테는 절대 비밀인데, 가야 할 곳은 우리집이야. 우리 딸의 스마트폰을 조사해줘."

"허, 그것참."

미나미노는 미덥지 못한 말로 답했다. 이 녀석에게 부탁해도 괜찮을까 싶어서 이노하라는 불안했다.

5

이십 분은 히로미가 목욕을 하는 시간이다. 실제로는 더 오
래하지만 안전을 기하려면 이십 분 안에 끝내야 한다. 히로미
의 스마트폰은 방수가 되지 않아 욕실에 들고 가지 않는다. 학
교에도 스마트폰을 가져가니까 히로미의 스마트폰을 백업할
기회는 목욕 시간밖에 없었다.

요시코에게 물어보자 히로미가 목욕하는 시간은 거의 일정
하다고 한다. 8시에서 9시 사이. 이노하라도 그쯤 귀가하기로
했다. 미나미노는 바깥에 주차한 차에서 기다리게 했다.

요시코에게는 다른 경찰관을 집에 부를 거라고 미리 알려두
긴 했지만 뭘 할지는 가르쳐주지 않았다. 딸의 목욕 시간을 물
어본 것으로 미루어 히로미에 관한 일임을 알아차린 듯 요시코
는 조마조마한 표정을 지었다. 하지만 요시코도 예전에 경찰관
이었던 만큼 끈덕지게 이유를 캐물으며 이노하라를 방해하지
는 않았다.

히로미가 욕실에 간 것을 확인하고 오 분 후에 미나미노를
불렀다. 요시코한테는 방에 가서 나오지 말라고 했다. 미나미
노는 예의 바르게 "실례합니다" 하고 작은 목소리로 중얼거리
며 들어왔다. 쓸데없는 소리는 할 필요 없다고 호통치고 싶었

지만 말소리가 욕실까지 들릴까 봐 꾹 참았다.

아무리 그래도 히로미 방에 외간남자를 들일 수는 없어서 이노하라가 미리 스마트폰을 가져다놓았다. 식탁 위에 놓아둔 스마트폰을 가리키며 "부탁해" 하고 미나미노에게 말했다. 미나미노는 이번에는 고개만 끄덕이고 가져온 노트북을 펼쳤다.

미나미노는 케이블을 연결하고 뭔가 잠시 조작한 후로는 아무것도 하지 않고 가만히 기다렸다. 백업 상황을 지켜보는 것이리라. 좀처럼 끝나지 않아 애가 타서 물었다.

"얼마나 걸리지?"

"진행 시간 표시 막대에 따르면 앞으로 십이 분 남았습니다."

"십이 분."

미나미노를 부른 지 삼 분쯤 지났으니 꽤 아슬아슬하다. 히로미가 목욕을 오래하기를 빌었다.

미나미노는 초조해하는 기색 하나 없이 무표정하게 노트북 화면을 노려보았다. 히로미에게 들켜도 자신이 난처할 일은 없다는 생각 때문인지도 모르지만 전혀 동요하지 않는 모습이 듬직하기는 했다. 이노하라는 시곗바늘이 너무 느리게 움직인다고 느끼면서 백업이 끝나기를 기다렸다. "끝났다" 하고 미나미노가 중얼거렸을 때는 저도 모르게 안도의 한숨을 내쉬었다.

"그럼, 저는 이만."

미나미노는 볼일 다 봤다는 듯이 말하고 일어섰다. 이걸로 된 건가? 너무 간단해서 이노하라는 김이 확 샜다. 더 필요한 건 없을까.

"뭐가 들어 있는지는 내일 확인해보도록 하죠."

그런 말을 남기고 미나미노는 현관을 나섰다. 아무리 세상일에 무관심해도 이 작업의 취지는 잘 알고 있는 듯했다. 맡은 바소임만 마치고 재빨리 물러가는 모습을 보자 그를 조금은 후하게 평가할 마음이 생겼다.

히로미는 미나미노가 돌아간 지 십 분쯤 후에 욕실에서 나왔다. 이노하라는 아무 일도 없었다는 듯이 시치미를 뚝 뗐지만 몰래 가슴을 쓸어내렸다.

다음날 미나미노가 질문 공세를 퍼부었다. 히로미의 생일, 키, 이런저런 기념일, 이노하라 부부 및 친한 친구의 생일, 자가용 번호, 좋아하는 연예인, 그 밖에도 생각나는 대로 온갖 질문을 퍼부었다. 물론 히로미의 스마트폰 비밀번호를 알아내기 위해서다. 이노하라는 차례차례 대답했지만 친구 이름과 좋아하는 연예인은 아내에게 전화를 걸어 물어보아야 했다. 질문을 받고서야 딸에 대해 얼마나 모르는지 통감했다.

미나미노는 백업한 데이터를 자기 단말기에 옮긴 듯 들고 있는 스마트폰에 이노하라가 말한 숫자를 일일이 입력했다. 뭔가 그럴듯한 프로그램으로 비밀번호를 알아낼 줄 알았는데 너무 원시적인 방법이라 당황스러웠다. 과연 잘될까 불안한 눈으로 보고 있는데 미나미노가 갑자기 "빙고" 하고 말해서 놀랐다. 자신도 모르게 몸을 내밀어 스마트폰 화면을 들여다보았다.

"따님이 역사 수업을 좋아한다기에 주요 연도를 적당히 입력해봤습니다. 예상이 적중했네요. 0794. 우는구나 휘파람새 헤이안쿄◀로군요."

그런 숫자를 비밀번호로 썼구나. 공부밖에 모르는 히로미답다 싶어서 마음이 짠했다.

"어디 보자."

미나미노는 혼잣말을 중얼거리며 화면을 건드렸다. 그리고 "오" 하고 소리를 질렀다. 보라는 듯이 화면을 내밀기에 들여다보았다. 화면에는 도베라는 인물이 보낸 메일이 표시되어 있었다.

▶ 간무 천황이 교토로 도읍을 옮긴 해인 794년을 기억하기 위한 말놀이.

6

딸의 메일을 훔쳐보려니 죄악감이 이만저만 큰 게 아니었다. 나라의 치안을 유지하기 위해서라는 명분이 없다면 도저히 할 수 없는 일이다. 한번은 히로미와 치안을 천칭에 올려놓았다가 히로미를 선택했다. 딸의 마음을 소중히 여겨서가 아니라 그저 딸에게 미움받기 싫어서 그렇게 결심한 것뿐임을 깨닫고 자신이 조금 혐오스러웠다.

히로미와 도베는 팝컴 말고 다른 SNS에서 친분을 맺었다. 히로미도 은둔형 외톨이가 모이는 소모임에 드나들었던 것이다. 문장만 보고 판단하건대 도베는 히로미보다 나이가 많은 듯했다. 자신의 경험에서 비롯된 듯한 말로 몇 번이나 히로미를 격려했다. 글을 주고받으면서 히로미가 점차 도베에게 마음을 여는 과정이 눈에 들어왔다.

히로미는 도베의 격려 덕분에 다시 학교에 가게 된 걸까. 궁금했던 문제의 답을 예상치 못한 형태로 얻게 되어 이노하라는 복잡한 심경이었다. 히로미를 격려하여 학교에 보낸 도베에게 이노하라는 부모로서 감사해야 마땅하다. 하지만 공안 형사 이노하라는 테러를 교사한 혐의로 도베를 쫓고 있다. 또다시 모순에 부딪히고 말았지만 생각하면 우울해질 뿐이므로 무시했다. 지금은 눈앞의 단서에 집중해야 했다.

이노하라는 도베가 히로미를 세뇌하여 테러에 이용하려 한 것이 아닐까 싶어서 걱정이 태산이었다. 하지만 스마트폰에 남아 있는 대화 내용을 읽어보니 도베에게 그런 의도는 없어 보인다. 이 도베는 아키야마의 이야기에 나온 도베와는 다른 사람인 것 같았다.

하지만 도베의 SNS 계정을 추적하자 의혹이 깊어졌다. 도베는 고민을 끌어안고 있는 사람들에게 말을 붙여 정성스럽게 조언했다. 그 사람들은 히로미가 그랬듯이 도베를 꽤 신용하는 것 같았다. 아키야마가 진술한 도베와 아주 비슷한 느낌이었다.

이 도베를 쫓아야 한다. 이노하라는 그렇게 판단했다. 딸을 염려하여 자신을 속이고 있을 때가 아니다. 공안 형사의 후각이 이 도베에게서 구린내가 풍긴다고 난리를 쳤다. 이노하라는 자신의 후각을 믿었다. 애써 찾은 실마리를 내팽개칠 수는 없었다.

문제는 어떻게 정체를 알아내느냐. 테러를 일으킨 아키야마조차 도베와 직접 만난 적은 없다고 했다. 가령 이노하라가 SNS에 가입하여 뭔가 고민하는 척하며 도베와 접촉해도 인터넷에서 이야기를 나누는 게 고작이다. 은근슬쩍 유도해서 개인 정보를 알아낼 수 있을까. 아마 안 될 것이다. 그런 멍청이라면 벌써 공안의 감시 아래 있으리라. 꼬리를 잡히지 않을 만큼 빈틈없으므로 공안은 지금까지 도베라는 이름조차 몰랐던 것이다.

"이봐, 해킹할 수 있겠나?"

막다른 길에 다다랐다는 기분으로 미나미노에게 물었다. SNS 서버에 침입하여 도베의 개인 정보를 빼낼 수 있지 않을까 기대했다.

"못 하는데요."

미나미노는 대번에 고개를 저으며 어처구니없다는 듯한 눈으로 쳐다보았다.

"인터넷을 잘 모르는 사람일수록 해킹만 하면 다 해결할 수 있다고 믿는 경향이 있죠. 그렇게 쉽게 정보를 빼낼 수 있다면 인터넷은 벌써 파탄 났을 겁니다. 그런 걸 위험해서 어떻게 쓰겠어요? 아무리 뛰어난 크래커라도 보안에 구멍이 없는 곳에 침입할 수는 없어요. 하물며 저는 뛰어난 크래커도 아닌걸요."

"그렇군. 자네라면 할 수 있을 줄 알았는데."

단지 귀찮아서 안 하려는 것이 아닐까 싶어 살짝 부추겨보았지만 미나미노의 태도는 변함없었다. 하는 수 없이 뭘 바라는지 설명했다.

"도베라는 녀석의 정체를 알고 싶어. 이 녀석의 개인 정보를 캐낼 방법이 없을까?"

이노하라가 묻자 미나미노는 "흠" 하고 잠시 생각에 잠겼다. 그러더니 갑자기 엉뚱한 말을 꺼냈다.

"따님이 참 예쁘더군요."

아무래도 스마트폰에 저장된 사진을 본 모양이었다. 허튼짓 하지 말라고 부모로서 따끔하게 한마디하고 싶었지만, 미나미노의 도움을 받기 위해서는 뭘 보든 가만히 내버려둘 수밖에 없었다. 이가 갈리는 심정을 꾹 억누르고 다시 물었다.

"그게 왜? 무슨 상관이라도 있나?"

말투에 그만 가시가 돋치고 말았다. 하지만 미나미노는 전혀 개의치 않고 덤덤하게 말을 이었다.

"메일 주소가 바뀌었다며 따님 이름으로 도베에게 메일을 보내는 겁니다. 그러면 직접 만나자는 미끼를 던질 수 있지 않겠습니까?"

"뭐라고?"

히로미 사진으로 도베를 낚으라는 말인가. 말도 안 된다고 단칼에 거절하고 싶었지만 공안 형사의 판단력은 꽤 효과적인 방법이라고 인정했다. 히로미는 자신이 여고생이라는 사실을 숨기지 않았다. 어쩌면 도베는 테러를 교사하기 위해서가 아니라 엉큼한 목적을 품고 히로미에게 접근했을지도 모른다. 그렇다면 히로미 사진에 반드시 걸려들 것이다. 설령 테러와는 관계없더라도 그런 목적으로 딸에게 접근하는 놈은 부모로서 반드시 족치고 싶었다.

"그런데 딸이 도베에게 메일을 보내면 바뀌었다고 말한 메일 주소가 가짜라는 게 들통날 거 아니야."

구체적인 순서를 따져보다가 의문을 느꼈다. "그게 문제죠" 하고 미나미노는 이맛살을 찌푸렸다.

"이래저래 궁리해보았지만 이렇다 할 묘안이 없더라고요. 그러니까 좀 위험하지만 가짜 도베를 만들어볼까 합니다."

"가짜 도베?"

미나미노의 설명은 이랬다. 히로미의 스마트폰은 주소록에 등록된 사람에게 메일이 오면 이름만 표시되고 주소는 나타나지 않는다. 그러므로 도베의 메일 주소에서 헷갈리기 쉬운 한 글자만 바꾼 새 메일 주소를 히로미의 스마트폰 주소록에 입력해두면, 히로미는 가짜 도베를 진짜로 착각하고 메일을 보내게 된다. 새 메일 주소로 히로미의 메일이 오면 도베인 척하고 답장하면 된다. 즉 이노하라는 가짜 도베와 가짜 히로미를 동시에 연기해야 한다.

"그럼 도베뿐만 아니라 내 딸도 속여야 하잖아."

"어쩔 수 없죠. 이 도베가 소규모 테러의 배후 인물일지도 모르잖습니까. 공안이라면 주저할 때가 아닐 텐데요."

이노하라는 끽소리도 못한다는 게 어떤 기분인지 실감했다. 쉽게 말하지 말라고 받아치고 싶었지만 미나미노는 경찰관으로서 지극히 타당한 말을 했을 뿐이다. 만약 자기 딸이 연관되어 있지 않았다면 이노하라는 전혀 망설이지 않았으리라. 수사할 때 사사로운 정에 얽매이지 말라는 상투적인 말이 떠올라서 진저리가 났다.

결국 히로미에게 들키지 않으면 된다는 소극적인 해결책으로 스스로를 설득했다. 미나미노가 내놓은 계책을 이노하라가 완벽하게 수행하기만 하면 히로미가 눈치챌 일은 없다. 미나미노의 계책에 구멍이 있지는 않을까 불안했지만 믿어보는 수밖에 없었다.

"알았어. 그렇게 하지."

마음을 단단히 먹고 동의했다. 미나미노는 이노하라가 큰 결심을 했는데도 전혀 감명을 받은 기색 없이 담담하게 절차를 설명했다.

그날 밤, 요전번과 마찬가지로 히로미가 목욕을 하는 사이에 스마트폰의 메일 주소를 변경했다. 도베의 메일 주소를 미리 만들어둔 새 메일 주소로 바꿔 넣는 것이다. 아라비아숫자 1을 알파벳 l로 바꿨을 뿐이라 얼핏 봐서는 모를 것이다. 그리고 새 주소로 히로미에게 메일을 한 통 보냈다. 이러면 답장이라는 형태로 히로미가 도베에게 메일을 보내도 진짜 도베에게 전달될 염려는 없다.

히로미가 목욕을 마치고 얼마 지나지 않아 이노하라의 스마트폰이 진동했다. 매너 모드로 설정해놓았지만 진동 패턴으로 히로미의 메일임을 알았다. 이노하라는 도베인 척하고 학교생활은 어떠냐고 물었다. 그러자 히로미는 아직 반에서 겉돌고 있지만 오늘은 큰맘 먹고 앞자리에 앉은 아이에게 말을 걸어보았다고 기쁜 듯이 답장했다. 이름을 속이고 딸과 메일을 주고받는다는 죄악감은 예상보다 더 컸다. 양심에 켕겨서 "참 잘됐다"는 내용의 답장만 보내고 바로 스마트폰을 내려놓았다. 얼마 동안 건드리고 싶지도 않았다.

한편으로 도베에게도 메일을 보냈다. 여고생의 문체를 흉내내려니 상당히 힘들었지만 이모티콘을 적당히 끼워 넣자 그럴듯해 보였다. 히로미는 원래 멍청해 보이는 말투는 쓰지 않아 흉내내기 쉬운 편이었다. 딸이 착실한 성격이라 고마웠다.

도베를 크게 신뢰하는 마음이 은근히 전해지도록 메일을 썼다. 실제로 히로미는 도베에게 정신적으로 꽤 많이 기대고 있는 듯하다. 히로미에게 감정이입한 상태로 서비스 정신을 조금 발휘하자 그럴듯한 미끼가 만들어졌다. '한 번도 만난 적 없는 사람이라는 게 믿기지 않을 만큼 지금은 믿음이 가요' 이런 식으로 쓰면 도베도 싫지는 않을 것이다.

아빠가 요전에 이런 도넛을 사 왔어요. 예쁘죠?

메일을 몇 번 주고받다가 이런 글을 곁들여 사진을 보냈다. 이노하라가 진짜로 사 온 분홍색 초콜릿으로 코팅한 하트 모양 도넛이다. 도넛을 사 와서 억지로 히로미의 사진을 찍었다. 이노하라가 엉뚱한 부탁을 하자 당황스러웠던 듯 히로미는 거의 쓴웃음에 가까운 표정으로 사진을 찍었지만, 딸 바보 아버지가 아니더라도 충분히 예쁘다고 할 만한 얼굴이었다. 이 사진에 낚이지 않으면 도베를 꾀어내기는 불가능할 것 같았다.

예쁘군요.

도베의 답장에 적혀 있는 말은 도넛을 보고 하는 말인지 히로미 얼굴을 보고 하는 말인지 분간이 되지 않았다. 하지만 이노하라는 낚았다는 손맛을 느꼈다.

그 뒤로는 도베 개인에 관한 흥미를 대놓고 드러냈다. 나이는 몇 살이냐는 둥 무슨 일을 하느냐는 둥 질문을 계속 던졌다. 알려주지 않을 줄 알았는데 도베는 어물어물 넘어가지 않고 대답했다. 스물한 살 대학생이라고 했다. 참말인지 거짓말인지는 모르지만 히로미가 신상을 캐도 이야기를 그만두려고 들지는 않았다. 충분히 끌어당겼다는 느낌이 왔을 때 본론을 꺼냈다.

메일로만 이야기를 나눠야 하다니 너무 아쉬워요. 혹시 괜찮으
시다면 한번 만나지 않으실래요?

자, 어떻게 나올 테냐. 약간 긴장된 기분으로 답장을 기다리
고 있는데 도베는 뜻밖에도 바로 메일을 보냈다.

실은 저도 그랬어요. 꼭 한번 만나요.

걸렸다. 이노하라는 저도 모르게 주먹을 불끈 쥐었다. 동시
에 딸에게 엉큼한 마음을 품은 상대에게 불같이 분노했다. 우
리 딸에게 접근하는 놈은 누구든지 체포해주마. 그런 난폭한
생각이 가슴속에 싹텄다.

바로 약속을 잡았다. 일요일 오후, 장소는 이케부쿠로 니시
구치 공원으로 정했다. 거기라면 수사원을 여러 명 잠복시켜
사방을 감시하기 용이하다. 분홍색 카디건에 무릎까지 오는 플
레어스커트를 입고 갈 테니 말을 걸어달라고 구체적으로 적었
다. 이 복장은 젊은 여경의 의견을 듣고 정했다. 그 여자 경찰
관은 그날 미끼로 쓸 예정이었다.

여기까지는 이노하라와 미나미노 둘이서 진행했지만 도베가
함정에 빠지자 계장에게 보고했다. 계장은 잔뜩 흥분해 잘했다
고 이노하라를 칭찬했다. 평소 같았으면 기뻤겠지만 이번에는
마음이 복잡했다. 딸을 미끼로 썼다는 죄악감이 이노하라의 가

슴속 깊은 곳에 박혔다.

계장의 지휘 아래 공안 형사들이 니시구치 공원을 포위했다. 여경은 지정된 옷을 입고 공원 근처에 있는 도쿄 예술극장 앞에 섰다. 여경은 히로미와 전혀 닮지 않았지만 고개를 숙이고 긴 머리로 얼굴을 가리면 멀리서는 못 알아볼 것이다. 동안이라 그런지 앳되게 차려입자 여경은 스무 살이 넘은 어른으로 보이지 않았다.

형사들은 약속 시간 한 시간 전부터 공원을 포위했고, 여경은 십오 분 전부터 공원에서 기다렸다. 이노하라는 사람을 기다리는 척 예술극장 안을 서성거리는 역이었다. 여경과는 삼십 미터 정도 떨어져 있었다. 제일 가깝지는 않았지만 누가 다가오면 얼굴을 확인할 수 있는 거리였다.

여경이 약속 장소에서 기다린 지 오 분이 지났을 때 한 남자가 똑바로 다가왔다. 전화번호를 따려는 수작일 수도 있지만, 망설임 없이 걸어오는 모습으로 보건대 분홍색 옷을 입은 여자를 만나러 온 것이 분명했다. 이노하라는 남자의 움직임을 살피며 여경 쪽으로 귀를 기울였다. 남자는 여경 앞에 서서 말을 걸었다.

"히로미 씨 맞죠?"

틀림없다. 도베다. 이노하라는 도베의 얼굴을 힐끔힐끔 관찰

했다. 갸름한 얼굴에 지적인 분위기, 훤칠하니 잘생긴 남자. 전체적인 인상과 특징을 머릿속에 새겼다. 다음에 길에서 마주치더라도 알아볼 자신이 있었다.

"아닌데요."

여경은 얼굴을 들고 고개를 저었다. 도베도 상대방이 히로미가 아닌 걸 한눈에 알아본 듯 "실례했습니다" 하고 사과한 후 물러났다. 그리고 주변을 둘러보다 당황한 기색으로 어슬렁어슬렁 걸음을 옮겼다. 이노하라가 둘러보니 여경 말고 분홍색 카디건을 입은 여자는 없었다. 도베는 약속 상대를 찾지 못하고 도쿄 예술극장에서 조금 떨어진 곳에 멈춰 섰다.

도베는 이미 다른 형사들이 감시하고 있었다. 이노하라가 눈을 떼도 몰래 자취를 감추기는 불가능하다. 이노하라는 도베의 시선이 미치지 않는 곳으로 가서 스마트폰을 조작했다. 히로미인 척하고 갑자기 머리가 아파서 못 가게 됐다고 사과하는 메일을 도베에게 보내기 위해서다. 직접 만날 수 있는 천금같은 기회를 날려서 너무 아쉽다고 거듭 강조했다. 이번 약속이 함정이었음을 알아챌 수도 있기 때문이다. 이노하라는 사전에 작성해둔 메일을 보냈다.

공원으로 눈길을 슬쩍 돌리자 도베가 스마트폰을 들여다보고 있었다. 멀리 있어 자세히 보이지 않았지만 실망한 낌새가 역력히 느껴졌다. 도베는 테러와는 관계없이 진심으로 히로미와 만나기를 기대하고 있었던 모양이다. 내 눈에 흙이 들어가도 너 따위 놈이 내 귀한 딸하고 만나게 내버려두지 않겠어. 이노하라는 속으로 욕을 퍼부었다.

호주머니에 넣은 스마트폰이 진동했다. 분명 도베의 답장이다. 하지만 바로 읽지는 않았다. 메일을 보내자마자 근처에서 스마트폰을 만지작거리는 사람이 보이면 도베가 의심할지도 모른다. 뭐라고 썼을지 읽지 않아도 상상이 갔으므로 내버려두었다.

도베가 걸음을 옮겼다. 도베를 둘러싸고 있던 미행 팀도 동시에 움직였을 것이다. 설령 도베가 미행을 눈치챈다 해도 미행 팀이 도베를 놓칠 확률은 만에 하나도 안 된다. 뒷일은 미행 팀에게 맡겨두면 된다.

도베의 모습이 시야에서 사라지고 난 뒤에야 스마트폰 화면을 켰다. 받은 메일을 열자 못 만나서 섭섭하지만 얼른 낫기를 바란다는 무난한 내용이었다. 이노하라는 저도 모르게 흥, 하고 코웃음을 쳤다.

7

공안은 이틀 만에 도베의 개인 정보를 모조리 알아냈다. 본명은 후루카와 아키미쓰. 나이는 서른한 살이고 대학생이 아니라 회사원이었다. 즉, 히로미에게 메일을 보낼 때 거짓말을 한 셈이다. 직장은 대형 식품 제조사. 니시도쿄 시에 있는 원룸 맨션에서 혼자 살고 있다. 고향은 우쓰노미야지만 대학에 입학할 때 도쿄로 올라왔다. 전과는 없었고 요주의 사상범 목록에도 기재되어 있지 않았다.

지금까지 소규모 테러는 자살을 꿈꾸거나 사회에서 소외됐다고 느끼는 사람들이 주로 저질렀다. 따라서 역설적으로 테러를 교사하는 사람은 그런 부류의 사람이 아닐 것으로 예상됐다. 그런 의미에서 후루카와는 조건에 부합했다. 안전한 곳에서 세 치 혀를 놀려 약자를 조종한다. 후루카와가 사회에 어떤 불만을 품고 있는지는 아직 모르지만 비겁한 놈임이 틀림없다.

지금까지 피해를 입은 사람의 수를 생각하면 느긋하게 손을 놓고 있을 여유는 없었다. 감시하는 동안에도 후루카와는 다음 테러를 꾀할지도 모른다. 비겁한 인간에게는 비겁한 수단도 불사한다. 그것이 공안의 방식이다. 이노하라는 아무 망설임 없이 후루카와를 다음 함정에 빠뜨리기로 했다.

후루카와는 공안의 철저한 감시를 받고 있었다. 후루카와 집의 대각선 앞쪽 집을 빌려 하루 종일 움직임을 지켜보고, 출퇴근할 때와 외근할 때도 항상 형사 여러 명이 뒤를 밟았다. 그 결과 후루카와가 술을 좋아한다는 것이 밝혀져 어떻게 함정에 빠뜨릴지 결정됐다.

대강 설명하면 이렇다. 후루카와가 회사 회식에 참석하면 감시 인원을 늘린다. 그리고 집에 돌아가는 후루카와를 미행하다가 집에서 제일 가까운 역인 세이부야기사와 역에서 내렸을 때 앞뒤를 감싼다. 후루카와 바로 앞에는 여자 협력자를 배치한다. 이 여자는 여경이 아니라 함정을 팔 때 써먹고자 거느리고 있는 협력자다. 공안은 이런 함정을 파기 위해 늘 수많은 협력자를 확보해놓는다.

공안 형사들이 앞뒤를 막은 채 에스컬레이터를 탄다. 후루카와는 에스컬레이터에 가만히 서 있지 않고 걸어서 올라가려고 한다. 당연히 여자 옆을 지나친다. 그때 여자가 비명을 지른다.

여자는 엉덩이를 만졌다며 후루카와를 치한으로 몬다. 후루카와 바로 뒤에 있던 공안 형사도 후루카와가 여자 엉덩이를 만지는 걸 봤다고 큰 소리로 떠든다. 에스컬레이터에서 내리면 다른 형사들도 가세하여 후루카와를 붙들어 그대로 역 앞 파출소로 데려간다. 피해자와 목격한 증인이 있으니 후루카와가 아무리 그런 적 없다고 주장해도 받아들여지지 않는다. 후루카와는 그 구역 관할서에서 취조를 받게 된다.

이렇게까지 하는 이유는 단 하나다. 현재 후루카와가 테러를 교사했음을 증명할 물적 증거가 하나도 없기 때문이다. 의혹만으로 임의동행을 요청할 경우 자기는 모르는 일이라고 딱 잡아떼면 별다른 수가 없다. 그러므로 누명을 씌워서라도 체포하여 가택수사를 할 수밖에 없다. 자신이 저지르지도 않은 죄로 체포될 줄은 꿈에도 몰랐을 테니 컴퓨터에는 후루카와의 목을 조를 데이터가 고스란히 남아 있을 가능성이 높다. 정기적으로 삭제한다고 해도 삭제한 직후가 아니라면 뭔가가 나올 것이다.

금요일 밤에 계획을 실행에 옮겼다. 후루카와는 영문도 모르고 체포되어 관할서 유치장에 갇혔다. 공안은 즉시 움직여서 압수수색영장을 받았다. 후루카와 집에서 압수한 컴퓨터를 경시청으로 가지고 와서 사이버 전담반에 맡겼다. 기대한 대로 아키야마와 나눈 이야기가 하드디스크에서 발견됐다. 이로써 후루카와가 도베임이 확정됐다.

"해내셨네요, 이노하라 씨."

미나미노가 히죽히죽 웃으며 복도에서 말을 걸었다. 컴퓨터를 압수해야 한다고 강하게 주장한 쪽은 사실 사이버 전담반이다. 어쩌면 그 주장의 배후에는 미나미노가 있었을지도 모른다. 매사에 초연한 이 남자에게는 계속 신세만 졌다.

"공안 형사의 딸에게 집적대다니 멍청이가 따로 없군요."

이노하라를 놀리려는 건 아니겠지만 미나미노가 명백하게 재미있어하는 눈치라 어쩐지 바보 취급당하는 느낌이 들었다. 이노하라는 불쾌한 기색을 감추지 않고 나지막한 목소리로 "그러게"라고만 답했다. 미나미노는 이노하라가 언짢아하는 것도 모르는지 말을 이었다.

"그렇게 멍청한 녀석이 일본의 치안을 뒤흔들 만한 대소동을 벌일 수 있을까요? 어째 제가 그린 배후 인물과는 이미지가 많이 다른데요."

듣기 거북한 의견이었다. 흘려 넘길 수 없어서 이노하라는 눈살을 찌푸리고 상대의 태연자약한 얼굴을 노려보았다.

"무슨 뜻이야?"

"따님에게 집적댄 도베는 후루카와가 틀림없지만, 후루카와가 테러의 배후 인물인 도베라는 보장은 없잖아요?"

"후루카와의 컴퓨터에서 아키야마와 이야기를 나눴음을 증명하는 자료가 발견됐잖아. 아키야마에게 테러를 교사한 사람은 후루카와야."

미나미노도 알고 있을 것이다. 그런데 왜 이제 와서 의문을 제기하는지 이해가 되지 않았다. 미나미노는 어깨를 으쓱했다.

"모든 테러의 배후에 있다기엔 후루카와는 너무 잔챙이예요. 어디까지나 제가 생각하는 이미지가 그렇다는 거지만."

"우리도 후루카와의 배후에 조직이 있다고 보고 있어. 지금은 그 조직의 정체를 밝히는 데 온 힘을 쏟고 있지."

"조직이라."

미나미노는 수긍이 가지 않는 모양이었다. 미나미노를 보며 이노하라는 일말의 불안을 느꼈다. 연일 취조를 받고 있는 후루카와는 자신이 별건으로 체포당했음을 알고 처음에는 저항했다. 변호사를 불러주지 않으면 한마디도 하지 않겠다고 핏대를 세우며 악을 썼다. 하지만 테러를 교사한 증거가 컴퓨터에서 발견됐다고 알려주자 얼굴이 새파랗게 질렸다. 그리고 테러 주모자는 일 년 이상 십 년 이하의 징역이나 금고형을 받는다는 것을 듣고는 자신은 주모자가 아니라고 주장했다.

"그럼 누가 주모잔데?"

취조관이 추궁했다. 이노하라는 아키야마가 취조받을 때처럼 옆방에서 매직미러로 그 모습을 보고 있었다. 마침내 조직에 관해 털어놓을 것이라 예상했다.

"모릅니다."

뜻밖에도 후루카와는 힘없이 고개를 저었다. 체격이 좋은 취조관이 손바닥으로 책상을 내리쳤다.

"모른다는 게 말이 돼! 시치미떼지 마. 불지 않으면 널 주모 자로 볼 수밖에 없어."

"정말 몰라요. 저도 인터넷에서 만났을 뿐이라고요!"

"인터넷이라고?"

취조관은 인상을 찌푸렸다. 이노하라도 자신이 취조관과 완전히 똑같은 표정을 짓고 있다는 것을 알았다. 조금 전에 미나미노가 한 말이 떠올랐다. 이노하라를 비롯한 공안 형사들이 후루카와의 배후에 테러 조직이 존재한다고 가정한 것은 어쩌면 고루한 이미지에 얽매인 탓인지도 모른다. 그런 찜찜한 예감이 들었다.

"회사 월급도 짜고 작은 꿈조차 이루기 힘들다고 인터넷에서 푸념을 늘어놓았더니 도베라는 사람이 말을 걸었어요. 그 사람에게 이런저런 이야기를 듣고 기득권을 쥐고 놓지 않는 사람들 때문에 우리 같은 삼십 대 이하 세대가 억압받고 있다는 걸 깨달았죠. 이대로 가다가는 인생이 점점 더 비참해질 테니 우격다짐으로라도 사회를 바꾸어야 한다는 점에서 의견이 일치했어요. 저는 도베 씨에게 들은 이야기를 그대로 인터넷에다 퍼뜨렸을 뿐이라고요."

"도베에게 들은 이야기를 퍼뜨렸을 뿐이라고? 이봐, 정상참작을 받아보겠답시고 아무 말이나 늘어놓지 마. 이제 와서 그딴 소리를 해봤자 안 통해."

취조관이 으름장을 놓았지만 이노하라가 듣기에 그 목소리에는 힘이 하나도 없었다. 취조관 역시 찜찜한 느낌을 받은 것이다.

"정말입니다. 도베 씨와 나눈 대화는 지웠으니까 증거는 없지만."

후루카와 말대로 컴퓨터에는 아키야마와 나눈 이야기밖에 남아 있지 않았다. 그 이전의 데이터는 깨끗하게 삭제했다. 그러므로 후루카와의 주장이 사실이라는 증거는 없지만 거짓말이라고 단정할 수도 없었다. 이제 다른 도베와 언제 어디서 알았는지 정확한 진술을 받아서 흔적을 추적하는 수밖에 없었다.

아마 인터넷에는 아무것도 남아 있지 않을 것이다. 후루카와를 꼬드긴 도베는 익명의 바다 저편으로 사라졌다. 인터넷 세상으로 달아난 자를 쫓기는 거의 불가능에 가깝다. 단념하는 것과 동시에 수사가 원점으로 돌아갈 것을 각오했다.

8

"완전히 다단계판매군요."

후루카와의 진술 내용을 들려주자 미나미노는 그런 감상을 내놓았다. 다단계판매라. 절묘한 표현이라 저도 모르게 감탄했다. 미나미노는 여느 때와 다를 바 없이 담담하게 말을 이었다.

"도베가 새끼를 친 겁니다. 인터넷에서 소문이 나지 않았으니 아직 새끼 도베가 그렇게 많지는 않겠죠. 하지만 후루카와가 유일한 새끼 도베는 아닐 거예요. 그 밖에 몇 명은 더 있지 않겠습니까?"

"후루카와의 자백을 백 퍼센트 믿는 건 아니야. 조직이 관여하고 있다는 의혹을 아예 버린 건 아니라고."

이노하라가 인상을 쓰며 대답하자 미나미노는 쓴웃음을 짓더니 "또 그러시네" 하고 말했다.

"솔직히 이노하라 씨도 안 믿으시잖아요. 이건 새로운 형태의 테러입니다. 조직 같은 케케묵은 건 배후에 없다고요. 테러범들은 서로 연관이 없고, 배후 인물끼리도 안면이 없어요. 서로 관계가 희박한 사람들이 시대의 분위기에 등을 떠밀리거나 막다른 지경에 몰리는 바람에 일으키는 것이 소규모 테러입니다. 사고방식을 바꾸지 않으면 공안은 백 년이 지나도 테러를 막아낼 수 없을걸요."

불길한 소리를 서슴없이 내뱉는다. 하지만 미나미노의 예언이 옳다는 것을 이노하라도 인정했다. 공안은 지금 완전히 새로운 유형의 테러에 맞닥뜨렸다. 조직적 범죄 뺨치는 광역 범죄지만 배후에 조직은 없다. 이런 범죄에 도대체 어떻게 맞서야 한단 말인가.

"테러를 교사하는 자칭 도베들이 아무리 많아도 최초의 도베가 존재할 겁니다. 공안의 목표는 이 최초의 도베가 누구인지 찾아내는 겁니까?"

공안 형사는 너무나도 혼란스러워서 머릿속이 정리되지 않는데, 미나미노는 냉정하게 앞을 내다보고 있다. 그래, 공안이 해야 할 일은 바로 그거다. 최초의 도베. 그 녀석이 사회에 떨어뜨린 악의 한 방울 때문에 수많은 사상자가 발생했다. 최초의 도베는 도대체 뭘 하고 싶었던 걸까. 고리타분한 공안 형사 이노하라는 도무지 짐작이 가지 않았다.

9

후루카와가 자백한 다음날, 이노하라는 이틀 만에 집에 돌아갔다. 목욕을 하지 못해서 꾀죄죄했다. 뜨거운 물에 몸을 푹 담근 후에 나와서 맥주를 마시고 싶었다.

요시코가 차려준 저녁을 먹으려고 했을 때였다. 히로미가 웬일로 자기 방에서 나왔다. 정신 상태가 여전히 양호한 것 같아서 다행이라고 생각하다가 표정을 보고 할말을 잃었다. 히로미는 지금까지 한 번도 본 적 없을 만큼 험악한 표정으로 이노하라를 노려보았다.

"아빠, 내 스마트폰 켜봐."

그렇게 말하고 식탁에 스마트폰을 내던졌다. 바로 무슨 일이 터졌는지 알아차렸다.

"왜?"

히로미가 무엇 때문에 화가 났는지는 짐작이 갔지만 어떻게 눈치를 챘는지 몰라서 물었다. 실수는 하지 않았다. 히로미에게 들켰을 리 없다.

"아빠, 내 스마트폰 비밀번호 알잖아. 멋대로 이것저것 들여다본 것도 모자라 나인 척하고 도베 씨한테 메일 보냈잖아."

애써 놀란 내색을 하지 않는 것이 고작이었다. 어떻게 그것까지 아는 거지? 히로미가 알 리 없는 일이었다.

"딸인 척하고 메일을 보내다니 말도 안 돼. 믿기지가 않아. 그런 짓을 하고도 인간이야? 그렇게 해서 도베 씨를 체포했지. 그건 아빠 공인가? 공을 세우기 위해서라면 딸의 마음을 짓밟아도 돼?"

"도베가 체포된 걸 어떻게 알았니?"

묻지 않을 수 없었다. 이건 공안의 기밀 사항이다. 어디서 정보가 새어 나갔는지 반드시 확인해야 했다.

하지만 되물음은 역효과를 낳았다. 히로미는 눈썹을 끌어올리고 "역시" 하고 큰 소리로 외쳤다.

"정말이었어? 정말 아빠가 도베 씨를 체포했어? 도베 씨가 도대체 뭘 어쨌는데? 난 도베 씨 덕분에 다시 학교에 갈 수 있게 됐다고. 그런데 아빠가 전부 다 망쳤어. 인간이 이렇게 믿지 못할 존재라는 걸 처음으로 알았어. 친아빠에게 이용당해 은인이 체포되다니. 나, 형사의 딸로 태어난 내 운명을 저주해."

히로미는 당장이라도 울음을 터뜨릴 것처럼 얼굴을 일그러뜨렸다. 그렇지 않다고 말해야 했다. 난 네 마음을 더 생각하다 나라의 치안 유지에 등을 한 번 돌렸어. 결과적으로 네 스마트폰을 멋대로 들여다봤지만 상처를 주려고 그런 건 아니야. 내게는 일이나 국민의 안전보다 네가 훨씬 소중해.

하지만 애끊는 마음이 목소리가 되어 나오는 대신에 "어떻게"라는 의문사가 툭 튀어나왔다.

"어떻게 도베가 체포당한 걸 알았니?"

"모르는 사람이 가르쳐줬어. 도베 씨의 지인이라는 사람이 메일로 아빠가 무슨 짓을 했는지 전부 가르쳐줬다고."

"뭐라고!"

반사적으로 식탁에 놓인 스마트폰을 집어 들었다. 잠금 화면에 비밀번호를 쳤다. 하지만 비밀번호가 틀려서 잠금을 해제할 수 없었다.

"비밀번호 바꿨어." 히로미는 냉담하게 말했다. "그리고 스마트폰을 초기화했으니까 이제 아무것도 안 남아 있어. 해킹이고 뭐고 해봤자 아무 소용없어. 그 사람이 보낸 메일도 지워졌으니까."

히로미는 멍한 표정을 짓고 있는 이노하라의 손에서 스마트폰을 낚아챘다. 그리고 다시 한번 아빠를 노려보더니 증오라고밖에 형용할 길이 없는 감정이 실린 목소리로 선언했다.

"나, 아빠를 평생 용서하지 않을 거야. 이제 아무도 못 믿어."

히로미는 몸을 휙 돌려 거실에서 나갔다. 요시코가 히로미, 하고 외치며 뒤를 쫓았다. 이노하라는 딸을 불러 세울 말을 찾지 못해 그저 두 사람을 바라보기만 할 뿐이었다.

내게 제일 소중한 건 히로미, 너야. 이노하라는 마음속으로 중얼거렸다. 하지만 소리 내어 말해봤자 공허하게 흩어지고 말 것을 알기에 슬펐다.

이토 게이스케의 경우

1

 저는 어렸을 때부터 뭘 하든 시원찮았어요. 달리기는 꼴찌였고 시험을 치면 전 과목 다 평균 아래였죠. 뚱뚱하고 못생겨서 여자애들한테도 인기가 없었고요.

 상대의 자기 비하는 어제오늘 시작된 일이 아니었다. 스스로에게 자신감이 없으니까 이야기를 계속하다 보면 반드시 푸념으로 이어진다. 성격이 이렇게 부정적이니 실생활에서도 친구를 만들기 힘들 것이다. 하지만 이토 게이스케는 상대에게 정이 떨어지지 않았다.

 그 당시에는 못해도 시간이 흐르면 잘할 수 있는 일도 많습니다. 여자가 남자의 외모를 중시하는 건 젊을 때뿐이에요. 시간이 해결해주는 일도 있으니까 앞이 안 보인다고 절망하지 마세요.

 상대의 푸념을 받아주고 진지하게 대답했다. 이토 게이스케는 '무엇무엇을 못한다'는 고민을 해본 적이 없었다. 상대의 말을 빌리자면 달리기는 늘 1등이었고, 공부를 착실하게 하지 않아도 시험을 치면 거의 100점이었다. 키가 크고 이목구비가 번듯해 여자에게도 인기가 있었다. 하지만 그렇다고 해서 우쭐댄 적은 없다. 타고난 것이 많을 뿐 노력해 얻어낸 결과는 아니기 때문이다. 타고난 능력을 자랑하는 짓은 부모가 부자랍시고 서민을 깔보는 짓이나 마찬가지다. 능력을 타고난 사람은 보통 사람보다 겸허해야 한다.

젊을 때라니, 그건 몇 살까지인데요?

상대의 물음이 무슨 뜻인지 곧바로 이해가 되지 않았다. 자신이 쓴 글을 다시 읽어보고서야 여자가 남자의 외모를 중시하는 기간에 관해 물어봤음을 깨달았다. 그 말이 마음에 걸렸단 말인가. 너무나 현실적인 반응이라 그만 쓴웃음이 새어 나왔다.

— 개인차는 있겠지만 서른 살 전후 아닐까요?

— 엄청 많이 남았네.

상대가 어깨를 축 늘어뜨린 모습이 눈에 선했다. 스스로에게 자신감이 없어도 여자와 사귀고 싶기는 한 모양이다. 그렇다면 좀더 자신감을 가지라고 게이스케는 생각했다.

— 히데부 씨, 아무튼 자신의 장점을 찾아보세요. 이것도 못한

다, 저것도 못한다 생각하지 말고 뭘 잘하는지 생각해보는 겁니다.

— 잘하는 거 하나도 없는데요.

하나도 없지는 않을 텐데. 이 정도로 자기 비하가 심하면 조언하는 쪽도 지친다. 사람들이 피하는 것도 당연했다.

상대는 SNS의 애니메이션 소모임에서 알게 된 사람이었다. 말투로 보면 젊은 듯한데 요즘 애니메이션은 물론이거니와 옛날 애니메이션에도 박식했다. 그 박식함 때문에 처음에는 모두들 한 수 위로 여겼지만, 입만 열었다 하면 부정적인 말을 내뱉는 탓에 사람들은 점점 멀어져갔다. 마침내 아무도 상대해주지 않아 혼자서 외로이 자신의 지식을 떠드는 모습이 게이스케의 눈에 들어왔다.

게이스케는 혼자 떠드는 그 사람이 가여웠다. 그래서 늘 글 잘 읽고 있다고 댓글을 달았다. 상대는 크게 기뻐하며 관심을 갈구했다. 고독한 사람이구나 싶었다.

처음 한동안은 소모임에서 이야기를 했지만 얼마 지나지 않아 애니메이션과 관계없는 이야기도 하기 시작했던 터라 채팅으로 직접 대화를 나누기로 했다. 게이스케는 채팅하는 친구가 수없이 많지만, 상대는 게이스케 말고 다른 친구가 없는지 채팅을 했다 하면 좀처럼 끝내려 들지 않았다. 난감하기는 했지만 상대가 얼마나 고독한지 알기에 매몰차게 대할 수는 없었다.

히데부 씨는 애니메이션을 잘 알잖아요. 그만큼 박식한 건 자랑거리라고요. 봐요, 잘하는 게 있잖아요.

히데부는 상대의 닉네임이다. 유명한 만화에 나오는 기묘한 비명이 유래겠지만 뚱뚱한 몸을 자학하는 의미도 담겨 있을 것이다◀. 꽤 재미있으니까 이왕 자학할 거면 철저한 자학 개그로 남들을 웃기는 편이 나을 텐데.

애니메이션을 잘 알면 뭐해요. 여자들은 질색을 하고 취직에도 도움이 안 되는걸요.

또 부정적인 말을 내뱉었다. 왜 긍정적으로 생각하지 못하는 걸까. 부정적인 사고방식에 사로잡힌 히데부가 안쓰러웠다.

그럴까요? 요즘은 애니메이션을 좋아하는 여자도 꽤 많잖아요. 분명 말이 잘 통하는 여자가 있을 겁니다. 그리고 애니메이션 제작 회사나 애니메이션 상품을 주로 취급하는 가게 등 애니메이션 지식을 높게 평가해주는 업종도 있고요.

게이스케라면 이렇게 생각할 것이다. 무슨 일이든 좋은 면과 나쁜 면이 있다. 그렇다면 일부러라도 좋은 면을 봐야 마음이 편하지 않을까. 나쁜 면만 보면 좋을 게 하나도 없다.

▶ '히데부'는 『북두의 권』에 등장하는 악역 캐릭터가 지르는 비명 소리다. '지독한 뚱보(히도이 데부)'라는 뜻으로 볼 수도 있다.

─그럴까요? 정말로 그렇게 생각해요?

─애니메이션 숍에 면접시험 보러 가본 적 있어요?

─네? 없는데요.

─꼭 가봐요. 히데부 씨라면 분명히 붙을 거예요. 그럼 니트족◀
생활과도 작별할 수 있잖아요.

─그렇게 쉽지 않을 거예요.

도전해보지도 않고 비관적인 소리를 하는 히데부에게 약간
짜증이 났지만 인내력을 발휘해 간신히 억눌렀다. 상대는 불쌍
한 사람이니까 화를 내면 안 된다.

─아니에요. 그야 뭘 하든 잘 안 될 때도 있지만 반대로 뜻밖에
도 쉽사리 일이 진행될 때도 있으니까요. 지금까지 일이 잘 안 풀
릴 때가 많았죠? 히데부 씨는 운을 저금해둔 겁니다. 지금이라면
저금을 인출할 수 있을지도 모르잖아요.

─그런가.

─그렇다니까요. 시도해보지 않으면 모르잖아요. 애니메이션
숍 점원은 히데부 씨의 천직이에요.

다른 직업은 찾기 어렵다는 표현이 맞을 것이다. 애니메이
터가 되려면 전문학교에 다녀야 한다. 괴롭힘을 당하다 은둔형

▶ 일하지 않고 일할 의지도 없는 청년 무직자를 뜻하는 신조어.

외톨이가 된 히데부에게 애니메이션을 만들 기술은 없으리라. 소거법으로 따지면 유일하게 할 수 있는 일은 애니메이션 숍 점원뿐이다.

히데부는 바로 대답하지 않았다. 고민하는 모양이었다. 잠시 후 오늘 처음으로 보는 긍정적인 문장이 화면에 표시됐다. 게이스케는 그 문장을 보고 가슴을 쓸어내렸다.

알았어요. 애니메이션 숍 점원 자리가 있는지 찾아볼게요. 격려해줘서 고마워요, 도베 씨.

2

젊은 남자 두 명이 목소리를 높여 부르짖고 있었다. 게이스케는 걸음을 멈추고 귀를 기울였다. 남자들은 지진 피해로 부모를 잃은 아이들을 도와달라고 호소하고 있었다.

모금함을 끌어안은 두 사람은 사명감이 앞섰는지 지나가는 사람들이 눈살을 찌푸릴 만큼 크게 소리쳤다. 저래서야 다가가기 힘들 것이다. 가만히 지켜보았지만 돈을 넣는 사람은 아무도 없었다.

그들이 지진 피해로 고아가 된 아이들을 걱정하는 마음은 절절하게 느낄 수 있었다. 그런 모습을 보면서도 성가시다는 듯이 지나쳐가는 사람들을 보자 게이스케는 화가 치밀었다.

"잠깐만 있어봐."

동행에게 양해를 구하고 지갑을 꺼내며 남자들에게 다가갔다. 천 엔짜리를 꺼내 "고생 많으십니다" 하고 말을 붙였다. 남자들은 고함을 멈추고 거의 90도에 가깝게 허리를 숙이며 감격한 목소리로 "가, 감사합니다!" 하고 인사했다.

"힘내세요."

그렇게 덧붙여 말하고 모금함에 천 엔을 넣었다. 그러자 옆에서 누가 손을 뻗어서 오백 엔 동전을 모금함에 넣었다. 고개를 돌리자 동행 미와가 고개를 끄덕이고 있었다. 미와는 눈썹을 살짝 끌어올렸다.

"게이스케 씨랑 같이 다니면 평생 저축은 못 하겠네."

미와는 장난스럽게 말했다. 무리할 것 없다고 말하려 했지만 남자들이 다시 큰 소리로 감사 인사를 해서 쓴웃음이 나왔다. 미와와 함께 걸음을 옮겨 남자들과 어느 정도 멀어졌을 때 입을 열었다.

"늘 나한테 맞춰서 행동할 필요는 없어."

게이스케는 방금 전 같은 장면을 보면 도저히 그냥 지나치지 못한다. 지금까지 미와와 함께 있을 때 기부한 적이 몇 번 있었다. 게이스케가 기부하는데 가만히 있을 수 없어서 그런지 미와도 따라서 기부한다. 게이스케가 천 엔, 미와는 그 절반인 오백 엔. 균형이 잘 맞는다 싶었다.

"게이스케 씨는 그렇게 열심히 하는데 무시하고 지나가는 사람들에게 화가 난 거잖아."

미와가 날카롭게 지적했다. 티 낼 생각은 없었는데 민감하게 알아차린 모양이다. 게이스케는 미와가 총명한 여자라서 좋아했다.

"응, 되게 딱하지 않았어? 언제부터 거기 서 있었는지는 모르지만 그 남자들 앞을 지나간 사람이 적어도 백 명은 될 거야. 천 엔은 바라지도 않아. 그 사람들이 하다못해 백 엔씩만 도와주었다면 순식간에 만 엔이 모였을 거라고. 한 명 한 명의 힘은 작지만 모두 힘을 합치면 큰일을 이룰 수 있을 텐데. 백 엔도 아까워서 그냥 지나가는 사람이 그렇게 많다니 너무 냉담해."

허울 좋은 말이 아니라 진심으로 그렇게 생각했다. 일본에는 타인의 아픔에 무딘 사람이 놀랄 만큼 많다. 큰 재해가 발생한 직후에는 모두 함께 자원봉사나 기부를 하는 분위기가 들끓지만, 열광적인 분위기는 오래가지 않는다. 열기가 식으면 곤경에 처한 사람들로부터 모두 태연하게 눈을 돌린다. 게이스케는 그런 무딘 사람들에게 머릿속이 부글부글 끓어오를 만큼 분노를 느꼈다.

"보통 사람한테 기부는 꽤 벽이 높아. 좀 위선자 같은 느낌이 들잖아. 당당하게 천 엔이나 기부하는 게이스케 씨가 특별한 거야."

미와는 마치 자신이 비난받은 것처럼 미간을 찌푸리고 말했다. 분명 미와는 게이스케와 함께 있을 때만 기부를 할 것이다. 그래서 게이스케가 자신을 비판한 것처럼 받아들였다. 미안한 마음에 게이스케도 목소리를 낮추었다.

"알아. 기부하고 싶은 마음이 있어도 계기가 없어서 못 하는 사람들이 대부분이겠지. 하지만 그렇다고 모두가 '그냥' 지나치면 곤경에 처한 사람들은 아무 도움도 못 받는다고. 그러니까 하다못해 지나치는 사람들 중에 나 같은 사람이 십 퍼센트 정도라도 있으면 좋겠어."

"그러게. 게이스케 씨랑 함께 있으면 늘 내 행동을 되돌아보게 돼. 보통이라 여긴 행동이 잘못된 걸 알고 깜짝 놀랄 때가 많아. 게이스케 씨는 정말 대단해."

미와는 게이스케의 말을 순순하게 받아들인다. 그래서 게이스케도 자신의 의견을 솔직하게 꺼낼 수 있었다.

"대단하기는. 남들과 사고방식이 조금 다를 뿐이지. 다르다고 해서 그렇게 특별한 건 아니고. 의식하면 누구든지 깨달을 수 있을 거야."

"그게 어렵다니까."

미와는 왜 모르느냐고 투정하는 듯한 어조로 말했다. 물론 게이스케도 안다. 굳어진 사고방식을 바꾸기는 쉽지 않다. 남에게 베풀기는 더 어렵다. 하지만 그러한 일들이 쉬워지기를 진심으로 바랐다. 사람들의 사고방식이 게이스케처럼 바뀐다면 사회는 좀더 좋아질 것이다.

덧붙여 자신에게 정직해지자면 겸손한 태도를 보이며 미와에게 칭찬받는 것이 기분 좋기도 했다. 도가 지나친 겸손을 불쾌하게 받아들이는 사람도 있겠지만, 미와는 게이스케의 자존심을 적당히 살려주기 때문에 즐거웠다.

오늘은 미와와 미술 전시회를 보러 왔다. 그리 유명한 전시가 아닌데도 일요일이라서 그런지 사람들로 붐볐다. 사람들 뒤통수 사이로 전시물을 감상하다 보니 미술관을 나서자 조금 피곤했다. 좀 쉬고 싶어서 괜찮은 카페를 찾았다.

다행히 역 앞 카페에서 빈자리를 발견해 거기에 앉아 마실 것을 시켰다. 커피를 마시자 기분이 풀려서 방금 전 일은 머릿속에서 싹 날아갔다. 그런 일에 일일이 화를 내다가는 하루 종일 화를 내야 한다. 사회를 바꾸고 싶다는 마음은 있지만 일개인에게 한계가 있다는 것은 잘 알고 있었다.

"영어 회화 교실은 지금 몇 단계야?"

미와에게 물었다. 미와는 게이스케와 사귄 뒤로 게이스케에게 영향을 받아 영어 회화 공부를 시작했다. 게이스케는 고등학교와 대학교 때 어학연수를 다녀와서 일상 회화는 그럭저럭 가능했다.

"언제 물어보나 했네. 요전에 5단계로 올라갔어."

"우와, 빠르다."

미와는 평범한 학생이었으므로 실제로 써먹을 수 있는 회화 공부를 한 적은 없었다. 그래서 처음 영어 회화 교실에 등록했을 때 밑에서 두 번째 반에 들어갔다고 한다. 그런데 지금은 중간 정도까지 올라갔다. 회사를 다니면서 일과 상관없는 공부를 하려면 힘들 텐데 미와는 끈기 있게 공부를 계속했다.

"강사가 뭐라고 하는지 알아들으니까 재미있더라. 전에는 모르면서 대충 대답하고 넘어갈 때도 많았거든."

미와는 눈을 반짝이며 말했다. 천진난만한 말투에 그만 소리 내어 웃고 말았다.

"하하하. 공부할 때는 대충 넘어가는 게 제일 안 좋아. 모르면 모른다고 말해야지."

"그런 말을 못 하니까 일본인이지. 그 와중에 5단계까지 올라갔으니까 대단하잖아."

"암, 대단하지. 미와는 뭐든 자기 것으로 만드는 힘이 있어."

"지금까지는 뭐든지 수동적이었거든. 시키는 대로 잘하는 아이였으니까 공부는 그럭저럭 잘했어. 게이스케 씨처럼 나서서 새로운 일에 도전하려고 들지는 않았지만."

"나도 요즘은 바빠서 그럴 시간이 없어."

그게 요즘 게이스케의 고민이었다. 대형 상사에 입사하여 업무는 만족스러웠고 보람도 느꼈지만 자신의 시간이 줄어들었다. 야근이 많아서 귀가 시간이 늦어지는 바람에 토요일은 대개 오후까지 잔다. 일요일은 이렇게 미와랑 만나니까 새로이 공부할 시간이 전혀 없었다. 물론 봉사 활동을 할 시간을 낼 수도 없다. 그래서 하다못해 기부라도 부지런히 하는 것이다.

기부는 늘 길거리에서 직접 했다. 계좌 이체는 상대의 얼굴이 보이지 않아 보람이 없다. 역시 상대가 기뻐하는 모습을 보고 감사를 표하는 말을 들어야 남에게 베풀 수 있다. 원조란 그렇게 하는 법이라고 믿었다.

길거리에서 모금하는 사람에게 고액을 기부하지 않는 것도 그래서였다. 만 엔을 기부하면 크게 감격하겠지만 그때 한 번뿐이다. 천 엔을 열 번 기부하면 그만큼 감사받는 횟수도 늘어난다. 모금 활동은 대개 두 사람 이상이 모여서 하니까 적어도 스무 명이 기뻐하는 모습을 볼 수 있다. 수많은 사람이 기뻐하는 모습을 보려면 한 번에 많은 돈을 기부하는 것은 좋지 않다. 천 엔씩이 딱 적당하다.

돈을 내는 것에 그치지 않고 직접 봉사 활동을 하고 싶은 마음은 있었다. 하지만 도무지 실천하기가 힘들었다. 그래서 게이스케는 아무도 모르게 심적인 가책을 느꼈다. 돈을 내는 것도 봉사 정신을 실천하는 훌륭한 방법이라고 자신을 달래는 수밖에 없었다.

"게이스케 씨는 학창 시절에 공부 많이 했으니까 지금은 일만 해도 충분해. 난 아무것도 안 해서 사회인이 된 후에야 허둥지둥 공부하는 건데, 뭘."

미와는 그렇게 말하고 어깨를 살짝 움츠렸다. 사회에 나오고 나서도 스스로 나서서 공부하는 미와에게 호감이 갔다. 게이스케와 사귀면서 아무 영향도 받지 않을 여자였다면 애초에 좋아하지도 않았다. 미와가 향학심을 불태우는 한은 계속 사귈 수 있을 것 같았다.

"사회인이 된 후에 공부를 시작하는 게 더 힘들어. 미와가 존경스러워."

"정말? 좋아라. 고마워."

마치 선생님에게 칭찬받은 학생처럼 미와는 천진난만하게 기뻐했다. 그 모습이 참 귀여워 보였다.

3

애니메이션 숍 점원으로 채용됐어요!

모니터에 표시된 문장이 통통 튀는 듯한 느낌이었다. 만사에 부정적인 히데부가 마침내 스스로 행동에 나섰다. 게이스케는 정말 기뻤다.

— 잘됐네요. 뭐든지 일단 도전해보는 겁니다. 도전하기도 전에 포기하면 아무것도 바뀌지 않아요.

— 도베 씨 말이 옳아요. 부모님이 일류 기업 말고 다른 곳은 꿈도 꾸지 말라고 해서 애니메이션 숍에 취직할 생각은 해보지도 못했네요. 어디에도 취직하지 못해 니트족이 될 바에야 더 일찍 애니메이션 숍의 일자리를 찾아볼걸 그랬어요.

히데부의 부모는 분명 애니메이션에 편견을 가지고 그쪽 방면에서 직업을 찾다니 당치도 않다는 생각을 품었을 것이다. 하지만 히데부의 말처럼 그런 생각이 아들을 니트족으로 만들고 말았다. 이해심 없는 부모가 아들의 인생을 망쳤지만, 늦게나마 본인이 바라는 길에 다다라서 다행이었다. 자신의 격려로 히데부가 삶의 의욕을 되찾았다고 생각하자 게이스케는 끈기 있는 노력이 보답받은 기분이 들었다.

히데부는 지금 하는 일이 얼마나 즐거운지 혼자 신나게 떠들었다. 상품에 관한 지식이 풍부해 일을 배우는 한편으로 전부터 일하던 사람들에게 가르쳐줄 때도 많은 모양이었다. 아는 게 많아 모두들 떠받들어주는데, 이런 경험은 처음이라며 감격했다. 뚱뚱하고 땀을 많이 흘려서 다른 사람들이 모두 자신을 싫어할 것이라 믿은 모양이다. 사회에 나와서 인생관이 확 달라졌다는 느낌이 전해져 왔다.

—이렇게 즐겁게 살 수 있게 된 건 다 도베 씨 덕분이에요. 정말 감사합니다.

—제가 도움이 됐다니 기쁘네요. 하지만 히데부 씨를 바꾼 건 제 힘이 아니에요. 히데부 씨 자신의 힘이죠.

천부당만부당하다는 듯이 말했지만 속으로는 자신의 힘도 꽤 컸다고 자부했다. 히데부는 게이스케의 격려 덕분에 사회에 복귀했다. 한 사람의 인생을 좋은 방향으로 바꾸자 성취감이 느껴졌다. 이것이 도베가 맛본 쾌감이리라.

게이스케는 석 달 전에 도베라는 인물을 알게 되었다. 게이스케는 당시 SNS에다 세간에 분노하는 마음을 토해내고 있었다. 뭐든지 쉽게 잊어버리고 줏대 없이 남을 따라 하는 일본인의 성향에 관한 글이었다. 사회적 약자에게 초점을 맞춘 프로그램이 방송되면 한동안은 동정하는 여론이 높아진다. 하지만 그러한 분위기도 순식간에 자취를 감추고 사람들은 사회적 약자의 존재를 깨끗하게 잊어버린다. 사람들의 냉담한 처사를 도저히 참을 수 없어서 분노를 담아 SNS에 글을 올렸다.

정말 맞는 말씀입니다. 쉽게 잊는 건 장점이기도 합니다만, 잊어서는 안 되는 것까지 잊는 건 죄악이죠.

그런 댓글이 달렸다. 댓글을 단 사람의 이름은 도베. 처음 보는 닉네임이었다.

게이스케도 인터넷에서 자기 의견을 드러내는 것이 얼마나 위험한지는 잘 안다. 세상에는 제정신이 아닌 사람이 많다. 그런 사람들을 자극해서 귀찮은 논쟁이 벌어지면 골치 아프다. 그러므로 SNS에서는 친구와 친구의 친구까지만 글을 볼 수 있도록 설정해놓았다. 아마도 도베는 한 다리 건너서 왔으리라. 모르는 사람이 댓글을 남긴 적은 처음이라 순간 당황했지만 의견에 찬성해주어서 기뻤다.

찬성해주셔서 감사합니다. 이건 자기반성도 포함한 글이에요. 죄악을 저지르지 않도록 잊어서는 안 되는 일은 꼭 기억하고 싶네요.

상대가 어떤 사람인지 모르므로 별 탈 없을 댓글을 달았다. 자기반성도 포함했다고 적었지만, 게이스케는 약자의 존재를 한시도 잊어버린 적이 없다고 주저 없이 말할 수 있었다. 매달 만 엔이나 기부하는 사람이 일본에 얼마나 될까. 일본은 메이지유신과 제2차세계대전 이후에 급격한 사회적 변화를 겪은 탓에 인프라와 제도는 유럽 및 미국과 비등해도 정신적인 성숙이라는 면에서는 너무나 뒤떨어진다. 유럽과 미국의 명사들이 사회에 얼마나 공헌하는지 알게 되자 자국민의 낮은 국민성에 치가 떨렸다. 하다못해 자신만은 유럽과 미국의 명사들처럼 살아야겠다고 다짐했다.

도베의 개인 페이지에 들어가자 흥미로운 글들이 적혀 있었다. 도베는 짧은 문장에 주제를 압축한 글을 주기적으로 올렸다. 하나같이 논지가 명확하여 고개를 끄덕이게 될 때가 많았다. 예를 들어 일본인은 아는 사람에게는 잘해주지만 낯선 사람에게는 냉담하다는 지적이 있었다. 요즘 묻지 마 범죄가 늘어나서인지 모르는 사람과는 접촉하기 싫어하는 풍조가 더욱 강해졌다. 살벌한 사회 분위기의 영향을 받아 사람들의 성격에 모가 난 걸까, 사람들이 타인을 받아들이지 못해서 사회 분위기가 살벌해진 걸까. 닭이 먼저냐 달걀이 먼저냐 하는 문제이기는 하지만 사회가 변모한 것은 틀림없는 사실이며, 게이스케가 피부로 느낀 세태와도 일치했다.

이 사람과는 이야기가 통할 것 같았다. 게이스케가 관찰한 바, 사회에 문제의식을 가지고 있는 사람은 극히 적었다. 하루하루 살아가는 것이 고작이기 때문인지, 자신의 신변에 관한 일에만 상상력이 미치기 때문인지는 모르지만 거시적 관점으로 세상을 보는 사람은 전 국민의 십 퍼센트도 안 되었다. 선진국 중에서는 창피할 만큼 낮은 비율이다. 대학교와 회사에서 의견을 나눌 만한 사람을 찾지 못한 게이스케는 마침내 자신과 같은 유의 사람을 찾아냈다 싶었다.

글의 내용에 찬성하는 댓글을 남기고 친구 신청을 했다. 도베가 신청을 받아들여 친구가 되었다. 도베는 개인 페이지에 얼굴 사진을 올리지 않았고, 주소지도 막연하게 "일본"이라고만 써놓았다. 생년월일, 약력도 전혀 밝히지 않았으므로 어떤 사람인지 짐작이 가지 않았다. 그래도 글을 쓸 때는 말이 많으므로 도베의 사상은 이해할 수 있었다.

처음 한동안은 사소한 이야기만 나누었지만 얼마 지나지 않아 깊이 있는 화제도 꺼내게 되었다. 민주주의의 한계와 이를 극복하기 위한 방법은 무엇인가, 우매한 대중들이 주도하는 민주정치와 영명한 지배자가 주도하는 전제정치 중 어느 쪽이 더 행복한가 등등 지금까지 남과 한 번도 토론해본 적이 없는 주제도 나왔다. 도베의 논지는 언제나 흔들림 없이 명확했다. 계속 사색해온 끝에 도출한 의견인지 아니면 경험을 바탕으로 한 의견인지는 모른다. 다만 현재 일본 사회를 쌓아올린 밑바탕에 불만, 더 정확하게 말하자면 분노를 품고 있는 것은 분명했다.

도베 씨는 타인에게 차가운 현재 일본 사회를 바꾸려면 어떻게 해야 한다고 생각하세요?

어느 날 근본적인 질문을 해보았다. 그런 질문도 받아줄 만큼 서로 의견을 충분히 교환한 상태였다.

방관하지 않으면 됩니다. 일본인이 모두 그렇게 되면 사회는 변할 거예요.

마치 사전에 대답을 준비하기라도 한 것처럼 빠른 답변이었다. 게이스케도 지체 없이 다시 질문했다.

— 지당하신 말씀이지만 일본인 전체가 방관하지 않는 건 불가능할 겁니다. 방관자로 머물고자 하는 게 일본인의 특성 아닙니까.

— 맞습니다. 일본인은 결코 스스로 행동하지 않아요. 누가 채찍질하지 않는 한 움직이려 들지 않습니다.

— 그럼 누가 채찍질을 합니까, 정치가?

— 원래는 그렇겠죠. 하지만 정치가의 말에는 더이상 국민의 가슴을 파고드는 호소력이 없습니다. 기껏해야 현재 총리처럼 극론으로 적대감과 위기의식을 부추길 뿐이죠. 그건 정치가들에게 맡겨두면 그만이라는 마음을 사람들에게 심어주려는 수작에 지나지 않습니다. 국민들의 각성을 촉구하는 게 아니에요.

— 정치가가 안 된다면 재계 총수? 아니면 연예인인가요? 그것도 아니면 인기 있는 운동선수?

― 인기 있는 운동선수는 괜찮군요. 정치가가 말할 때보다 훨씬 많은 사람들이 귀를 기울일 겁니다. 하지만 유감스럽게도 사회를 좀더 나은 방향으로 이끌려고 하는 운동선수는 없습니다. 현명한 사람일수록 정치적 발언은 피하거든요.

― 그럼 어떻게 해야 할까요?

질문하면서 게이스케 스스로도 생각해봤지만 좋은 생각이 떠오르지 않았다. 차라리 자신이 정치가가 되면 어떨까 싶었지만, 정치가가 된다고 해서 강한 호소력이 생길 것 같지는 않았다.

― 우리 같은 평범한 인간이 사회를 바꾸기 위해서는 풀뿌리 운동을 펼치는 수밖에 없지 않겠습니까.

― 풀뿌리 운동?

즉, 자원봉사나 기부 같은 것 말인가. 평범한 결론이 나와서 게이스케는 가볍게 실망했다. 역시 도베도 더 좋은 생각은 없는 걸까.

제게는 당신과 이렇게 이야기를 나누는 게 풀뿌리 운동이죠. 당신은 뭔가 해야 한다고 생각하죠. 저와 이야기를 나누면서 그 마음이 더 강해지지 않았습니까? 그런 사람을 한 명씩 늘려가는 게 사회를 바꾸는 길이라고 생각합니다.

과연, 그렇구나. 도베의 보충 설명을 보자 이해가 갔다. 그렇다면 자신도 다른 사람과 비슷한 토론을 해야 할 것이다. 스스로 행동하는 사람을 육성하는 것이다. 일이 바쁘지만 그 정도라면 할 수 있을 것 같았다.

어떤 날은 도베가 먼저 이야기를 꺼냈다.

소규모 테러를 저지르는 사람들을 어떻게 생각하세요?

소규모 테러에는 게이스케도 관심을 품고 있었다. 사회적 약자가 절망한 끝에 폭발하여 일으키는 테러. 배려가 없는 사회에서 발생할 수밖에 없는 현상이라고 게이스케는 파악했다. 현재 일본에는 그들을 구제할 시스템이 없다. 오히려 재정지출을 억제하고자 약자를 저버리는 경향이 점점 강해지고 있었다.

— 그들의 부득이한 행동을 헛되이 해서는 안 됩니다. 하나하나만 따지면 그들이 저지른 짓은 국지적인 살인에 불과하죠. 하지만 그러한 행동을 소규모 테러라고 부름으로써 뭔가 바뀌지 않을까 기대합니다. 사회가 이렇게까지 망가졌다는 것을 많은 사람들이 깨달을 테니까요.

— 당신은 그들을 비난하지 않는군요.

— 살인은 용서할 수 없는 범죄 행위입니다. 하지만 그들이 그 정도까지 궁지에 몰린 배경에도 관심을 둬야겠죠.

솔직히 말하면 살인을 비난하는 마음보다 사회가 변할지도 모른다는 기대감이 더 컸다. 사람은 결국 죽는다. 병으로 죽을

지도 모르고 사고로 죽을지도 모른다. 사고는 언제 어느 때라도 일어날 수 있는 법이니 하루를 무사히 넘길 수 있느냐 없느냐는 그저 운의 문제. 소규모 테러에 희생된 사람은 운이 없었던 셈이니 동정하기 시작하면 한도 끝도 없다. 소규모 테러를 부정하는 것은, 교통사고로 죽는 사람이 많으니 자동차 생산을 중단하라고 하는 것이나 마찬가지다.

당신은 인정이 있군요. 당신 같은 사람이 많아지면 일본은 더 좋은 나라가 될 텐데.

도베는 그렇게 말해주었다. 게이스케는 도베가 자신을 진정으로 이해해주는 사람이라고 생각했다. 게이스케는 도베 같은 사람이야말로 더 많아지기를 바랐다.

도베 씨는 어떻게 생각하세요?

도베에게 되물었다. 물론 도베도 소규모 테러를 긍정적으로 보고 있으리라고 예상했다. 하지만 도베의 대답은 게이스케의 예상을 훨씬 뛰어넘었다.

저는 지금까지 수많은 사람의 등을 떠밀어주었습니다. 행동에 옮기려면 용기가 필요하죠. 누가 등을 떠밀어줘야 해요. 이게 제가 실천하는 풀뿌리 운동입니다.

한순간 무슨 뜻인지 이해가 가지 않았다. 잠시 생각하다가 도베가 테러를 사주한 적이 있다는 뜻임을 깨달았다. 게이스케는 머리가 잘 돌아간다고 자부해왔지만 지금은 말문이 막혔다. 도저히 할말이 떠오르지 않았다.

풀뿌리 운동이란 그런 의미였구나. 그제야 겨우 수긍이 갔다. 도베는 분명 방관자가 아니었다. 이미 행동하고 있었다.

혹시 도베 씨가 모든 소규모 테러의 배후자입니까?

키보드를 두드리는 손이 떨렸다. 자신이 지금 엄청난 인물과 접촉하고 있다는 사실을 느닷없이 깨달았다. 소규모 테러는 별개의 사건이라 여겨져왔다. 배후 인물이 있다는 이야기는 들어본 적이 없었다. 어쩌면 경찰조차 모를 수도 있다. 그런 중대한 사실을 지금 게이스케가 알아차렸다.

설마요. 저는 그저 약자를 동정하는 평범한 사람에 지나지 않습니다.

도베는 겸손을 떨었지만 말 그대로 받아들일 수는 없었다. 게이스케는 테러를 사주하는 사람이 있으리라고는 생각해본 적도 없었다. 자신과 같은 부류의 사람인 줄 알았던 도베가 실은 엄청나게 대단한 사람임을 알았다. 사회를 바꾸고자 행동하는 사람. 입만 놀렸던 자신과는 비교할 수도 없이 큰 그릇이다. 도베의 진정한 모습을 알자 게이스케는 가슴이 떨렸다. 무서워서 떨리는 건지 감명을 받아 떨리는 건지는 분명치 않았다.

―예전에 한번 말씀드렸죠. 뭔가를 해야 한다고 생각하는 사람

을 늘리는 게 사회를 바꾸는 길이라고. 당신은 이미 문제의식을 품고 있습니다. 그러니 당신도 약자의 등을 떠밀어줘야죠. 당신이라면 저보다 더 잘할 겁니다.

— 저도 누군가의 등을 떠밀어서 테러를 일으키라는 말씀이시군요.

— 그들은 사면초가 상태입니다. 방법은 이것밖에 없어요. 테러를 일으킴으로써 자신은 구제받지 못하더라도 같은 처지에 놓인 사람이 구제받을 수 있다는 사실을 가르쳐주는 겁니다. 그들은 기꺼이 레지스탕스가 되겠죠. 비정한 사회에 항의하는 레지스탕스가.

"레지스탕스……."

게이스케는 타자를 치는 것도 잊고 무심코 중얼거렸다. 사회에 항의하는 자. 그들이 바로 레지스탕스였음을 실감했다.

당신이라면 할 수 있습니다. 그러니 당신에게 도베라는 닉네임을 드리죠. 제 권유를 받고 수많은 약자가 일어섰습니다. 당신도 일어서야 합니다.

도베의 말은 모니터 화면에 표시될 뿐인데도 흡사 귓가에 대고 속삭이는 것처럼 게이스케를 강하게 매료시켰다. 사회를 바꾸기 위해 일어선다. '일어서다'라는 단순한 동사가 지금은 아주 힘있게 들렸다.

그리하여 게이스케는 도베라는 이름으로 활동하기 시작했다.

4

날씨가 좋아서 바다를 보러 가기로 했다. 미와하고 사귄 지 일 년이 좀 지났지만 도쿄만 하더라도 아직 가보지 못한 곳이 많다. 그런 곳을 하나하나 구경하다 보니 순식간에 일 년이 지나간 느낌이었다. 게이스케가 바다를 보러 가자고 하자 미와는 여느 때와 같이 두말없이 찬성해주었다.

JR 도쿄 역에서 게이요 선을 탔다. 일요일이라서 사람이 꽤 많았다. 가사이 임해 공원이나 도쿄 디즈니랜드에 가는지 아이가 있는 가족과 커플이 눈에 띄었다. 게이스케와 미와의 목적지는 가사이 임해 공원이었다.

좌석이 꽉 차 서 있는 사람이 있는 상태에서 전철이 출발했다. 급히 출발하지는 않았지만 차량이 흔들려 그 순간 아기가 울기 시작했다. 유모차에서 자고 있던 아기가 잠에서 깬 모양이다. 유모차 옆에 있던 엄마가 쪼그리고 앉아 아기를 달랬지만 울음을 멈추지 않자 안아 들었다.

"귀엽기는 하지만 아기를 데리고 나오려면 힘들겠다."

미와가 작은 목소리로 그렇게 말했다. 고개를 돌리자 아기를 보며 웃고 있었다. 어쩌면 아기를 달래는 아기 엄마의 모습에 미래의 자기 모습을 겹쳐 보았는지도 모른다. 게이스케도 막연하게나마 미와와의 결혼을 생각해본 적이 있었다.

아기 엄마는 말을 걸거나 창밖 경치를 보여주며 아기를 어르려고 애썼지만 아무 효과도 없었다. 배가 고픈 걸까, 아니면 볼일을 본 걸까. 아무튼 전철에 그리 오래 타고 있지는 않을 테니 아기 엄마는 내리고 나서 해결하려는 것 아닐까. 미혼 남성인 게이스케도 아기 엄마의 마음은 상상이 갔다.

다음 역에 도착한 후에도 아기는 울음을 그치지 않았다. 주변 사람들의 시선이 신경쓰였는지 아기 엄마는 아기를 유모차에 누이고 약간 당황한 손놀림으로 젖병에다 분유를 타기 시작했다. 전철이 흔들려서 아기가 먹을 만한 온도로 타기가 힘든 듯했다. 고생 끝에 젖병을 물리려고 했지만 아기는 분유를 먹으려고 하지 않았다. 배가 고픈 것이 아니었던 모양이다.

"오줌 쌌나?"

미와도 같은 생각이었던 듯하다. 미와뿐만 아니라 같은 칸에 타고 있던 사람들이 모두 아기와 엄마를 눈여겨보고 있었다.

"시끄러워 죽겠네."

아기 울음소리만 들리던 차량에 굵은 남자 목소리가 울려 퍼졌다. 게이스케가 아기와 엄마 반대쪽으로 눈을 돌리자 양복을 입은 사십 대 남자가 짜증난다는 듯이 다리를 달달 떨고 있었다. 단정한 옷차림으로 보건대 회사원 같았다. 남자는 다른 승객들이 쳐다보는데도 아랑곳없이 아기와 엄마에게 소리쳤다.

"민폐잖아. 못 달랠 것 같으면 다음 역에서 내려요."

공공 예절을 모르는 사람에게 훈계하는 듯한 말투였다. 남자는 하고 싶은 말을 다 했는지 팔짱을 끼고 눈을 감았다. 잠이 부족해서 이동중에 자투리 시간을 내어 자야 하는지도 모른다. 아니면 뭔가 생각할 일이라도 있다든가. 그럴 때 아기가 울면 방해가 되긴 할 테지만 너무 몰인정하다 싶기는 했다.

일본 남자의 전형이라고 게이스케는 느꼈다. 예전에 스톡홀름에 갔을 때 거리에 유모차를 밀고 다니는 여자들이 많은 것을 보고 놀랐다. 엘리베이터를 탈 때는 당연하다는 듯이 유모차를 끌고 나온 사람이 우선이었다. 스톡홀름의 아기 엄마들은 아기를 데리고 외출하는 걸 전혀 겁내지 않는다. 사회에 아량이 있어 아기 울음소리 정도로는 눈을 흘기며 눈치를 주지 않기 때문이다. 과연 세계에서 제일가는 복지사회답다고 게이스케는 몹시 감탄했다. 동시에 일본이 이 정도까지 성숙해지는 것은 백 년이 지나도 어렵지 않을까 싶었다.

아기와 엄마에게 차가운 말을 던진 남자에게도 어린 시절은 있을 텐데. 집에서 한 발짝도 나가지 않고 자란 걸까. 아기를 사회에서 함께 키운다는 의식이 없으니까 그저 민폐라고 느끼는 것이다. 이 냉혹함이 현재 일본 사회의 맨얼굴이라고 게이스케는 생각했다.

옆에서 갑자기 미와가 일어서 남자에게 성큼성큼 다가가더니 앞에 섰다. 게이스케는 어안이 벙벙해져 보고만 있었다.

"저기요."

미와가 남자를 불렀다. 남자는 눈을 뜨고 놀란 듯이 고개를 들었다. 미와는 싸늘한 눈으로 남자를 내려다보며 말했다.

"우는 아이 하나 감싸주지 못하는 나라는 망해요. 그렇게 쉬운 것도 몰라요? 여기 있는 모든 사람이 아저씨의 차가운 태도를 보고 눈살을 찌푸리고 있다고요."

미와는 턱을 움직여 주변을 둘러보라고 남자를 재촉했다. 남자는 미와를 따라서 고개를 돌렸다. 승객들의 시선은 당연히 미와와 남자에게 집중되어 있었다. 방금 전까지는 남의 시선에 신경도 안 쓰더니, 이번에는 눈총이 따가웠는지 눈을 돌리고 고개를 숙였다.

"시끄럽잖아."

그렇게 대꾸하는 게 고작이었다. 미와는 다시 턱을 움직여 문을 가리켰다.

"아기 울음소리가 시끄러우면 아저씨가 다음 역에서 내려요."

미와의 강경한 말에 게이스케도 놀랐다. 이 정도면 남자도 꽤나 화가 날 것이다. 미와에게 폭력을 휘두를지도 모른다. 그때는 자신이 구해야겠다 싶어서 게이스케는 몸을 반쯤 일으켰다.

하지만 남자는 더 작아진 목소리로 "시끄러워" 하고 대꾸할 뿐 폭력을 행사하려고 들지는 않았다. 미와는 남자 앞에서 물러나 게이스케 옆으로 돌아왔다. 아기 엄마는 "감사합니다" 하고 말하며 몇 번이고 고개를 숙였다.

"걱정 마세요. 저 아저씨 말고는 아무도 민폐라고 생각하는 사람 없어요."

미와가 큰 소리로 말하자 사방에서 큭큭 웃는 소리가 들렸다. 남자는 얼굴이 벌게졌지만 아무 말도 하지 않았다. 그리고 전철이 다음 역에 멈추자 달아나듯이 내렸다.

"대단하다, 미와. 무섭지 않았어?"

남자는 내렸지만 저도 모르게 목소리가 작아졌다. 배짱 있는 미와와 비교해 스스로가 한심하다는 생각이 들었다.

"무서웠지만 화가 나서 참을 수 없었어."

미와는 딱딱한 미소를 지었다. 이제야 공포가 솟아오른 모양이었다. 아까는 용기를 쥐어짜 행동한 것이리라.

"나도 너무하다 싶었어. 하지만 흔한 일이지. 저런 사람이 세상에서 싹 사라지면 일본 사회도 훨씬 나아질 텐데."

"사회가 냉혹해졌다고 게이스케 씨가 자주 그랬잖아. 그 냉혹함을 실제로 맛봤어. 나, 예전 같았으면 그런 소리 못 했을 거야. 게이스케 씨를 만나서 생각이 깊어진 덕분에 말할 수 있었어. 예전이었으면 아기 엄마가 가엽다고 여기면서도 아무것도 안 했을 거야. 게이스케 씨 영향으로 행동할 수 있게 된 거지."

미와는 그렇게 말해주었지만 귀가 약간 따가웠다. 게이스케는 행동하려 들지 않았기 때문이다. 불쾌하기는 했지만 남자에게 따끔하게 주의를 줄 생각은 없었다. 그저 스웨덴 사회와 비교하며 어처구니없어할 뿐이었다.

게이스케는 도베의 이름을 이어받아 사회를 바꾸기 위해 실제로 행동하고 있다고 자부했다. 하지만 돌이켜보니 게이스케는 그저 말로 약자들을 선동하고 있을 뿐이었다. 몸을 직접 움직이지 않는다는 점에서는 봉사 활동을 하지 않고 기부만 하는 것과 마찬가지다. 시간이 없으니까 어쩔 수 없다는 자기변호는 스스로 듣기에도 변명 같아서 민망했다.

지금도 그렇다. 게이스케가 평소 내놓는 의견에 감화된 미와는 즉시 행동에 나섰는데 정작 게이스케는 몸을 반쯤 일으켰을 뿐이다. 입만 살았다는 비판적인 표현이 머리를 스쳐서 기분이 언짢아졌다. 고개를 저으며 그런 생각을 떨쳐냈다.

가사이 임해 공원 역에 도착하여 전철에서 내렸다. 역에서부터 걸어서 공원을 가로질러 인공 해변에 도착했다. 수평선이 한눈에 들어오는 경치에 미와는 환성을 지르며 구두를 벗고 물에 들어갔다. 그 모습은 아까 전에 남자에게 핀잔을 줄 때와는 백팔십도 다르게 순진무구했다. 이것이 미와의 진짜 모습이라고 게이스케는 생각했다.

미와하고는 회사에서 만났다. 삼 년 아래 후배였다. 미와는 콧대가 오뚝하고 예쁘게 생겼지만 키가 173센티미터라 그런지 접근하는 남자가 별로 없었다. 나란히 서면 기가 죽는 모양이었다. 하지만 180센티미터인 게이스케에게는 신경쓰일 정도는 아니었다.

큰 키가 콤플렉스였는지 미와는 만사에 조심스러웠다. 되도록 눈에 띄지 않도록 몸을 웅크리고 다니곤 했다. 게이스케는 그러한 조신한 몸가짐에 호감이 갔다. 회사 회식을 마치고 돌아가는 길에 둘이서 한잔 더 하자고 제안하자 미와는 선선히 응했다. 나중에 들었는데 자기보다 키가 큰 게이스케를 보고 안도감이 들었다고 한다. 같이 술 한잔 더 하자는 말을 듣고 기뻤다고 미와는 말했다.

게이스케의 회사는 보수적인 구석이 있어서 일반직 여사원은 남자 사원의 신부 후보로 채용한다. 그런 발상에 반발심이 들었는데도 결과적으로는 회사가 의도한 대로 여자 후배와 사귀게 되었다. 이대로 결혼한다는 미래도 게이스케는 머릿속에 그려보았다. 아이가 태어나면 우리를 닮아 키가 크겠지.

"시원해서 기분 좋아. 들어와."

바짓자락을 무릎까지 걷어올린 미와가 손짓했다. 게이스케는 고개를 끄덕이고 맨발로 달려갔다.

5

어느 틈엔가 히데부의 말에 다시 부정적인 기운이 섞여들었다. 처음에는 일이 즐거웠지만 서서히 힘든 면이 눈에 들어오는 모양이었다. 사회에 나가면 그야 당연한 일이지만 지금까지 아르바이트밖에 해본 적이 없었던 히데부는 억울한 모양이었다. 오늘도 히데부는 동료에 대한 불만을 꺼냈다.

어떤 사람은 상하 관계가 전부인 모양이에요. 부하에게 배우는 게 엄청 굴욕인가 봐요.

뭐니 뭐니 해도 히데부의 장점은 애니메이션에 관한 풍부한 지식이다. 아르바이트로 번 돈을 대부분 블루레이와 피규어에

쏟아부은 만큼 상품들도 잘 안다. 처음엔 그러한 지식 덕분에
대우받았지만 아무래도 상황이 바뀐 것 같았다.

　뭐라고 했는데요?

　관심을 보이자 히데부는 잘 물어보았다는 듯이 속사포처럼
이야기를 쏟아냈다.

　—신작 블루레이에 결함이 있었어요. 음성이 일부 녹음되지 않
은 거죠. 인터넷 애니메이션 게시판에서 야단이 났으니 틀림없어
요. 어차피 나중에 교환해줘야 할 테니 가게에 진열하지 않는 게
낫겠더라고요. 그런데 점장은 제조사에서 아무 지시도 없었으니
미리 나서서 그럴 것 없다면서 손님한테 불량품을 팔았어요. 너무
하지 않나요?

　—제조사의 대응이 늦었나요?

　—다음날에 판매를 중지하라는 지시가 내려왔어요. 하지만 인
기 블루레이라서 지시가 내려오기 전에 열 장도 넘게 팔렸다고요.
불량품인 줄 알고도 팔았으니까 만약 제가 그걸 산 손님이라면 엄
청 열받을 거예요. 교환하는 것도 일이잖아요.

　히데부의 말은 틀리지 않았다. 그래서 이때는 점장의 일 처
리가 잘못되었다고 맞장구를 쳐주었다.

　며칠 후에 히데부가 또 푸념을 늘어놓았다.

　—우리 가게도 성과급으로 바뀌면 좋을 텐데.

—그럼 히데부 씨의 월급이 높아지니까요?

—그럼요. 지금은 저보다 일도 못하는 사람이 오래 일했다는 이유로 저보다 시급이 높거든요. 의욕이 확 떨어진다니까요.

—무슨 일 있었습니까?

물어보니 히데부는 정말 화가 치민다는 듯이 긴 글을 썼다.

한 손님이 선배 점원에게 문의했다. 가게에 자신이 찾는 애니메이션 캐릭터 피규어가 없어 그 이유를 물은 것이다.

그 캐릭터 피규어는 두 종류가 출시될 예정이었다. 하지만 현재 한 종류만 나오고 다른 하나는 출시가 늦어졌다. 아무래도 선배는 그 사실을 모르는 듯 이미 출시되었다는 말만 되풀이했다. 그래서 히데부가 끼어들어 손님에게 사정을 설명했다. 선배는 그게 기분 나빴던 모양이다.

손님 앞에서는 말조심하라고 생트집을 잡잖아요. 자기가 실수해놓고 순 억지를 부리다니 너무하지 않아요?

말조심이라. 히데부의 이야기밖에 못 들었으므로 뭐라고 판단을 내리기 힘들었다. 히데부는 사회성이 모자라 선배에게 건방진 말투를 썼는지도 모른다. 히데부 성격이라면 지식이 없는 사람을 바보 취급하는 말을 아무렇지도 않게 내뱉을 만도 하다.

—뭐라고 하셨는데요?

— 그야, 공부 좀더 하라고 했죠. 당연한 지적이잖아요.

이 또한 틀린 말은 아니지만 손님 앞에서 그런 말을 들은 선배가 화를 낸 것도 이해는 갔다. 손님 앞이 아니었어도 마음에 들지 않았으리라. 대인 관계를 유지하는 방법을 좀더 배우지 않으면 머지않아 히데부에게 직장은 숨막히는 공간이 될 것이다. 게이스케는 걱정됐다.

걱정은 얼마 지나지 않아 적중했다. 게이스케가 SNS에 접속하자 바로 히데부가 징징거리며 매달렸다.

— 도베 씨, 직장 왕따라는 게 정말로 있군요. 어른인데도 그런 짓을 하는 사람이 있다니 믿기지가 않아요.

— 괴롭힘을 당했습니까?

— 모두가 무시해요.

저도 모르게 모니터에다 어휴, 하고 한숨을 내쉬었다. 결국 그렇게 됐구나. 애니메이션을 잘 안닦시고 동료들에게 잘난 척한 것 아닐까. 그렇지 않고서야 모두에게 무시당할 리 없다. 자세한 이야기를 듣기도 전에 무슨 상황일지 대충 상상이 갔다.

이번에는 손님을 상대로 말썽을 일으킨 모양이다. 블루레이를 사러 온 손님과 말다툼을 했다고 한다.

그 애니메이션 블루레이 시리즈에는 지금까지 사은품으로 트레이딩 카드가 두 장 들어 있었어요. 이번 블루레이는 특별판이랑 일반판 두 종류가 나왔는데 특별판에는 트레이딩 카드가 한 장만 들어 있어요. 그런데 그 손님이 찾아와서 불량품이니까 트레이딩 카드를 한 장 더 내놓으라고 하잖아요. 제조사 홈페이지를 보면 특별판에 트레이딩 카드가 한 장만 들었다는 걸 알 텐데.

이번에도 히데부 말이 맞을 것이다. 그렇다면 왜 다른 점원에게 무시당하는 사태가 발생한 걸까. 혹시 손님한테도 건방지게 군 것 아닐까?

— 히데부 씨, 손님을 대하는 태도가 잘못됐다고 주의받았나요?

— 예. 잘못한 건 그쪽인데도요.

히데부는 모든 일에 정답과 오답밖에 없다고 생각하는 것이리라. 하지만 정답은 상황에 따라 달라진다. 하물며 손님을 대하는 장사라면 설령 점원이 옳더라도 손님의 주장에 귀를 기울여야 할 때가 있다. 그리고 맞는 말이라 할지라도 말투 하나로 상대의 반응은 달라진다. 남이 잘 알아듣도록 히데부가 상냥하게 설명하는 모습은 상상이 되지 않았다.

불쌍한 사람이다. 히데부는 사회 부적응자다. 좋아하는 애니메이션에 관련된 직장이라도 동료랑 손님과 불협화음을 일으킨다면 더는 사회 생활을 계속해나갈 수 없을 것이다. 다시 사회에서 낙오된 니트족으로 돌아갈 것인가. 일본에 히데부를 받아줄 곳은 없다.

　아, 이제 때려치우고 싶다.

　히데부가 볼멘소리를 내뱉었다. 언젠가 이 말이 튀어나올 줄
은 알았지만 설마 일을 시작한 지 한 달 보름 만에 그럴 줄은
몰랐다. 끈기가 없는 데도 정도가 있지만, 게이스케는 그런 모
습조차 불쌍했다.

　그만두고 어쩌시려고요?

　물어봐도 뾰족한 수가 없다는 것은 알고 있었다. 그래도 본
인의 마음을 확인하고 싶었다.

　다른 애니메이션 숍을 찾아볼까 싶기도 하고.

　그것도 방법이기는 했다. 하지만 가게를 옮겨도 결국 결과는
똑같을 것이다. 히데부가 성격을 바꾼다면 다행이지만 분명 안
될 것이다. 성격을 쉽게 바꿀 수 있다면 히데부가 지금 이 꼴로
살 리 없다.

　히데부 씨가 정말 불쌍합니다.

　게이스케는 그렇게 썼다. 진심이었다. 히데부는 앞으로 누구
에게도 인정받지 못하며 살아갈 것이다. 친구도 연인도 없이,
주변 사람과 어울리지 못하고 애니메이션만이 인생의 낙인 인
생. 자신이라면 도저히 못 견딜 것이다. 히데부가 자기 인생을
타인을 위해 쓴다면, 그 방법은 단 하나뿐이었다.

― 히데부 씨는 사회에서 떠밀려났습니다. 그건 일본 사회에 관용이 없기 때문이에요. 일본은 세계 여러 나라에 비해 유독 동질성이 강한 사회를 형성했습니다. 불평등이 만연하고 이질적인 사람을 배제하는 사회죠. 그래서 약자에게 차갑고, 재능 있는 사람을 시기하고, 평범함을 중요시하죠. 일본 사회에서 히데부 씨가 살아갈 곳은 없을 겁니다.

　― 예? 없다고요?

　히데부는 게이스케의 지적에 새삼스레 놀란 모양이다. 자각이 없었나 싶어서 무심결에 쓴웃음이 났다.

　― 확실히 말하겠습니다. 히데부 씨는 남과 의사소통하는 능력이 모자란 것 같아요. 하지만 그건 히데부 씨 잘못이 아닙니다. 제가 관찰한 바로는 선천적인 듯해요. 선천적으로 능력이 부족한 사람을 내치는 사회는 좋은 사회가 아닙니다. 시각장애인에게 배타적인 사회, 청각과 언어장애인에게 배타적인 사회, 휠체어를 타는 사람에게 배타적인 사회, 이 얼마나 냉혹합니까. 하지만 일본은 그런 사회로 변했습니다. 의사소통 능력이 없는 히데부 씨도 배척당하고 있어요. 이런 사회는 반드시 뜯어고쳐야 합니다.

　― 어떻게요?

　게이스케가 갑자기 열변을 토하자 히데부는 당황한 것 같았다. 무리도 아니다. 하지만 시간이 지나면 이해할 것이다. 게이스케는 말을 이었다.

— 저는 기부를 자주 합니다. 큰돈을 내는 건 아니고요. 기껏해야 한 번에 천 엔이죠. 하지만 한 명 한 명의 기부액은 작더라도 수많은 사람의 성의가 모이면 큰돈이 됩니다. 저는 그렇듯 착착 쌓이는 성의 중 하나가 되려고 합니다. 히데부 씨도 작은 버팀돌 가운데 하나가 되어야 해요.

— 예? 도대체 무슨 말인지…….

아직 못 알아들었나? 안달이 났지만 이해력이 모자라는 것도 불쌍하기는 마찬가지다. 게이스케는 참을성 있게 설명을 계속했다.

— 냉혹한 사회에 분노를 느끼고 행동에 나서는 사람이 나타나고 있습니다. 그들 각자의 용기 있는 행동은 작은 파문에 불과했지만 수가 늘어나자 지금은 사회 현상으로 발전했습니다. 기꺼이 제 한몸을 바치는 그들의 용기 있는 행동은 언제가 반드시 이 차가운 사회를 바꿀 겁니다.

— 소규모 테러 말인가요?

히데부의 답변은 시간이 꽤 흐른 뒤에야 모니터 화면에 표시됐다. 생각에 잠긴 모양이었다. 게이스케는 직접적인 언급을 피했다.

— 저는 용기 있는 그들을 존경합니다. 그들의 희생으로 이 차

가운 사회가 따뜻한 사회로 바뀌기를 기원합니다.

ㅡ사회가 냉담한 탓에 제가 무시당하는 거로군요. 저는 잘못이 없어요.

잠시 침묵이 흐른 후에 히데부는 마치 매달리는 듯한 느낌의 글을 썼다. 그 말이 맞다고 게이스케는 고개를 끄덕였다.

ㅡ물론이죠. 히데부 씨에게는 아무 잘못도 없습니다.

히데부가 자꾸 생각에 잠겨 그날 대화는 일찍 끝냈다. 히데부가 용기를 낼 수 있을까. 그의 등을 제대로 떠밀어준 걸까. 물러터진 히데부는 행동에 나서지 못할지도 모른다. 히데부에게 있어 불행한 일이지만 게이스케가 해줄 수 있는 일은 더이상 없었다. 이제는 히데부에게 달렸다.

그다음 주에 스마트폰으로 뉴스 사이트를 보다가 놀랐다. 이케부쿠로의 한 애니메이션 숍에서 점원이 서바이벌 나이프를 휘둘러 점장과 손님 몇 명을 살상했다는 기사가 있었다. 히데부라는 사실을 직감했다. 히데부가 일하는 애니메이션 숍은 이케부쿠로에 있다.

드디어 저질렀구나. 게이스케는 뜻밖의 감정에 사로잡혔다. 히데부에게 그럴 용기는 없다고 얕보았는데, 사람 보는 눈이 없었다고 반성했다. 잘해냈다고 히데부를 칭찬하고 싶었지만 더는 그럴 기회가 없어서 아쉬웠다.

기사에 따르면 범인은 점장과 손님 한 명을 찔러 죽이고 손님 다섯 명에게 부상을 입힌 후 경동맥을 그어 자살을 꾀했다고 한다. 바로 병원으로 옮겼지만 의식불명의 중태라고 한다. 자기 목에 서바이벌 나이프를 대고 눈물을 흘리며 마지막 용기를 쥐어짜내는 히데부를 상상했다. 너무나 애처로워 게이스케는 히데부를 위해서 울었다.

6

약속 장소인 카페에 도착하자 미와는 벌써 와 있었다. 하지만 게이스케가 온 줄도 모르고 열심히 책을 읽고 있었다. 다가가서 "오래 기다렸어?" 하고 말을 걸었더니 미와는 놀란 듯이 고개를 들었다.

"아, 미안. 온 줄도 몰랐네."

"뭘 그렇게 열심히 읽어?"

맞은편 의자에 앉으며 물었다. 미와는 책을 덮고 재빨리 가방에 넣었다.

"응, 캄보디아의 교육제도에 흥미가 좀 있어서."

"캄보디아? 거긴 또 왜?"

"난 지금까지 진짜 평범한 여자로 살아왔어." 미와는 입을 살짝 내밀고 어깨를 움츠렸다. "패션, 화장이나 맛있는 음식 같은 거에만 관심이 있었지. 하지만 게이스케 씨와 사귄 후로 그런 내가 부끄러워졌어. 더 다양한 일에 관심을 가져야겠다 싶어서 공부하는 거야."

"아, 그렇구나. 내가 미와한테 좋은 영향을 끼쳤다면 다행이지만, 캄보디아라니 흥미의 폭이 아주 넓어졌네."

"헤헤. 캄보디아가 어디 있는지도 몰랐으니까 극단적이지."

미와는 쑥스러운 듯 웬일로 눈을 맞추려고 하지 않았다. 서둘러 메뉴를 집어 들고 주문을 재촉하는 바람에 캄보디아 이야기는 그걸로 끝났다.

"게이스케 씨에게 삶의 보람은 뭐야?"

주문하고 나자 미와가 갑자기 질문을 던졌다. 질문의 의도를 몰랐던데다 질문 그 자체에도 허를 찔려서 대답이 바로 나오지 않았다. 삶의 보람이라. 곰곰이 생각해보아도 떠오르지 않았다. 미와가 기대에 찬 눈으로 자신을 똑바로 보고 있었으므로 간신히 대답을 짜냈다.

"글쎄, 열심히 일해서 사회에 도움이 되는 거? 남에게 직접 도움이 된다면 더 기쁘겠지."

삶의 보람이라기보다는 일상의 신조 같은 것이기는 했지만 미와는 고개를 끄덕였다.

"사회에 도움이 되는 거라……."

아득한 곳을 바라보는 눈빛으로 말했다.

"게이스케 씨는 좋겠다. 일 자체가 사회의 움직임과 직결되니까. 나는 차나 타다 바치는 게 다인데."

"차나 타다 바치다니, 그렇게까지 비하할 것 없잖아. 여사원의 뒷바라지가 없으면 우리도 힘을 발휘할 수 없는걸."

뼈가 든 미와의 말에 약간 불안해져서 달랬다. 미와는 회사에서 하는 일이 불만이었나. 사귄 지 일 년도 넘었는데 처음 알았다.

"내 잘못이지 뭐. 취직할 때는 종합직◀이 되려는 생각이 전혀 없었으니까."

미와는 입을 삐죽거리며 우스꽝스러운 표정을 지었다. 미와가 무슨 생각을 하는지 몰라 일단 떠오르는 대로 말을 꺼내보았다.

"지금 업무가 불만이면 종합직 전환 시험을 쳐봐. 매년 종합직으로 옮기는 여사원이 몇 명씩 나오잖아."

사실 별로 권하고 싶지 않았다. 미와가 종합직이 되면 그만

▶ 중요한 업무를 담당하여 장차 관리직이나 임원이 될 수 있는 직무층.

큰 결혼이 늦어질 것이다. 어쩌면 결혼하기 힘들어질지도 모른다. 둘 다 고된 업무에 시달리다 보면 사이가 멀어질 수도 있기 때문이다.

"그것도 생각해봤는데 지금처럼 의식 수준이 낮은 상태로는 안 될 것 같아. 나, 정말 아무것도 모르니까."

"그런 자각을 가지고 이런저런 공부를 하고 있으니까 아무 생각도 없는 사람에 비하면 훨씬 대단하지."

"게이스케 씨는 참 상냥해. 하지만 투정을 너무 받아주면 안 돼."

미와는 그렇게 말했다. 마침 그때 마실 것이 나와서 이야기가 중단됐다. 그후로 미와는 껄끄러운 이야기를 꺼내지 않았다. 언제나처럼 놀러갔다가 밤 11시 넘어서 헤어졌다.

그때 이후로 데이트를 거절하는 횟수가 늘었다. 미와는 미안해하면서도 "나, 지금 공부중이거든" 하고 밝은 목소리로 말했다. 무슨 공부를 하느냐고 물었지만 언젠가 말해주겠다고 얼버무릴 뿐 알려주지 않았다. 진심으로 종합직이 되려나 보다고 게이스케는 추측했다.

삼 주 만에 일요일에 만났을 때 특별한 변화는 없었다. 평소와 다름없이 명랑했다. 종합직 시험을 칠 거냐고 묻자 그럴 생각은 없다고 했다. 그렇다면 무슨 자격증을 따려고 공부하는 노양이었지만 억지로 캐묻지는 않았다. 미와라면 언젠가 스스로 가르쳐줄 것이기 때문이었다.

그리고 한 달이 더 지났다. 중요한 이야기가 있다며 미와가 메일을 보냈다. 무슨 공부를 하고 있는지 드디어 가르쳐주려나 보다고 게이스케는 추측했다. 어쩌면 회사를 그만둘 작정인지도 모른다.

카페에 또 미와가 먼저 와 있었다. 이번에는 책을 읽는 대신 탁자 위에 무슨 팸플릿 같은 것을 놓아두었다. 미와는 게이스케를 보고 손을 흔들었지만 표정은 딱딱해 보였다.

탁자를 사이에 두고 맞은편에 앉아 팸플릿에 눈길을 떨어뜨렸다. 예상치도 못한 글자가 눈에 들어와서 당황스러웠다. 설마, 하고 미와의 얼굴을 보았다.

"뭐야 이거? 여기에 참가한다는 이야기는 아니겠지?"

"역시 게이스케 씨야. 쿵 하면 짝 하고 이해해주는구나."

"뭐? 참가하려고?"

팸플릿에는 "국제 봉사 활동 NGO"라고 씌어 있었다. 여러 나라 이름이 줄지어 있었는데 물론 선진국은 아니다. 게이스케가 보기에는 관광조차 내키지 않는 나라가 대부분이었다.

"다양한 국제워크캠프가 있는데, 난 캄보디아의 교육 환경을 개선하기 위한 캠프에 참가하려고. 여성의 지위 향상에 도움이 된다면 특히 더 기쁠 거야."

말문이 막혔다. 그래서 저번에 캄보디아에 관한 책을 읽고 있었구나. 왜 하필이면 캄보디아일까. 봉사 활동은 일본에서 해도 되지 않나.

"늘 말하지만 난 게이스케 씨를 만나고 정말 인생관이 변했어. 풍족한 일본에서 풍족한 줄도 모르고 빈둥빈둥 살아온 게 정말로 창피해. 지금까지 말한 적 없지만 나도 뭔가 해야 한다 싶어서 애가 탔어. 하지만 게이스케 씨 같은 능력은 없으니까 일단 공부를 했고, 모자란 부분은 배짱과 끈기로 채우면 되겠지. 그래서 캠프에 참가하기로 결심했어. 캄보디아는 영어를 아주 잘하지 못해도 괜찮은 모양이니까."

"그, 그렇구나."

얼빠진 대답밖에 나오지 않았다. 게이스케의 영향으로 의식이 변한 건 바람직한 일이지만 행동력이 너무 강한 것 아닐까. 캄보디아에서 봉사 활동을 하다니, 게이스케는 상상해본 적도 없었다. 아니, 일본에서조차 봉사 활동에 참가한 적이 단 한 번도 없었다. 미와의 과감한 결의를 듣고 입이 떡 벌어질 만큼 놀랐다.

"이왕 갈 거면 잠깐 갔다가 돌아오기는 싫어. 중장기 캠프에 참가할 생각이야. 그래서 말인데……."

거기서 일단 말을 끊은 미와의 표정이 흐려졌다. 게이스케는 미와가 무슨 말을 하려는지 짐작이 갔지만 이런 말을 들을 날이 올 줄은 꿈에도 몰랐으므로 아무 반응도 하지 못했다.

"너무 염치없으니까 기다려달라는 말은 안 할게. 다만 이것만은 알아줘. 게이스케 씨를 만나서 정말 다행이야. 인생이 좋은 방향으로 변했으니까. 게이스케 씨와 만나지 않았다면 분명 평범한 전업주부가 돼서 캄보디아의 교육 사정도, 여성 차별 실태도 모르고 일생을 마쳤겠지. 게이스케 씨가 내 시야를 넓혀줬어. 그러니까……."

미와는 떨리는 목소리로 말하다가 고개를 푹 숙였다. 게이스케는 여전히 할말을 찾지 못했다. 미와가 바로 눈앞에 있는데도 저멀리서 목소리가 들려오는 것 같았다.

이별하자는 이야기인가. 멍한 머리로 생각했다. 미와가 이별 이야기를 꺼낸 건가. 언젠가 결혼할 줄 알았는데. 미와도 아무런 의문 없이 그런 미래를 꿈꾸는 줄 알았는데.

버려진 건가. 아니, 그렇지 않다. 뒤처진 것이다. 미와는 게이스케에게 영향을 받은 덕분이라고 했지만, 게이스케보다 먼저 저멀리 달려갔다. 게이스케가 일이 바쁘다는 핑계로 아무것도 하지 않는 사이에 미와는 천 엔짜리 기부보다 훨씬 훌륭한 결단을 내렸다. 평범하고 근시안적인 여자라고 믿었던 미와가.

그래서 결혼 상대로 더할 나위 없었던 미와가.

입만 살았다는 표현이 또 머릿속에 떠올랐다. 스스로 소규모 테러를 저지를 용기는커녕 전철에서 인정머리 없는 말을 하는 사람에게 주의를 줄 용기도 없는 입만 산 남자. 이번 자기비판은 머리를 흔드는 정도로는 떨쳐낼 수 없을 것 같았다.

가와부치 마유미의 경우

1

실은 두 번째 인물이었습니다, 하고 아나운서가 말했을 때 가와부치 마유미는 멍하니 텔레비전 화면을 보고 있었다.

그다지 집중해서 보는 것은 아니었다. 마침 남편과 할말이 없어져 눈을 돌렸을 뿐이다. 결혼한 지 삼 년쯤 되면 하루 종일 떠들 만큼 할말이 그렇게 많지는 않다. 특히 아침에는 새로운 이야깃거리가 없으니 둘이서 조용히 텔레비전을 보며 방송에 나온 내용을 잠깐 언급하는 정도다. 흥미가 없는 뉴스는 흘려듣는다.

소규모 테러의 배후 인물이 체포되었지만 그가 실은 두 번째 인물이었다는 것이 뉴스 내용이었다. 소규모 테러에 배후가 있었다는 것 자체가 놀라운데 두 번째 인물이라니 도대체 무슨 뜻일까. 바로 이해가 되지 않아서 남편 마사아키에게 눈을 돌리자 진지한 표정으로 화면을 주시하고 있었다. 바쁜 아침 시간인데 젓가락질을 멈췄을 정도다. 그 모습에 놀랐지만 마유미는 다시 뉴스로 주의를 돌렸다.

보도에 따르면 경찰은 첫 번째 배후자를 체포한 사실을 발표하지 않았다고 한다. 조직이 관여했을지도 몰라서 덮어두었던 모양이다. 하지만 그런 비밀주의는 용인할 수 없다며 패널은 울분을 토했다. 소규모 테러는 이제 전 국민을 위협하는 사태이니만큼 수사에 진전이 있었다면 바로 발표해야 한다. 정보 공개에 소극적인 경찰의 태도를 바로잡아야 한다고 패널은 몇 분이나 언성을 높였다.

"배후 인물이 있었구나. 소규모 테러는 자포자기한 사람들이 멋대로 저지르는 짓인 줄 알았어."

마유미는 떠오른 감상을 그대로 입에 담았다. 매일 이런 식으로 마사아키와 대화가 시작된다. 평소와 다름없는 잡담이고, 남편은 사회의 동향에 독자적인 견해가 있을 테니 당장이라도 입을 열 줄 알았다.

하지만 예상과 달리 마사아키는 "응" 하고 고개를 끄덕이며 짤막하게 대답할 뿐이었다. 마유미가 말을 걸어서 생각난 것처럼 바쁘게 밥을 먹었다. 이럴 때 마사아키는 대개 머릿속으로 자기 의견을 정리하는 중이다. 의견이 확고해지기 전에는 아무 말도 하지 않을 테니 이 화제는 그만 접어야겠다고 생각했다. 마유미는 정치나 뒤숭숭한 사건 이야기보다 맛집이나 귀여운 상품을 소개해주는 코너가 더 좋았다.

마사아키가 더 일찍 출근해야 해서 먼저 보냈다. 설거지는 밤으로 미루고 재빨리 화장을 마친 후 자신도 출발했다. 혼잡한 아침 시간대는 도무지 익숙해지지 않는다. 하루 중에서 제일 우울한 시간이었다.

다음날 아침도 배후 인물 체포에 관한 속보가 나왔다. 경찰이 용의자의 신원을 발표했다. 신기하게도 체포된 두 배후 인물 사이에서 접점은 찾지 못했다고 한다. 어떻게 된 건지 마유미는 이해가 되지 않았다.

"배후라면 조직 아니야? 배후 인물끼리 아무 관계도 없다니 그게 말이 돼?"

"글쎄, 경찰이 아직 전부 다 발표하지 않은 거 아닐까?"

마사아키는 토스트를 먹으며 대답했다. 확실히 한번 숨긴 전례가 있으니 여간해서는 믿기 힘들다. 필요가 있어서 숨겼을 테니 어제 패널처럼 무턱대고 비난할 마음은 없지만, 그래도 잘 모르면 불안이 커진다. 국민의 불안을 잠재우기 위해서라도 정보를 좀더 공개해주었으면 했다.

"체포된 두 용의자 사이에 접점은 없었지만, 공통적인 특징이 발견됐습니다."

여자 아나운서가 해설을 덧붙였다. 커다란 판을 꺼내 몇몇 항목을 가리키며 읽어나갔다.

"우선 두 용의자는 인터넷에서 같은 닉네임을 사용했습니다. 바로 도베라는 닉네임입니다. 야마기시 씨, 이건 우연일까요?"

야마기시라고 불린 패널은 현역 변호사였다. 은테 안경을 끼고 머리가 매우 좋아 보이게 생긴 야마기시는 단호하게 고개를 저었다.

"우연이 아닙니다. 직접 만난 적은 없어도 인터넷에서 알게 되었거나 제삼의 인물을 공통의 지인으로 두고 있거나 반드시 어떻게든 연결되어 있을 겁니다."

"그렇군요. 또한 도베라는 닉네임이 무슨 뜻인지는 아직 밝혀지지 않았습니다." 아나운서가 야마기시의 말을 받아서 보충 설명했다. "다음으로 두 용의자 모두 학벌이 좋고, 도쿄증권거래소 1부 상장 기업 사원이었습니다. 야마기시 씨, 이 공통점은 우연일까요?"

"두 용의자는 인터넷으로 근로 빈곤층인 젊은이와 접촉해 테러를 교사했습니다. 말하자면 테러를 실행에 옮기는 게 아니라 지시를 내리는 쪽이죠. 보통 지시하는 사람은 머리가 뛰어나고, 좋은 대학을 나와서 사회적으로 유리한 지위에 있는 경우가 많습니다. 그러므로 그 공통점은 필연적이라고 할 수도 있습니다."

배후 인물 중 한 명은 이케부쿠로의 애니메이션 숍에서 발생한 소규모 테러를 사주한 혐의로 체포됐다고 한다. 마유미는 자세한 사정을 모르지만, 깜빡하고 인터넷에 남은 흔적을 지우지 못해 검거됐다는 이야기다.

도쿄증권거래소 1부에 상장된 일류 기업에 다니면서 왜 테러를 사주하는 범죄에 손을 댔는지 이해가 가지 않았다. 사상범이 아닐까 하고 마유미는 나름대로 추측했다.

다른 한 명은 시부야의 스크램블교차로에서 칼을 휘두른 소규모 테러를 사주했다고 한다. 듣고 보니 그런 사건도 있었다고 어렴풋하게 기억이 났다. 소규모 테러는 끊임없이 발생하므로 이제 하나하나 기억해내기도 어렵다. 혼잡한 시부야에서 발생한 대사건인데도 잊어버리다니 자신의 무신경한 감각에 놀랐다.

"그 밖의 특징으로 두 용의자 모두 삼십 대 전반이며 컴퓨터에 능하고 전과는 없습니다. 과거에 종교나 사상 활동에 빠진 적도 없고 이번에 체포될 때까지 극히 평범한 생활을 해왔다고 합니다."

아나운서는 판에 적힌 항목을 차례차례 읽어나갔다. 뒤이어 야마기시가 다시 입을 열었다.

"소규모 테러 범죄자는 사회에 머물 곳이 없는 젊은이라는 공통점이 있습니다. 그들의 범행은 용서할 수 없지만 동기는 이해가 가지 않는 것도 아닙니다. 하지만 범인을 사주한 용의자들은 배경도 그렇고, 동기가 전혀 이해되지 않습니다. 아주 평범한, 오히려 풍족한 편인 사람이 테러를 일으키려고 했어요. 유쾌범◀인지 사회에 무슨 원한이 있는 건지 수사 결과가 기다려지는군요."

그 말을 마지막으로 소규모 테러에 관한 뉴스는 끝났다. 아주 평범한 사람들이 배후 인물로 밝혀져 마유미는 조금 무서워졌다. 어쩌면 자기 주변에도 범죄자가 있지 않을까 걱정됐다.

"일류 기업에 다니는 사람이 소규모 테러의 배후라면, 당신 회사에도 있을 수 있겠다."

"……응, 있을지도 모르지."

어째서인지 마사아키의 대답은 한 박자 늦었다. 설마 짐작 가는 구석이라도 있나 싶어서 한순간 움찔했지만, 그럴 리 없다고 겁 많은 자신에게 속으로 쓴웃음을 지었다. 애당초 배후

▶ 개인이나 사회를 혼란에 빠뜨리고 그 반응을 즐길 목적으로 범행을 저지르는 범죄자.

인물이 두 명 있었다고 해서 또 있으리라는 보장은 없다. 배후 인물이 붙잡혔으니 이제 소규모 테러는 두 번 다시 일어나지 않을지도 모른다.

"우와, 농담이라도 무섭네."

지나친 생각이었다고 웃어넘기려고 그렇게 말하자 마사아키도 받아주었다.

"하하하. 농담이야, 농담. 그런 사람이 우리 주변에 있을 리 없지."

"그럼, 그럼."

그런 대화를 하며 식사를 마치고 각자 집을 나섰다. 마유미는 역으로 가서 전철을 탔다. 여성 전용 칸이라 땀 냄새가 심하지 않아서 좋지만 붐비기는 매한가지였다. 독한 향수를 뿌린 사람이 곁에 있으면 그 역시 고통이다. 치한 걱정을 하지 않아도 되니 그나마 다행이지만.

콩나물시루 같은 전철에 간신히 올라타서 겨우 설 자리를 확보했다. 전후좌우에 공간이 전혀 없어서 책 한 줄 못 읽는다. 이제부터 이십 분간 아무것도 하지 않고 그저 목적지에 도착하기만을 기다려야 한다. 더 일찍 집을 나서면 되지만, 꿀맛 같은 수면 시간 이십 분과 혼잡한 출근 시간대의 이십 분을 저울질하다 잠을 선택했다.

요령이 좋은 사람은 손잡이를 꽉 붙잡고 스마트폰을 만지작거리기도 한다. 마유미도 스마트폰이 있지만 한시라도 손에서 뗄 수 없을 만큼 의존하지는 않는다. 인터넷 의존도는 마사아키가 더 높았다. 마유미와 함께 있을 때는 스마트폰을 들여다보지 않지만 혼자 있을 때는 늘 인터넷을 확인하는 듯했다.

그러고 보니 요전에 마유미가 목욕을 마치고 나와서 말을 걸자 마사아키가 허둥지둥 인터넷 창을 바꾼 적이 있었다. 남편이 인터넷에서 뭘 보든지 사사건건 참견하고 싶지 않아 잠자코 있었지만, 이제야 그때 마사아키의 행동이 마음에 걸렸다. 이 불안한 기분은 도대체 뭘까, 의문을 안으며 마유미는 흔들리는 전철에 몸을 맡겼다.

2

"진짜 일할 맛 안 나네. 일본이 무슨 개발도상국도 아닌데 이걸 회사원 월급이라고 주다니. 대학생 아르바이트생이 더 많이 받겠다."

동료 리카코가 들고 있는 젓가락을 휘두를 기세로 투덜거렸다. 성격은 마유미와 완전히 딴판이지만 나이가 같아서 그런지 의외로 말이 잘 통한다. 직장에서 매일 얼굴을 보는 사람과 마음이 잘 맞지 않으면 일하기 힘들다. 리카코와 친해져서 정말 다행이었다.

맞아, 맞아, 하고 다른 사람들도 리카코의 말에 동의했다. 여기에 있는 사람은 모두 파견 사원이다. 서로 급여 명세서를 보여주지는 않지만 각자 얼마나 받는지는 짐작이 간다. 정사원과 일은 똑같이 하는데 급료에 차이가 나면 허울만 좋을 뿐 착취당한다고 느끼는 게 당연하다. 기업이 이렇게 인건비를 아껴서 얻은 이익은 다 어디로 가는 걸까. 마유미는 사회가 어떻게 돌아가는 건지 도무지 이해가 가지 않았다.

"이제 부모 슬하를 벗어나서 독립하는 건 헛된 꿈이야. 도저히 불가능해. 나, 스물여덟 살이나 먹었는데 집에 이만 엔밖에 못 드려. 고작 이만 엔. 스스로 생각하기에도 한심하지만 정말 그 정도밖에 드릴 수가 없다니까. 부모님이 돌아가시면 어떻게 살아갈지 정말로 막막해."

나도 그 정도야, 난 만 엔, 하고 다른 사람들이 입을 열었다. 마유미도 포함하여 탁자를 둘러싸고 앉은 사람들이 펼쳐놓은 도시락은 전부 집에서 싸 온 것이다. 식당에 가서 먹기는커녕 도시락을 사다 먹기도 망설여진다. 냉동식품을 데워서 싸기만 하면 되니까 품이 들지 않아서 편하기는 하지만.

"매달 급여 명세서를 볼 때마다 차라리 윤락업소에서 일할까 싶다니까."

리카코가 대담한 발언을 했다. 농담인가 해서 얼굴을 보자 진지한 표정이었다. 다른 사람들도 "뭐?" 하고 놀랐다.

"왜, 윤락녀들은 한 달에 백만 엔, 맘먹고 독하게 하면 이백만 엔은 벌지 않나? 한 달에 백만 엔이라고. 이딴 데서 죽어라 시시한 일을 하는 게 바보 같잖아. 그렇지 않아?"

그건 그렇지. 그래 맞아. 한 달에 오십만 엔이라도 할 만하겠다. 체면도 의식주가 충족된 후에나 차리는 거지. 저마다 감상을 늘어놓았다. 마유미는 리카코의 대담한 성격이 놀라울 뿐이었다. 윤락업을 얕잡아보는 것은 아니지만 마유미는 도저히 그럴 배짱이 없다. 생각해본 적조차 없었다.

"말이야 쉽지만 막상 눈앞에 닥치면 결정하기 힘들 거야. 그쪽으로 가기 위해 넘어야 하는 벽은 꽤 높지 않나?"

한 명이 그렇게 말했지만 리카코는 고개를 휘휘 저었다.

"그게 그렇지도 않아. 나, 진심이거든. 마음을 딱 먹으니까 벽은 의외로 안 높아 보이더라고. 내 잘못이 아니라 사회가 잘못된 거잖아. 평범하게 일해서 만족할 만한 급료를 받을 수 있다면 누가 윤락업소에서 일하겠어? 그쪽으로 갈 수밖에 없을 만큼 궁지에 몰린 상태니까 죄악감이고 거부감이고 없다고."

아, 어쩐지 나도 마음이 동하는데. 엥, 진짜? 얼마나 버는지 한번 알아볼까. 그렇게 관심을 가지고 나면 다시는 돌아올 수 없을지도 몰라. 다양한 반응이 오갔다. 이 중에서 기혼자는 마유미 혼자뿐이라 이야기에 끼어들기가 영 거북했다. 마유미가 생활고를 겪지 않는 것은 틀림없이 마사아키와 결혼한 덕분이다. 미혼이었다면 여전히 부모 슬하에 있었을 것이다.

리카코의 말 중에서 '사회가 잘못됐다'는 부분을 듣고 흠칫 놀랐다. 아아, 그렇구나. 사회가 잘못됐구나. 에도시대 때는 몸을 팔아서 입에 풀칠을 한 여자가 많았다고 한다. 그렇다면 지금은 에도시대와 별반 다를 바 없는 사회인가. 이십 년 정도 전까지만 해도 모든 일이 잘 풀리던 시절이었는데, 일본은 어디서 길을 잘못 든 걸까.

"결국 여자는 일하지 말고 집에서 살림하고 애나 키우라는 사고방식이 밑바탕에 깔려 있는 거야. 정치가랑 기업의 높으신 양반들 모두 그런 가치관을 가지고 살아왔잖아. 사회를 움직이는 작자들이 그렇게 생각하는데 우리가 살아갈 곳이 있을 리 만무하지."

한 사람이 분통 어린 말을 내뱉자 다른 사람이 뒤를 이었다.

"그럴 거면 내 앞에 잘난 남자를 척 대령하란 말이야. 기꺼이 전업주부가 될 테니까."

옳소, 하고 거의 모두가 찬성하며 웃음을 터뜨렸다. 마유미는 찜찜한 예감이 들었다. 아니나 다를까 마유미가 화제로 떠올랐다.

"가와부치 씨는 일류 기업에 다니는 남편을 붙잡아서 좋겠네. 여기서도 아이가 생길 때까지만 일할 거잖아. 요즘 시대를 살아가는 여자의 이상적인 인생이라니까."

뭐라고 대답해야 할지 난감해 눈을 내리떴다. 여기서 섣불리 잘못 대답하면 모두의 반감을 산다. 하지만 능청스럽게 넘어갈 말이 전혀 떠오르지 않았다. 마음을 졸이고 있자니 리카코가 거들어주었다.

"자, 자, 삐딱선 타지 마. 우리한테도 아예 기회가 없는 건 아니니까."

"방금 전에 윤락업소에서 일할 거라 그래놓고."

한 명이 놀리듯이 말하자 리카코는 혀를 날름 내밀었다.

"아차, 그랬지."

또 웃음이 터졌다. 화제에서 벗어나서 마유미는 몰래 가슴을 쓸어내렸다.

"결국은 전업주부나 윤락녀밖에 선택지가 없다는 뜻이잖아. 그야말로 남자들이 원하는 바 아니야? 열받네."

"그래, 맞아. 요즘은 옛날 같았으면 절대로 윤락업소에서 일하지 않을 수준의 엄청난 미인이 윤락녀가 되기도 한대."

"그럼 그쪽에도 내가 있을 곳은 없잖아. 어쩌라는 거야!"

리카코는 탁자를 내리치며 과장되게 눈을 부릅떴다. 사람들이 박장대소했다. 리카코 덕분에 직장에는 항상 웃음이 끊이지 않았다. 리카코와 결혼하면 분명 매일이 즐거울 것이다.

심각해질 만하면 익살을 떨어 분위기를 띄우는 것도 리카코가 현명하다는 증거다. 그런 사람이므로 말 여기저기에 날카로운 분석이 묻어난다. 지금 사회는 남자들이 원하는 바라는 분석도 바로 그러하다. 마유미는 그렇게 생각해본 적이 전혀 없었지만 듣고 보니 확실히 그런 것 같았다.

마사아키는 어떻게 느낄까. 문득 그런 생각이 들었다. 마사아키는 남존여비 사상에서 자유로운 사람이라 이상한 고정관념으로 마유미를 옭아매지 않는다. 대등한 동반자로 대접해주므로 생활이 어렵지 않은데도 이렇게 일하러 나올 수 있다. 아직 결혼하지 않은 동료들이 질투하는 것도 당연할 만큼 좋은 남편이었다.

마사아키라면 틀림없이 여자 쪽에 서서 의견을 말할 것이다. 전업주부나 윤락녀밖에 선택지가 없는 사회는 이상하다며 분개할 것이다. 마사아키 같은 사람이 정치가가 되면 좋을 텐데, 하고 마유미는 농담 반 진담 반 생각했다.

퍼즐 조각이 딱 맞추어지듯이 갑자기 어떤 사실을 이해하게 되었다. 소규모 테러를 사주한 사람은 일류 기업에 다녀서 생활이 풍족한 회사원이었다. 왜 그런 사람이 테러를 사주했는지 영문을 알 수 없었는데 동기를 알 것 같았다. 의분. 근로 빈곤층을 동정하는 마음과 일부만이 안락하게 살 수 있는 사회 시스템에 대한 분노가 그들의 마음에 불을 붙인 것 아닐까. 도베를 자칭한 두 사람은 숨막히는 이 상황을 바꾸고 싶었는지도 모른다.

머리로는 이해했지만 어쩐지 불쾌했다. 본능적으로 너무 골똘하게 파고들고 싶지 않다는 느낌이 들었다. 마유미는 가볍게 머리를 흔들고 도시락을 먹는 데 집중하려고 했다.

3

마유미는 미혼일 때 마사아키가 다니는 회사에서 일했지만, 사내에서 서로 알게 된 것은 아니었다.

마유미는 통근할 때 만원 전철에서 마사아키와 처음 만났다. 골치 아픈 상황에 휘말린 상태였다. 입추의 여지도 없다는 표현이 딱 들어맞을 만큼 혼잡한 전철에서 마유미의 엉덩이에 뭔가가 닿았다. 닿은 것으로 모자라 천천히 움직였다. 아무래도 누가 손으로 만지는 느낌이었지만 사람들이 서로 붙어 있는 상태라 확실치 않았다. 치한이라고 소리를 지를 용기도 없어서 몸의 방향을 바꾸며 그 감촉에서 달아나려고 했다.

하지만 간신히 몸을 30도쯤 틀어도 누가 만지는 느낌은 사라지지 않았다. 누가 손으로 자신을 성추행하고 있다고 확신했지만, 그러자 오히려 고개를 돌려 상대의 얼굴을 볼 용기가 솟지 않았다. 작은 목소리로 "안 돼요" 하고 말하며 몸을 움찔움찔 움직이는 것이 고작이었다.

마유미의 저항이 약하자 상대는 기가 산 듯했다. 움직이는 듯 마는 듯한 수준이었던 감촉이 만진다는 것을 확실히 알 만큼 강해졌다. 마유미가 "안 돼요" 하고 작은 목소리로 저항하자 상대는 오히려 쾌감을 느끼는 것 같았다. 점차 대담해져 손이 안쪽으로 들어오기 시작했다.

"그만해요."

부끄러워할 때가 아니라는 생각에 겨우 목소리를 쥐어짜냈지만 상대에게 들렸는지 확실치 않았다. 오히려 상관없는 사람들의 시선을 모은 것 같아서 얼굴이 확 뜨거워졌다. 이 자리에서 달아나서 두 번 다시 만원 전철에는 타고 싶지 않았다.

"뭐하는 짓이야!"

갑자기 굵직한 목소리가 울려 퍼지더니 엉덩이에 닿은 손이 떨어졌다. 그리고 다음에는 그 손이 머리 위로 쑥 솟아올랐다. 소리를 지른 사람이 치한의 손을 잡아 비틀어 올린 것이었다. 치한은 "뭐야" 하고 소리쳤지만 치한을 붙잡은 남자는 전혀 동요하지 않았다.

"이 사람은 아까 전부터 성추행을 하고 있었습니다. 다음 역에서 끌고 내릴 테니 양해 부탁드립니다."

당당한 말투였다. 치한은 "무슨 소리야! 웃기지 마!" 하고 저항했지만 성추행 현장에서 붙잡힌 까닭에 전혀 설득력이 없었다. "성추행하는 놈은 손모가지를 잘라야 해" 하고 다른 승객도 소리를 높였다. 치한은 몸을 비틀며 손을 뿌리치려고 했지만 붙들고 있는 남자의 힘이 강한지 달아나지 못했다. 그러는 동안 역에 도착하자 남자는 치한을 끌고 전철에서 내렸다. 마유미가 내릴 역이 아니었지만 도움을 받고서 모르는 척할 수는 없어 뒤따라 내렸다.

치한이 칼이라도 꺼내지 않을까 걱정이었지만 치한을 붙잡은 남자는 덩치가 커서 되려 공격당할 염려는 없을 듯했다. 남자가 역무원을 불러오라고 하기에 역 사무소까지 달려가 성추행 피해를 신고했다. 치한은 역 사무소에 갇혔고, 마유미는 다른 방에서 경찰관이 오기를 기다렸다. 도와준 남자는 자기 이름을 알려주고 갔다.

그 남자가 바로 마사아키였다. 훗날 출근하다가 역에서 마사아키를 보고 마유미가 먼저 말을 걸었다. 지난번에 도와줘서 고마웠다고 인사하고 그 뒤에 어떻게 되었는지 들려주었다. 치한은 체포되었지만 용서를 빌며 합의를 요청해서 재판까지는 가지 않고 끝낼 생각이라고 설명했다.

"아아, 그게 좋겠군요. 그놈이 도리어 앙심을 품을 수도 있으니까요."

마사아키는 무술이나 격투기라도 배우는 것처럼 체격이 좋았다. 어깨가 넓고 가슴팍도 두툼하고 얼굴도 야무지게 생겼다. 자신의 취향에 쏙 맞는 이런 남자가 위기에서 구해준 것이 마치 꿈 같았다. 제대로 답례하고 싶으니 연락처를 알려달라고 부탁해보았지만 별일 아니니까 마음에 둘 것 없다고 마사아키는 점잖게 거절했다. 겨우 말을 나눌 기회가 왔는데 이것으로 끝인가 싶어 마유미는 낙담했다.

하지만 이야기를 나누며 역 개찰구를 빠져나온 뒤에도 두 사람은 계속 같은 방향으로 걸어갔다. "어디서 일하세요?"라고 묻기에 대답하자 우연하게도 같은 회사에 다님을 알게 되었다. "뭐야, 그랬구나" 하고 마사아키는 쓴웃음을 지었지만, 마유미는 속으로 폴짝폴짝 뛸 만큼 기뻤다. 직장 동료라면 앞으로도 얼마든지 만날 기회를 만들 수 있다. 어느 부서인지 묻고 빌딩 엘리베이터에서 헤어졌다. 마유미는 성추행을 당했다는 불쾌한 기억을 싹 잊고 그날 하루 종일 기분이 좋았다.

마사아키가 소속된 부서에 남자 동기가 있었다. 동기 덕분에 이야기를 쉽게 진행할 수 있었다. 성추행당할 때 마사아키가 도와주었으니 보답하고 싶다고 설명하고 이래저래 계획을 짠 끝에 미팅을 하기로 했다. 같은 회사 사원끼리 미팅이라니 묘한 이야기지만 회사가 크니까 부서가 다르면 다른 회사 사원이나 마찬가지다. 양쪽 부서 모두 흔쾌히 나서서 남자 세 명과 여자 세 명의 미팅이 성사됐다.

마사아키는 마유미가 오는 줄 몰랐던 듯 술집에서 얼굴을 보자 "아아" 하고 놀랐다. 안면이 있다는 핑계로 마사아키 옆자리에 앉아 이런저런 이야기를 나누었다. 평소 소심한 마유미가 적극적으로 다가가는 모습을 보고 같은 부서 동료들은 놀랐다. 평소 이미지가 깨지더라도 마유미는 마사아키와 친해지고 싶었다.

돌아갈 때 지난번 일의 보답으로 선물을 건넸다. 값이 좀 나가는 넥타이었다. 이 정도쯤 되면 아무리 둔감한 남자라도 여자가 자신에게 호감을 품었음을 눈치챈다. 마사아키는 마유미의 호감을 받아들였고, 얼마 지나지 않아 사귀게 되었다.

마유미가 적극적으로 다가간 이유는 마사아키의 정의감에 감동했기 때문이다. 아무리 남자라도 치한을 붙잡아서 전철 밖으로 끌어내리려면 무서울 것이다. 그런데도 마사아키는 용감하게 마유미를 곤경에서 구해주었다. 요즘 세상에 이만큼 정의감이 강한 사람은 드물다. 이 사람을 놓치면 평생 후회할 것 같아서 창피함을 무릅쓰고 마사아키에게 접근했다.

사귄 뒤로도 정의감이 강한 사람이라는 마사아키에 대한 평가는 변함이 없었다. 올바른 일과 잘못된 일을 명확하게 구분했고, 기쁘게도 그 가치관은 마유미와 일치했다. 정확하게 말하자면 사귄 뒤부터 마사아키의 가치관이 마유미의 가치관이 되었다. 마유미는 마사아키의 판단에 따르면 틀림없다고 믿으며 생각하기를 포기한 것일지도 모른다. 마유미도 마유미 나름대로 자기 의사가 있지만 그것을 밝힐 용기가 없다. 마사아키에게 전부 맡겨두면 마음이 놓이고, 신뢰할 수 있는 사람에게 의지하는 게 만족스럽기도 했다.

그래서 도베가 된 사람들의 동기를 고찰하기가 무서웠다. 의분. 정의감. 만약 도베들이 자신의 이익을 위해서가 아니라 불쌍한 사람들을 위해 테러를 사주했다면 마사아키는 그 심리를 이해할 수 있지 않을까.

아니, 이해만으로 그치지 않는다. 도베가 된 두 사람은 학벌

이 좋고 일류 기업에 다니는 회사원이었다. 그들은 인터넷에
능통해 자신의 신원을 숨기고 근로 빈곤층과 접촉해 소규모 테
러를 부추겼다. 마사아키도 커다란 덩치에 어울리지 않게 하는
일은 시스템 엔지니어링이다. 마사아키가 하려고만 하면 남의
컴퓨터에 침입하여 메일을 보내는 것 정도는 식은 죽 먹기이리
라. 마사아키는 도베가 될 조건을 충분히 갖추고 있었다.

안정된 생활, 인터넷 지식, 그리고 정의감. 마사아키만 이
세 가지 요소를 고루 갖추고 있는 것은 아니고, 조건이 갖추어
졌다고 해서 반드시 도베가 되는 것도 아니다. 그래도 마유미
는 요전에 목격했던 남편의 부자연스러운 행동이 머릿속에서
지워지지 않았다. 마유미에게 들킬까 봐 황급하게 바꾼 인터넷
창. 그 인터넷 창의 내용은 과연 뭐였을까. 근로 빈곤층과 나눈
대화 아니었을까.

결혼한 지 삼 년이 지나도록 마사아키의 행동에 의심을 품은
적은 단 한 번도 없었다. 마사아키는 성실하고 다정한 남편이
었다. 앞으로도 마사아키를 믿고 싶고, 믿어도 될 만한 남자라
고 생각한다. 마사아키와 결혼한 것을 후회하는 순간은 영원히
오지 않을 것이다.

그런데 이 불안함은 뭘까. 냉담한 사회에 저항하는 방법이라
일컬어지는 소규모 테러. 마사아키는 부도덕한 일을 보면 분노

를 감추지 않는다. 그럴 리가 없다고 믿고 싶은데 마사아키가 도베라도 이상할 것 없다는 생각이 머릿속을 떠나지 않았다. 남편을 잘 알기 때문에 더 그랬다.

4

토요일에 마사아키에게 미리 말하고 외출했다. 아내가 혼자 나가는 것을 못마땅하게 여기는 남편도 많다지만 마사아키는 언제나 흔쾌히 배웅해준다. 오늘도 배웅할 때 "천천히 실컷 놀다 와" 하고 말했다. 평소 같으면 이런 남자와 결혼하길 잘했다고 그저 기뻐했을 테지만, 외출 목적을 떠올리자 약간 켕겼다.

목적지는 고등학교 시절 친구 사유리의 집이었다. 결혼해 아들을 낳았지만 남편이 바람을 피워 이혼하고 지금은 싱글맘이다. 안 그래도 큰언니처럼 믿음직스러워 자주 기대던 친구였는데 이혼한 후에는 더 든든해졌다. 집에 가도 개구쟁이 남자애 하나뿐이므로 거북하지 않다.

"어서 와."

초인종을 누르자 문이 열렸다. 화장기 없는 사유리의 얼굴이 눈에 들어왔다. 뒤편에서 뭔가 부딪히는 듯한 소리가 들렸다.

두 살배기 아들이 물건을 내팽개친 듯했다.

"다쿠마, 요 녀석. 무슨 짓이야! 미안해, 저 녀석 장난이 심해서."

사유리는 집안을 향해 소리를 치고 나서 다시 고개를 돌려 쓴웃음을 지었다. 마유미는 고개를 젓고 "아니야, 미안하기는" 하고 웃었다. 기운찬 아이가 있는 생활이 부러웠다.

"실례할게."

신발을 벗고 집에 들어갔다. 사유리네 집은 방 하나에 부엌이 있는 연립주택이다. 결코 넓지는 않지만 엄마와 아이가 여기서 밀착된 생활을 보낸다고 생각하자 따스함이 느껴졌다. 마유미는 사유리네 집에 오는 게 좋았다.

"늘 어수선하지만 못 본 척해주라."

사유리는 별달리 창피해하는 기색도 없이 말했다. 오랜 세월 친구였으므로 사유리의 사정은 잘 안다. 평소 일하느라 집을 정리할 시간이 없으니 어린 남자애가 있는 집이 어질러지는 것은 당연하다. 오히려 생활감이 느껴져 마음이 편했다.

식탁에 앉아 선물을 건넸다. 오다가 백화점에 들러서 산 케이크다. 상자를 연 마유미는 크게 기뻐하며 아들에게도 보여주었다. 다쿠마는 어설픈 발음으로 "마지께따" 하고 말했다.

"마음 써줘서 고마워. 이렇게 비싼 케이크, 어지간해서는 못

먹거든. 정말 기쁘다."

"나도 이럴 때 아니면 못 사. 맛있겠다. 어서 먹자."

사유리가 홍차를 우리는 사이에 마유미가 케이크를 잘랐다. 주스를 따라주자 다쿠마는 냉큼 케이크를 먹기 시작했다. 입 주변에 크림을 잔뜩 묻히며 먹는 모습이 귀여워서 아이가 있으면 좋겠다는 생각이 새삼 커졌다. 좀처럼 임신이 되지 않아서 마유미는 냉가슴만 앓고 있었다.

"그런데 어쩐 일이야? 무슨 일 있었어?"

사유리는 찻잔을 마유미 앞에 놓고 이야기를 재촉했다. 속을 훤히 들여다보는 것 같아서 쓴웃음이 나왔지만 일단 부정했다.

"아무 일도 없는데? 그냥 다쿠마 얼굴 보러 온 거야."

"그래? 일부러 집까지 올 정도면 뭔가 하고 싶은 이야기가 있다는 건데. 빼지 말고 말해봐."

"에이. 그럼 뭔가 하고 싶은 이야기가 있을 때만 찾아오는 것 같잖아."

아무리 학창시절 친구라고 해도 가볍게 상의할 만한 일은 아니다. 그래도 이야기를 털어놓고 싶어서 찾아왔지만 막상 마주 앉으니 말을 꺼내기가 힘들어서 쩔쩔맸다. 딴청을 부렸지만 사유리의 표정으로 보건대 이쪽 속내를 짐작한 듯했다. 이렇게 눈치가 빠르니까 기대고 마는 것이다.

"뭐, 놀러와주면 나야 좋다만. 휴일에는 이 녀석 돌보느라 진이 다 빠지니까."

사유리는 다쿠마의 뺨을 콕 찔렀다. 탱글탱글한 뺨을 마유미도 만져보고 싶었다.

그후로 서로 근황을 전할 겸 잡담을 나누었다. 파트타임 근무를 하는 사유리는 수입이 적어서 허리띠를 질끈 졸라매도 저축할 돈이 남지 않는다고 한다. 지금이야 괜찮지만 다쿠마가 학교에 입학하면 어쩌냐며 한숨을 쉬었다. 요전에 리카코에게 들은 이야기와 똑같다. 지금 이 사회에서 여자는 전업주부나 윤락녀 둘 중 하나밖에 선택지가 없다. 극단적인 말이기는 하지만 양쪽 중 하나를 선택하지 않으면 빈곤해질 가능성이 높아지는 것은 확실하다.

"혹시 소규모 테러를 일으키는 사람의 마음을 이해한다거나?"

이야기를 잘 돌렸다. 사유리는 눈썹을 한껏 끌어올리며 고개를 크게 끄덕였다.

"이해하지. 자포자기해서 날뛰고 싶을 만도 해. 호사를 누리겠다는 것도 아니고 평범하게 살고 싶은 것뿐인데 그것조차 할 수 없으니까. 과연 이 꼬맹이를 고등학교에 보낼 수 있느냐 없느냐로 불안에 떨어야 하다니 이상하지 않아? 하지만 왜 사회가 이렇게 됐는지 잘 모르잖아. 누구 탓인지 확실치 않으니 화가 나도 표출할 곳이 없지. 그러다 보니 소규모 테러밖에 방법이 없겠구나 싶어."

"안 돼. 다쿠마는 어쩌고."

"날 말리고 싶거든 남편 친구 중에 괜찮은 남자를 소개해줘. 그럼 마음을 바꿔먹을 테니."

사유리는 그런 농담을 하고 호쾌하게 웃었다. 시원시원한 성격이 사유리의 장점이기는 하지만 이 말이 백 퍼센트 농담일지 의심스러웠다. 빈곤에서 벗어날 방법은 결혼밖에 없다는 사실을 사유리도 아는 것이리라.

"소개해주고 싶지만 넌 눈이 높잖아. 네 눈에 들 만한 남자는 여간해서는 없다고."

"아이고, 내가 찬밥 더운밥 가릴 때니. 대머리든 뚱뚱보든 돈만 잘 벌어오면 돼."

"그렇게 말해놓고 정작 소개해주면 엄청 따질 거면서."

"들켰나?"

서로 웃음을 터뜨려 이야기를 흐지부지 끝맺었다. 괜찮은 남자가 있으면 소개해주고 싶은 마음은 굴뚝같지만, 사유리가 이혼한 경위를 아는 만큼 섣불리 나설 수는 없다. 그리고 솔직히 말해 마사아키의 회사 동료에게 이혼 경험이 있고 아이까지 딸린 여자를 소개하기는 힘들었다.

"소규모 테러를 사주하는 사람 두 명이 붙잡혔잖아. 더 있을까?"

조금 억지로 도베에 대한 이야기로 끌고 갔다. 갑자기 화제를 바꿔서 사유리는 당황한 듯했지만 "아아, 그거" 하고 이야기를 받아주었다.

"무슨 목적으로 테러를 사주한 걸까? 옛날 혁명가들처럼 사회를 바꾸고 싶었던 걸까? 하지만 뭘 한다고 해도 사회는 변하지 않을 거야."

"역시 정의감 아닐까? 일부만이 행복한 사회는 잘못됐다고 의분을 느낀 게 아닐까 싶은데."

"정의감이라니, 네 남편 같잖아."

사유리가 농담으로 한 말임을 아는데도 마유미는 표정이 딱딱하게 굳었다. 눈을 깜박이는 것도 잊고 그저 사유리의 얼굴을 바라보았다. 그런 마유미를 보고 사유리는 눈이 휘둥그레졌다.

"어, 왜 그래?"

그래도 말이 나오지 않았다. 감이 좋은 사유리는 마유미의 표정이 왜 굳었는지 바로 알아차렸다.

"설마 너 남편이 소규모 테러를 사주하고 있다고 의심하는 거야?"

고개를 저어 부정해야 했다. 하지만 몸은 마비된 것처럼 움직이지 않았고, 두 눈에서 눈물이 뚝뚝 떨어졌다. 위기에 직면해서도 울기밖에 못 하는 못난 자신이 한심했지만 눈물은 멎지 않았다.

"정말? 왜? 이유가 뭔데? 말해봐."

사유리는 몸을 내밀고 마유미의 손을 꼭 잡아주었다. 사유리가 따뜻한 손으로 잡아주자 기운이 솟았다. 다쿠마도 걱정스러운 듯이 마유미의 얼굴을 올려다보았다. 마유미는 눈물을 닦고 "미안해" 하고 다쿠마의 뺨을 만졌다. 어린아이의 보드라운 살결을 만지자 팽팽하게 긴장됐던 마음이 누그러졌다.

마유미는 마사아키를 의심하게 된 경위를 더듬더듬 설명했다. 사유리는 잠자코 듣고 있다가 마유미가 이야기를 마치자 고개를 갸웃했다.

"그거, 너무 지나친 생각 아니야?"

"평소에도 부도덕한 일을 못 참는 사람이라."

예컨대, 하고 예를 들었다. 요전에 한 젊은 엄마가 자기집 연립주택에서 아이를 끌어안은 채 굶어 죽은 시체로 발견됐다. 밥을 먹다 텔레비전 뉴스로 그 소식을 들은 마사아키는 마치 아는 사람의 이야기처럼 분통을 터뜨렸다.

—담당 기관은 도대체 뭘 하고 있는 거야. 이런 사람들을 위

해서 생활보호 제도가 있는 거잖아. 국민이 굶어 죽는 나라가 선진국은 무슨. 뭐가 잘못돼도 단단히 잘못됐어.

마사아키는 행정기관에 화를 내고, 상황을 극복하지 못한 아이 엄마에게 화를 내고, 마지막으로 자신의 무력함에 화를 냈다.

—좋은 사회를 만들기 위해 뭔가 하고 싶은데 할 수 있는 게 없어.

마사아키는 진심으로 안타까운 듯이 말을 내뱉었다. 마유미는 생판 남이 죽었다는 소식을 듣고 그렇게까지 자책하는 마사아키를 보고 훌륭하다고 느꼈을 뿐이다.

"좋은 사회를 만들기 위해서라……. 그런 이야기를 들으니 확실히 네 생각이 지나친 건 아닌 것도 같다."

"그렇지? 도베라는 이름으로 활동한 사람들이 어떤 사람인지는 모르지만, 그이라면 참다못해 행동에 나설지도 몰라. 약한 사람들 편이니까."

"훌륭한 남편을 두면 이런 고민도 생기는구나."

감탄한 것처럼 사유리는 고개를 절절 흔들더니 갑자기 겁날 만큼 굳은 표정을 지었다. "마유미" 하고 이름을 부르더니 다시 한번 손을 꼭 잡았다.

"네가 할 수 있는 일은 단 하나야. 무슨 일이 있어도 남편을 지키는 거. 경찰이 집에 쳐들어올 것 같은 사태가 발생하면 컴퓨터랑 스마트폰을 전부 망가뜨려서 증거를 없애야 해. 지금 네 생활은 남편이 일류 기업에 다니는 덕분에 유지되는 거니까. 그걸 지키기 위해서 무슨 짓이든 할 각오를 다져야 해."

"알았어."

구구절절 옳은 말이었다. 마사아키를 위해서도, 자신을 위해서도 이 비밀은 끝까지 지켜야 한다. 사유리에게 상의하길 잘했지만 비밀을 누설했다는 의미에서는 후회가 되기도 했다. 이제 두 번 다시 아무에게도 이 이야기는 하지 않기로 결심했다.

5

친구에게 털어놓으니 잠시 불안이 누그러지기는 했지만 임시방편에 지나지 않는다는 것은 잘 알고 있었다. 하루가 지나자 다시 마사아키의 행동이 신경쓰였다. 예전과 비교해서 부자연스러운 부분은 없나. 비밀리에 뭔가 꾸미고 있는 낌새는 없나. 그렇게 의심하는 눈으로 보고 있자니 아무래도 어색하게 대하게 된다. 그 때문에 의심받고 있다는 걸 마사아키가 자각할까 봐 걱정되어 불안감이 더더욱 커졌다.

마사아키가 도베인지 아닌지를 확인할 증거가 필요했다. 이도 저도 아닌 상태가 제일 괴롭다. 마사아키가 도베임이 확정되면 사유리 말처럼 죽을 각오로 지킬 것이다. 하지만 이대로는 그럴 각오조차 다지지 못한다. 확인할 방법이 없을까.

고민한 끝에 마사아키의 컴퓨터를 뒤져보기로 했다. 마사아키가 목욕하는 사이 방에 들어가 컴퓨터를 켰다. 하지만 비밀번호를 입력해야 해서 더이상 진행할 수 없었다. 생일과 자동차 번호 등 바로 떠오른 숫자를 입력해보았지만 아니었다. 숫자가 아니라 알파벳이라면 맞힐 수 없다. 마사아키라면 간단히 알아낼 수 있을 만한 비밀번호를 쓰지는 않았을 것이다. 포기하고 전원을 껐다.

스마트폰은 눈에 띄지 않았다. 욕실까지 들고 가지는 않았겠지만 눈에 보이는 곳에 놓여 있지 않았다. 가방이나 서랍에 넣어두었을까. 뒤져보면 나올지도 모르지만 그렇게까지 하기는 망설여졌다. 부부지만 지금까지 서로 사생활을 존중해왔다. 이렇게 방에 몰래 숨어든 것만으로도 죄악감이 느껴지는데 방을 뒤질 수는 없었다.

마사아키의 방에서 나오자 자기혐오가 덮쳐 왔다. 도대체 이게 무슨 짓인가. 서로 믿고 결혼했는데 설마 자신이 이런 짓을 할 줄이야. 마사아키를 배신한 기분이었다.

사유리는 결혼한 지 이 년 만에 이혼했다. 이 년쯤 지나자 결혼하기 전에는 몰랐던 서로의 결점이 눈에 들어왔다고 한다. 하지만 마유미 부부는 오히려 반대였다. 결혼하고 이 년이 지나자 오히려 금슬이 더 좋아졌다.

작년 여름에 마유미는 행복이 절정에 달했다. 임신한 것이다. 결혼한 후로, 아니 훨씬 전부터 마사아키의 아이를 갖고 싶었다. 아들딸 상관없이 자신과 마사아키를 골고루 빼닮은 아기를 낳으면 얼마나 행복할까 상상했다. 마유미는 결혼하고 나서 바로 임신을 바랐고, 마사아키도 싫어하지 않았지만 소망은 좀처럼 이루어지지 않았다. 건강에 문제가 없는데도 임신이 되지 않았으므로 역시 아이는 하늘이 점지해주는 법이라고 느꼈다.

결혼한 지 이 년이 지나 임신했으니 불임으로 고민하는 여자들과 비교하면 빠른 편이리라. 그래도 마유미가 느끼기에는 드디어라는 표현이 딱 들어맞았다. 마사아키도 무척 기뻐했다. 아이가 태어난 후의 생활에 대해 이야기할 때는 자신들이 세상에서 제일 행복한 부부임을 확신할 수 있었다.

그런데 임신 삼 개월째 행복이 불행으로 바뀌었다. 무리하게 움직이거나 몸에 좋지 않은 음식을 먹은 것도 아닌데 유산하고 말았다.

기쁨이 컸던 만큼 슬픔과 상실감은 엄청난 무게로 마유미를 짓눌렀다. 평생 배출할 수분이 다 빠져나가는 것이 아닌가 싶을 만큼 아침부터 밤까지 계속 울었다. 마사아키는 그런 마유미 곁에 꼭 붙어 있었다. 회사를 쉬고 침대에 드러누운 마유미의 손을 꼭 잡아주었다. 아이는 또 낳으면 된다는 안이한 위로의 말은 절대 입에 담지 않고 태어나지 못한 아이의 죽음을 함께 애도했다. 그때 마사아키가 곁에 없었다면 미쳤을지도 모른다. 남이 들으면 과장이 심하다고 하겠지만 마유미는 진심으로 그렇게 생각했다.

그런 경험 때문에 마유미와 마사아키의 사랑은 더욱 도타워졌다. 더할 나위 없이 큰 애정을 느꼈기에 결혼했는데 그보다 더 큰 단계가 있다는 사실을 알았다. 이제 마사아키 없이는 못 산다. 앞으로 아이를 낳아도 마사아키가 제일이라는 생각은 바뀌지 않을 것이다. 그만큼 소중한 사람을 자신이 배신하고 말았다. 아니, 배신이 아니라 마사아키가 걱정돼서 그런 것이지만 스스로에게 변명해도 양심의 가책은 사라지지 않았다. 어쩌다 이렇게 된 건지 한탄하지 않을 수 없었다.

내가 잘못한 걸까. 자신이 의존적이라는 것은 안다. 어릴 때는 부모에게 의존했고, 십 대 후반에는 사유리에게 의존했고, 사회인이 된 후로는 마사아키에게 의존했다. 무서워서 자기 의견은 말할 수 없다. 부도덕한 세상에 화가 나기는 하지만 기껏해야 일개 파견 사원이 할 수 있는 일은 없다고 처음부터 포기했다. 자신은 수많은 보통 사람 중 한 명이다. 세상 사람 대부분이 자기가 할 수 있는 일은 없다고 생각하며 아무것도 하지 않는다. 머릿수의 힘이나 진정한 민주주의 따위 실은 믿지 않는다. 세상을 뒤덮은 수많은 사람들의 체념이 냉담한 사회를 낳고, 빈곤층을 만들어냈을 것이다. 알긴 알지만 역시 아무것도 할 능력이 없고, 할 마음도 없다.

마사아키는 그런 대중의 의식에 화가 난 것 아닐까. 그렇다면 마유미가 마사아키를 도베로 만든 셈이다. 자신이 줏대 없이 흔들리며 의존하는 성격을 고치면 마사아키는 도베를 그만둘까. 지금이라면 도베를 그만두고 원래 생활로 돌아올 수 있을지도 모른다. 경찰이 주목하기 전에 모든 범죄행위에서 손을 뗄 수 있다. 현재는 그것만이 일말의 희망이었다.

거실로 돌아가서 힘없이 소파에 앉았다. 아무것도 안 하면 부자연스러워 보일 테니 텔레비전을 켰지만 내용은 전혀 귀에 들어오지 않았다.

잠시 후 마사아키가 욕실에서 나왔다. "아, 개운하다"라고 말하고 수건으로 머리를 말리며 텔레비전 화면을 유심히 보았다. 무슨 방송을 보나 궁금해서 마유미는 시선을 돌렸다. 화면에는 기자들에게 둘러싸인 총리가 비치고 있었다. 이른바 밀착

취재인 듯했다.

"일본은 생활보호 수급을 받는 빈곤 가정의 비율이 낮습니다. 도움이 필요한 가정 중에 극히 일부만 도움을 받고 있는 실정이죠. 서민이 굶어 죽는 비극이 두 번 다시 일어나지 않도록 수급자 비율을 높이기 위해 노력하라고 지시했습니다."

총리는 침통한 표정을 지었지만 똑 부러지는 어조로 말했다. 모호한 화법을 사용하지 않고 할말은 거침없이 하는 총리를 보며 마유미는 늘 무심코 고개를 끄덕였지만, 어째서인지 지금은 본능적으로 반발을 느꼈다.

"약자를 내치는 정책을 추진하면서 카메라에 얼굴을 비출 때만 착한 사람인 척한다니까."

말을 꺼내고 나서 신랄한 말투에 놀랐다. 자기가 한 말이라니 믿기지 않았다. 마사아키도 깜짝 놀란 듯 머리를 말리던 손을 멈추고 마유미를 보았다. 무슨 말을 더 해야 할 것 같아서 조바심이 났다.

"정부가 좀더 열심히 사회적 약자를 구제한다면 소규모 테러는 일어나지 않을 텐데. 그렇지 않아?"

"어? 응, 그렇지."

"나, 소규모 테러를 저지른 사람도 지시한 사람도 탓할 마음 없어. 정치가와 일반 시민이 모두 눈을 뜰 때까지 충격요법을 쓰는 건 어쩔 수 없다고 봐."

"웬일이야? 오늘은 꽤나 사회 개혁자 같은 소리를 하네?"

마사아키는 재미있다는 듯이 말하며 식탁 의자에 앉았다. 마유미는 잠깐 생각하다 사유리가 처한 상황으로 화제를 돌렸다. 마사아키는 맞장구를 치면서 마유미의 이야기에 귀를 기울였다. 얼굴에 만족스러운 표정이 희미하게 맺혀 있는 것처럼 보였다.

나는 당신 편이야. 마유미는 말 군데군데에 그런 마음을 담았다.

6

오늘은 회사 창립 기념일이라 마유미는 출근하지 않았지만 마사아키는 일하러 나가서 지루한 하루가 될 것 같았다. 평일이라 친구도 못 만나고, 딱히 가고 싶은 곳도 없어 외출 계획은 세우지 않았다. 오전에는 집안일을 하고 오후에는 영화 DVD라도 빌려다 볼 생각이었다.

9시가 지나서 전화가 왔다. 모르는 번호라서 무시하려다가 어쩐지 감이 와서 받았는데 마사아키였다. 회사 전화로 건 모양이었다.

"아무래도 스마트폰을 잃어버린 거 같은데."

"스마트폰을?"

"응. 전철에서 찾아봤는데 없더라고. 깜박하고 집에 두고 왔는지도 모르니까 내 방 한번 찾아봐줄래?"

"응, 알았어. 잠깐만 기다려."

마사아키가 웬일인가 싶었지만 가끔은 깜박할 때도 있으리라. 전화를 보류로 돌린 후 무선전화 수화기를 들고 마사아키 방으로 향했다.

문을 열자마자 책상 위에 놓인 스마트폰이 눈에 들어왔다. 잃어버린 게 아니라 집에 두고 간 것이다. 방에 있다고 전하자 마사아키는 "아아, 다행이다" 하고 안도한 목소리로 말했다.

"있으면 됐어. 고마워. 오늘 하루는 스마트폰 없이 지낼게."

마사아키는 그렇게 말하고 전화를 끊었다. 마유미도 버튼을 눌러 무선전화를 끈 후 책상에 놓인 스마트폰을 다시 내려다보았다.

그때 빛에 반사되어 스마트폰 화면에 묻은 자국이 보였다. 오른쪽 아래에서 위로 갔다가 왼쪽 아래로 꺾여서 왼쪽 구석에 이르자 약간 오른쪽으로 되돌아갔다. 혹시 잠금을 해제하는 패턴 아닐까.

마사아키의 스마트폰은 잠금 해제에 패턴 인증을 사용한다. 화면에 표시된 점 아홉 개를 정해놓은 순서대로 이으면 잠금이 해제되는 방식이다. 네 자리 숫자로 잠그는 것보다 복잡해서 다른 사람이 알아내기 어려운 반면 본인이 해제하기는 쉽다. 화면에 패턴을 그린 자국이 남는 게 단점이지만 자주 닦으면 된다.

마사아키는 스마트폰을 두고 갔을 뿐만 아니라 화면도 닦지 않았다. 지금이라면 마사아키의 스마트폰을 훔쳐볼 수 있다.

큰 유혹이었다. 저도 모르게 생침을 꿀꺽 삼켰다. 마유미는 지금까지 남편이나 연인의 휴대전화를 멋대로 훔쳐보는 여자는 한심하다고 생각해왔다. 믿지 않으니까 훔쳐보고 싶은 것이다. 그런 상대와 앞으로 잘해나갈 리 없다. 믿는다면 어떤 경우에든 배우자의 사생활을 존중하고 의심해서는 안 된다.

하지만 지금 마사아키의 사생활을 엿볼 기회가 눈앞에 나타났다. 배우자의 사생활을 존중해야 한다는 신조는 순식간에 머릿속에서 날아가버렸다. 마유미가 알고 싶은 것은 마사아키가 도베냐 도베가 아니냐 그것뿐이었다. 마사아키가 자신을 배신했을까 봐 의심하는 마음은 털끝만큼도 없었다. 결코 신뢰 관계가 흔들린 것은 아니라고 자기 합리화했다.

확실히 하고 싶었다. 아내인 이상 남편과는 운명 공동체다.

자신에게는 알 권리가 있다고 정당화를 꾀했다. 망설이기는 했지만 마음은 이미 정했다. 마유미는 비틀비틀 책상으로 다가가 스마트폰을 집어 들었다.

전원 버튼을 누르자 화면에 점 아홉 개가 나타났다. 떨리는 손가락으로 손 기름이 묻은 자국을 잇자 싱겁게 잠금이 해제됐다.

"아……."

예상한 일이었는데도 목소리가 떨렸다. 이렇게 쉽게 마사아키의 개인적인 세계에 들어오다니. 스마트폰을 집어 들기 전보다 더 긴장한 상태로 메일 앱 아이콘을 눌렀다.

폴더 목록이 표시됐다. 일단 받은 메일함을 열어보자 텅 비어 있었다. 읽은 메일은 다른 폴더로 옮기는 모양이다. 하지만 보낸 사람별로 세세하게 구분해놓은 것 같지는 않았다. 뒤로 돌아가서 메일 보관함을 열었다.

표시된 메일은 마유미에게 받은 메일뿐이었다. 몇 시에 집에 간다는 메일을 매일 주고받으니까 당연하다. 손가락으로 화면을 내려 오래된 메일로 거슬러 올라갔다. 그러자 모르는 사람이 보낸 메일이 나타났다.

상대는 여자였다. 보낸 이에는 야마나카 미나코라고 적혀 있었다. 예상치 못한 사태라 당황스러웠지만 그 메일을 읽지 않고 넘어갈 수는 없었다. 이름을 눌러서 메일을 열었다.

그렇게 큰 충격은 받지 않았다. 마사아키는 이 여자와 만날 약속을 했다. 다음에 같이 밥을 먹을 모양이었다. 누구일까 궁금하기는 했지만 신기할 만큼 질투도 충격도 솟구치지 않았다.

오히려 무릎에서 힘이 빠져 제자리에 주저앉고 싶을 만큼 안도감이 솟아올랐다.

이거였구나. 마사아키는 이 여자와 만난다는 사실을 들키기 싫었던 것이다. 아내 말고 다른 여자와 몰래 만나기로 한 것이 들통나면 난처하리라. 불륜인지 그냥 친구와 만나기로 한 약속인지는 모르지만 마사아키가 하는 일이니 여자와 만나는 데도 정당한 이유가 있을 것 같았다. 소규모 테러하고는 아무 상관도 없다. 마사아키는 도베가 아니었다.

입에서 메마른 웃음이 새어 나왔다. 웃음이 나올 만도 했다. 남편이 몰래 뭔가 하는 낌새를 느끼면 보통은 불륜을 의심한다. 남편이 테러의 배후 인물이 아닐까 의심하다니 상상력이 너무 풍부하다. 진상을 알고 나니 어처구니가 없었다. 얼마나 엉뚱한 지레짐작을 한 건가. 그저 스스로를 비웃고 싶었다.

더 거슬러 올라가서 야마나카 미나코라는 이름을 찾았다. 이제는 눈에 띌 때마다 주저 없이 메일을 읽었다. 대여섯 통 읽고 야마나카 미나코가 고등학교 동창생임을 알았다. 길거리에서 우연히 만나 메일 주소를 교환한 모양이다. 오랜만에 회포를 나누고자 식사 약속을 잡은 듯했다.

스마트폰을 들고 있기가 괴로워졌다. 전원 버튼을 눌러 화면을 끄고 책상에 내려놓았다. 그대로 방에서 나가서 거실 소파에 앉았다.

사유리에게 이 사실을 알려야 할 것 같았다. 괜한 오해를 남겨놓으면 뒤끝이 좋지 않다. 사유리는 마사아키를 범죄자라고 생각한다. 그 오해를 풀어야 한다.

식탁 위에 올려둔 자기 스마트폰을 집어 들었다. 잠금을 해제하고 메일 앱을 열었다. 메일을 쓰려는데 손가락이 멈췄다. 화면에 물방울이 뚝뚝 떨어졌다. 심호흡을 하자 갑자기 가슴이 답답해졌다.

마유미는 꽉 움켜쥔 스마트폰을 감싸 안듯이 상체를 웅크렸다. 참으려고 하면 할수록 눈물이 자꾸자꾸 흘러나왔다. 아무도 없는 거실에서 어깨를 떨며 오열을 꾹 눌러 참았다.

1

실은 두 번째 인물이었습니다, 하고 아나운서가 말했을 때 가와부치 마사아키는 깜짝 놀란 표정이 얼굴에 드러나지 않도록 애썼다.

두 번째라니 무슨 뜻인가. 도베가 체포되었다는 것만으로도 놀라운데, 아나운서 말로는 소규모 테러의 배후 인물이 한 명 더 있다고 한다. 그렇다면 체포된 용의자 중 한 명은 마사아키가 아는 도베가 아닌 셈이다. 도베는 무슨 조직에 소속되어 있었던 걸까.

"배후 인물이 있었구나. 소규모 테러는 자포자기한 사람들이 멋대로 저지르는 짓인 줄 알았어."

아내 마유미가 뉴스를 본 사람이라면 누구나 아주 평범하게 품을 만한 생각을 말했다. 마사아키도 느낀 점을 이야기해야 했지만 지금은 자세한 내용이 알고 싶어서 연기를 할 여유가 없었다. "응" 하고 대꾸하자 마유미는 더이상 말을 꺼내지 않았다. 마사아키가 생각에 잠겼음을 알아차리고 조용히 하기로 한 모양이었다. 마유미의 모든 점이 마음에 들었지만, 같이 사는 남편으로서 꼽자면 눈치가 빠른 점이 제일 좋았다. 마사아키가 아는 사람 중에 마유미만큼 눈치 빠르고 배려심이 강한 사람은 없다.

아침을 다 먹고 먼저 집을 나섰다. 통근 시간 때문에 마사아키가 먼저 집을 나서야 해서 마유미가 뒷정리를 맡는다. 하지만 맞벌이인데 한 사람에게 집안일을 떠넘기는 건 불공평하므로 아침 식사는 마사아키가 준비한다. 남편이 아침밥을 차린다고 하면 마유미의 친구들은 부러워하는 모양이지만 마사아키가 보기에는 아주 당연한 일이었다. 오히려 남자가 집안일을 여자에게 일방적으로 떠맡긴다는 게 이해가 되지 않았다.

소규모 테러의 배후 인물이 두 명이나 체포되었다는 것이 마음에 걸렸다. 또 한 명은 도대체 누구인가. 도베에게 동료가 있다는 말은 한 번도 듣지 못했다. 마사아키에게 말하지 않았을 뿐일까, 아니면 이 사건에 편승해 범죄를 저지른 제삼의 인물인 걸까. 만약 제삼의 인물이라면 체포된 사람들 둘 다 마사아키와 이야기를 나눈 도베가 아닐 가능성도 있다. 마사아키가 아는 도베에게는 아직 경찰이 수사의 손길을 뻗지 않은 것 아닐까. 단순한 인상에 불과했지만 그 도베가 이렇게 쉽사리 경찰에게 붙잡힐 리 없었다.

도베와는 더이상 접촉할 수 없다. 메일 주소를 가르쳐주지 않아서 메일도 못 보낸다. 그러므로 도대체 무슨 일이 벌어지고 있는 건지 도무지 짐작이 가지 않았다. 뉴스 속보만 기다려야 하다니 화가 치밀 만큼 답답했다.

하루 종일 일이 손에 잡히지 않았다. 짬을 내어 화장실 칸막이실에 틀어박혀 스마트폰으로 뉴스를 확인했다. 하지만 경찰이 아직 발표를 하지 않았는지 자세한 내용은 여전히 불분명했다. 공안 경찰은 형사경찰과 달리 모든 일에 비밀주의를 앞세운다고 한다. 어쩌면 자세한 내용을 발표하지 않고 이대로 수사를 종결할 작정인지도 모른다. 속이 탔다.

하지만 괜한 걱정이었다. 그날 밤에 경찰 브리핑이 있었다. 인터넷 뉴스에서 속보를 보고 마사아키는 저도 모르게 몸을 내밀어 모니터 화면에 얼굴을 가까이 댔다. 발표가 진실이라는 보장은 없지만 아무것도 모르는 것보다는 훨씬 낫다. 가능한 한 많은 인터넷 기사를 둘러보며 정보를 모았다.

경찰 브리핑에 따르면 체포된 두 배후 인물의 접점은 찾지 못했다고 한다. 하지만 전혀 관계가 없다고는 할 수 없다. 체포된 두 사람 모두 인터넷에서 도베라는 닉네임을 사용했기 때문이다.

체포된 두 사람은 자신과 같은 경우이다. 마사아키는 순식간에 이해했다. 둘 다 마사아키가 아는 도베가 아니다. 도베의 이름을 이어받은 사람들이다. 도베는 마사아키뿐만 아니라 다른 사람도 끌어들였다.

무슨 사정인지 알고 나자 마음이 차분해졌다. 그랬구나. 냉정하게 따져보았으면 짐작이 갔을 텐데 경찰 브리핑이 있을 때까지 알아차리지 못하다니 동요했던 모양이다. 반성하라고 스스로를 따끔하게 꾸짖었다.

같은 경우라도 체포된 사람들과 마사아키에게는 결정적인 차이가 있었다. 마사아키는 도베의 이름을 이어받지 않아 도베라는 이름으로 활동하지 않는다. 도베와 똑같은 일을 할 생각은 없기 때문이다. 도베에게 크게 영향을 받았지만 다른 길을 가기로 했다. 도베라는 이름으로 활동하던 사람들이 두 명이나 체포되고 보니 역시 이름을 이어받지 않기를 잘했다 싶었다.

다음날 아침 정보 프로그램에서도 어젯밤에 경찰이 발표한 내용이 방송되었다. 아나운서가 판을 들고 두 도베의 공통점을 설명했다. 이 조건들은 자신도 딱 들어맞지 않는가. 마사아키는 비어져나오는 쓴웃음을 애써 참았다.

"일류 기업에 다니는 사람이 소규모 테러의 배후라면, 당신 회사에도 있을 수 있겠다."

마유미가 느닷없이 그렇게 말했다. 무슨 의도로 그런 말을 했는지 몰라서 한순간 대답이 궁했다. 마유미는 눈치가 빠르므로 마사아키도 신중해야 한다. 아직 눈치채지 못했을 테지만 속을 떠보기 위한 대답을 던져보았다.

"······응, 있을지도 모르지."

그러자 마유미는 눈을 동그랗게 뜨고 목소리를 높였다.

"우와, 농담이라도 무섭네."

"하하하. 농담이야, 농담. 그런 사람이 우리 주변에 있을 리 없지."

웃음으로 심각한 화제가 아니라는 것을 강조했다. 마유미도 별 뜻 없었는지 "그럼, 그럼" 하고 넘어갔다. 마침 밥을 다 먹어서 "잘 먹었어" 하고 자리에서 일어섰다. 이 이야기를 계속하고 싶지 않았다.

마유미의 육감을 얕봐서는 안 된다. 도베의 주장에 감명을 받은 뒤로 마사아키는 항상 자신에게 주의를 주었다. 얼마 전에도 마유미가 목욕을 마치고 나온 줄 모르고 방심한 채 컴퓨터로 들키면 곤란한 이야기를 나누고 있었다. 아내 목소리를 듣고 허둥지둥 인터넷 창을 바꾸었지만 마유미가 마사아키의 태도를 부자연스럽게 느꼈다고 해도 이상할 것 없다. 활동 범위가 인터넷으로 한정된 동안은 경찰보다 오히려 마유미를 경계해야 한다. 좋은 아내가 족쇄처럼 느껴질 날이 올 줄은 상상도 못 했다.

집에서 출발할 때 배웅하러 나온 마유미에게 "다녀올게" 하고 말하고 다가서서 입을 맞추었다. 마유미도 "다녀와" 하고 말하며 미소 지었다. 매일 반복되는 사소한 일상이지만 마사아키는 거기서 활력을 얻었다. 마유미의 미소가 사라지는 사태만은 피해야 한다고 늘 마음속으로 다짐했다.

2

마사아키에게는 중학생 때까지 절친한 친구가 있었다. 초등학교 3학년 때 같은 반이 되어 옆자리에 앉은 것을 계기로 친해졌다. 어렸으므로 서로를 깊이 이해하고 친구가 된 것은 아니다. 옆에 있으니까 이야기할 기회가 많았고, 쉬는 시간에도 함께 놀다 보니 자리가 바뀐 뒤에도 관계가 유지된 것이다. 둘 다 활동적이라 놀이 상대로는 최고였다. 정글짐에서 술래잡기를 하고, 철봉에서 거꾸로 오르기 횟수를 겨루고, 함께 축구공을 쫓아다녔다. 당연히 방과후에도 만나서 자전거를 타고 온 동네를 돌아다녔다. 4학년으로 올라갈 때쯤 되자 다른 아이와 노는 걸 상상도 할 수 없을 만큼 친해졌다.

친구의 이름은 고구레였다. 고구레는 마사아키보다 체력이 조금 더 좋았고 공부는 조금 뒤떨어졌다. 그래서 서로 모자란 점을 보충해주며 우정을 길게 이어갔다. 5학년으로 올라갈 때 또 같은 반이 되자 두 사람은 더욱 친해졌다. 다른 아이들과 함께 놀 때도 많았는데, 아이들의 중심에는 늘 마사아키와 고구레가 있었다. 마사아키는 고구레를 신뢰했고, 고구레 또한 마사아키를 믿었다. 서로 집이 가까운 덕에 같은 공립 중학교에 입학하여 몹시 기뻤다. 중학교에서는 반이 갈렸지만 그 정도로 두 사람의 우정은 흔들리지 않았다. 초등학생 때와 마찬가지로 쉬는 시간에 잡담을 하고 방과후에도 만났다. 마사아키는 될 수 있으면 이대로 같은 고등학교에 가고 싶었다. 성적에 큰 차이가 없으니 못 이룰 꿈은 아니었다.

하지만 마사아키가 사립 고교를 지망하지 않는다는 전제하의 이야기였다. 마사아키와 고구레는 공부와 운동에서 비등비등한 성적을 냈지만 가정환경은 크게 달랐다. 마사아키네 집은 나름대로 풍족했지만, 고구레네 집은 경제적으로 궁핍했다. 마사아키는 고구레네 집이 가난하다는 것을 초등학교 때 알았다.

고구레네 집에 놀러갔을 때 자기집과 너무 달라서 놀랐다. 고구레네는 고구레의 여동생까지 합쳐서 가족이 네 명인데도 방 한 칸짜리 연립주택에 살았다. 바깥 복도 난간에 녹이 슬고 외벽에 검은 얼룩이 피어 있는 낡은 연립주택이었다. 그때 고구레는 자기집이 창피한 듯이 고개를 숙이고 바로 집에서 빠져나왔다. 그후 고구레는 마사아키를 자기집 부근에 얼씬도 못 하게 했다.

고구레 아버지는 동네에서 부모에게 물려받은 조그마한 공장을 경영했다. 예전에는 직원이 열 몇 명이나 있었다는데, 마사아키가 고구레와 친해졌을 무렵에는 세 명이서 근근이 꾸려나가고 있었다. 대형 제조사가 해외 업체에 하청을 주는 바람에 일거리가 확 줄어버린 탓이었다. 옛날에는 더 넓은 집에 살았다고 고구레가 자조하듯이 말한 적이 있었다.

경제적으로 아무리 어려워도 요즘 세상에 아들을 고등학교에도 보내지 않는 부모는 없으리라. 하지만 보낼 수 있는 곳은 공립뿐일 것이다. 그렇게 생각한 마사아키는 고구레와 같은 고등학교에 가기 위해 제1지망에 공립을 쓰기로 마음먹었다. 마사아키와 고구레의 성적이라면 제법 수준 높은 공립 고교에 합격할 수 있을 터였다.

하지만 마사아키는 고구레와 같은 고등학교에 가지 못했다.

둘 중 한 명이 수험에 실패했기 때문이 아니다. 고구레는 고등학교 입학 시험조차 치지 못했다. 고구레는 중학교 2학년 때 죽었다.

일가족 동반 자살이었다. 고구레 아버지는 빚을 내어 공장을 경영하다가 이러지도 저러지도 못할 상황에 빠졌다. 제대로 된 금융기관에서는 더이상 돈을 빌릴 수 없어 악질적인 사금융에 손을 뻗은 바람에 더더욱 궁지에 몰렸다. 결국 부도가 나서 공장을 정리한 뒤에도 거액의 빚을 떠안았다. 결단을 내리기까지 어떤 갈등을 겪었을지 마사아키는 헤아릴 수조차 없지만, 고구레 일가는 동반 자살이라는 결론에 다다랐다. 일가족 네 명은 접착테이프로 빈틈을 막은 실내에서 연탄을 피워 자살을 꾀했다. 달아나려고 하면 달아날 수도 있었을 텐데 그러한 흔적은 전혀 없었다고 하니 고구레도 자살하기로 마음먹은 것이리라. 일가족 네 명이 서로 부둥켜안은 모습으로 죽었다는 소문을 나중에 들었다.

그 사건은 마사아키의 인생관에 결정적인 상처를 남겼다. 마사아키는 처음에 친구의 죽음을 받아들이지 못했다. 중학생에게 죽음은 일상과 너무나 동떨어진 개념이었다. 어제까지 팔팔하게 살아 있던 사람이 오늘 이 세상에 없다는 가혹한 사실을 도저히 받아들일 수 없어서 자신을 둘러싼 현실이 실은 허구가 아닐까 의심했다. 고구레가 없는 평행세계에 빠졌을 뿐 원래 세계에는 아직 고구레가 있다. 중학생다운 상상으로 겨우 친구의 부재를 정당화했다. 언젠가 다시 고구레와 만날 수 있다고 진심으로 믿어 의심치 않았다.

마사아키는 몰래 결심했던 것처럼 공립 고교에 진학했다. 함께 입학하기로 했던 고구레는 거기 없었다. 절대 인정하고 싶지 않았던 고구레가 죽었다는 사실이 서서히 가슴에 스며들었다. 마사아키는 자신에게서 친구를 앗아간 것의 정체가 무엇인지 줄곧 생각했다.

직접적인 원인은 고구레 일가의 궁핍한 경제 사정이었다. 그렇다면 궁핍해진 원인은 무엇일까. 고구레 아버지가 변변치 못했기 때문일까. 그것도 원인 중 하나이기는 하리라. 아직도 일본에는 수많은 영세 공장이 존재한다. 저마다 힘든 사정이 있겠지만, 그렇다고 해서 모든 경영자가 일가족 동반 자살을 꾀하지는 않는다. 고구레 아버지에게 가족을 부양할 능력이 없었던 것은 분명했다.

그렇다면 고구레 아버지를 미워하면 될까. 그건 아닌 것 같았다. 고구레 아버지 또한 희생자인데 어찌 미워하겠는가. 무엇에 희생됐느냐고? 바로 빈곤이다. 그렇다면 무엇이 빈곤을 만들어냈는가? 경제 구조? 사회 시스템? 마사아키는 조금씩

답을 찾아나갔다.

일본 사회가 고구레를 죽인 것이다. 마침내 마사아키는 그런 결론을 내렸다. 하지만 너무나도 막연한 결론에 마사아키는 무력감을 느꼈다. 사회가 고구레를 죽였다면 그것은 필연적인 결과 같지 않은가. 일본에 사는 한 고구레는 죽을 수밖에 없단 말인가. 일본이란 그런 나라인가. 자신이 살아가는 평온한 일상과 고구레가 경험했을 모질고 박정한 환경의 차이에 마사아키는 혼란스러움을 느꼈다.

다시금 전부 허구라는 생각이 들었다. 허울뿐인 평화, 허울뿐인 유복함, 허울뿐인 행복. 껍질을 한 꺼풀 벗기면 중학생의 목숨을 빼앗는 잔혹한 세상이 펼쳐진다. 마사아키는 우연히 운이 좋았기 때문에 껍질에 싸인 세상에 살고 있다. 껍질 아래 현실적인 세상에서 괴로워하는 사람과의 차이는 운이 있느냐 없느냐뿐이다. 왜냐하면 마사아키와 고구레는 여러 가지 면에서 능력이 거의 비슷했기 때문이다. 그런데도 한 명은 요절했고 한 명은 일류 대학에 진학하여 캠퍼스 생활을 누렸다. 눈에 들어오는 모든 것이 허구로 보였다.

껍질에 싸인 세상에서 살아가는 마사아키는 껍질 아래로 갈 수 없었다. 올라탄 레일이 너무 튼튼하여 탈선하기는 불가능했다. 일류 대학을 나와 일류 기업에 입사했지만 여전히 붕 떠 있는 느낌이었다. 자신처럼 레일에 올라타 살아가는 사람은 이 세상이 허구라는 사실조차 모르는 게 아닐까 싶었다.

마유미같이 바랄 나위 없는 배우자를 얻은 것도 비현실에 살고 있기 때문이라고 생각했다. 허구의 세상에서는 무슨 일이든 일어난다. 마유미 같은 미인이 호감을 품고 먼저 다가오다니 말도 안 된다. 마유미와 결혼하여 기뻤지만 자신이 고구레 몫의 행복까지 차지한 것 같아 무섭기도 하고 미안하기도 했다.

그래서 마유미가 유산했을 때는 허구의 껍질이 벗겨졌다고 느꼈다. 진짜 세상의 모습이 드러났다. 그렇게 뭐든지 잘될 리가 없다. 허구의 틈이 벌어져 자신과 마유미를 삼킬 것인가. 혼자 살 때라면 그것도 나쁘지 않겠지만 마유미와 결혼한 지금은 껍질 아래로 떨어질 수 없었다. 풍요로운 허구의 세상에 머물려면 어떻게 해야 할까.

그렇게 고민할 때쯤 소규모 테러가 발생하기 시작했다. 껍질 아래 세상의 역습이라고 마사아키는 받아들였다. 허구는 영원히 계속되지 않는다. 경계선이 모호해져 허구와 현실이 뒤섞이는 날이 찾아왔다. 수많은 사람들이 거짓된 세상에 살고 있음을 깨달을 것이다. 레지스탕스들은 바로 사람들을 일깨우기 위해 목숨을 버리고 있는 것이라고 마사아키는 짐작했다.

오히려 허구와 현실이 뒤섞이면 껍질 아래 세상으로 떨어질 걱정도 없다고 받아들였다. 그렇다면 소규모 테러는 환영해야 마땅한 현상이었다. 지금까지 사회는 동반 자살할 수밖에 없었던 일가족처럼 궁지에 몰린 사람들을 외면해왔다. 하지만 이제부터는 보고도 못 본 척하면 역습당한다. 마사아키는 허구의 평안에 젖은 사회가 눈을 뜨고 현실을 똑바로 보기를 바랐다.

3

로그인해서 비공개 모임에 들어가자 아직 아무도 접속하지 않은 상태였다. 오늘은 모두 야근일까. 채팅은 포기하고 게시판을 들여다보았다. 새 글이 없어서 마사아키가 문제를 제기하는 글을 올렸다.

오늘 젊은 엄마와 아이가 굶어 죽었다는 뉴스를 봤습니다. 아직 상세한 내용은 모르지만 이렇게 발전한 사회에서 사람이 굶어 죽다니 말이 됩니까? 일본 사회의 번영이 허상에 불과하다는 것을 다시 확인한 심정입니다. 여러분은 어떻게 생각하십니까?

인터넷에서 보고 머리를 세게 얻어맞은 것처럼 큰 충격을 받은 뉴스였다. 일가족 동반 자살도 딱하기 그지없는데 엄마와 아이가 굶어 죽다니. 일본에서 일어난 일이 맞나 눈을 의심했지만 이것이야말로 일본이라고 생각을 바꾸었다. 허상의 껍질을 벗긴 일본의 진짜 모습. 일본 사회는 이제 굶어 죽는 사람이 나올 만큼 살벌해지고 말았다.

인터넷 기사에 따르면 엄마는 스물네 살, 딸은 세 살이었다고 한다. 엄마는 건강 악화로 일을 그만두어 무직이었고 통장 잔액도 바닥을 드러냈던 듯하다. 냉장고는 텅 비었고 집에는 다른 먹을 것이 하나도 없었다. 전기와 가스도 끊겨서 물밖에 입에 댈 수 없는 상태였던 모양이다.

왜 다른 사람에게 도움을 요청하지 않았는지 마사아키는 화가 치밀어오를 지경이었다. 인터넷 기사는 수박 겉 핥기 식이라 읽고 나자 수많은 의문이 생겼다. 아이 아빠는 어디에 있는가. 아이 엄마는 부모에게 기댈 수 없었나. 도와줄 친구는 없었나. 행정적인 지원을 받을 수 있는지 알아볼 생각은 없었나.

아이 엄마가 너무 대책 없기는 했다. 자기 혼자 비명에 갔다면 또 모르지만 세 살배기 딸과 함께 굶어 죽다니 세상을 살아가는 방법을 몰라도 너무 몰랐다. 사회가 아무리 냉담하다고 해도 살아갈 방법은 있었을 것이다. 지인이나 행정기관에 의지하지 않은 것은 아이 엄마가 삶에 절망했기 때문일까. 처참하게 굶어 죽기를 선택할 만큼 허무감에 빠졌는지도 모른다.

아이 엄마만 탓한다고 될 일이 아니다. 역시 이 일은 고구레의 죽음과 같은 유에 속한다. 고구레가 사회에 의해 죽임을 당한 것처럼 이 모녀도 사회에 의해 벼랑 끝에 몰려 갈 곳을 잃고 굶어 죽는 수밖에 없었으리라. 배가 고파서 죽어가는 아이와 그 모습을 그저 바라볼 수밖에 없었던 아이 엄마의 심정을 상상하자 너무 안타까워서 눈물이 흘렀다. 무력한 아이 엄마와 무력한 자신의 모습이 겹쳐서 감정이 요동쳤다.

이 일에 대해 다른 멤버들은 어떻게 생각하는지 의견을 들어보고 싶었다. 껍질 아래 세상에 사는 사람들의 의견을. 그들은 여유 없이 매일을 살아간다. 하루하루를 근근이 버티기 위해 야근도 마다하지 않는다. 오늘은 모두 밤늦게까지 일에 시달리고 있으리라. 이 또한 볕이 드는 세상에서 살면 좀처럼 알기 힘든 현실이다. 잠시 기다렸지만 역시 아무도 오지 않아서 로그아웃했다. 내일 아침이면 누가 의견을 써놓았을 것이다.

거실에 있던 마유미를 불러 잠자리에 들기로 했다. 불을 끄고 침대에 눕자 어둠 속에서 마유미가 말을 붙였다.

"저기, 요즘 바빠?"

걱정하는 말투였다. 그렇게 피곤해 보였나. 딱히 피곤하다는 생각을 해본 적이 없었으므로 의아했다. 어쩌면 자신만 모를 뿐 다른 사람 눈에는 초췌해 보이는지도 모른다.

"아니, 그렇게 바쁘지는 않은데. 왜?"

마유미는 바로 대답하지 않았다. 잠시 침묵이 이어지다가 목소리가 들렸다.

"어쩐지 여유가 별로 없어 보여서. 괜한 소리 해서 미안해."

여유라. 뜻밖의 말을 듣고 이번에는 마사아키가 할말을 잃었다. 도베가 체포됐다는 소식을 들은 이후로 신경이 날카로워졌는지도 모른다. 무슨 일이 벌어지고 있다는 생각에 긴장감이 커졌다. 다만 그러한 속내를 겉으로 드러낸 적은 없었다. 그래도 같이 사는 마유미의 눈은 속일 수 없었단 말인가.

마유미에게 자신의 뜻을 밝힐까 생각해본 적은 있었다. 하지만 밝히지 않는 편이 낫겠다고 결론을 내렸다. 마유미는 분명히 자신의 뜻을 따를 것이다. 그 점은 의심의 여지가 없다. 그러나 마유미는 원래 다툼을 싫어하는 성격이다. 마사아키의 계획에 참가한다고 해도 결코 본의는 아닐 것이다. 그런 사람을 끌어들이려니 아무래도 망설여졌다.

마유미에게는 숨겨야 한다. 심리적인 부담이 컸지만 다 마유미를 위해서다. 만약 마유미가 자신의 태도를 수상쩍게 여겼다면 조심해야 한다. 목소리가 평소와 다르지 않기를 바라며 "걱정 마. 기분 탓이야" 하고 대답했다. 마유미는 "알았어"라는 말을 끝으로 입을 다물었다. 잠시 후에 "잘 자"라는 목소리가 들렸다.

다음날 아침 옷을 갈아입으면서 스마트폰으로 게시판을 확인하자 글이 올라와 있었다. 차분하게 읽고 싶었지만 마유미가 의심스러워할 만한 행동은 하면 안 된다. 세수, 식사, 이 닦기, 출근 준비 등등 일련의 아침 일과를 마치고 집을 나섰다. 역을 향해 걸으면서 스마트폰을 조작해 게시판에 들어갔다. 마사아키가 제기한 문제에 제일 먼저 반응한 사람은 톰톰이었다. 톰톰의 댓글은 짧았다.

병으로 죽었을 가능성은 없나요?

아이 엄마는 건강이 악화되어 직장을 그만두었다고 기사에 나왔으니까 병으로 죽었을 가능성도 있다. 엄마가 먼저 죽으면 세 살배기 딸이 살 방도가 없으니 도움을 청하지도 못하고 불쌍하게도 굶어 죽었을지도 모른다. 엄마가 살아볼 노력도 하지 않고 굶어 죽었다는 것보다 훨씬 설득력 있는 이야기였다.

톰톰은 말이 많지는 않지만 가끔 이처럼 날카로운 의견을 내놓는다. 인터넷에서만 아는 사이지만 마사아키가 보기에 톰톰은 머리가 꽤 좋은 사람 같았다. 왜 이렇게 머리가 좋은 사람이 빈곤하게 사는지 신기하기 짝이 없었다. 자세한 사정을 들은 것은 아니지만 부모가 가난하여 대학에 가지 못했거나 심신의 건강 문제로 학교 가기를 포기했거나 둘 중 하나이리라. 일본에는 이런 사람을 지원해줄 시스템이 없다. 한번 레일에서 벗어나면 아무리 머리가 좋아도 사회에서 능력을 살릴 방법이 없다. 톰톰은 현대사회의 이중성을 상징하는 인물이라고 마사아키는 늘 생각했다.

그다음에 댓글을 단 사람은 하기였다. 하기의 댓글을 읽고 마사아키는 충격을 받았다.

돈이 없어서 굶어 죽다니 평범하게 살아가는 사람에게는 엄청 어이없는 이야기겠지만 난 실감나게 와닿더군. 남의 일이 아니야.

하기 역시 굶어 죽을지도 모른다는 공포와 등을 맞대고 살고 있구나. 마사아키는 그들의 생활과 심정에 바짝 다가서서 살아왔다고 여겼지만 상상력이 모자랐음을 깨달았다. 하기가 한 달에 얼마나 버는지 물어보고 싶은 유혹에 시달렸다.

마사아키는 평소에 쓰는 글로 보아 하기가 꽤 젊지 않을까 추측했다. 다른 멤버에 비해 퉁명스러운 점에서도 삶이 팍팍한 젊은이라는 이미지가 물씬 풍겼다. 때때로 사려가 부족한 면을 드러낼 때도 있지만 남의 의견을 유연하게 받아들이는 포용성을 갖추고 있어 마사아키는 호감을 느꼈다.

댓글을 단 사람은 그 두 명뿐이었다. 마사아키는 걸으면서 엄지손가락을 바쁘게 움직여 두 사람에게 댓글을 남겼다.

톰톰—분명한 사인을 알고 싶네요.

하기-행정적인 지원을 받을 생각은 없나요.

걸으면서는 이 정도 짧은 문장을 쓰는 것이 고작이다. 댓글
이 제대로 달렸는지 확인하고 스마트폰을 안주머니에 넣었다.
남의 눈이 있는 데서는 비공개 모임에 접속하고 싶지 않았으므
로 역에 도착한 후로는 일반 사이트만 돌아다녔다. 아사 사건
의 속보는 눈에 띄지 않았다.

그날 업무를 마치고 귀가하기 전에 다시 게시판을 보았다.
세 번째 인물이 댓글을 달았다. 막번뇌莫煩惱였다. 가마쿠라 시
대, 원나라의 2차 침공을 피하기 어렵겠다고 각오한 싯켄◀ 호
조 도키무네가 스승인 무가쿠 소겐에게 조언을 구했을 때 '막
번뇌'라는 말을 내려주었다고 한다. '망설이지 말고 믿는 바를
행하라'는 의미다. 이런 말을 닉네임으로 쓴다는 것에서 막번
뇌의 지식이 얼마나 풍부한지 알 수 있다. 톰톰과 마찬가지로
사회에서 정당한 평가를 받지 못하는 지성의 소유자였다.

굶어 죽다니 체념이나 오기가 엿보이는 느낌이로군요.

막번뇌의 글은 늘 차분해서 하기와는 반대로 인생 경험을 쌓
은 사람이라는 인상을 준다. 나이가 좀 있지 않을까. 적어도 사
십 대 후반 이상. 마사아키가 모은 멤버 중에서는 아마도 가장

▶ 가마쿠라 막부에서 쇼군을 대신해 실제 정치를 총괄하던 직책.

나이가 많을 것이다.

체념이나 오기가 엿보인다는 지적에 과연 그렇다 싶어 감탄했다. 마사아키도 체념은 느꼈지만 오기일 수도 있다는 생각은 못 했다. 행정적인 지원에 의존하기는 싫다고 오기를 부리며 세 살배기 딸을 죽게 내버려두는 엄마가 있을까. 도저히 상상이 되지 않았다. 역시 체념이나 무기력 혹은 대응할 방법을 몰랐다는 소극적인 이유로 죽음을 맞았다는 것이 진실에 좀더 가까울 듯했다.

집에 와서 마유미가 목욕하는 사이에 다시 게시판을 들여다보니 하기의 댓글이 또 달려 있었다. 하기는 막번뇌의 추측을 지지했다.

공감이 간다. 나도 자비라도 베푸는 듯한 지원 정책에는 의존하기 싫다는 오기가 있어. 동냥하듯이 손을 벌릴 바에야 굶어 죽는 게 속 편해.

그렇구나. 그들의 감각으로는 오기를 부린 끝에 굶어 죽는 것도 있을 법한 일이다. 어찌 보면 단식 투쟁이나 다름없다. 굶어 죽는 사람이 발생하는 현실을 실감하지 못하는 마사아키와 그러한 현실 속에서 살아가는 그들. 양쪽 사이의 골을 확인할 수 있었다.

마사아키는 굶어 죽기가 선택이라는 발상을 반겼다. 아사는 사회에 항의하는 방법 중 하나다. 그들은 사회에 항의해야 한다. 하지만 소규모 테러가 최선의 수단은 아니다. 관계없는 사람에게까지 해를 입히는 테러는 용인할 수 없다. 더 현명하게 행동해야 바람직한 사회적 반응을 이끌어낼 수 있다.

굶어 죽는 사람이 발생하지 않으려면 사회는 어떻게 변해야 할까요?

마사아키는 다음 문제를 제기했다. 그들과 토론을 나누면 즐겁다. 그들 마음속에서 문제의식이 자라나 행동에 나설 의욕이 높아지고 있다는 것이 느껴졌다.

4

인터넷에서 알게 된 도베는 약자의 등을 떠밀라고 마사아키에게 말했다. 그들의 현재 상태는 너무 비참하다. 하지만 그들은 그 상태에서 벗어날 방법을 모른다. 한 사람 한 사람의 작은 힘을 모으면 사회를 바꿀 수도 있다고 가르쳐주어야 한다. 당신이라면 할 수 있다고 도베는 부추겼다.

소규모 테러를 저지르는 레지스탕스를 만들라는 것이다. 마사아키는 도베의 진의를 바로 알아차렸다. 정말 놀랐다. 소규모 테러 범죄자들은 접점이 없으며, 그저 사회적 약자가 폭발한 결과 테러로 치닫는 것이라고만 생각하고 있었기 때문이다. 설마 배후에 사주하는 사람이 있었고, 자신에게도 똑같은 짓을 하라고 요구할 줄은 상상조차 못 했다. 자신이 지금 일본의 치안을 뿌리부터 뒤흔드는 범죄자와 접촉하고 있다는 것을 깨달았다.

예전부터 현대사회를 고찰하는 도베의 안목은 자신보다 한 수 위라고 느꼈다. 귀를 기울일 가치가 있었고 전부 다는 아니지만 의견에 공감할 수 있었다. 도베의 지적을 받고 몽매함을 깨우친 적도 여러 번이었다. 도베처럼 생각이 깊은 사람이 여러 명 모여서 정치가가 되면 일본 사회는 확실히 변할 것 같았다.

마사아키는 도베가 어떤 사람인지 몰랐다. SNS에서만 알고 지냈기 때문이다. 나이도 직업도 모른다. 다만 입만 산 사람은 아닐 것이라 느꼈다. 행동으로 옮기지 않는 선동자의 말은 아무래도 공허한 느낌이 들게 마련이다. 도베의 말에는 힘이 있었다. 지금 당장은 가만히 있어도 머지않아 행동에 나설 사람이라고 마사아키는 짐작했다.

하지만 소규모 테러를 사주하는 것이 도베가 선택한 행동이었다니 너무 뜻밖이었다. 묵직한 진실을 알고 나자 사고가 잠시 정지됐다. 어떻게 대응해야 할지 최선의 방법을 찾을 수 없었다. 경찰에 신고하는 것이 꼭 올바른 대응은 아닌 것 같았다. 도베가 지금까지 내놓은 의견에 마사아키도 꽤 높은 비율로 동의했기 때문이다. 도베 정도 되는 사람이면 깊은 고찰을 거듭한 끝에 소규모 테러야말로 사회를 바꿀 수 있는 수단이라고 결론을 내렸으리라. 단순한 무정부주의자와는 다를 것이다. 하지만 마사아키는 도베만큼 깊이 고민해보지 않았으므로 도베가 내린 결론을 바로 받아들일 수 없었다.

마사아키는 생각할 시간을 달라고 대답했다. 약자가 생기지 않는 사회, 모두가 행복하게 살 수 있는 사회를 실현할 수단에 대해 한번 진지하게 생각해보고 싶었다. 마사아키의 대답에 도베는 알았다고 했다. 그리고 접촉을 끊었다.

다음날이 되자 도베의 SNS 계정이 삭제됐다. 메일 주소를 모르므로 계정이 삭제되면 연락할 방법이 없다. 도베는 마사아키가 망설이는 것을 알고 몸을 감춘 것이다. 망설이는 인간은 소규모 테러를 사주한다는 방법론을 받아들이지 않고 경찰에 신고할지도 모른다. 안전을 지키기 위해서는 사라져야 한다. 순식간에 자취를 감추었다는 사실에서 도베의 말이 진실임을 알 수 있었다. 도베는 정말 소규모 테러의 배후 인물이었다.

그로부터 며칠간 소규모 테러가 옳은지 그른지 따져보았다. 과연 소규모 테러로 사회를 바꿀 수 있을까. 깊이 생각한 끝에 단기적으로는 불가능하고, 장기적으로는 바꿀 수 있는 가능성이 있다는 결론을 내렸다. 생각하는 과정에서 사회 시스템이 아니라 사회를 구성하는 개개인의 마음가짐을 바꿔야 한다는 것을 깨달았다. 우리 모두가 당사자라는 의식이 사라진 현실과 약자를 보고도 못 본 척하는 태도를 바로잡아야 하며, 이는 시스템을 바꾼다고 해서 하루아침에 해결될 일이 아니다. 권투에 비유하자면, 소규모 테러는 상대를 한 방에 케이오시킬 수 있는 강펀치가 아니라 서서히 효과가 나타나는 보디 블로다. 사람들이 언제 테러로 죽을지 모른다고 진지하게 겁을 먹으면 빈곤층의 고충을 자기 일처럼 받아들일 수 있을 것이다. 하지만 그러려면 시간이 걸린다. 희생자가 얼마나 나와야 할지 마사아키는 짐작도 가지 않았다.

그러므로 소규모 테러는 최선책이 아니었다. 희생자가 나오는 것을 당연하게 여기는 필요악을 긍정할 수는 없었다. 자신만 잘살면 된다는 발상을 뜯어고치기 위해 사람들을 살상하다니 앞뒤가 안 맞는다. 목적은 수단을 정당화하지 못한다. 마사아키는 역시 소규모 테러를 인정할 수 없었다.

하지만 도베의 주장에 큰 자극을 받았다. 행동에 나서야 한다. 그렇다면 소규모 테러와는 다른 방법을 모색해야 하리라. 남에게 피해를 입히지 않고 사회의식을 바꿀 수는 없을까. 할 수 있다는 확신은 없었지만 빈발하는 소규모 테러를 막기 위해서라도 해내야만 했다.

그러고자 마사아키는 사람들을 모았다. 인터넷을 끈기 있게 돌아다니며 확고한 의견과 문제의식이 있는 사람을 끌어들였다. '좀더 좋은 사회를 만들기 위한 방법을 모색하는 모임'이라는 이름으로 비밀번호를 입력해야 들어올 수 있는 비공개 모임을 만들었다. 다른 사람의 의견에 빈정거리지 않으며 냉소적으로 굴거나 자포자기하지 않고 건설적으로 생각하는 사람이라는 조건에 맞는 인재를 찾기는 무척 힘들었지만, 그래도 조금씩 수가 늘어났다. 많이 모을 필요는 없다. 겨우 몇 명으로도 얼마든지 사회를 바꿀 수 있다고 마사아키는 믿었다.

마사아키가 굶어 죽는 사람이 발생하지 않으려면 사회는 어떻게 변해야 하느냐는 문제를 제기하자 댓글이 몇 개 달렸다. 하기가 제일 먼저 반응했다. 사람이 굶어 죽는 현실이 실감나게 와닿았다고 말했을 정도니 예전부터 무슨 생각이 있었던 것이리라.

북유럽처럼 세율을 높이는 대신 복지 정책을 강화하면 되지 않을까? 물론 남의 떡이 더 커 보이는 법이니까 북유럽이 살기 좋게 느껴지는 거겠지만. 그래도 일본인에게는 꽤나 잘 맞는 제도 아닐까 싶은데.

빈곤층에 속한 사람과 이야기를 나누다 보면 북유럽형 사회를 이상으로 여기는 발언을 종종 듣는다. 물론 북유럽형 사회로 바꾸기 위해서는 수많은 어려운 문제를 해결해야 한다. 카트만두가 그 점을 지적했다.

북유럽형 사회는 정부를 신뢰하는 게 전제 조건이야. 그러니까 일본에서는 어려울걸.

정부가 세금을 적절하게 쓸 것이라 믿으므로 국민은 높은 세율을 감수한다. 하지만 일본에서는 세금이 적절하게 사용된다는 보장이 없다. 대부분의 일본인은 세금이 올바르게 사용될 리 없다고 포기한 것 아닐까. 하기 말대로 기질적으로는 일본인에게 적합할지도 모르지만 대전제가 성립하지 않으므로 무리다. 일본인을 정직하고 도덕적이라고 생각하는 외국인이 많고, 실제로 잃어버린 지갑이나 휴대전화의 주인을 찾아주는 몇 안 되는 나라이기는 하지만 어째서인지 개인 수준에서만 그렇다. 집단이 되면 윤리에 반하는 짓을 서슴없이 저지르는 것 또한 일본인의 기질이다.

카트만두는 멤버 중에서 이질적인 존재였다. 마사아키는 멤버들의 과거와 나이를 모르지만 카트만두는 스스로 밝혔으므로 안다. 네팔의 수도 카트만두에 십 년 남짓 살다가 삼 년 전에 일본으로 돌아왔다고 한다. 십 년 동안 네팔보다 일본이 더 많이 변했다. 십 년 만에 일본에 돌아오니 마치 다른 나라 같아서 세월 가는 줄도 모르고 신선들의 바둑을 구경한 나무꾼이 된 기분이었다며 카트만두는 웃었다. 십 년 전을 생각하며 일본에 돌아온 탓에 이렇게 일자리가 없을 줄은 몰랐다며 푸념한 적도 있었다. 마흔 살에 일본으로 돌아왔으니 지금은 마흔세 살이다. 결혼은 안 했고 사이타마에 산다고 한다.

소규모 테러를 저지르면 많은 사람이 죽거나 다치죠. 하지만 굶어 죽으면 집주인에게는 누가 되겠지만 사상자는 나오지 않아요. 레지스탕스는 굶어 죽는 게 나아요.

톰톰은 이렇게 댓글을 달았다. 글이 짧아서 설명이 부족했지만 소규모 테러를 저지르는 사람만큼 굶어 죽는 사람이 많이 생기면 사회에 같은 인상을 남길 수 있다고 말하고 싶은 것이리라. 그건 그렇다고 마사아키는 수긍했다. 굶어 죽는 사람이 자꾸 생기면 국제적으로도 체면이 서지 않는다. 국민의 데모는 태연하게 무시해도 외국의 차가운 시선은 견디지 못하는 것이 정치가다. 사회에 항의하기 위해 많은 사람이 굶어 죽으면 대책을 강구할 수밖에 없을 것이다.

문제는 굶어 죽는 것이 몹시 괴로우리라는 사실이었다. 자의로 굶어 죽으려면 보통이 넘는 의지력이 필요하다. 그렇게 죽을 바에야 차라리 많은 사람을 저승길 길동무 삼아 죽는 편이 낫다고 여기는 사람이 많을 것이다. 많은 사람이 굶어 죽는다는 방법으로 사회에 호소하기는 어렵지 않을까.

댓글은 세 개뿐이었지만 방금 전에 글을 남긴 톰톰은 아직 로그인 상태였다. 톰톰이 접속중임을 알리는 팝업창이 화면 오른쪽 아래편에 떠 있었다. 팝업창을 클릭해서 채팅을 하지 않겠느냐고 제안했다. 바로 "그러죠" 하고 답변이 왔다. 마사아키는 굶어 죽으려면 아주 괴로울 테니 소규모 테러의 대안으로 삼기는 힘들지 않겠느냐고 방금 생각한 자신의 의견을 밝혔다.

저도 굶어 죽기는 싫어요.

마사아키의 말에 톰톰은 대뜸 그렇게 답했다. 그 냉랭한 반응에 그만 쓴웃음이 나왔다. 톰톰은 소규모 테러를 부정하지만 굶어 죽기도 싫은 것이다. 참으로 인간다웠다. 동지로 삼을 만한 사람이라는 마음이 굳어졌다.

톰톰 씨는 굶어 죽는 사람이 생기는 사회를 어떻게 생각하세요? 잘못됐다고 생각지 않습니까?

다시 물어보자 톰톰이 되물었다.

고구레 씨는 어떻게 생각하시는데요?

마사아키는 이 비공개 모임에서 고구레라는 닉네임으로 활동한다. 죽은 친구를 위한 일이기 때문이다. 마사아키의 대답은 정해져 있었다.

저는 절친한 친구를 일가족 동반 자살로 잃었습니다. 일가족 동반 자살도 아사도 비참하기는 매한가지죠. 그런 일이 일어나지 않는 세상이 오기를 진심으로 바랍니다.

마사아키는 이 모임을 시작할 때 일가족 동반 자살로 친구를 잃었다는 사실을 멤버들에게 밝혔다. 그래서 그들은 마사아키의 제안을 받아들인 것이다. 아니면 껍질에 싸인 허구의 세상에 사는 마사아키의 말에 귀를 기울이지 않았으리라. 마사아키만 안정된 삶을 살고 있다는 것을 멤버들은 알고 있었다.

저도 굶어 죽는 사람이 나오는 사회가 바람직하다고 생각하지는 않아요. 하지만 이상하다고 생각하지도 않죠.

톰톰이 뜻밖의 말을 꺼냈다. 무슨 뜻이냐고 물어보려고 했을 때 화면 오른쪽 아래편에 새로 로그인한 사람이 있음을 알리는 팝업창이 떴다. 막번뇌였다. 막번뇌는 "저도 끼어도 될까요?" 하고 조심스레 물었다.

— 물론이죠. 어서 오세요. 막번뇌 씨의 의견도 듣고 싶네요.

— 아니요, 일단 톰톰 씨의 이야기를 마저 듣고 싶군요. 끼어들어서 죄송합니다.

막번뇌는 예의 바르게 발언 순서를 톰톰에게 양보했다. 톰톰은 아무 일도 없었다는 듯이 말을 이었다.

판단 기준을 어디에 두느냐에 따라 달라지겠지만, 모든 사람이 평등한 사회의 역사는 길게 봐도 고작 이삼백 년밖에 되지 않아요. 일본에서는 더 짧고요. 즉 사회는 불공평한 상태가 보통인 셈이죠. 에도시대 때는 흉년이 들면 사람들이 굶어 죽는 일이 흔했어요. 지금까지 굶어 죽는 사람이 나오지 않는 시대가 우연히 계속되었을 뿐이고, 다시 원래대로 돌아갔다고 볼 수도 있지 않을까요?

톰톰의 지적에 맹점을 찔린 기분이 들었다. 애당초 모두가 평등한 사회는 환상이라는 뜻인가. 허구의 세상에 살고 있다는 마사아키의 실감과 묘하게 일치했다. 허구는 결국 허구에 불과한 걸까. 균형이 조금만 무너지면 바로 본래 모습이 드러난다. 현실 세상에 사는 사람을 허구로 불러들일 방법은 없을까.

재미있네요. 모두 평등하다는 꿈이 산산이 부서진 셈이로군요. 말씀을 듣고 보니 제가 가난한 것도 어쩔 수 없는 일이라는 기분이 듭니다.

막번뇌까지 그렇게 말했다. 아니, 그렇지 않다. 반사적으로 반발심이 솟구쳤다.

—꿈은 계속 꾸어야 실현되는 법입니다. 꿈조차 꿀 수 없는 사회는 잘못됐어요.

—꿈도 젊을 때나 꿀 수 있는 거죠.

막번뇌의 말에서 체념이 느껴졌다. "굶어 죽다니 체념이나

오기가 엿보이는 느낌이로군요"라고 쓴 댓글에는 자기 심정이 반영됐는지도 모른다. 이 모임에 가입한 멤버 중 막번뇌가 제일 연장자로 추정된다. 막번뇌의 나이로는 더이상 꿈을 꾸기 힘든 걸까.

막번뇌를 동료로 삼은 것은 실수일지도 모른다는 생각이 문득 뇌리를 스쳤다. 물론 단념하기는 아직 이르다. 구체적인 방안을 제시하면 막번뇌도 체념을 떨쳐낼지도 모른다. 하지만 관찰이 필요하다. 마사아키는 유념해두기로 했다.

마사아키가 모은 멤버는 모두 생각하려 애쓴다. 사고가 정지된 사람은 없다. 하지만 체념은 마음을 좀먹는 독이다. 어쩔 수 없다고 체념하면 거기서 끝이다. 그들의 마음에서 체념을 뿌리뽑고 행동으로 사회를 바꿀 수 있다는 믿음을 심어야 한다. 행동에 나설 시기를 더이상 미룰 수는 없을 것 같았다.

5

목욕하고 나오자 마유미가 어쩐지 멍한 얼굴로 텔레비전을 보고 있었다. 뭘 보나 싶어서 마사아키도 텔레비전으로 시선을 돌렸다. 텔레비전 화면에 밀착 취재를 받는 총리의 모습이 비쳤다. 조금 들어보고 모녀가 굶어 죽은 일에 관한 이야기를 하고 있다는 것을 알았다. 마유미가 옆에 있다는 것도 잊고서 어느새 그쪽에 정신을 집중했다.

"일본은 생활보호 수급을 받는 빈곤 가정의 비율이 낮습니다. 도움이 필요한 가정 중에 극히 일부만 도움을 받고 있는 실정이죠. 서민이 굶어 죽는 비극이 두 번 다시 일어나지 않도록 수급자 비율을 높이기 위해 노력하라고 지시했습니다."

젊은 엄마와 딸이 비참하게 굶어 죽었다는 소식을 접하고 총리도 한마디하지 않을 수 없었던 모양이다. 대책을 강구하는 것은 좋다. 특히 현재 총리는 평소 정치에 관심이 없는 사람들에게도 인기가 있으므로 많은 사람들이 그의 말에 귀를 기울일 것이다. 이 나라가 굶어 죽는 사람과 동반 자살하는 일가족을 만들어내고 있다는 사실을 국민 한 사람 한 사람이 자각해야 했다.

"약자를 내치는 정책을 추진하면서 카메라에 얼굴을 비출 때만 착한 사람인 척한다니까."

총리의 말을 듣고 마유미가 날카로운 반응을 보였다. 평소 마유미는 총리의 똑 부러지는 말에 고개를 끄덕일 때가 많았는데, 심경에 무슨 변화가 생긴 걸까. 놀라서 젖은 머리를 말리던 손이 멈췄다. 싹 달라진 마유미의 태도에 무슨 의미가 담겨 있는지 읽어내려고 애썼다.

"정부가 좀더 열심히 사회적 약자를 구제한다면 소규모 테러는 일어나지 않을 텐데. 그렇지 않아?"

마사아키의 반응을 눈치채고 마유미가 덧붙여 말했다. 소규모 테러라는 단어가 마유미의 입에서 나와서 내심 긴장했다. 그다지 좋은 징조는 아니었다.

"어? 응, 그렇지."

"나, 소규모 테러를 저지른 사람도 지시한 사람도 탓할 마음 없어. 정치가와 일반 시민이 모두 눈을 뜰 때까지 충격요법을 쓰는 건 어쩔 수 없다고 봐."

마유미답지 않은 의견이었다. 마유미는 다투는 걸 싫어해서 자신에게 손해인 줄 알면서도 물러나는 성격이다. 그런 마유미가 소규모 테러를 긍정했다. 역시 마유미는 예민한 여자임을 다시 한번 깨달았다. 요 며칠 마사아키의 태도에서 뭔가 알아챈 것이 틀림없었다.

"웬일이야? 오늘은 꽤나 사회 개혁자 같은 소리를 하네?"

마유미와 논쟁을 벌이고 싶지는 않았다. 마유미는 끌어들이지 않기로 결심했다. 놀리는 투로 말하며 둔감한 척했다.

마유미도 자신이 부자연스럽게 굴고 있는 줄 알았는지 잠시 머뭇거리다 친구 이야기를 꺼냈다. 경제적으로 어려운 싱글맘

친구가 있다는 것은 안다. 마유미는 요전에도 그 친구를 찾아가서 잘 지내고 있는지 보고 온 모양이다. 아들을 고등학교에 보낼 수 있을지 없을지 걱정해야 하다니 그야말로 빈곤층이다. 빈곤은 머나먼 세상의 이야기가 아님을 새삼 깨달았다.

그건 그렇고 당면한 문제는 자신을 의심하는 마유미다. 아마 마유미는 마사아키가 소규모 테러를 사주하는 도베라고 의심하고 있을 것이다. 핵심은 놓쳤지만 아예 빗나간 것도 아니다. 지금 손을 쓰지 않으면 나중에 골치 아파질 수도 있다. 쓸데없는 걱정거리가 늘었지만 마유미가 거추장스럽다는 마음은 들지 않았다. 오히려 현명한 아내가 더욱 사랑스럽게 느껴졌다.

하루 내내 대책을 궁리했다. 바로 쓸 수 있는 방법은 많지 않았다. 어떤 방법을 쓰든 부부관계에 얼마간 금이 갈 것이다. 그중에서 마유미가 제일 상처 입지 않을 만한 방법을 골랐다. 그래도 마유미는 슬퍼하겠지만 정성스레 마음을 보듬어서 부부관계를 회복하는 수밖에 없었다.

마침 마유미가 다니는 회사의 창립 기념일이 얼마 후라서 그날 실행하기로 했다. 전날까지 준비를 마치고 아침에 집을 나섰다. 회사에 도착하자 집에 전화를 걸었다.

"아무래도 스마트폰을 잃어버린 거 같은데."

마사아키가 회사 전화로 전화를 걸어서 마유미는 놀란 것 같았다. 마사아키가 용건을 말하자 "스마트폰을?" 하고 물었다. 남편이 어쩌다 그런 실수를 했나 싶은 모양이었다. 하지만 마유미의 궁금증은 모른 척하고 말을 이었다.

"응. 전철에서 찾아봤는데 없더라고. 깜박하고 집에 두고 왔는지도 모르니까 내 방 한번 찾아봐줄래?"

"응, 알았어. 잠깐만 기다려."

물론 스마트폰은 잃어버리지 않았다. 일부러 방에 두고 왔다. 그뿐만이 아니다. 스마트폰 화면에 손가락으로 문지른 자국을 남겨놓았다. 잠금을 해제하는 패턴을 그린 흔적이다.

마유미는 알아차릴까. 반드시 알아차릴 것이라고 마사아키는 확신했다. 평소라면 또 모르지만 마사아키의 행동에 주의를 기울이고 있을 테니 그냥 넘어갈 리 없다. 아내로서 남편의 사생활을 침해할 수는 없다는 거부감이 마지막 장애물이겠지만 비상사태이니만큼 장애물을 뛰어넘을 가능성이 높다. 전부 마유미의 성격을 헤아려 세운 계획이었다.

"방에 있네. 책상 위에 놔뒀더라."

"아아, 다행이다." 마사아키는 안도한 목소리를 꾸며냈다. "있으면 됐어. 고마워. 오늘 하루는 스마트폰 없이 지낼게."

전화를 끊었다. 이제 자신의 예상이 맞기를 바랄 뿐이었다. 마사아키는 무료 메일 계정을 새로 만들어서 어제까지 1인 2역으로 메일을 주고받았다. 컴퓨터와 스마트폰의 시간을 조작하여 삼 주 전부터 띄엄띄엄 메일을 주고받은 흔적을 남겼다. 가공의 상대는 고등학교 동창으로 설정했다. 길에서 우연히 만나 메일 주소를 교환했다. 몇 번 메일을 주고받다가 이야기에 흥이 올라서 다음에 같이 식사하기로 약속한 것처럼 꾸몄다. 마유미는 틀림없이 이 메일을 찾아낼 것이다.

마유미는 요즘 이 여자와 메일을 하느라 마사아키의 태도가 이상했던 것이라고 해석하리라. 메일을 주고받았을 뿐이니 불륜은 아니다. 하지만 식사 약속까지 잡았으니 약간은 마음에 켕긴다. 그래서 숨겼다. 마유미는 그렇게 받아들일 것이다. 소규모 테러의 배후 인물일지도 모른다고 의심하다니 잘못 짚었다고 안심할 것이다.

물론 마유미는 슬퍼할 것이다. 당연한 일이다. 하지만 식사 약속을 잡았을 뿐이니 얼마든지 둘러댈 수 있고, 마사아키가 본인 입으로 인정하면 걱정할 정도의 일은 아니구나 싶어서 마유미도 마음이 놓일 것이다. 응어리가 좀 남을지도 모르지만 시간이 해결해주리라. 마유미를 계획에서 떼어놓으려면 이 방법밖에 없었다.

그날 밤 집에 돌아와서 넌지시 마유미의 얼굴빛을 살폈다. "고생 많았어" 하고 웃으며 맞이하는 모습은 평소와 다름없어

보였지민 미묘하게 딱딱한 구석이 있었다. 아주 사소하지만 남편이기에 알 수 있는 변화였다. 마유미가 메일을 봤다고 마사아키는 확신했다.

슬프게 해서 미안하다고 마음속으로 사과했다. 당분간은 평소보다 훨씬 다정하게 대하기로 했다.

6

행동에 나설 시기를 너무 미룰 수는 없다. 마사아키는 조바심을 느끼고 준비를 착착 진행했다. 옛날 테러범과는 달리 지금은 어떤 지식이든 인터넷에서 얻을 수 있다. 폭탄 제조법, 재료를 구하는 방법, 어디서 구할 수 있는지까지 모조리 집에서 알아볼 수 있다. 그런 의미에서 현대는 누구나 쉽게 테러범이 될 수 있는 시대다. 소규모 테러가 빈발하는 것은 시대적인 필연이라 할 수 있었다.

여러분은 소규모 테러에 대해 어떻게 생각합니까?

비공개 소모임에 톰톰과 하기, 카트만두가 있기에 물어보았다. 계획을 밝히기에 적절한 시기인 듯했다.

마음은 이해가 가.

하기가 제일 먼저 반응했다. 뭐, 그럴 테지. 마사아키는 자신이 마음만 먹으면 하기를 소규모 테러범으로 만들 수 있을 것이라고 전부터 생각해왔다. 활달한 성격이지만 의외로 고분고분한 면이 있으므로 제일 조종하기 쉽다.

하기-그럼 레지스탕스가 되겠습니까?

이 질문에는 바로 댓글이 달리지 않았다. 이십 초쯤 지나서야 글자가 화면에 표시됐다.

아직 그 정도까지 자포자기한 건 아니야. 하지만 굶어 죽느냐 소규모 테러냐 둘 중 하나를 고르라면 소규모 테러를 고르겠어.

솔직한 의견이었다. 실제로 소규모 테러를 저지른 사람들도 똑같은 심정이었으리라.

— 톰톰 씨랑 카트만두 씨는요? 레지스탕스의 마음이 이해가 갑니까?

— 이해가 되느냐 안 되느냐 둘 중 하나를 고르라면 된다고 대답할게요. 하지만 제가 소규모 테러를 저지르겠다는 건 아니고요. 무의미하다고 폄하할 생각은 없지만 유의미해지려면 시간이 걸릴 것 같으니까.

톰톰은 그렇게 말했다. 소규모 테러는 몇십 명이나 되는 희생자가 나와야 효과가 나타난다는 마사아키의 견해와 같았다. 예전부터 톰톰의 사고방식은 마사아키와 일치하는 부분이 많았다.

네팔에서 살았던 경험에 비추어보면 이해가 가는 면과 가지 않는 면, 둘 다 있어.

카트만두가 드디어 발언했다. 말이 계속될 것 같아서 묵묵히 지켜보았다.

처음에 일본인은 참을성이 모자란다고 느꼈어. 네팔을 기준으로 보면 일본의 빈곤층은 유복한 편이거든. 하지만 네팔 사람들은 일본의 빈곤층만큼 죽어라 일하지는 않지. 난 언제 나자빠져 죽어도 아쉬울 것 없으니까 괜찮지만, 앞으로 계속 살아가야 할 사람들은 절망에 빠질 법도 해.

절망이라는 단어를 보고 마사아키는 고개를 크게 끄덕였다. 그래, 절망이야말로 키워드다. 절망에 빠져 일가족이 동반 자살하고, 사람이 굶어 죽고, 테러를 자행한다. 절망은 마음의 죽음이다. 마음이 죽으면 이르든 늦든 몸도 그 뒤를 따른다.

죽는 순간 고구레의 마음은 절망에 뒤덮여 있었을까. 아니면 삶에 미련이 있었을까. 답은 영원히 알 수 없겠지만 그 의문을 몇 번이고 마음속으로 곱씹어보았다. 이 의문을 풀지 못하는 한 자신은 언제까지나 세상에 위화감을 느낄 것이다.

저는 소규모 테러가 사회를 바꾸기 위한 최선의 수단이라고 생각지 않습니다. 관계없는 사람까지 다치거나 죽게 되니까요.

마사아키는 자기 생각을 밝혔다. 당연하기 짝이 없는 소리였다. 하지만 멤버들의 가슴속에 소규모 테러에 공감하는 마음이 있다면 그 마음을 다른 방향으로 돌려야 했다.

그럼 남을 살상하지 않고 소규모 테러와 동등한 효과를 거둘 수 있는 수단이 있나요?

톰톰이 물었다. 드디어 때가 왔다. 키보드에 얹은 손이 긴장으로 약간 굳어졌다.

있습니다.

짧게 대답하자 잠시 아무 반응도 없었다. 다들 마사아키의 진의를 헤아리기 힘든 모양이었다. 충분히 뜸을 들이다가 글을 올렸다.

사람은 살상하지 않지만 과격함으로 따지면 소규모 테러와 맞먹습니다. 만약 듣고 싶지 않다면 지금 당장 로그아웃해주세요. 그리고 여기 비밀번호는 바꾸겠습니다. 일단 로그아웃하면 두 번 다시 인터넷에서 접촉할 일은 없을 겁니다.

화면 오른쪽 아래편에 표시된 팝업창을 주시했다. 로그아웃하면 여기서 이름이 사라진다. 빠지는 사람이 있을까. 그때 막번뇌가 로그인했다.

제가 불렀어요. 중요한 이야기 같아서.

톰톰이 말했다. 올바른 판단이다. 이제 다 모였다. 막번뇌는

마사아키가 쓴 글을 읽었을 텐데도 로그아웃하지 않았다. 그렇
다면 한 발짝 내디딜 차례다.

제 생각은 이렇습니다. 사람이 아니라 시설을 노리는 겁니다.
무인 공공시설을 파괴하는 거예요. 몇 번이고 되풀이하면 소규모
테러와 같은 효과가 날 겁니다.

때가 오기만을 기다리며 오랜 세월 아껴온 아이디어를 발표
했다. 현재 사회를 거부한다는 뜻을 만천하에 알려야 한다. 파
괴 후에는 재생이 있다. 파괴한 후에 모두 함께 재생을 꿈꾸는
것이다.

그거 평범한 테러 아닌가?

하기가 반응했다. 그렇게 받아들일 줄은 몰랐던 터라 놀랐
다. 확실히 소규모 테러가 특이한 형태라면, 시설을 노리는 것
은 종래의 개념에서 벗어나지 않는 테러다. 하지만 평범한 테러
라고 해서 나쁜 것은 아니다. 효과가 있는지 없는지가 문제다.

—테러는 파괴가 목적이니까 평범하든 특이하든 상관없습니
다. 사회에 항의하는 뜻을 보여주는 게 중요합니다.

—즉흥적인 발상이야? 아니면 구체적인 계획이 있는 거야?

카트만두가 물었다. 카트만두는 네팔에 살았었다는 과거는
공개했지만 네팔로 이주한 이유는 아무에게도 말하지 않았다.
일본을 떠나야 했던 이유가 있다면 카트만두에게 테러는 그다

지 뜬금없는 이야기가 아닐 수도 있다고 생각해 예전부터 주목
하고 있었다.

즉흥적인 발상이 아닙니다. 일단은 요요기 체육관을 노립시다.
낡은데다 부서져도 곤경에 처할 사람은 많지 않아요. 하지만 사회
와 정부에 우리의 뜻을 전달하기에는 충분한 표적입니다. 여러분
이 이 계획에 동참해주셨으면 합니다.

마침내 계획을 털어놓았다. 마사아키는 모니터 화면을 응시
했다. 멤버들이 이 제안을 어떻게 받아들일지 빨리 알고 싶었
다. 일 초가 일 년 같은 기분으로 누구라도 좋으니까 빨리 대답
하라고 마음속으로 외쳤다.

요요기 체육관을 어떻게 부술 건데?

또 카트만두였다. 마사아키는 다른 멤버들의 침묵이 마음에
걸렸지만 일단 대답했다.

— 폭탄으로 부술 겁니다. 폭탄 제조법은 인터넷을 통해 알아두
었습니다. 재료도 어디에서 구할 수 있는지 알고요. 여러분도 폭
탄을 만드는 단계부터 참여해주셨으면 합니다.

— 요요기 체육관에다 자폭 테러를 하자고?

하기가 끼어들었다. 아직 소규모 테러의 이미지에서 완전히
벗어나지 못한 것 같다. 마사아키는 바로 부정했다.

— 아닙니다. 우리는 죽지 않아요. 살아서 공공시설을 차례차례

파괴할 겁니다.

—종래의 테러와 소규모 테러의 결정적인 차이점은 계획성의 유무예요. 무계획적이니까 막을 방도가 없죠. 하지만 계획적인 테러는 완벽한 경비 태세를 갖추면 막을 수 있어요. 처음에는 성공해도 그 이후로는 힘들지 않을까요?

톰톰이 의문을 던졌다. 역시 날카로운 톰톰다웠다. 마사아키는 재빨리 키보드를 두드려서 대답했다.

—단기간에 연속해서 실행할 필요는 없습니다. 이 싸움은 장기전이에요. 시간이 흐르면 경계도 느슨해지겠죠. 그리고 소규모 테러처럼 추종자가 나타날 가능성도 있습니다. 전국에서 테러가 발생하면 사회는 변할 겁니다.

—사회가 어떻게 변하는데요?

지금까지 조용하던 막번뇌가 드디어 발언했다. 너무나 근본적인 질문이라 마사아키는 약간 발끈했다.

—사회에 뿌리박힌 냉담함이 사라지겠죠. 따뜻한 사회가 되면 굶어 죽는 사람도 동반 자살하는 가족도 사라질 겁니다. 그런 사회가 되길 바라지 않습니까?

—고구레 씨가 말하는 따뜻한 사회는 모두가 똑같이 가난한 사회입니까? 설마 모두가 유복한 사회를 상상하는 건 아니겠죠?

왜 그렇게 묻는 거지? 국민 모두가 유복한 사회를 만들 수야 없겠지만, 그렇다고 하나같이 가난해질 필요도 없다. 그래서는 파탄 직전의 사회주의국가 같지 않은가.

—모두가 가난뱅이도 부자도 아니라 그럭저럭 잘 먹고 잘살 만한 사회를 꿈꾸고 있습니다.

—전 국민이 중산층인 사회라. 고구레 씨는 젊은 사람인 줄 알았는데, 혹시 나이가 좀 있나? 아니면 젊은이라서 옛날 일본을 이상향으로 여기는 거야?

카트만두가 거침없이 물었다. 그렇지 않다. 옛날 일본을 이상향으로 여기지는 않는다. 고도경제성장이 온갖 폐해를 남겼다는 것은 역사만 봐도 알 수 있는 사실이다. 그런 폐해를 못 본 척할 생각은 없었다.

—아닙니다. 저는 사람이 사람답게 살 수 있는 사회를 꿈꾸는 겁니다. 회사의 톱니바퀴가 되어 죽을 때까지 일해야 성립하는 전 국민 중산층 사회는 제가 지향하는 바가 아닙니다.

—부탄처럼 가난해도 국민이 행복을 느끼는 나라가 이상인가? 하지만 그것도 단면적인 이미지에 지나지 않아. 지금은 부탄 국민도 해외 정보를 접한다고. 그러다 보면 이것도 가지고 싶고 저것도 가지고 싶다는 마음이 생겨. 차를 갖고 싶어, 텔레비전을 갖고 싶어, 냉장고를 갖고 싶어, 전자레인지를 갖고 싶어, 이렇게. 쾌적한 생활을 싫어하는 사람은 없거든. 그리하여 경쟁이 시작되지.

경생이 시작되면 모두 행복해지는 건 환상이야. 이기는 사람과 지는 사람이 생기니까. 결국 다다르는 곳은 똑같아.

마구 떠들어대는 바람에 제대로 반론할 수 없었다. 경쟁을 부정하는 것은 아니다. 경쟁에 진 사람을 도태시키는 비정함을 용인할 수 없을 뿐이다. 애당초 당신들도 도태된 쪽 아니냐고 지적하고 싶었지만 그 말만은 해서는 안 된다는 것을 알고 있었다.

난 그렇게 큰 욕심 없는데.

하기가 그렇게 말했다. 화면에는 글자밖에 표시되지 않았지만 모두가 하기를 주목하고 있는 것 같았다.

— 차도 텔레비전도 필요 없어. 여행을 가고 싶은 마음도 없고. 귀찮으니까 여자친구도 없어도 돼. 잠잘 집과 삼시 세끼 식사, 그리고 휴대전화 요금을 낼 정도의 수입만 있으면 충분하다고.

— 그게 인간다운 생활이라고 할 수 있습니까?

저도 모르게 묻고 말았다. 전형적인 빈곤층의 생활인데 하기는 그것으로 만족한단 말인가. 욕심도 낼 수 없는 것을 불행으로 여기지 않는단 말인가.

욕심은 인간을 불행하게 만들 뿐인걸. 가지고 싶은 걸 못 가지니까 괴로운 거잖아. 그럼 처음부터 원하지 않으면 되지. 일부가 부를 독점한다고 해도 내가 아무것도 바라지 않으면 화도 안 날 테니 정신 건강에도 좋아.

정말로 패기 없는 말이었다. 젊은 사람들은 너무 길들여져서 분노할 기력마저 잃은 걸까. 마사아키는 하기 다음으로 젊을 톰톰의 의견이 듣고 싶었다.

—톰톰 씨는 어떻습니까? 역시 욕심이 없는 편이 행복하다고 생각합니까?

—사회는 전환점에 와 있어요. 그건 확실해요.

확고한 생각이 있는지 톰톰은 바로 대답했다. 문장이 차례차례 표시됐다.

사회가 변하고 있다면 거기에 사는 우리도 의식을 바꿔야 해요. 왜 경제성장을 중시하죠? 왜 인구를 늘려야 하는데요? 인간은 쾌적한 생활을 위해 욕심을 부리지만 일본에서는 빈곤층도 최저한의 생활은 누릴 수 있어요. 낡은 가치관으로 지금의 생활을 판단하니까 불행하게 느껴질 뿐이죠. 그러니 우리는 지금 사회에 맞는 새로운 가치관을 만들어야 하지 않을까요? 그게 테러를 저지르는 것보다 훨씬 건설적이고 평화로운 방안이라고 생각해요.

뭐라고? 이대로 살아도 된다는 건가. 사람이 굶어 죽고 일가족이 동반 자살하는 사회에 하기도 톰톰도 만족한다는 말인가. 하기는 어쨌거나 톰톰은 가치관이 비슷하다고 여겼던 만큼 놀랐다.

저도 그 의견에 찬성입니다.

글로 나누는 대화인데도 막번뇌가 머뭇거리는 낌새가 느껴졌다. 순식간에 문장을 자아내는 다른 멤버들과 달리 막번뇌는 한 구절씩 천천히 글을 썼다.

— 사회가 야멸차진 건 모두가 만족을 모르기 때문입니다. 노숙자지만 남을 도우며 사는 기특한 사람도 있어요. 저는 능력이 모자라서 많은 것을 얻지는 못했지만, 그렇다고 능력 있는 사람을 부러워하지는 않습니다. 부러워해봤자 아무 소용도 없으니까요.

— 하하하. 그럼 부탄보다 일본이 훨씬 행복한 나라잖아.

카트만두가 빈정거렸다.

한 바퀴 돌아서 원래대로 돌아온 셈이군. 뭐, 행복한지 불행한지는 주관적이니까. 남들 눈에는 불행해 보여도 본인은 제법 행복할지도 모르지. 테러를 일으켜서 경찰에 붙잡히는 것보다는 가난하게 사는 게 훨씬 나아. 그런고로 나는 이만 빠질게. 비밀번호를 바꿔도 상관없어. 이제 두 번 다시 댁들과 얽히기 싫으니까.

말을 마치자마자 카트만두는 로그아웃했다. 마사아키가 미처 말리지도 못하고 멍하니 있자니 "저도"라는 말만 남기고 막번뇌도 물러갔다. 하기는 말도 없이 사라졌다. 남은 사람은 톰톰뿐이었다.

톰톰 씨도 빠질 겁니까?

묻지 않을 수 없었다. 톰톰은 한 박자 쉬고 나서 "예" 하고
대답했다.

좀더 좋은 사회를 만들고자 모두 함께 의견을 나누어서 즐거웠
어요. 심심풀이로는 그만이었네요. 그럼.

심심풀이라는 예상치 못한 말에 마사아키는 마음에 큰 상처
를 입었다. 나는 광대였던 건가. 그런 생각이 뇌리를 스쳤지만
자신마저 자신을 비웃으면 자존심까지 너덜너덜해질 것 같아
서 어금니를 꽉 깨물고 무표정을 지켰다.

나라사카 도시카즈의 경우

1

건물 현관에서 우연히 마주쳤을 때 나라사카 도시카즈는 놀란 나머지 제자리에 멈춰 섰다. 중학교를 졸업하고 처음 보니까 거의 사십 년 만이었다. 둘 다 오십 대 중반을 넘어서려는 나이이니만큼 겉모습은 그때와 많이 달라졌다. 얼굴 살은 축 늘어지고 배도 나와서 운동을 좋아하던 소년의 자취는 눈곱만큼도 남아 있지 않다. 그런데도 나라사카는 상대의 늙수그레한 얼굴에서, 오기를 담아 송곳 같은 시선을 날리던 예전 모습을 찾아볼 수 있었다. 축 처진 뺨과 눈초리의 주름, 렌즈가 두꺼운 안경을 지우자 분명 도다의 얼굴이었다.

도다도 이쪽이 누구인지 알아차린 모양이었다. 가만히 서서 휘둥그레진 눈을 깜박이는 것도 잊고 나라사카를 보고 있었다. 몰라봤다면 이대로 모르는 척하고 지나쳤을 텐데. 후회가 가슴을 스쳤지만 정면으로 딱 마주쳤으니 이제 달아날 방도가 없었다.

"나라사카……?"

마음을 정했는지 도다가 먼저 이름을 확인했다. 달아나고 싶어 한 심약한 스스로를 비웃으며 나라사카는 고개를 끄덕였다.

"아아. 도다구나. 오랜만이다."

"이런 곳에서 마주칠 줄은 몰랐네. 설마 여기 사는 거야?"

도다는 가볍게 고개를 돌려 턱으로 뒤쪽 건물을 가리켰다. 설마는 이쪽이 하고 싶은 말이었다.

"응. 너도?"

나라사카의 물음에 도다는 대답하지 않았다. 나라사카의 대답에 너무 놀라 대답할 여유를 잃은 것 같았다.

"뭐라고! 왜 네가 이런 데 살아?"

도다는 요란스런 몸짓으로 건물을 손가락질하려다 비틀거렸다. 도다가 심하게 동요한 모습을 보고 나라사카는 자학적인 쾌감을 느꼈다. 이렇게 놀라다니 떨어질 데까지 떨어진 보람이 있다. 하지만 그렇게 말하는 도다도 자신과 같은 부류 아닌가. 사십 년 세월을 거쳐서 도착한 곳이 여기라니 너무 한심해서 메마른 웃음밖에 나오지 않았다.

"방세가 싸니까. 제대로 된 수입이 없거든. 그러는 너야말로 도대체 어떻게 된 거야? 회사에서 잘렸어?"

중학교를 졸업한 후 도다의 소식은 한 번도 못 들었다. 애당초 전혀 관심이 없었기에 한쪽 귀로 듣고 다른 쪽 귀로 흘렸는지도 모른다. 나라사카에게 도다는 눈엣가시라서 졸업하고 나면 두 번 다시 보고 싶지 않은 존재였다. 학교 성적은 그럭저럭 괜찮았으니 번듯한 회사에 취직했으리라고 짐작했다. 그런데 이런 곳에 살고 있다니 정리해고를 당한 걸까.

"잘렸다……. 뭐, 그런 셈이지. 미안, 지금 나가봐야 해서. 돌아와서 천천히 이야기하자. 넌 몇 호실이야?"

"503호. 혼자 쓰고 있어."

"그렇구나. 난 213호. 내가 늘 계단으로 오르내려서 마주칠 일이 없었던 거군."

"그런 모양이네."

"밤에는 돌아올 거야. 나중에 방으로 찾아가도 될까?"

"……아, 응."

뭐하러 온단 말인가. 그런 심정을 감출 수 없었다. 도다도 눈치챘겠지만 내색하지 않고 "그럼" 하고 걸음을 옮겼다. 나라사카는 도다의 뒷모습을 바라보다가 자신이 들어가려고 했던 건물을 새삼스레 올려다보았다. 이 넓은 도시의 쓰레기가 쓰레기장에 모이는 것처럼 인생의 낙오자는 여기로 모여드는 건가.

그렇게 생각하자 이 건물이 역겨워져서 다른 곳으로 옮기고 싶다는 마음이 싹텄다. 하지만 간신히 찾아낸 지붕 있는 잠자리를 아직 떠나고 싶지 않았다. 여기를 떠나 다음 거처를 찾을 수 있다는 보장은 전혀 없었다.

이 건물은 이른바 불법 주택이다. 업무 시설이었던 곳을 주거 시설로 전용하여 싸게 빌려주고 있다. 1.5평 크기의 방 한 칸에 침대와 나지막한 탁자가 놓여 있을 뿐이다. 세입자를 최대한 많이 받고자 건축 기준법을 어기고 칸막이벽으로 공간을 마구 쪼개놓았기 때문에 창문조차 없는 방도 있다. 칸막이벽은 베니어판이라 옆방 소리가 고스란히 들린다. 침대가 높직한 것은 아랫부분에 옆방 침대가 들어 있기 때문이다. 블록을 조립하듯이 두 방의 침대를 위아래에 설치함으로써 공간의 낭비를 없앴다. 교도소 독방보다 좁다. 오로지 잠만 자기 위한 상자였다.

그 대신에 방세는 당연히 싸다. 보증금 없이 한 달에 이만 사천 엔이다. 광열비를 포함하여 이 금액이니까 고정적인 수입이 없는 나라사카로서는 감지덕지다. 한 달로 치면 캡슐 호텔이나 인터넷 카페에 머무는 것보다 싸다. 칸막이벽이 있어서 불완전하나마 사생활도 보장되기에 나라사카에게는 여기가 더 나았다. 여기에 산 지 벌써 두 달째다.

도다는 도대체 언제부터 여기 살았을까. 자기 방 침대에 드러누워 가까이에 있는 천장을 멍하니 바라보며 생각했다. 불법 주택은 최근에 생겼으니 도다도 여기서 산 지 그렇게 오래되지는 않았을 것이다. 나라사카보다 일찍 방을 얻었다고 해도 기껏해야 한 달이나 두 달 먼저이리라. 방금 전에 양복을 입고 있었던 걸로 보아 일은 하고 있는지도 모른다. 어쨌거나 나라사카만큼 혹독한 상황에 처해 있을 리는 없었다. 밤에 여기에 오겠다니, 밑바닥까지 떨어진 내 몰골을 구경하고 싶어서인가. 그렇다면 전부 다 털어놔서 깜짝 놀라게 해주마. 나라사카는 도다가 거북한 표정을 짓는 모습을 상상하며 음울한 기쁨을 맛보았다.

밤이 될 때까지 평소처럼 스마트폰만 만지작거렸다. 처음에는 어려워서 사용하기 힘들었지만 계속 붙들고 있다 보니 금방 숙달됐다. 지금은 글도 척척 잘 쓴다. 글자가 작아서 불편하기는 하지만 안경을 벗고 스마트폰을 눈에서 조금 떨어뜨리면 그럭저럭 보인다. 이 스마트폰을 계속 사용해야 하니까 어느 정도의 불편함은 감수해야 했다.

도다는 밤 8시가 지나서 왔다. 빈손으로 올 줄 알았는데 놀랍게도 캔맥주를 들고 왔다. "한잔하자"라고 해서 "그래" 하고 어색하게 응했다. 무슨 의도인지 알 수 없어 어떻게 대해야 할지 난감했다.

"좋은 회사에 취직했다고 풍문으로 들었는데. 그만뒀어?"

탁자를 사이에 두고 마주앉자 도다가 대뜸 물었다. 이런 상황에서 다시 만났으니 물어보고 싶을 만도 하다. 너무 직설적이었지만 무례하다는 생각도 없이 나라사카는 고개를 끄덕였다.

"사정이 있어서 때려치웠어."

"그야 그렇겠지. 사정도 없이 회사를 그만두는 사람은 없으니까. 무슨 사정인지 말할 생각은 없어?"

"이야기해도 상관없지만 동병상련이랍시고 서로 상처를 핥아주는 짓거리는 하기 싫어."

"너도 참, 세월이 흘러도 변함없구나. 어쩐지 안심이야. 나이 먹었다고 둥글어졌다면 실망했을 거야."

그렇게 말하는 도다는 그야말로 둥글어졌다. 옛날에는 이렇게 가시 돋친 말을 들으면 반드시 욱했다. 혼자 줄다리기를 하는 기분이라 얼굴을 마주하고 있기가 싫어졌다. 빨리 자기 방으로 돌아가기를 바랐다.

"당분간 여기서 지낼 거야?"

도다가 화제를 바꿨다. 나라사카는 잠깐 뜸을 들이다 대답했다.

"그러려고. 여기가 적발되지 않는 한은."

"빈곤층을 상대로 돈벌이를 하는 놈들은 한탕 치고 나서 바로 빠지니까 연말까지 여기서 지낼 수 있으려나 모르겠다. 뭐, 딱히 갈 곳도 없으니 나도 최대한 오래 여기 있으려고."

"한동안은 이웃사촌이로군."

"그런 셈이지. 오늘은 다시 만난 기념으로 축하주나 한잔하려고 했는데, 넌 그럴 기분이 아닌 모양이다. 이만 갈게."

도다는 그렇게 말하고 몸을 일으켰다. 아무래도 너무 매정하게 대했다 싶어 붙들었다.

"잠깐만. 내 이야기가 듣고 싶었던 거 아니었어? 방에 가봤자 할 일도 없잖아. 듣고 가."

엉거주춤 일어선 도다는 쓴웃음을 지으며 다시 앉았다. "네 그런 점이 옛날에는 엄청 싫었어." 그렇게 말했지만 표정은 신기할 만큼 부드러웠다. 나라사카는 사십 년 만에 처음으로 이 녀석한테 졌을지도 모르겠다고 생각했다.

2

뭐든지 못 할 게 없다는 기분을 맛보는 것이 젊음의 특권이라면 십 대 때의 나라사카는 그 특권을 마음껏 누렸다. 나라사카는 우량아로 태어난 덕분에 운동으로 또래 아이들에게 진 적이 없었다. 십 대 때 운동을 잘하는 아이는 스타다. 초등학교 리그에서는 팀의 주전 투수로 활약했고, 중학교 야구부에서는 신입생인데도 후보 투수 명단에 일 순위로 이름이 올랐다. 1학년 3학기에 이례적으로 발탁되어 선발 투수 자리를 꿰찼지만 나라사카 본인은 불만이었다. 쓸데없는 상하 관계 때문에 자신이 활약할 기회가 늦게 찾아왔다고 여겼기 때문이다. 실제로 나라사카가 선발 투수가 된 후로 야구부의 승률은 크게 높아졌다.

외모가 평범해도 스포츠에서 두각을 나타내면 특별한 분위기가 생긴다. 자만이 아니라 당시 제일 인기 있었던 남학생은 자신이었다고 주저 없이 말할 수 있다. 밸런타인데이에는 몇 명인지 헤아릴 수도 없을 만큼 많은 여학생에게 초콜릿을 받았다. 좋아한다고 고백하는 편지도 한 주에 한 통 꼴로 받았다. 도 대회에서 활약하자 다른 학교 여학생까지 나라사카를 보러 왔다. 하교할 때 숨어서 기다리다가 편지를 건네주는 일도 부지기수였다.

나라사카는 그런 일들을 예사롭게 받아들였다. 교만했던 것이 아니다. 철들었을 무렵부터 여자애들이 떠받들어주는 데 익숙했기 때문이다. 운동하다 좌절한 적도 없으므로 자신이라는 커다란 빛의 이면에 그림자 같은 존재가 있다는 것에는 생각이 미치지 않았다. 중학교 무렵까지는 우수한 선발 투수이자 4번

타자인 선수가 있다는 것만으로도 시합의 승패가 결정된다. 마치 왕이 된 듯한 기분도 적지 않게 맛보았지만 그 이상으로 책임감을 느꼈다. 중압감을 느끼는 사람이 다른 사람을 배려하기는 불가능했다.

도다는 후보 투수였다. 같은 학년이라 늘 나란히 서서 투구 연습을 했다. 도다에게는 잔인한 짓이었을 것이다. 사람들이 보기에 두 사람의 구위에 명백한 차이가 있었기 때문이다. 포수가 공을 받을 때의 소리가 전혀 달랐다. 훈련을 구경하러 온 여학생들의 환호성은 구위가 있는 선수에게만 집중됐다. 이런 환경에서 잘도 연습을 계속한다고 나라사카는 감탄했지만 도다는 달아나지 않고 묵묵히 공을 던졌다.

도다의 가슴에는 응어리가 맺혀 있었다. 걸핏하면 나라사카를 노려보는 것만 봐도 알 수 있었다. 도다는 절대 먼저 말을 걸지 않았다. 질투심을 감추지 않고 끈적끈적하고 어두운 눈빛으로 노려보는 도다는 그야말로 눈엣가시였다. 후보 선수에게 마음을 쓸 줄 몰랐던 나라사카는 그냥 무시해버렸다. 질투심에 불타는 사람을 일일이 상대하다가는 몸이 배겨내지 못할 것 같았다.

나라사카는 아주 튼튼하여 다치거나 아픈 적이 없었으므로 결국 후보 투수가 출장할 기회는 없었다. 도다에게 고마움을 느낄 기회도 없이 나라사카는 졸업을 맞았다. 그런 관계가 졸업 후에 진전될 리 없으니 고등학교에 입학한 지 몇 달쯤 지나자 도다의 이름마저 잊어버렸다. 나라사카는 고등학교에서도 야구에 전념하며 여학생과 진하게 연애도 했고, 전국 고교 야구 선수권 대회에도 출전했다. 여기까지 오자 아무래도 모든 일이 생각처럼 잘 풀리지는 않아서 1회선에서 패배하어 처음으로 좌절을 맛보았다. 하지만 이십삼 년 만에 학교를 전국 고교 야구 선수권 대회에 출전시킨 나라사카는 그야말로 스타였으므로 뭐든지 할 수 있다는 기분에 흠집이 나지는 않았다.

야구부에서 활약한 공로를 인정받아 스포츠 추천으로 대학에 입학해 도쿄 6대학 야구 연맹◀에서 활약하다 일류 기업에 취직했다. 사회에 나와서도 야구를 계속할 생각은 전혀 없었다. 스타로 살아오기는 했지만 나라사카는 자신의 역량을 객관적으로 볼 줄 알았다. 프로야구에서 통용될 만큼 실력이 뛰어나지는 않다. 프로에서 빌빌댈 바에야 대학 야구 리그에서 거둔 실적을 앞세워 사회에 나오는 편이 훗날을 위해서 좋다. 한동안은 그렇게 계산기를 두드려 인생을 선택하기를 잘했다고 믿었다. 그리고 마흔 살이 넘었을 무렵에 인생의 절정기가 그

▶ 도쿄에 소재지를 두고 있는 6개 명문 대학의 야구부로 구성된 대학 야구 리그.

리 길지 않다는 사실을 깨달았다.

자신에게 특별히 큰 잘못은 없었다. 남들만큼은 성과를 올렸다. 그런데도 사내에서 푸대접받기 시작한 것은 유통기한이 다 되었기 때문이리라. 대학 야구 리그의 스타라는 영광의 유통기한. 프로에 진출하지 않는 한 대학에서 거둔 야구 성적은 몇 년 만에 사람들의 기억에서 사라진다. 기억하고 있는 것은 자신뿐, 어느덧 거래처 직원도 나라사카의 이름을 모르는 사람들로 바뀌었다. 영광을 잃자 나라사카에게 특별한 점은 하나도 없었다. 결국 자회사로 전출됐고, 일 년쯤 지나 자신이 본사에 돌아올 길이 없다는 소문을 듣고서야 서둘러 본사 복귀를 꾀했으나 모두 허사로 끝났다. 그 때문에 오히려 눈 밖에 났는지 자회사에서 창고 정리 업무를 배정받았다. 체력에는 자신이 있었지만 나이가 있다 보니 육체노동을 하며 보내는 나날은 고달프기 짝이 없었다. 무거운 짐을 들다가 허리를 다쳐 한 달이나 쉬어야 했다. 쉬는 동안 장래를 그려보니 암담하기만 했다. 직장을 옮길 거면 사십 대가 지나기 전에 옮겨야 한다는 생각으로 회사를 그만두었다.

하지만 그 역시 물러 터진 생각이었다. 사십 대에게 재취직할 길은 남아 있지 않았다. 이십 년 가까이 영업을 한 경력도 면접에서는 전혀 도움이 되지 않았다. 면접관은 아무 말도 하지 않았지만 아무래도 일류 기업에서 근무하다 자회사로 전출된 것을 무능함의 증거로 판단한 듯했다. 융자를 받아서 산 집은 팔 수밖에 없었고, 저금이 다 떨어지기 전에 아르바이트라도 해야 했다. 외동아들 오사무의 학비만은 어떻게든 마련하고 싶었다.

건물을 청소하는 일을 겨우 얻었다. 완선히 나락으로 굴러떨어진 자신을 비웃을 수밖에 없었다. 십 대 때 평생의 행운을 모조리 다 썼다는 생각이 자주 들었다. 십 대 때 그렇게 빛나지 않아도 되니까 운을 평생에 걸쳐 고르게 쓰고 싶었다. 아니, 가정을 꾸린 이십 대 이후에 운을 몰아주고 싶었다. 십 대 때 운을 탕진하지 않았다면 오사무도 그렇게 되지는 않았을 것이라고 진심으로 믿었다.

"가족은 지금 어떻게 지내?"

도다가 차분하게 물었다. 중학교 시절 아무리 발버둥쳐도 따라잡지 못했던 나라사카가 지금 이렇게 참혹한 인생을 살고 있다. 아마 속이 시원할 텐데도 도다는 전혀 그런 내색을 하지 않았다. 부아가 치미는 한편으로 고맙기도 했다.

"마누라도 아들도 죽었어."

더할 나위 없이 비참한 이야기를 들려주고 반응을 살피겠다는 심술궂은 마음은 이미 사라졌다. 그저 일어난 일을 담담하게 말하듯이 가족이 죽었다는 사실을 입에 담았다. 도다의 눈이 살짝 커졌지만 동정 어린 말은 꺼내지 않았다. "그렇구나"하고 고개를 끄덕이고 아무렇지도 않게 말을 이었다.

"난 아들을 잃었어. 마누라는 처가에 보냈고."

나라사카는 말문이 막혔다. 자기 혼자 비참한 지경에 빠진 게 아니었다. 생각해보면 불법 주택에 흘러든 시점에서 둘은 이미 똑같다. 도다의 과거가 나라사카의 과거와 엇비슷하다고 해도 전혀 이상할 것 없었다.

"이번에는 네 이야기를 들려줘."

서로 상처를 핥아주는 짓은 하기 싫다고 제 입으로 말했지만 지금은 도다의 이야기를 꼭 듣고 싶었다. 이제 도다는 옛날의 도다가 아니다. 새로운 지인을 얻은 기분으로 나라사카는 도다의 이야기에 귀를 기울였다.

3

오늘 또 소규모 테러가 발생했네요.

나라사카는 메시지를 보내놓았다. 인터넷 뉴스 사이트에서 얻은 정보다. 텔레비전이 없고 신문도 받아 보지 않으므로 뉴스는 오로지 인터넷으로만 접한다. 처음에는 불안했지만 뜻밖에도 스마트폰 하나만 있으면 정보에 뒤떨어질 일이 없음을 알게 되었다. 직접 사용해보고 나서야 젊은 사람들이 어떻게 스마트폰 하나로 바깥세상과 소통하는지 이해할 수 있었다.

소규모 테러는 시부야의 스크램블교차로에서 발생했다. 젊은 남자가 느닷없이 "나는 레지스탕스다!"라고 외치며 주변 사람에게 칼을 휘둘렀다고 한다. 사망자는 나오지 않았지만 얼굴에 칼을 맞은 여자 두 명을 포함해 중경상자가 다섯 명이나 나왔다고 한다. 이 역시 소규모 테러라고 추측할 뿐 아직 정확한 범행 동기는 밝혀지지 않았다.

도베는 오사무를 부추겨 이런 짓을 시킨 걸까. 소규모 테러가 또 일어나자 그 비참함이 좀더 뼈저리게 느껴졌다. 죽은 사람이 없어서 다행이지만 얼굴에 칼을 맞았다는 여자는 얼마나 심하게 다쳤을까. 시부야라고 했으니 피해자는 분명 젊은 여자이리라. 젊은 여자가 얼굴을 다쳤다면 남자인 나라사카의 상상을 뛰어넘을 만큼 큰 정신적 충격을 받았을 것이다. 사회에 항의한답시고 이딴 짓을 저지른 범인에게 화가 부글부글 끓어올랐다.

동시에 범인의 부모는 이 뉴스를 보고 기분이 어떨지 궁금했다. 범인은 부모의 기대를 한몸에 받는 아들이었을까. 아니면 불효막심한 망나니였을까. 어느 쪽이든 간에 아들을 소규모 테러를 저지르는 인간으로 키웠다는 자책감은 말로 다 형용할 수 없을 만큼 클 것이다. 피해자에게 아무리 사과해도 끝이 없을 것이다. 그 참담한 심정을 상상하자 남의 일이 아닌 것처럼 가슴이 아팠다. 자칫 잘못했으면 자신도 그런 처지였을 테니까.

선수를 빼앗겼군요.

삼 분 후에 도베로부터 그런 답장이 왔다. 화면을 본 순간 울컥하여 눈앞이 새빨갛게 물드는 기분이 들었다. 얼굴을 맞댄 상태로 이런 말을 들었다면 무슨 짓을 했을지 모른다. 메시지로 이야기를 나누어서 다행이라고 생각하며 심호흡을 해서 마음을 진정시켰다.

시부야의 스크램블교차로니까 피해자는 모두 젊은 사람 아닐까요? 그렇다면 소규모 테러의 희생자로 적합하지 않아요. 젊은 사람은 현재 사회에 책임질 일이 없으니까요.

오사무인 척해야 한다는 것은 알고 있지만, 가슴속에 솟은 의문을 꺼내놓지 않을 수 없었다. 젊은이에게서 희망을 빼앗는 사회를 만든 것은 우리 세대다. 아니, 젊은이들만 희망을 잃은 것은 아니다. 어느 세대든지 사회에서 낙오된 사람이 많다. 사회에 공헌할 능력이 있어 원래 같으면 낙오할 리 없는 사람들조차 살아갈 방도를 빼앗기고 있다. 항의하는 사람이 생기는 것도 당연했다.

하지만 항의는 젊은 사람들이 아니라 우리 세대가 받아야 마땅하다. 젊은이들은 우리가 만들어낸 냉담한 사회의 희생자니까. 그런데도 소규모 테러 범죄자는 시부야에서 칼을 휘둘렀다. 나라사카가 보기에는 항의하는 방향이 너무 어긋났다는 생각이 들었다.

책임이 없는 사람은 없습니다. 젊은 사람도 이 사회의 구성원이니까요.

이번에는 바로 답장이 왔다. 상대방도 지금 컴퓨터나 스마트폰을 쓰고 있는 것이리라. 그런 논리로 나온단 말이지. 하지만 나라사카는 수긍할 수 없었다.

—그래도 책임의 경중에는 차이가 있지 않을까요? 범인은 마루노우치나 가스미가세키 등 사회를 움직이는 힘이 있는 사람들이 모이는 거리에서 행동에 나섰어야 했다고 봐요.

—그렇게 생각한다면 당신이 마루노우치에서 의거를 일으키면 됩니다. 한두 명으로는 목소리가 모자라요. 혼자서 시위를 하겠다고 행진해봤자 미친놈 소리를 들을 뿐이죠. 집단이기에 의미가 있는 겁니다. 지금이야말로 뒤를 잇는 사람들이 나타나야 할 때입니다.

도베는 교묘하게 어서 들고 일어나라고 부추겼다. 도대체 이 녀석은 뭘까. 지금까지 몇 번이나 떠올랐던 의문이 뇌리를 스쳤다. 반쯤 재미 삼아 이런 짓을 하는 방관자일까. 아니면 시대에 뒤떨어진 선동자일까. 이런 녀석의 말에 사람을 움직이는 힘은 없다고 주장하고 싶지만, 유감스럽게도 사실은 반대였다. 이 녀석이 오사무를 죽였다. 이 녀석의 말이 오사무를 죽음으로 몰아넣었다.

오사무는 착실한 성격이었지만 눈치가 조금 모자랐다. 하지만 나라사카가 생각하기에 우직함은 미덕이지 결코 결점은 아니다. 밑바닥까지 떨어진 자신의 경험에 비추어보건대 눈에 번쩍 띄는 재능이 없는 오사무 같은 사람이야말로 인생에 승리하는 법이라고 확신했다. 우직하게 노력하면 사회는 반드시 보답해준다고 어느 시점까지는 진심으로 믿었다.

하지만 오사무는 대학을 졸업하고 나서도 취직하지 못했다. 오사무가 다닌 대학은 이름만 대면 다 알 만큼 유명한 곳이 아니다. 하지만 오사무는 대학에 들어갔다고 흥청망청 놀지 않고 열심히 공부했다. 살림에 보탬이 되고자 아르바이트도 했으므로 대학생이 누릴 수 있는 즐거움은 거의 맛보지 못했다. 공부 아니면 일만 하는 나날은 세상 사람들이 생각하는 대학 생활과는 거리가 멀었다. 혈기 넘치는 나이에 연애 한번 못 하고 취미에 몰두할 시간도 없었으니 따분했을 텐데 오사무는 사 년 동안 불평 한번 하지 않았다. 나라사카는 약삭빠르게 살아가는 방법을 모르는 아들이 애처로웠다.

그런 오사무를 사회는 높이 평가하지 않았다. 스스로를 보기 좋게 포장할 줄 모르는 오사무는 어느 회사에도 들어가지 못했다. 백 군데도 넘는 회사에 지원했는데 몽땅 떨어지다니 나라사카도 사회를 저주하고 싶었다. 자신처럼 알맹이가 없는 인간이 버려지는 건 그나마 이해가 간다. 하지만 오사무는 나라사카와 정반대다. 착실한 사람이 사회에서 인정받지 못하다니 말이 되는가. 세상만사의 올바른 이치는 다 사라졌단 말인가.

결국 오사무는 정사원이 되지 못하고 계약직으로 사회에 첫발을 내디뎠다. 말이 좋아 계약직이지 실상은 허울뿐인 일회용 도구였다. 단기간 혹사당한 끝에 아무런 보장도 없이 내버려진다. 내버려질 때마다 다음 직장 환경은 점점 가혹해진다. 젊은 이들에게서 꿈과 희망을 뿌리째 빼앗아 가는 시스템. 나라사카가 과거의 영광을 앞세워 일류 기업에 다니는 동안 사회는 확 변했다. 회사 울타리 안에 있을 때는 몰랐던 실태를 알고 나라사카는 몸이 부들부들 떨릴 만큼 겁이 났다.

사회에 나온 지 삼 년이 지났을 때 오사무의 절망은 절정에 달했다. 나라사카는 모든 것이 끝난 뒤에야 그 사실을 알았다. 오사무는 평소에도 말이 없고 표정도 무뚝뚝해 감정을 드러내는 법이 없었기 때문이다. 그날도 피곤한 얼굴로 집에 돌아온

오사무는 평소처럼 밥을 먹고 목욕을 한 후 "야근이야"라고 말
하고 다시 나갔다. 이번 생의 끝을 앞두고 있다는 낌새는 전혀
느껴지지 않을 만큼 차분한 태도였다. 마음이 평온해서가 아니
라 절망으로 시커멓게 물들어 있어서 그랬다는 것을 몇 번이나
생각해보고서야 깨달았다.

집을 나선 오사무는 중학생 때 담임이었던 사람의 집에 찾아
가 담임을 칼로 찔러 죽였다. 그리고 자신은 근처 맨션 복도에
서 뛰어내려 자살했다. 집을 나서서 범행을 저지르기까지 걸린
시간으로 보아 미리 세워둔 계획을 망설임 없이 실행에 옮긴
것이 분명했다. 나라사카는 오사무가 담임 교사를 원망하는 말
을 한 번도 들은 적이 없었으므로 분명 뭔가 잘못된 것이라고
믿었다.

일이 고되다는 것은 진작부터 알고 있었다. 아무리 그래도
대학까지 나왔는데 오사무가 하는 일은 단순한 육체노동이었
다. 물건을 옮기거나 가만히 앉아서 단조로운 확인 작업에 매
달리는 나날이 이어졌다. 노동자의 개성도 능력도 존중치 않는
일을 하다 보면 줄질하는 것처럼 자존심이 깎여나간다. 자격증
이라도 따서 전문직에 종사하라고 오사무에게 권하기는 했지
만, 나라사카가 기껏해야 건물 청소를 호구책으로 삼고 있는
상태에서는 오사무에게 따로 공부할 시간을 줄 여력이 없었다.

어떻게 해야 할까 애만 태우며 아무것도 못 하는 사이에 이 년 남짓 시간이 흘렀다.

오사무가 자살했다는 사실을 받아들이기 힘들었지만 징조가 아예 없었던 것은 아니다. 징조를 알고서도 막지 못했으니 창자가 끊어질 듯이 슬펐지만, 학교 교사를 찔러 죽일 줄은 예상조차 하지 못했다. 오사부가 남긴 유서에 따르면 담임이 학생들을 너무 불공평하게 대했고, 담임 앞에서만 착한 척하는 못된 아이들을 귀여워하며 반에서 왕따를 조장했다고 한다. 오사무는 왕따를 당하지는 않았지만 굳이 따지자면 괴롭힘을 당하는 쪽이었다. 그런데도 왕따당하는 아이를 돕기는커녕 자신이 표적이 되지 않아서 다행이라고 안도했다. 오사무는 그런 비겁한 자신이 미웠다. 그리고 반의 분위기를 살벌하게 만드는 담임이 원망스러웠다. 만약 천벌이 있다면 담임이야말로 천벌을 받아야 한다고 생각하며 살아왔다. 하지만 천벌을 받지 않았으므로 자신이 직접 벌을 내리기로 했다. 오사무는 유서에 그런 내용을 적었다.

담임 교사에게는 아내와 자식이 있었다. 오사무는 그들에게서 남편과 아버지를 빼앗았다. 담임 교사에게 잘못이 있었다고는 하나 나라사카는 용서를 빌어야 마땅했다. 아내와 둘이서 현관 앞에서 무릎을 꿇고 사죄했지만 당연히 용서받지 못했고,

변호사를 통해서 금전적 보상 문제를 협의했다. 상대 측의 감정에 날이 서 있어서 타협점을 찾기 힘들어지자 나라사카도 심신이 지쳐갔다. 제대로 이야기를 나눌 수 있게 된 것은 아이러니하게도 아내 덕분이었다.

아내는 매일 울었다. 몸속의 수분을 몽땅 짜낼 것처럼 깨어 있을 때나 잠들었을 때나 눈물을 흘렸다. 이대로 가다가는 건강을 해칠 것 같았지만 뭐라고 위로할 말이 없었다. 자신이 무슨 말을 하든 귀를 기울이지 않을 테니 말해봤자 아무 소용도 없다는 것은 잘 알고 있었다. 나라사카는 아내가 눈물로 자기 몸을 깎아가는 과정을 그저 보고만 있었던 셈이다.

사건이 일어난 지 두 달쯤 지났을 무렵에 아내 친구가 걱정이 되었는지 아내를 집으로 초대했다. 마침 잘됐다 싶어 나라사카는 놀러갔다 오라고 부추겼다. 아내는 오사무의 장례식을 치른 후 집에 틀어박혀 밖에 한 발짝도 나가지 않았다. 이대로 가다가는 정신적으로 문제가 생기지 않을까 걱정이었던 터라 아내 친구의 제안을 적극적으로 받아들였다. 아내는 거부하지 않고 훌쩍 집을 나섰다.

그리고 돌아오지 않았다. 처음에 나라사카는 무슨 일이 벌어졌는지 몰랐다. 오랜만에 기분 전환하러 나갔으니 친구네 집에 오래 머무르는 줄만 알았다. 하지만 밤 11시가 지나도 돌아오

지 않자 걱정돼서 전화를 걸어보았지만 받지 않았다. 하는 수
없이 아내 친구 집에 전화하자 9시가 지나서 돌아갔다고 했다.
황급히 집을 뛰쳐나와 주변을 찾아보았지만 아내의 모습은 아
무데도 없었다. 오밤중에 아내가 갈 만한 곳이 어디일지 전혀
짐작이 되지 않았다. 혹시나 싶어 오사무가 몸을 던진 맨션에
가보았지만 아내는 없었다. 이렇게 된 이상 경찰에 신고하는
수밖에 없었다.

뜬눈으로 밤을 새우고 나자 최악의 소식이 기다리고 있었다.
아내는 근처 강 하류에서 시체로 발견됐다. 집 근처 둑에 미끄
러진 흔적이 있었으므로 자살이 아니라 사고사로 추정됐다. 아
내는 친구 집에서 술을 마시고 돌아오는 길에 강가를 걸으며
술기운을 쫓으려 했는지도 모른다. 그때 실수로 발을 헛디뎌
강에 빠졌다. 취한 아내는 헤엄을 치지 못하고 떠내려가다가
익사했다. 그것이 부검을 마친 경찰의 견해였다.

경찰 견해대로 아내는 발을 헛디뎠을지도 모른다. 하지만 나
라사카가 생각하기에 아내의 죽음은 실족사가 아니라 자살이
었다. 아내는 더이상 살아갈 기력이 없었다. 남편이 직장을 잃
어 살림이 궁색해진 것도 모자라 아들도 사회에서 천덕꾸러기
신세를 면치 못한 끝에 사람을 죽이고 자살했다. 피해자 유족
이 인격을 모독하는 욕을 퍼부어도 반박 한번 하지 못하고 꾹

참아야 했다. 이 세상에 절망하여 오사무의 뒤를 따르고 싶을 법도 하다. 다 타버린 선향이 재가 되어 스러지는 것처럼 아내가 세상을 떠난 것은 필연적 결과였다.

불행이 잇따르자 나라사카도 살아갈 의지가 꺾였다. 하지만 모두 다 잃어버린 나라사카를 지탱할 물건이 딱 하나 남아 있었다. 오사무가 유서와 함께 남긴 스마트폰이었다.

스마트폰은 유서 위에 놓여 있었다. 이는 유서뿐만 아니라 스마트폰의 내용도 확인하라는 뜻임을 알아차리고 경찰에게는 넘겨주지 않았다. 암호가 설정되어 있지 않아서 손쉽게 들여다볼 수 있었다. 역시 나라사카가 스마트폰의 내용을 확인하기를 바라고 유서 위에 놓아두었던 것이 틀림없었다.

스마트폰은 SNS 애플리케이션이 켜진 상태였다. 그래서 오사무와 누군가가 나눈 이야기를 제일 먼저 읽게 됐다. 오사무가 메시지를 보낸 상대의 닉네임은 도베였다. 오사무와 도베가 쓴 글이 교대로 말풍선에 표시되어 있어서 둘이 무슨 이야기를 했는지 한눈에 볼 수 있었다. 뒤숭숭한 내용이라 나라사카는 눈살을 찌푸렸다.

오사무와 도베는 소규모 테러에 관해 이야기하고 있었다. 오사무는 도베에게 소규모 테러를 저지른다고 정말로 사회가 변하겠느냐고 의문을 던졌다. 도베는 다음과 같이 대답했다.

한두 번으로는 변하지 않겠죠. 하지만 거듭해서 행동에 나서면 일본 전 국민에게 남의 일이 아니게 됩니다. 자신과 상관없다고 여기는 사람이 없어지는 게 중요합니다. 무관심이 우리가 무찔러야 할 가장 큰 적이니까요.

이건 도대체 뭐냐. 도베라는 이 인물은 소규모 테러를 일으키라고 오사무를 꼬드기는 건가. 하지만 뭘 위해서? 의문을 품은 채 대화를 계속 눈으로 좇았다.

무관심한 게 아니라 자기 일만으로도 벅찬 것 아닐까요? 저도 그러니까 그런 사람들이 충분히 이해되는데요.

오사무가 반박하자 도베는 화난 것처럼 답변했다.

결과가 같다면 같은 죄입니다. 자신만 괜찮으면 된다는 발상이 죄악임을 일본인 모두가 알아야 해요.

대화는 거기서 끝났다. 오사무가 왜 이 대화를 바로 볼 수 있게 해놓았는지 나라사카는 곰곰이 생각해보았다. 오사무는 세상을 떠들썩하게 만든 소규모 테러 범죄자와 같은 처지였다. 사회의 밑바닥까지 떨어져 기어오를 기회는 앞으로 영원히 찾아올 것 같지 않다. 소규모 테러 범죄자가 절망 끝에 흉악한 짓을 저질렀다면 오사무 역시 충분히 그럴 만한 조건을 갖춘 셈이었다.

하지만 오사무는 소규모 테러를 저지르지 않았다. 도베는 죄가 있는 사람은 없다고 말했지만 오사무는 그 의견에 찬성할 수 없었으리라. 그러나 온몸에 깃든 절망감이 너무나 커서 살아갈 의욕은 잃은 지 오래다. 죽어서 모든 것을 끝내고 싶지만 허무하게 사라지기는 무섭다. 도베 말처럼 어차피 죽을 바에야 사회에 도움을 주고 죽고 싶다. 그래서 해악이라고 여긴 교사를 죽이고 나서 자살한 것 아닐까. 유서와 스마트폰을 포개어둔 의도를 헤아리건대 이 추측은 정곡을 찌른 게 아닐까 싶었다.

거슬러 올라가서 도베와 처음 안 시점부터 순서대로 메시지를 읽었다. 전부 다 읽어보고 도베의 말에 설득력이 있음을 알았다. 도베는 남의 마음을 움직이는 강한 힘을 지니고 있었다. 쉰 살이 넘은 나라사카도 지당하다고 고개를 끄덕일 뻔한 적이 몇 번인가 있었다. 하물며 젊은 오사무라면 도베의 사고방식에 크게 영향을 받지 않았을까? 오사무는 무능력해서 낙오된 것이 아니라 사회의 비정함 때문에 낙오됐다. 그런 단정은 분명 오사무의 상처 입은 마음을 달래주었을 것이다. 나라사카는 오사무의 스마트폰으로 오사무가 도베의 주장에 동조해가는 과정을 낱낱이 확인했다.

하지만 제삼자인 나라사카는 도베가 오사무를 레지스탕스로 만들고자 한다는 것을 바로 알아차렸다. 목적은 모른다. 도베가 누구인지 알아낼 실마리는 전혀 없었다. 그래도 소규모 테러가 일어나기를 도베가 바라고 있는 것만은 틀림없었다. 도베는 능란한 말솜씨로 소규모 테러를 일으키고 죽는 것밖에 방법이 없다고 오사무를 꼬드겼다. 오사무가 자살하기로 마음먹은 것은 도베 탓이다. SNS에서 나눈 대화를 몇 번이나 읽고 나라사카는 그렇게 결론을 내렸다.

오사무는 자신의 의지로 죽은 것이 아니다. 도베가 부추겼다. 그렇다면 도베가 오사무를 죽인 것이나 마찬가지다. 나라사카에게 도베는 아들을 죽인 가증스러운 원수였다. 이 녀석은 누구일까. 왜 소규모 테러를 저지르라고 오사무를 부추겼을까. 아무것도 모르고 넘겨도 될 만큼 오사무의 죽음은 가볍지 않다. 아들을 죽게 내버려두었다는 회한이 가슴속에 앙금으로 남은 이상 도베의 정체를 알아내야 속이 후련할 것 같았다. 그리고 가능하다면 복수하고 싶었다. 그러한 바람이 아내가 죽은 후에도 나라사카를 지탱해주었다.

도베의 정체를 알아내려면 연락을 유지해야 하므로 나라사카는 오사무인 척하고 계속 이야기를 나누었다. 글에서 이질감을 느껴 다른 사람임이 들통나지 않도록 오사무가 보낸 메시지를 달달 외울 만큼 읽으며 말투를 익혔다. 틈만 나면 스마트폰을 꺼내 사용법을 익혔다. 그렇게 노력한 덕분에 도베는 여전히 의심하지 않고 메시지에 답한다. 최근에는 안달이 나기 시작했는지 노골적으로 소규모 테러를 일으키라고 요구했다.

하지만 도베의 정체를 알아내려던 당초 계획은 영 진척이 없었다. 도베는 자신에 관해서는 철저하게 언급을 피했다. 그러므로 도베의 나이를 비롯해 직업과 생활환경을 짐작할 단서를 전혀 얻지 못해 여태 수수께끼의 인물이었다. 이대로 가면 오사무인 척하는 나라사카에게 소규모 테러를 일으킬 생각이 없음을 알아차리고 연락을 끊을지도 모른다. 벽에 부딪힌 느낌이 들자 조바심이 났다.

사람이 평생 뭔가를 성취하기 위해 살아간다고 한다면 직장을 잃고 아들과 아내가 처참하게 세상을 떠난 것도 모자라 복수도 하지 못한 채 허송세월하는 나라사카는 헛된 인생을 살고 있는 셈이다. 아무것도 남기지 못하더라도 하다못해 긍지를 품고서 죽고 싶었다. 불법 주택에 살기 시작한 이후 나라사카의 바람은 오직 그것뿐이었다.

4

건물 청소 일을 마치고 돌아오자 문손잡이 옆 문틈에 종이가 끼워져 있었다. 펼쳐보자 "돌아오면 잠깐 들러. 도다"라고 적혀 있었다. 지난번에 이야기를 나누면서 옛날에 맺힌 감정이 꽤 많이 풀리긴 했지만 친하게 지낼 마음은 없었다. 반사적으로 귀찮다는 생각이 들었지만 무시할 수도 없어서 잠깐 쉬었다가 도다의 방으로 갔다.

"피곤할 텐데 불러서 미안해."

문을 열고 나라사카를 맞이한 도다는 일단 사과부터 했다. 오늘은 우롱차밖에 없다며 오백 밀리리터 페트병에 든 차를 잔두 개에 반씩 따랐다. 나라사카는 영 거북했지만 고맙다고 말했다.

"무슨 용건이라도 있어?"

왜 불렀어, 하고 직접적으로 묻고 싶었지만, 상대가 상식적인 태도로 나왔으므로 나라사카도 말을 가렸다. 옛날에 앙숙이었던 사람과는 적당한 거리를 지키기 어렵다.

"용건이라고 할 정도는 아니지만, 모처럼 같은 건물에 살게 됐으니 이야기를 좀더 해보고 싶어서 말이야."

도다는 탁자를 사이에 두고 정면에 앉더니 쑥스러운 듯이 말했다. 도다의 이런 표정은 처음 보았다. 세월이 흐르면 사람도 바뀌는 법이라고 새삼스레 느꼈다.

도다는 현재 일할 기운이 없어 저금해놓은 돈으로 생활하고 있다고 한다. 그래서 최대한 절약하기 위해 여기 들어왔다고

힌다. 나라사카는 삶의 목적이 있는 만큼 도다에 비하면 나은 편이다. 설령 그 목적이 복수라고 할지라도.

"이야기? 또 옛날이야기를 하자고? 이제 사십 년간 서로 어떻게 지냈는지 잘 알았잖아. 괴로운 기억을 들쑤시는 짓은 이제 그만두자."

도다의 사십 년도 나라사카 못지않게 비참했다. 그런 의미에서는 공감이 가는 부분이 많았지만 지난번에 말했다시피 서로 상처를 핥아주기는 싫었다. 과거를 돌이켜본들 행복한 나날이 되돌아오는 것도 아니니 더이상 떠올리고 싶지 않았다.

"아니, 옛날이야기 말고. 앞으로의 이야기를 하고 싶은데."

뜻밖에도 도다는 그렇게 말했다. 현재 상황에 너무 어울리지 않는 말이라 그만 쓴웃음이 흘러나왔다.

"앞으로의 이야기? 우리한테 앞날이 있다는 거야? 어디에 있는데?"

"나한테는 없어. 이제 아무것도 없지. 그래서 네가 나처럼 무기력하지 않다는 게 신기해. 너한테는 뭔가 있는 거야. 그게 뭔지 들려주지 않겠어?"

도다의 날카로운 통찰력에 놀랐다. 가슴속에 간직한 결의를 내비친 적은 없었다. 오히려 절망 속에 살고 있다고 강조했다. 하나 같은 처지에 처해 있다 보니 나라사카의 말에서 힘을 느껐는지도 모른다. 이 녀석 앞에서는 태도와 언동을 조심해야겠다고 마음에 새겼다.

"없다니까 그러네. 무기력해 보이지 않는다고? 네 앞이라서 허세를 부리는 것뿐이야. 알맹이는 너랑 똑같아."

"그래? 넌 변함없구나."

도다는 힘없이 웃더니 시선을 손에 든 잔으로 떨어뜨렸다. 나라사카가 마음을 열지 않아서 서운한 것 같았다. 그런 모습을 보자 미안한 마음이 들었다. 동시에 그만하라고 마음속으로 중얼거렸다. 넌 나를 싫어했잖아? 나한테 공감을 바라지 마. 자신은 여전히 서먹함을 느끼는데 도다가 친근하게 다가오니 당황스러웠다.

"왜 너랑 다시 이야기를 해보고 싶었는지 이유를 하나 가르쳐줄까?"

도다는 갑자기 화제를 바꿨다. 무슨 이유인지 짐작이 가지 않아서 나라사카는 고개를 갸우뚱했다. 도다는 턱을 움직여 나라사카의 몸을 가리켰다.

"그 배야. 나이를 먹어 군살이 잔뜩 붙었잖아. 나랑 똑같아. 여학생들한테 인기 있었던 너도 사십 년이 지나니 나랑 똑같구나 싶어. 어쩐지 옛날에 경쟁심과 질투심을 불태웠던 게 참 철딱서니 없게 느껴지더라. 그러고 나니까 그 시절을 마음 편하게 돌이켜볼 수 있었어. 그래서 난 너랑 다시 만나서 좋았어.
넌 싫은 모양이지만."

도다는 마지막 한마디도 웃음 띤 얼굴로 말했다. 빈정거리는
것이 아니라 정말로 그렇게 느꼈으리라. 무심코 배를 내려다보
자 확실히 우스꽝스러울 만큼 툭 튀어나왔다. 이제 둘 다 배불
뚝이 아저씨가 됐으니 옛날에 크게 차이가 났던들 털끝만큼도
의미가 없다. 그렇게 생각하자 얼어붙어 있던 마음 한편이 녹
아내리는 느낌이었다.

"그야, 이렇게 꼴사나운 모습을 보여주기는 싫지. 특히 너한
테는."

그렇게 말하고 웃었다. 웃자 가시방석에 앉아 있는 듯한 기
분이 가셨다. 방금 전까지 말로만 그랬던 것이 아니라 정말로
도다에게 허세를 부리고 있었음을 깨달았다.

마음이 열린 김에 고등학교와 대학 시절 이야기를 두런두런
주고받았다. 도다는 내내 나라사카의 활약을 눈여겨보았다고
한다. 나라사카가 전국 고교 야구 선수권 대회에 출전했을 때
는 시샘이 나면서도 자랑스러웠다고 말했다. 나라사카는 그 말
을 듣고 만약 자신이 도다였더라도 그렇게 느꼈을 것이라 생각
했다. 과거의 영광을 허영으로 치부해왔지만 진지하게 야구에
몰두한 게 헛일은 아니었구나 싶었다.

이야기꽃을 활짝 피운 것은 아니었지만 결국 10시가 다 될 때까지 도다 방에 있었다. 자기 방 침대에 눕자 오늘은 어제와 달랐다는 실감이 들었다. 복수도 못 했는데 이렇게 느끼는 날이 올 줄은 몰랐다. 나쁘지 않은 기분으로 잠을 청했다.

그후로 둘 중 한 명의 방에서 이야기를 나누는 날이 늘었다. 이야깃거리가 떨어져 침묵이 찾아와도 거북하지 않았다. 할밀이 없으면 자기 방에 돌아간다. 홀가분한 관계로 지내자 부담 없이 오고갈 수 있었다. 그렇게 이 주쯤 지나자 나라사카는 갑자기 도다에게 다 털어놓고 싶다는 충동에 휩싸였다.

"도다, 넌 예리해." 나라사카는 인정했다. "내게는 삶의 버팀목이 있어. 난 아들의 원수를 갚고 싶어."

"원수? 아들은 자살한 거 아니었어?"

도다가 당연한 의문을 던졌다. 나라사카는 고개를 저었다.

"아들을 부추긴 녀석이 있어. 소규모 테러를 저지르라고 끈질기게 몰아붙인 녀석이 있다고."

"소규모 테러? 무슨 소리야?"

나라사카는 눈살을 찌푸리는 도다에게 모든 사정을 털어놓으며 스마트폰에 남아 있는 오사무와 도베의 대화를 보여주었다. 탄식하는 도다에게 딱 잘라 말했다.

"도베라는 녀석을 몰랐다면 아들은 삶이 아무리 괴로워도 아직 살아 있었을 거야. 도베 탓에 스스로 죽음을 선택한 거라고. 난 아들을 죽인 이 녀석한테 복수하고 싶어. 그래서 모든 걸 다 잃은 지금도 살아 있는 거야."

"그랬구나……."

도다가 생각해도 이해가 가는 이야기였던 듯하다. 고개를 깊이 끄덕인 후 나라사카를 똑바로 쳐다보았다. 나라사카도 도다의 눈길을 피하지 않았다.

"그런데 문제가 있어. 아무래도 도베의 정체를 모르겠어. 복수하고 싶지만 이름도 주소도 모른다고. 이대로 가면 도베는 이야기를 계속해봤자 헛수고라고 느끼고 자취를 감출지도 몰라. 이 계정이 삭제되면 끝이라고 생각하니 초조해서 죽을 지경이야."

"내가 도와줄게."

도다가 뜻밖의 제안을 했다. 도다는 놀라서 눈이 휘둥그레진 나라사카에게 몸을 내밀었다.

"나도 돕고 싶어. 나한테는 정말로 아무것도 없어. 죽기도 쉽지 않으니까 어영부영 살아 있을 뿐이지. 아무 짝에도 쓸모없는 인간이야. 너를 도울 수 있다면 살아 있길 잘했다는 생각이 들 거야. 그러니까 돕게 해줘."

도움이 필요해서 속내를 털어놓은 것은 아니었다. 온갖 방법

을 궁리해도 뾰족한 수가 없어서 고심하는 중이었다. 누가 도
와준다고 해서 이 난국을 타개할 수 있을 것 같지는 않았다. 하
지만 막막한 상황에서 도다가 그런 제안을 해주자 고마웠다.
처음으로 남의 지혜를 빌려볼 기분이 들었다.

"도베의 정체를 밝힐 무슨 좋은 방법이라도 있어?"

"지금은 없어. 오늘밤부터 생각해볼게. 무슨 방법이 있을 거
야. 혼자서는 무리라도 둘이서 힘을 합치면 길이 보일 때도 있
다고. 한 명보다는 두 명이 낫잖아. 그렇지?"

도다의 눈에 힘이 깃든 것처럼 보였다. 살아갈 의미를 찾아
냈다는 기쁨이 형체라도 있는 것처럼 분명하게 느껴졌다. 친구
라. 속으로 중얼거리자 나쁘지 않았다. 절망의 구렁텅이에 빠
져도 작은 행운이 찾아올 때가 있음을 깨달았다.

"알았어. 도와줘."

제안을 받아들이자 도다는 크게 숨을 들이마시고 눈을 감았
다. 몸을 떨고 있었다. 도다가 어떤 감정에 겨워서 몸을 떠는지
나라사카는 잘 알 수 있었다.

5

그날부터 거의 매일 둘이서 머리를 맞대고 도베의 정체를 밝힐 방법을 찾았다. 아무튼 지금처럼 메시지만 주고받아서는 도베가 영원히 꼬리를 드러내지 않으리라는 점에서는 의견이 일치했다. 그렇다면 어떻게 해야 할까. 혼자 끙끙댈 때는 제자리걸음만 쳤지만 상의할 상대가 생기자 조금씩 앞으로 나아가는 기분이 들었다. 장애물을 하나하나 처리한 결과, 어렴풋하게나마 어느 방향으로 나아가야 할지 보였다. 사방팔방이 꽉 막혀 있던 상황에 바람구멍이 뚫릴 가능성이 생겼다.

"해볼 만한 가치는 있겠어."

드디어 방법을 찾아내자 나라사카는 잔뜩 흥분했다. 도다가 함께 고민해주지 않았다면 절대로 해내지 못했을 것이다. 도다에게 감사해야 마땅하지만 고맙다는 한마디가 입에서 나오지 않았다. 외고집이 심한 자신의 성격이 원망스러웠다.

"반드시 잘될 거야. 힘내."

도다는 속마음을 솔직하게 드러내지 못하는 나라사카를 격의 없는 말투로 격려해주었다. 모가 깎여 둥글둥글해진 도다가 처음으로 부러웠다.

나라사카는 바로 행동을 개시했다. 도베에게 메시지를 보내고 반응을 살폈다. 도베는 처음에는 꺼렸지만 지켜봐주지 않으면 못 한다고 버티자 결국 동의했다. 제안을 받아들이겠다는 메시지가 오자 나라사카는 저도 모르게 "좋았어" 하고 중얼거렸다.

"해냈구나."

옆에서 보고 있던 도다가 나라사카의 어깨를 두드렸다. 나라사카가 내민 손을 망설임 없이 마주잡았다. 굳은 악수를 나누자 사십 년 전의 응어리가 싹 사라졌다. 나라사카는 도다와 다시 만나서 진심으로 기뻤다.

다음날 도베에게 언제 결행할지 알렸다. 도베가 회사원일 가능성을 고려하여 일요일 한낮으로 정했다. 장소를 지정하자 예상대로 "왜 그런 곳에서?"라고 물었다. 좋아하는 여자와 데이트를 한 적이 있는 추억의 장소라서 그렇다고 대답하자 도베는 수긍한 것 같았다.

"걸려들었다."

바로 도다에게 알려주자 기뻐했지만, 두 사람은 도베가 정말로 나타날 가능성은 반반이라고 예상했다. 여기에 걸려들지 않으면 다른 방법은 없다. 그저 잘되기를 빌 뿐이었다.

일요일이 되자 나라사카는 도다와 함께 신주쿠교엔으로 향했다. 도다와 동행한 것은 도베의 눈을 속이기 위해서다. 도베는 오사무가 젊은 남자인 줄 알고 있을 테니 오십 대 남자는 경계하지 않겠지만, 둘이서 함께 행동하면 아예 신경도 쓰지 않을 것이다. 둘이 함께라면 뜻밖의 사태가 일어나도 대처하기 쉬우리라는 계산도 있었다.

신주쿠 문을 통해 신주쿠교엔에 들어가 한복판에 위치한 영국식 정원으로 걸음을 옮겼다. 잔디 정원이라 여기저기에 편하게 드러눕거나 자리를 펴고 도시락을 먹는 사람이 있었다. 나라사카와 도다는 아무도 없는 벤치에 앉았다. 시간을 확인하자 11시 반이 다 되었다.

"의심스러운 녀석 있어?"

넌지시 주변을 둘러보던 도다가 작은 목소리로 물었다. 옥외용 탁자를 사이에 두고 마주보는 형태로 앉아 서로의 뒤쪽을 감시하고 있었다. 도다 뒤쪽에는 가족과 커플들만 있을 뿐 혼자 온 남자는 보이지 않았다. 고개는 젓지 않고 "아니"라고만 말했다.

"없나. 이제 오겠지."

지정한 시각은 정오였다. 아직 삼십 분이나 남았다. 도베로 추정되는 인물이 오지 않았어도 이상할 것 없었다. 쉰 살이 넘은 남자가 마주앉아서 아무것도 하지 않으면 부자연스러워 보일 테니 편의점에서 사 온 음식을 탁자에다 늘어놓았다. 주먹밥 하나씩과 페트병에 든 녹차. 이것이 오늘 점심이었다.

"야, 나라사카."

주먹밥을 천천히 입에 가져간 도다가 나라사카 뒤쪽을 바라보며 말을 걸었다. 새삼스레 이름을 불러서 한순간 도다의 얼굴을 보았다. 도다의 표정은 딱딱했다.

"복수하고 나면 어떻게 할 거야?"

마침내 그 질문이 나왔나. 듣고 싶지 않았던 질문이라 답변이 궁했다. 하지만 이제 어물쩍 넘기기 싫었다. 애당초 도다도 물어보기 전부터 답은 알고 있었을 것이다.

"네가 생각하는 그대로야."

그렇게 대답하자 도다는 처음으로 나라사카의 얼굴을 보았다. 이번에는 나라사카가 물었다.

"너야말로 어떻게 하려고? 나와 함께하겠다는 말은 하지 마."

"너와 함께하다니, 별로 내키지 않는데. 뭐, 앞으로 생각해 봐야지."

익살을 떨듯이 눈썹을 끌어올리는 도다를 보고 거짓말을 하고 있음을 알아차렸다. 도다의 거짓말을 꿰뚫어 본 자신에게 놀랐다. 이제는 도다의 마음을 손바닥 들여다보듯이 이해할 수 있었다.

생각해보니 도다의 과거를 들었을 때부터 이미 공감은 싹텄다. 다만 공감을 패배로 여기는 시시껄렁한 자존심 탓에 솔직해지지 못했다. 그래도 깔보지는 않았다고 단언할 수 있다. 자기가 남을 깔볼 수 있는 처지가 아니라는 것은 잘 알고 있다. 도다는 자기와 같은 처지인 친구니까 더이상 깔보지도 부러워하지도 않는다. 지금은 거리낌없이 그렇게 말할 수 있다.

도다는 아들을 과로사로 잃었다고 했다. 사정은 이렇다.

도다의 아들도 오사무와 마찬가지로 구직난 시대에 태어난 불행한 세대였다. 도다 말로는 백 군데가 넘는 회사에 지원했지만 최종 면접까지 올라간 곳은 단 한 군데뿐이었다고 한다. 그 회사에 채용되자 온 가족이 펄쩍 뛸 만큼 기뻐했지만 행복은 아주 짧았다. 도다의 아들은 입사하자마자 바로 업무에 투입되어 과도한 노동에 시달렸다.

도다의 아들은 도쿄 도내에 점포를 여러 곳 둔 슈퍼마켓 체인점에 취직했다. 광고를 하지 않는 대신 엄청나게 싼 가격으로 물건을 팔아 동네 손님을 끌어모았다. 염가 판매가 좋은 평판을 얻자 멀리서도 손님이 찾아왔다. 정기적으로 시행하는 타임 세일 때는 종업원들조차 어떻게 이런 가격으로 팔 수 있느냐고 고개를 갸웃거릴 만큼 가격이 싸므로 손님이 들끓는 것도 당연했다.

박리다매로 수익을 올리는 방침을 고수하다 보니 당연히 종업원들이 그 부담을 떠안았다. 수많은 손님을 상대하느라 통상 업무에 지장이 생겨 자연스레 시간 외 업무가 늘었다. 전철 막차를 타고 퇴근하기를 밥먹듯이 하자 아들은 대번에 수척해졌다. 도다의 아내는 아들의 건강을 걱정했지만, 고생 끝에 취직한 만큼 그만두라는 말을 하기가 쉽지 않았다. 도다 부부는 물론이고 아들 본인도 일에 익숙해지지 않은 탓이라고 좋게 해석하며 상황을 보기로 했다. 그때 말렸다면 아들은 죽지 않았을 거라며 도다는 어금니가 깨지지 않을까 걱정될 만큼 이를 뿌득뿌득 갈았다.

연일 야근으로도 모자라 휴일에도 당연한 듯이 출근했다. 업무가 너무 많아 파트타임 직원이 버티지 못했기 때문이다. 사람이 모자라 업무에 구멍이 나면 정사원이 총출동하여 때웠다. 도다의 아들이 일하는 점포에는 정사원이 점장을 포함해 세 명밖에 없었다. 아들 이야기에 따르면 세 명 모두 유령처럼 생기를 잃고 눈 아래가 거뭇거뭇해진 얼굴로 매일 출근했다고 한다.

세 명 중에 누가 제일 먼저 탈락하느냐를 놓고 치킨 게임을 벌이는 꼴이나 마찬가지였다. 제일 먼저 포기했으면 행복했을 테지만 도다의 아들은 성실했다. 계속 열심히 일했고, 첫 번째 탈락자가 나온 뒤에도 제자리를 지켰다. 아들의 선배는 건강이

나빠져 장기 휴가를 읻었나. 세 사람이 제 살을 깎아서 겨우 버
텨온 점포이므로 한 명만 빠져도 끝이다. 그런데도 본사는 정
사원이 아닌 파트타임 직원만 늘리라고 점장에게 명령했다. 동
네 사람들은 싼 맛에 그 슈퍼를 이용하기는 했지만, 싼 맛의 비
결이 무엇인지 잘 알고 있었다. 그러니 파트타임 직원을 모집
해도 지원자는 없었고, 오히려 벅찬 노동을 견디다 못해 원래
있던 파트타임 직원도 그만두는 지경이었다. 한계에 다다르기
직전의 상태였다.

어느 날 출근 시간이 되었는데도 아들이 일어나지 않았다.
걱정돼서 도다의 아내가 깨우러 갔다. 방문을 두드려도 대답이
없었다. 몹시 피곤해서 깊이 잠든 것이라 짐작했지만 지각하면
회사에서 불이익을 당할 테니 마음을 단단히 먹고 방에 들어갔
다. 침대에 누운 아들을 흔들며 일어나라고 불렀지만 아무런
반응도 없었다. 아들은 눈을 뜨지 않았다. 숨을 쉬지 않는다는
것을 알아차릴 때까지 시간이 좀 걸렸다. 도다는 아내가 알면
서도 인정하기 싫었던 것이 아닐까 싶다고 말했다. 아내는 오
분쯤 후에야 도다를 불렀다.

아내가 돌아오지 않아 무슨 일 있는 게 아닌가 도다가 걱정
하기 시작했을 무렵에야 아내 목소리가 들렸다. 아내는 도다와
아들의 이름을 번갈아서 몇 번이고 외쳤다. 허둥지둥 아들 방

으로 달려가자 묘한 광경이 눈에 들어왔다. 아내가 아들의 팔을 잡고 힘껏 흔들고 있었다. 그런데도 아무 반응이 없는 아들에게 무슨 일이 생긴 건지 도다는 한눈에 이해했다.

구급차를 타고 간 병원에서 아들이 지난 밤중에 숨을 거두었다는 판정을 받았다. 사인은 급성 심부전이었다. 바로 과로사라는 말이 떠올랐다. 이렇게 젊은데 심부전이라니 너무 이상했다. 아들은 강건하다고 할 정도는 아니었지만 별다른 지병도 없었던 만큼 젊은 나이에 심부전으로 죽는 건 말이 안 됐다. 회사가 죽인 것이 분명했다.

이제 아들이 이 세상에 없다는 것을 통감하며 장례식을 치르고 나서 도다는 소송을 걸었다. 회사에 죄를 물으려 한 것이다. 시간은 걸렸지만 결국 승소했다. 회사 측은 시간 외 근무 기록을 남겨두지 않았지만 교통카드 승하차 기록이 증거로 채택됐다. 재판에 이겨도 아들을 잃고 텅빈 마음은 채워지지 않았지만 어느 정도 보람은 맛보았다.

불행이 불행을 불러들일 때도 있다는 것을 다른 부서로 이동하라는 지시를 받았을 때 알았다. 도다는 이른바 유배지라고 불리는 한직으로 이동했다. 책상 위에는 전화밖에 없었고, 알아서 이직할 곳을 찾아보라고 했다. 징벌 인사였다. 기업을 상대로 소송을 건 것이 원인이었다. 회사를 고소하는 사원이므로 위험하다고 판단한 것이리라. 기업의 추악한 논리를 확인한 기분이었다.

쉰 살이 넘은 이직자를 받아주는 곳은 거의 없었다. 그토록 고생한 아들의 전철을 밟는 느낌이었지만 실제로는 더 가혹했다. 삼십 년 동안 쌓은 경험이 휴지조각이나 다름없는 취급을 받았다. 아들을 허무하게 잃고 자존심까지 갈기갈기 찢어지자 더이상 견디기 힘들었다.

도다는 회사를 그만뒀다. 정이 딱 떨어져서 때려치운 것이지만 실직했다는 사실은 변함없었다. 불행이 거듭되자 아내는 정신에 문제가 생겼다. 혼자서 뭐라고 중얼중얼하다가 갑자기 웃음을 깔깔 터뜨리기도 했다. 정신이 망가져가는 아내를 두고 볼 수만은 없어서 장인 장모와 상의하여 처가에 요양시키기로 했다. 자기가 태어나 자란 집으로 돌아가면 아들과 남편을 덮친 불행을 조금은 잊을 수 있지 않을까 기대했다.

도다는 일할 의욕을 완전히 잃어버렸다. 젊었을 때 산 집을 팔아서 생긴 돈을 대부분 아내에게 주고 자신은 남은 돈으로 생활하고자 불법 주택에 방을 얻었다. 머지않아 돈이 다 떨어지면 인생의 막을 내리기로 마음먹었다. 아무리 그래도 무의미하게 사라질 수는 없었기에 바로 끝을 보지 못하고 망설였다고 도다는 나라사카에게 말했다. 나라사카는 메마른 눈으로 저멀리를 보며 담담히 말하는 도다의 모습이 자신의 초상화 같다고 느꼈다. 이렇듯 불행이 일상적으로 일어나다니 억울하다는 생각에 그저 화가 치밀 뿐이었다.

도다는 나라사카의 복수를 도우며 삶의 의미를 찾았으리라. 그런 도다가 도와주겠다는데 나라사카가 거절할 수 있을 리 없다. 왜냐하면 도다는 나라사카니까. 자기 자신을 거부할 수는 없는 법이다. 지금은 도다와 불법 주택에서 다시 만난 것을 필연적인 운명으로 받아들였다.

"저 녀석, 좀 수상한데."

도다가 나라사카의 뒤쪽을 바라보며 나지막하게 중얼거렸다. 나라사카는 돌아보고 싶은 기분을 억누르고 온 신경을 등에 집중시켰다.

6

점찍은 상대의 겉모습을 도다가 묘사했다. 나이는 이십 대 후반에서 삼십 대 전반. 머리는 공들여 매만지지 않고 아무렇게나 길렀고, 검은 테 안경을 썼다. 굳이 따지자면 마른 체형이고 멀어서 키는 큰지 작은지 분명치 않다. 세련됐다고는 하기 힘든 회색 계열 옷을 입었다. 목적이 있어서 여기 온 것은 아닌지 지루한 듯이 사방을 둘러보고 있었다.

확실히 한낮에 혼자 신주쿠교엔에 오기에는 어울리지 않는 남자였다. 도다가 수상하다고 한 것도 이해가 갔다.

나라사카가 보기에 그 밖에는 그럴듯한 사람이 없었다. 혼자서 신주쿠교엔에 오는 사람은 아주 드물다. 잠시 후 도베에게 알려준 결행 시각이 됐지만 회색 옷을 입은 남자 외에 수상한 사람은 더 나타나지 않았다. 도베가 아예 여기 오지 않았을 가능성이 아직 남아 있지만 일단 회색 옷차림의 남자를 도베 후보로 삼아도 무방할 듯했다.

나라사카는 도베에게 오늘 여기서 소규모 테러를 저지르겠다고 알렸다. 행복해 보이는 사람을 죽이고 싶어서 신주쿠교엔을 결행 장소로 정했다. 하지만 도베가 보고 있어야 결행할 자신감이 생길 것 같다. 나는 도베에게 인정받고 싶어서 레지스탕스가 되려는 것이다. 결행하는 순간을 꼭 보러 와달라. 그렇게 애원했다.

처음에는 꺼렸던 도베가 결국 동의한 것은 분명 테러를 저지르는 장면을 실제로 보고 싶었기 때문이리라. 나라사카는 어쩐지 그런 느낌이 들었다. 자신의 이름은 물론 얼굴도 신원도 밝히지 않고 그늘에 숨어서 남을 뜻대로 부리면 신과 같이 전능한 기분이 들 것이다. 그런 식으로 만족감을 얻는 자라면 자신이 시킨 대로 일이 잘 진행되는지 확인하고 싶을 것이 분명하다. 그러므로 도베는 반드시 온다고 나라사카는 확신했다.

그 밖에 도베처럼 보이는 사람이 없다면 회색 옷차림의 남자가 바로 도베다. 저놈이로군, 하고 나라사카가 중얼거리자 도다도 동감이었는지 고개를 살짝 끄덕였다. 그 뒤로는 시간과 회색 옷차림의 남자에게만 주의를 기울였다.

결행 예정 시각에서 삼십 분이 지나자 나라사카는 스마트폰을 꺼내 미리 준비해둔 메시지를 도베에게 보냈다. 배짱이 없어서 테러를 저지르지 못했다는 사과문이다. 지금까지 좀처럼 결심하지 못하고 우물쭈물했던 만큼 막판에 겁을 먹고 포기해도 부자연스러워 보이지는 않을 것이다.

"스마트폰을 꺼냈어."

남자를 보고 있던 도다의 얼굴에 희색이 돌았다. 아무래도 남자는 수신된 메시지를 읽는 것 같았다. 구십구 퍼센트 틀림없다고 믿었는데, 이것으로 남자가 도베임이 확정됐다. 드디어 찾아냈다. 나라사카는 눈을 꾹 감고서 소리를 지르고 싶을 만큼 기쁜 마음을 다스렸다.

"움직인다."

남자는 돌아가기로 한 모양이었다. 헛걸음을 해서 몹시 화가 났으리라. 냉정함을 잃는다면 그야말로 바라던 바다. 분노로 시야가 좁아져 미행하기 쉬워진다. 나라사카와 도다는 남자를 쫓았다. 상대는 뒤도 한번 돌아보지 않고 제 갈 길을 갔다. 바쁘게 걸어가는 뒷모습에서 짜증이 고스란히 배어났다.

남자는 신주쿠 문을 나서서 지하철을 탔다. 만일에 대비해 다른 문으로 같은 칸에 탔지만 남자는 이쪽에 눈길 한번 주지 않았다. 미행당하는 줄은 꿈에도 모르는 듯했다. 미행이 탄로 날까 봐 불안했는데 걱정하지 않아도 될 것 같았다.

남자는 지하철을 갈아타고 가다가 JR 가메아리 역에서 내렸다. 역 앞 광장을 빠져나와 주택지에 있는 저층 맨션으로 들어갔다. 현관에서 우편함을 들여다본 덕분에 몇 호실에 사는지도 알아냈다.

우편함에 이름은 없었다. 혼자 살아서 그럴 것이다. 가족이 있다면 성 정도는 우편함에 표시해둔다. 상대가 혼자 산다고 생각하자 더 거리낌없이 복수할 수 있을 것 같았다.

안타깝지만 주택가라서 숨어서 기다리기에 알맞은 곳은 없었다. 하지만 역으로 가는 다른 길은 없는 듯했다. 지금 걸어온 길을 반드시 지나다닐 것이다. 그래서 돌아갈 때 길 좌우를 주의깊게 관찰해 잠복하기에 알맞은 곳을 찾아냈다. 누가 먼저랄 것도 없이 걸음을 멈추고 "여기가 좋겠어" 하고 서로에게 말했다. 가메아리 역으로 향하는 도중에 아주 자연스럽게 "고마워"라는 말이 나왔다. 도다는 그저 "응" 하고 답했다.

7

잠복하기로 정한 곳은 시간제 유료 주차장이었다. 차가 적당하게 들어차 있어서 길에서는 안쪽이 잘 보이지 않는다. 하지만 빈틈이나 차창을 통해 길을 지나가는 사람을 감시하기는 쉬웠다. 나라사카와 도다는 다음날 밤부터 여기에 잠복했다.

남자의 귀가 시간은 일정치 않았다. 밤 8시에 돌아올 때도 있고 11시가 지나서 돌아올 때도 있었다. 밤 11시가 지나면 통행인이 적어져서 다행이었다. 특별히 서로 의논할 것도 없이 노린다면 그때라고 결정했다.

나라사카는 큼지막한 서바이벌 나이프를 샀다. 놀랄 만큼 가격이 비쌌다. 하지만 더이상 돈은 필요 없는데다 비싼 만큼 살상 능력도 좋을 것 같아서 구입했다. 도다가 가격의 절반을 대겠다고 해서 사양하지 않고 호의를 받아들였다. 이제 오사무를 위한 복수는 나라사카 혼자만의 숙원이 아니었기 때문이다.

언제 기회가 찾아올지 모르니 매일 서바이벌 나이프를 가지고 주차장에서 기다렸다. 남자가 일찍 돌아오면 맥이 빠졌고, 늦게 돌아오면 긴장감이 높아졌다. 밤 10시가 지나면 오늘이 복수할 날일지도 모른다고 각오를 다졌다. 망설임은 없었지만 겁은 났다. 곁에 도다가 있어서 다행이었다.

그러던 어느 날 밤, 11시가 지났는데도 남자가 집에 돌아오지 않았다. 오늘이야말로 실행에 옮길 수 있기를 나라사카는 기원했다. 드디어 오사무의 복수를 할 수 있다. 마침내 마침표를 찍어서 자신의 공허한 인생에 의미를 부여할 수 있다. 땀에 젖은 손바닥을 바지에 문질러 닦았다. 그 모습을 본 도다가 "드디어 때가 왔나" 하고 중얼거렸다. 움켜쥔 도다의 주먹이 부르르 떨렸다.

"왔다."

11시 반이 지났을 쯤에 망막에 새겨둔 남자의 모습이 시야에 나타났다. 도다에게 고개를 끄덕이고 일어섰다. 걸음이 빨라지지 않도록 조심해서 주차장을 나서자 남자 앞쪽과 뒤쪽에 다른 사람은 없었다. 바로 지금이라고 하늘이 신호를 보내는 것 같았다.

남자는 십 미터 정도 앞을 걸어가고 있었다. 품속에 숨긴 서바이벌 나이프를 칼집에서 뽑았다. 도다와 거의 동시에 종종걸음으로 남자를 뒤쫓았다. 서바이벌 나이프를 허리께에 받쳐들고 그대로 남자의 등에 몸을 던졌다.

　도다는 저항을 막기 위해 남자의 오른팔에 달라붙었다. 남자는 갑작스런 습격에 놀랐는지 "악!" 하고 소리쳤지만 도다가 수건으로 입을 막아서 그 이상 비명을 지르지 못했다. 나라사카가 힘을 더 주자 칼날이 남자의 몸속으로 쑥 들어갔다. 남자는 눈을 부릅뜨고 낮게 신음했다.

　나이프를 뽑자 피가 콸콸 흘러나와 땅에 쏟아졌다. 양이 너무 많아서 당황했지만 망설임은 없었다. 이번에는 남자의 왼쪽 가슴을 노리고 나이프를 꽂았다. 두 번째도 나이프는 저항 없이 갈빗대 사이를 뚫고 들어갔다. 남자의 몸에서 힘이 빠지는 것이 칼자루를 통해 확실히 느껴졌다.

　나이프는 그대로 둔 채 도다와 함께 남자의 겨드랑이에 손을 끼워 넣어 주차장까지 끌고 갔다. 남자를 주차장 제일 안쪽 자리에 옮기고 나자 안도의 한숨이 새어 나왔다. 성취감보다는 묵직한 피로가 양 어깨에 느껴졌다. 온몸에서 힘이 쭉 빠져서 제자리에 주저앉고 말았다.

　"해냈다. 드디어 해냈어."

　반대로 도다는 잔뜩 흥분한 듯했다. 몸을 떨고 있었는데, 무서워서가 아니라 고양된 감정을 억누를 수 없어서 그런 것처럼 보였다. 주먹을 불끈 쥔 채 작은 목소리로 몇 번이고 "해냈어,

해냈어"하고 되풀이해 말했다. 나라사카는 그런 도다를 멍하니 바라보았다.

"나라사카, 고마워. 네 덕분에 의미 있는 죽음을 맞을 수 있겠어. 일생을 건 친구의 계획에 도움을 주었다고 보람을 느끼며 죽을 수 있다고. 이런 날이 올 줄은 몰랐어. 최고야. 소규모 테러를 저지른 젊은이들도 분명 이런 기분으로 죽었겠지. 이제야 나도 걔들의 심정이 이해가 간다."

도다를 가득채운 만족감은 뭘까. 기쁨을 감추지 못하고 양팔을 몇 번이고 힘차게 올렸다 내렸다 하는 도다를 보며 나라사카는 막연한 위화감을 느꼈다. 방금 전까지만 해도 나라사카와 도다는 일심동체였다. 같은 마음으로 같은 목적을 이루고자 힘썼다. 그런데 지금, 마지막의 마지막에 와서 도다 혼자 멀리 가버린 느낌이었다. 왜 나를 두고 가는 거지? 왜 너만 만족하는 거야? 나라사카는 묻고 싶었지만 온몸을 뒤덮은 권태감이 너무나 묵직해서 입을 벌리기도 귀찮았다. 도다는 나라사카가 그런 기분에 사로잡힌 줄 전혀 몰랐다.

"고마워, 나라사카. 너를 만나서 참 다행이야. 저세상에서 또 만나자. 빨리 저승길로 떠나고 싶으니까 이만 갈게. 안녕."

조증 상태에 빠진 도다는 나라사카의 어깨를 힘껏 두드리고 경쾌한 발걸음으로 주차장을 나섰다. 도다가 자기 인생을 어떤 형태로 마감하려는지 나라사카는 못 들었다. 함께 죽지 않는 것은 그저 동반 자살이라는 형태를 취하고 싶지 않아서다. 저런 상태라면 도다는 분명 웃으면서 저승길에 오를 것이다. 그런 도다가 지금은 참으로 부러웠다.

복수에 성공했지만 나라사카의 가슴속에는 만족감이 눈곱만큼도 없었다. 예상치 못했던 공허함만이 남았다. 아들과 아내가 죽고 나서 나라사카의 가슴에는 커다란 구멍이 뚫렸다. 도베에게 복수하면 그 구멍이 메워질 줄 알았는데 반대로 더 커진 것 같았다. 복수가 이렇게 허무한 일인 줄 알았다면 도베를 죽이지 않았을 텐데. 눈을 부릅뜬 채 절명한 남자를 보자 공허함은 더더욱 부풀어올랐다. 이게 내가 하고 싶었던 일인가. 이딴 일로 만족할 수 있을 거라 믿었단 말인가. 멍청한 데도 정도가 있다.

소규모 테러를 일으킨 젊은이들의 마음을 이해했다고 도다는 말했다. 하지만 착각 아닐까. 죄도 없는 사람들을 죽이고 만족감을 느꼈을 리 없다. 죄악감에 시달리다 지금의 나라사카가 맛본 것과 똑같은 공허함을 느끼며 죽지 않았을까. 그렇다면 레지스탕스들이 딱하기 그지없다. 죽인 쪽도 죽임을 당한 쪽도 측은하다. 누구도 구제받지 못하는 공허함의 극치다. 절망에 빠진 사람들이 더 큰 절망의 어둠속으로 사라진다. 그것이 소규모 테러의 진실이었다.

마지막으로 나라사카는 숨을 거둔 남자의 뺨을 가볍게 때렸다. 원한을 풀기에는 이 정도만으로도 충분했다. 천천히 일어서서 걸음을 옮겼다. 어두워서 잘 보이지 않았지만 피가 많이 튀었을 테니 전철은 탈 수 없었다. 밤새 걸어서 도심부를 가로질러 불법 주택으로 돌아갈 작정이었다. 약자를 먹이로 삼는 놈들에게 분풀이하고자 불법 주택에서 목을 매기로 결정했다.

주차장을 나섰을 때 밤하늘을 올려다보았다. 탁해서 별도 보이지 않는 하늘은 생의 마지막을 앞두고 바라보기에 딱 어울렸다. 나라사카는 작게 웃고 앞쪽으로 눈을 돌렸다. 아무도 없는 길이 밤 저편까지 뻗어 있었다.

가타쿠라 료의 경우

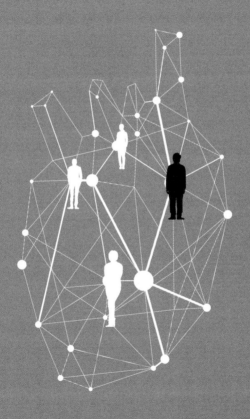

1

태어나서 지금까지 종교에 푹 빠진 적은 한 번도 없었다. 굳이 따지자면 불교도라고 할 수 있지만 장례식이라도 치를 때나 그렇다고 의식할 뿐이다. 새해가 되면 신사에 참배를 드리러 가고, 크리스마스는 당연히 연중행사다. 그런 식으로 살아왔던 터라 가타쿠라 료는 한 종교의 독실한 신도가 될 마음이 전혀 없었다.

그런 료가 세인트 메리 성당에 다니게 된 계기는 더위서다. 에둘러 표현하는 것 같지만 사실이다. 원래 료는 차이나타운에 가려고 켈라나 자야 선을 타고 파사르 세니 역으로 향하고 있었다. 그런데 깜박하고 한 정거장 앞인 마스지드 자멕 역에서 내리고 말았다. 일본과는 달리 말레이시아의 철도에는 시간표가 없다. 언제 올지 모르는 다음 열차를 더운 플랫폼에서 기다리는 게 싫어서 일단 역 밖으로 나왔다. 마스지드 자멕 역에서 차이나타운까지는 걸어서도 갈 만했다.

그런데 그날은 유별나게 더웠다. 개찰구를 빠져나와 햇빛을 받은 순간 역 밖으로 나온 것을 후회했다. 걸어갈 마음이 사라진 것과 동시에 여기서 메르데카 스퀘어가 가깝다는 사실이 생각났다. 거기에는 분수가 있으니 그 앞에서 잠시 더위를 피하다가 차이나타운에 가기로 했다.

잘란◀ 라자를 내려가서 곰박 강을 건넜을 때 갑자기 변덕이 났다. 오른쪽에 조그마한 기독교 예배당이 있었다. 정면에 보이는 모스크 양식의 당당한 술탄 압둘 사마드 빌딩과는 대조적으로 호젓한 모습에 어쩐지 마음이 끌렸다. 말레이시아에서 기독교인의 수는 전 인구의 구 퍼센트밖에 되지 않는다고 한다. 기독교는 전 세계 신자 수로는 이슬람교뿐만 아니라 불교와 힌두교 등에 앞서지만 말레이시아에서는 이들 종교에 눌려 기를 펴지 못하는 인상이 있었다. 제 한몸 둘 곳이 없어서 공원 한쪽 구석에 오도카니 서 있는 모습이 일본에 살기가 괴로워서 쿠알라룸푸르로 떠나온 자신과 비슷하게 느껴졌다. 어차피 더위를 피하려면 건물 안이 나을 것 같아서 그쪽으로 발걸음을 돌렸다.

▶ 말레이어로 '길'이라는 의미.

일요일 오전이라 예배를 드리고 있었다. 그렇지만 실제 신자 수가 적어서 그런지 성당 안에 있는 사람도 많지는 않았다. 대충 훑어보니 스무 명 정도일까. 신자로 바글바글했다면 안에 들어갈 용기가 나지 않았겠지만 빈자리가 많았으므로 마음놓고 뒤쪽에 앉아서 쉬었다. 그렇게 많이 걸은 것은 아니었지만 냉방이 잘되어 있어서 좋았다.

목사가 말레이어로 설교를 해서 무슨 말인지 하나도 못 알아들었지만 모든 신자가 진지하게 귀를 기울이는 엄숙한 분위기는 나쁘지 않았다. 재미있게도 신자는 백인만이 아니었다. 말레이계와 중국계도 꽤 있었다. 그래서 일본인인 료도 그들 사이에 섞여 입을 다물고 있자 그다지 튀지 않았다. 적당히 땀을 식히고 밖으로 나왔지만 나무라는 사람은 한 명도 없었다.

어쩐지 그 느긋함이 마음에 들었다. 신을 믿으라고 과하게 전도를 했다면 다시는 발길을 하지 않았을 것이다. 오는 사람 거절하지 않고 가는 사람 막지 않는다는 자세는 자신을 그냥 내버려두기 바라는 료의 마음을 편하게 했다. 이슬람교나 힌두교 사원이었다면 이렇게 쉽게 들어올 수는 없었으리라. 불교의 절에도 참배 이외의 목적으로 들어서기는 꺼려진다. 더위를 피하고자 숨어든 이교도를 너그럽게 놓아두어서 기분이 좋았다.

그후 내키면 예배에 참석하러 갔다. 매주는 아니다. 기껏해야 한 달에 한 번꼴일까. 성당에서 땀을 식히고 차이나타운까지 걸어가서 점심을 먹는 게 즐거움 중 하나가 되었다.

몇 번 다니다 보면 말을 나누지 않아도 늘 오는 신자의 얼굴은 눈에 익는다. 중국계 신자 중에 젊은 여자 한 명이 료의 눈길을 끌었다. 얼굴은 예쁘지만 웃지 않아서 어쩐지 어두운 분위기를 풍기는 사람이었다. 누가 말을 걸면 대답은 했지만 적극적으로 나서서 다른 신자들과 교류하려고 들지는 않았다.

아무래도 여자가 말레이어를 모르는 것 같다는 점이 마음에 걸렸다. 다른 신자하고는 언제나 영어로 대화를 나누었다. 영어밖에 모른다면 말레이어 설교를 들어봤자 아무 소용없을 테지만 료 자신도 같은 형편이므로 남의 말을 할 처지는 아니었다. 신앙은 말이 아니라 마음이 더 중요하다는 걸까. 기독교를 믿을 것도 아니었기에 깊이 파고들 생각은 없었다.

두 번째로 예배에 참석했을 때는 신자가 말을 걸었다. 하지만 그냥 더위를 피하고 있다고 대답하자 그후로는 눈인사만 하고 지나갔다. 말레이어를 모르는 여자와도 눈이 마주치면 서로 고개를 숙이긴 했지만 그뿐이었다.

그러다 사소한 일을 계기로 여자에게 깊은 흥미가 생겼다. 어느 날 여자가 의자에서 일어서다가 앞자리 벤치에 무릎을 부딪혔다. 여자의 입에서 "아야"라는 말이 나왔다. 적어도 료의 귀에는 그렇게 들렸다. 틀림없이 영어는 아니었다.

이럴 때 중국어로 뭐라고 하는지 료는 모른다. 어쩌면 중국어 발음도 비슷할 수도 있다. 하지만 료의 가슴속에는 여자가 일본인이 아닐까 하는 의문이 싹텄다. 기회가 있다면 말을 걸어보고 싶었다.

2

휴일은 시간을 주체할 수 없어서 힘들다. 단골로 드나드는 가게의 점원과 안면을 익히기는 했지만 말레이어를 못 하므로 친하게 지내는 정도는 아니다. 친구라고 할 만한 사람이 아직 없어서 쉬는 날에 무료함을 달래는 방법이라고는 오로지 시내를 어슬렁거리는 것뿐이었다. 처음 한동안은 그것도 재미있었지만 쿠알라룸푸르에 산 지 반년쯤 되자 약간 질리기 시작했다. 말라카나 조호르바루, 아니면 그 너머의 싱가포르에 한번 가볼까 싶기도 했다.

하지만 당일치기를 하자니 이동 수단이 없었고, 하룻밤 묵고 오자니 귀찮다는 기분이 앞섰다. 원거리 여행을 좀처럼 실행에 옮기지 못하고 결국 책을 읽으며 시간을 때웠다.

십 년 전까지만 해도 세계 최고의 높이를 자랑하던 페트로나스 트윈 타워에는 일본의 대형 서점이 자리하고 있다. 그 서점의 구석 한편에 일서 코너가 있었다. 서투르게나마 영어를 할 줄 안다고는 하나 영어 원서를 술술 읽을 정도는 아닌 료에게 이 서점은 고마운 존재였다. 책을 한 권 다 읽을 때마다 여기서 새 소설을 샀다.

넓은 서점을 가로질러 일본 책 코너에 들어선 순간 여자를 알아봤다. 세인트 메리 성당에 갈 때마다 예배를 드리고 있던 여자다. 여기 있다니 역시 일본인이었다. 그 사실을 안 순간 스스로도 놀랄 만큼 아주 반가웠다. 깊이 생각해보지도 않고 여자에게 다가갔다.

"안녕하세요."

사람이 그립던 차라 말을 걸었다. 일본이었다면 절대로 여자에게 먼저 말을 걸지 않는다. 대담해진 자신의 모습에 기가 찼지만 뭐 어떠랴 싶었다. 처음 만나는 사람이 아니다. 안면은 있으니까 인사를 하는 게 오히려 자연스럽다.

"아아!"

갑자기 말을 걸어서 놀랐는지 여자는 움찔하며 고개를 들더니 료를 알아보고 눈이 휘둥그레졌다. 여자도 료를 중국계 말레이시아인이라고 여겼는지도 모른다. 여러 인종이 거주하는 쿠알라룸푸르에서 동포를 알아보기는 쉽지 않다는 것을 새삼 깨달았다.

"어, 일본인이셨어요?"

아니나 다를까 여자는 그렇게 물었다. 일본어로 인사하는 법을 아는 말레이시아인일 가능성도 있기 때문이다. 료는 웃으며 고개를 끄덕였다.

"예. 일본에서 태어나고 자랐어요. 저야말로 그쪽이 현지인인 줄 알았네요. 요전에 무릎을 부딪혀서 '아야' 하고 아파하는 걸 보기 전까지는."

"아아……."

무슨 말인지 알겠다는 표정으로 여자는 쿡 웃었다. 그러자 평소의 어두운 분위기가 걷혀서 다른 사람처럼 귀여워 보였다. 이런 표정도 지을 줄 아는구나 싶어 놀랐다.

"소설 읽으시나 봐요?"

여자 앞쪽의 서가를 보고 물었다. 여자는 이번에는 씁쓰레한 표정을 지으며 "가끔요" 하고 대답했다.

"일본에 있을 때는 그렇게 많이 읽지 않았는데 이쪽에 있으니 시간이 남아돌아서요."

"저도 그래요. 여기에 자주 오세요?"

"예. 쉬는 날에는."

"그러시구나. 왜 지금까지 못 본 거지?"

마주치지 않는 게 보통이겠지만 어쩐지 몹시 신기하게 느껴졌다. 이왕이면 좀더 일찍 이야기를 나누어볼걸 그랬다는 생각이 들자 일본에 있었다면 꺼낼 엄두도 내지 못했을 대담한 말이 또 입에서 튀어나왔다.

"책은 다 고르셨어요? 혹시 시간 있으면 요 아래 푸드코트에서 차라도 한잔하시지 않을래요?"

제발 거절하지 말라고 애원하고 싶을 정도였지만 너무 간절하게 매달리면 경계할 것 같아서 애써 가벼운 어조로 말했다. 여자는 한순간 눈을 돌리고 생각에 잠겼다가 "예" 하고 고개를 끄덕였다. 어쩐지 망설이는 듯했지만 료는 굳이 신경쓰지 않기로 했다. 승낙해주어서 그저 기뻤다.

"고맙습니다. 이쪽에 온 지 반년이 됐는데 친구가 없어서 이야기에 굶주렸거든요. 기쁘네요."

"그건 저도 그래요."

여자는 입으로는 그렇게 말했지만 료와 눈을 마주치려 들지 않았다. 괜히 차를 마시자고 했나 싶은 생각이 머리를 스쳤지만 이제 와서 취소할 수도 없었다. "그럼, 가실까요?" 하고 재촉하여 걸음을 옮겼다.

서점을 나서서 정면 에스컬레이터를 탔다. 두 계단 위에 선

어자에게 고개를 돌려 자기소개를 했다.

"가타쿠라 료라고 합니다. 잘 부탁드려요."

"저야말로요. 저는 니노미야예요. 니노미야 마이코라고 해요."

니노미야 마이코. 그게 여자의 이름이었다.

3

푸드코트에서 커피를 사서 빈자리에 앉았다. 탁자를 사이에 두고 마주앉아 니노미야 마이코의 얼굴이 정면에 있었다. 지금까지는 멀찍이서 본 게 다였고 일본인인 줄도 몰랐기 때문인지 이렇게 마주보자 인상이 전혀 달랐다. 나이는 이십 대 후반인 료와 비슷해 보였다. 단정한 얼굴에 웃음을 띠지 않으면 가까이하기 힘든 분위기가 어려 있어서 일본에서 만났다면 기가 죽어 절대로 말을 걸지 못했을 것이다. 하지만 웃으면 눈가에 약간 주름이 잡히며 대번에 친근한 분위기로 바뀐다. 좀더 신경써서 부드러운 표정을 지으면 좋을 것 같았지만 오늘까지 웃는 얼굴을 한 번도 본 적이 없을 정도니까 마이코를 웃게 하기는 꽤나 어려울 것 같았다.

"쿠알라룸푸르에 온 지 오래되셨어요?"

무난한 질문부터 해보았다. 마이코가 고개를 젓자 긴 머리가 흔들렸다.

"아직 일 년이 좀 안 됐으니 그리 오래된 건 아니에요."

"쿠알라룸푸르에는 어쩌다 오셨어요? 회사의 인사 이동으로요?"

"아니요. JICA에서 파견돼서 왔어요."

"JICA 직원이세요?"

"아니에요. 자원봉사자예요."

"JICA의 국제 자원봉사요?"

일본의 개발도상국 협력 기구인 JICA가 민간 자원봉사자를 모집한다는 것은 료도 알고 있었다. 해외 자원봉사라고 해도 종류는 여러 가지다. 며칠 가볍게 참가할 수 있는 자원봉사도 있지만, JICA의 자원봉사는 엄격한 심사를 거치므로 아무나 참가할 수 없다. 게다가 말레이시아에서 지낸 지 일 년이 좀 안 되었다면 단기 자원봉사는 아니다. 제법 심지가 굳은 사람 같아서 부평초같이 생활하는 자신이 부끄러워졌다.

"JICA의 자원봉사라면 의욕만 가지고는 심사에 통과하지 못할 텐데요. 뭔가 사회에 공헌할 수 있는 능력이 있으신 거로군요. 대단하세요."

순수하게 감탄하자 마이코는 또 씁쓰레한 표정을 지었다.

"대단한 건 아니에요. 이곳 아이들한테 컴퓨터를 가르치는 게 다인걸요. 공부하면 누구나 할 수 있는 일이에요. 그것보다 가타쿠라 씨는 여기서 무슨 일을 하세요?"

상대에 관해서도 묻는 것이 예의라고 생각했는지 마이코는 이야기를 돌렸다. 료도 씁쓸한 표정을 짓고 싶어졌다.

"저야말로 별거 아닌데요. 작은아버지가 경영하시는 회사를 돕고 있어요."

"회사를 도우신다고요? 어떤 회사인데요?"

"무역 회사인데, 제가 맡은 일은 전화 당번 같은 거예요. 영어를 좀 할 줄 아니까 오라고 부르신 거죠. 어려운 이야기가 나오면 바로 작은아버지를 바꿔드리지만."

"그러시군요. 회사에 다니니까 일을 쉬는 일요일에 성당에 나오시는 거로군요. 기독교를 믿으세요?"

마이코는 화제를 바꾸었다. JICA의 국제 자원봉사에 참가중인 사람에게 료의 현재 생활은 그다지 흥미롭지 않았는지도 모른다.

"아니요. 그냥 분위기가 마음에 들어서 가는 거예요. 사실 처음에는 더워서 땀을 식히려고 들어간걸요. 독실한 신자에게는 죄송한 이야기지만."

이야기하면 할수록 자신이 시시한 남자 같았다. 미이코도 그렇게 받아들였으리라. 모처럼 이렇게 차를 마실 기회를 만들었으니 좀더 좋은 인상을 주고 싶었지만 거짓말로 치장할 수는 없다. 큰일났다고 마음속으로 중얼거렸다.

"만약 저한테 죄송하다고 하신 거라면 그렇게 생각하실 필요 없어요. 저도 기독교를 안 믿으니까."

마이코가 뜻밖의 말을 꺼냈다. 기독교를 안 믿는다고? 그렇다면 왜 자신이 갈 때마다 예배를 드리고 있단 말인가. JICA의 봉사 활동과는 상관없을 것 같은데.

"그렇다고 더위를 피하러 가는 건 아니지만요. 목사님 말씀은 전혀 못 알아들으니까 저도 분위기를 맛볼 뿐이에요. 저야말로 독실한 신자한테는 죄송하네요."

의외였다. 료는 지금까지 몇 번이나 마이코가 진지하게 기도를 올리는 모습을 보았다. 그래서 신자라고 생각했는데 설마 기독교를 믿지 않을 줄이야. 그럼 마이코는 뭣 때문에 기도를 올린 걸까.

"정말요? 기독교 신자가 아니라니 깜짝 놀랐어요. 혹시 불교를 믿으세요?"

확인하자 마이코는 장난친 것을 인정하는 듯한 표정으로 고개를 끄덕였다.

"그런 셈이네요. 지금까지는 종교에 전혀 흥미가 없었지만요."

"저랑 완전히 똑같네요. 좀 안심했어요. JICA의 자원봉사자에 경건한 기독교 신자이기까지 하다면 어쩐지 다가가기 힘든 사람이라는 느낌이 드니까."

"안 그래요. 저 전혀 그런 사람 아니에요."

마이코는 얼굴 앞에서 손사래를 치면서 부정했다. 워낙 빨리 손을 흔들어서 강하게 부정하는 뜻이 확실히 전해졌다. 딱딱한 사람은 아닌 것 같다고 생각하며 료는 입을 열었다.

"말레이시아 사람들은 다양한 종교를 믿지만 각자의 종교를 존중하고 서로 간섭하지 않으니까 우리처럼 이것도 깔짝대다가 저것도 깔짝대는 사람도 마음이 편해요."

"맞아요. 이슬람교, 힌두교, 불교, 기독교 신자도 있는데 종교적인 다툼이 없다니 정말 대단해요."

"저는 말레이시아의 이 뒤섞인 느낌이 좋아요. 외국인인 저를 가만히 내버려두거든요. 길을 걷는데 호객꾼과 사이비 종교로 남을 등쳐먹으려는 사람들이 들러붙지 않다니 좀 놀랐어요. 여자도 살기 좋지 않나요?"

"네. 큰길을 돌아다닐 때는 전혀 무섭지 않고 물가도 싸서 참 살기 좋은 곳이에요."

"일본어로 이야기를 나눌 상대가 없다는 게 한 가지 아쉬운 점이었는데 오늘 오랜만에 젊은 일본 여성분이랑 이야기를 나누어서 기쁘네요. 그동안 저랑 일본어로 이야기를 해주는 여자는 작은어머니뿐이었거든요."

"어머, 작은어머님이 들으면 섭섭해하시겠어요."

마이코는 웃음을 띠면서 타이르는 눈으로 료를 보았다. 뜻밖에도 표정이 풍부한 사람이었다.

4

한 시간쯤 이야기를 나누고 일어섰다. 헤어질 때 메일 주소를 물어보자 별달리 싫어하는 내색 없이 가르쳐주었다. 또 만날 수 있느냐고 물어본 것은 마이코가 여자로서 매력적이기도 했지만 그보다는 순수하게 이야기 상대가 필요했기 때문이다. 모처럼 일본어로 대화할 수 있는 사람을 만났는데 오늘로 끝이라면 너무 아깝다.

그래서 그다음 주에 성당에 갈 때는 들뜬 기분을 억누르기 힘들었다. 평소보다 예배가 길게 느껴져 애를 태우다가 벌받을 놈이라는 생각이 들어서 쓴웃음이 나왔다. 더위를 피할 수 있는 장소를 제공해주는 것만으로도 고마운데 예배까지 빨리 끝나기를 바라다니 너무 배은망덕하다. 하지만 그게 솔직한 심정이었다.

정오가 되기 전에 예배가 끝나자 마이코가 먼저 다가왔다. 료가 성당에 들어왔을 때 눈을 마주치고 인사했지만 그때는 그게 다였다.

"안녕하세요. 이렇게 열심히 다닐 정도면 기도하는 흉내 정도는 내는 게 어떠세요?"

지난번 시간을 들여 이야기를 나눈 덕분에 친근감이 들었는지 마이코는 웃는 눈으로 말을 툭툭 던졌다. 그게 기뻐서 료는 머리를 긁적이며 "다음부터요" 하고 대답했다.

"실은 예배 끝나기만 기다리고 있었어요. 이제 점심때니까 괜찮으시다면 차이나타운에서 같이 식사하실래요?"

이 말이 하고 싶어서 예배 시간이 길게 느껴진 것이다. 거절하면 어쩔 수 없다. 좀더 거리를 두고 교류하고 싶다면 맞춰줄 생각이었다. 하지만 마이코는 활짝 웃으며 "그거 괜찮네요" 하고 응했다.

"차이나타운은 잘 모르거든요. 여자 혼자서는 가게에 들어가기가 좀 거북해서."

"그런가요? 그럼 잘됐네요. 안내해드리겠습니다."

이렇게 쉽게 안내를 자청하다니 스스로에게 놀랐다. 일본에 있을 때와는 성격이 변했음을 깨달았다. 여기에 오길 잘했다고 처음으로 느꼈다.

성당을 나와서 메르데카 스퀘어를 가로질렀다. 여자와 함께라서 걸음이 빨라지지 않도록 주의했는데 마이코가 냉큼 앞장서서 걸어갔다. 겉보기와 달리 여자라고 신경씨주지 않아도 개의치 않는 사람인 듯했다. 그게 마음 편하므로 료는 기뻤지만.

"여기 푸드코트 정도라면 혼자서도 갈 수 있어요."

클랑 강을 건너 센트럴 마켓 옆을 통과하는 바사르풍 상점가를 지날 때, 마이코는 센트럴 마켓의 하늘색 외벽을 올려다보며 그렇게 말했다. 2층의 푸드코트는 지역 주민부터 관광객까지 수많은 사람들로 시끌벅적했다. 간단하게 한끼 때우고 싶을 때 료도 몇 번 이용한 적이 있었다.

"아아, 여기라면 만만하죠. 하지만 패스트푸드다 보니 식은 게 나올 때도 있지 않나요?"

"있죠. 뭐, 싸니까 그냥 넘어가지만요."

말레이시아는 물가가 싸 일본 돈으로 고작 백 몇십 엔으로 아침과 점심을 먹을 수 있다. 그러므로 쿠알라룸푸르에 사는 말레이시아인은 집에서 음식을 만들어 먹지 않고 늘 외식을 한다고 한다. 집에서 만드는 것보다 외식이 더 싸게 먹히니까 그러는 것도 당연하다. 밥값이 싸서 료의 생활에도 큰 보탬이 되었다.

"여기는 화장실이 깨끗해서 자주 와요. 유료지만 일본 돈으로 십오 엔만 내면 깨끗한 화장실을 쓸 수 있으니까 그 정도는 기꺼이 내야죠."

마이코의 말을 듣자 고개가 끄덕여졌다. 쿠알라룸푸르는 전체적으로 깨끗한 도시다. 그중에서도 유료 화장실은 항상 깨끗하게 청소해둔다. 특히나 센트럴 마켓은 세련된 분위기로 인기를 끄는 시장이라 마이코가 여기 화장실을 애용하는 것도 이해가 갔다.

그건 그렇고 동행이 남자인데도 스스럼없이 화장실 이야기를 꺼내다니 마이코는 무슨 화제든지 별 거리낌없이 입에 올리는 사람 같았다. 함께 돌아다니는 게 더욱 재미있어졌고 좋은 사람을 알았다는 마음이 커졌다.

"닭밥을 맛있게 하는 가게를 알아요. 여기서 봤을 때 차이나타운 반대쪽 끝에 있는 가게인데, 발품을 팔 만한 가치가 있으니까 한번 가보죠."

"닭밥이라, 좋아요. 먹어보고 싶어요."

차이나타운을 서쪽에서 동쪽으로 가로질러 잘란 항 레키르를 빠져나왔다. 이 거리에는 본격적인 중화요리를 먹을 수 있는 음식점과 과일가게, 과자점, 간단한 요깃거리를 파는 가게 등 다양한 가게와 노점상이 줄지어 있어서 평일 낮인데도 활기가 넘쳤다. 쿠알라룸푸르의 가장 큰 번화가인 부킷 빈탕 주변은 일본의 긴자나 신주쿠와 다를 바 없는 분위기다. 하지만 차이나타운은 난잡해 동남아시아의 뒤죽박죽 복잡한 분위기가 살아 있는 지역이었다. 료는 외국 자본이 유입되어 국적이 불분명한 분위기로 변해버린 부킷 빈탕보다 차이나타운이 좋았다.

"여기 차이나타운 재미있지 않아요? 저는 중화요리를 그렇게 좋아하지는 않았는데 이곳을 안 뒤로는 자주 먹어요."

"정말 재미있어요. 요코하마의 중화거리보다 구경거리가 많아서 구석구석 탐험해보고 싶네요."

쿠알라룸푸르에 산 지 일 년이 다 되어간다면 차이나타운에도 처음 온 것은 아닐 테지만 마이코는 신기한 듯이 좌우를 둘러보았다. 머뭇거리지 않고 노점상의 포장마차 안을 들여다보는 걸 봐서는 그 정도 배짱이면 혼자 올 수도 있지 않나 싶었지만 말하지는 않았다. 마이코를 안내할 기회를 스스로 걷어찰 마음은 없었다.

잘란 술탄까지 오자 음식을 파는 노점뿐만 아니라 중국계 말레이시아인을 겨냥한 가게가 많이 늘어서 있었다. 잡화점, 약국, 양품점, 서점 등이 있어 일본인이 보기에도 재미있었다. 이 부근을 느긋하게 돌아다니며 구경하고 싶었지만 지금은 배가 고파 점심이 우선이었다. 마이코만 괜찮다면 밥을 먹고 안내할 생각이었다.

마이코를 데려가려는 가게는 잘란 술탄의 끄트머리쯤에 있었다. 가게 앞에 닭이 몇 마리나 매달려 있어서 꽤나 인상이 강했다. 료도 처음 가게에 들어갈 때는 용기가 필요했다. 말레이어로 "셀라맛 텡아하리" 하고 낮 인사를 하자 점원이 싹싹하게 인사를 받아주었다.

가게는 폭이 좁지만 안쪽으로 긴 구조라서 들어가자 의외로 넓었다. 붐볐지만 운 좋게도 빈자리가 있어서 안내해주기도 전에 거기 앉았다. 방금 전 점원이 메뉴판을 들고 왔다.

뭘 먹겠느냐며 메뉴를 내밀자 마이코는 맡기겠다고 말했다. 주체성이 없는 것이 아니라 이 가게의 맛을 잘 아는 사람이 골라주는 편이 확실하다고 생각한 것이리라. 기대에 부응하고자 닭밥과 닭구이를 두 개씩 시켰다. 이 가게에 이슬람교도는 오지 않는지 돼지고기 요리도 있었지만 닭고기 요리를 시키면 일단 맛은 확실했다.

"들어와보니 의외로 안 무섭네요. 이 정도면 혼자 와도 되겠어요."

마이코는 가게를 둘러보며 그렇게 말했다. 확실히 벽에 기름 때가 묻어 있거나 벌레가 바닥을 기어다니지도 않아 정갈한 느낌이다. 그래서 데려온 거지만 다음부터는 혼자 와도 괜찮겠다는 생각이 들었다니 괜히 깨끗한 가게를 골랐다 싶었다. 그렇다고 혼자 오지 말라고 할 수는 없으므로 "그럼요" 하고 고개를 끄덕였다.

이런 가게보다 개방적인 포장마차가 들어가기에 마음이 편하다는 둥 부킷 빈탕의 포장마차 거리에는 가본 적이 있다는 둥 이야기를 나누다 보니 음식이 나왔다. 닭 육수로 지은 밥과 한입 크기로 자른 닭고기가 각각 다른 그릇에 담겨 나왔다. 마이코는 먼저 노르스름한 밥을 먹어보더니 "맛있다" 하고 눈썹을 치켜 올렸다.

"육수가 잘 배어서 맛있네요. 이렇게 맛있는 닭밥은 처음 먹어봐요."

"다행이네요. 여기까지 온 보람이 있어요."

여러 민족이 함께 살아가는 나라인 만큼 말레이시아에서는 다양한 나라의 요리를 맛볼 수 있다. 료가 느끼기에는 전부 다 일본인의 입맛에 맞는 것 같았다. 특히 중화요리는 일본에서 먹는 것보다 훨씬 맛있었다. 덧붙여 쿠알라룸푸르에서는 일본 음식도 인기가 좋아 일본 음식점이 많다. 가끔 일본 음식이 그리워져도 걱정없다.

아주 마음에 들었는지 마이코는 묵묵히 음식을 먹는 데 열중했다. 참으로 복스럽게 먹는지라 보고 있는 사람도 따라서 식욕이 돌았다. 이야기를 해보기 전에는 마이코가 어둡고 우울한 사람인 줄 알았는데 만나서 같이 다녀보니 그런 이미지가 차례차례 깨졌다. 마이코에 대해 더 알고 싶어졌다.

"잘 먹었습니다. 아아, 맛있네요. 죄송해요. 진짜 맛있어서 아무 말도 없이 게걸스럽게 먹기만 했네요."

"아니요, 그럴 만도 해요. 저도 그랬거든요. 마음에 드셨다니 책임을 다한 기분이네요."

가볍게 익살을 떨 듯이 말하자 마이코는 눈썹을 살짝 올리고 고개를 저었다.

"책임이라니요. 쿠알라룸푸르에는 제가 더 오래 살았잖아요. 안내해야 한다는 책임감을 느끼실 필요 없어요."

"그랬죠. 그럼 제가 안내를 좀 받아볼까요?"

"좋아요. 다음번에는 제가 아는 가게로 가죠."

마이코의 다음번에는, 이라는 말을 듣자 저도 모르게 웃음이 새어 나왔다. "꼭이에요" 하고 힘주어 대답했다.

가게를 나서서 한 구획 옆쪽의 잘란 페탈링을 남쪽에서 북쪽으로 걷기로 했다. 여기는 잡화점만 죽 늘어선 거리라 구경하며 돌아다니기만 해도 재미있었다. 중국풍 물건이 많았는데, 그중에서 일본에도 흔한 상품이 눈에 띄면 "이런 게 있네요" 하고 집어 들고 웃었다. 마이코가 뭐든지 재밌어해서 구경은 한층 더 즐거웠다.

차이나타운에서 나오자 마이코가 암팡 선을 탄다고 해서 플라자 라크얏 역으로 향했다. 헤어지려니 아쉬웠지만 너무 오래 붙들고 있으면 다음에 만나기 싫어할까 봐 겁이 났다. 료는 켈라나 자야 선을 타야 해서 조금 더 걷는다. 플라자 라크얏 역 개찰구 앞에 멈춰서 마주보았다.

"덕분에 오늘 즐거웠어요. 감사합니다."

마이코는 정중하게 고개 숙여 인사했다. 자신이 더 즐거웠다고 생각하며 아까 전에 마이코가 한 말에 힘입어 말을 꺼냈다.

"저도 정말 즐거웠어요. 다음에 또 같이 밥 먹으러 가요."

마이코는 예, 하고 또렷하게 대답하며 고개를 끄덕였다. 그 대답을 듣자 뇌리에 들러붙어 떨어지지 않던 일본에서의 괴로운 기억이 한순간이나마 사라졌다.

5

다음주에 또 성당에서 마이코와 만났다. 예배가 끝난 후에 마이코의 안내를 받아 부킷 빈탕의 프랑스 음식점에 갔다. 저녁 식사는 제법 비싼 가게인 듯했지만 점심 식사이므로 주머니 사정은 걱정하지 않아도 될 것 같았다. 전채 요리와 스프, 메인 요리에 디저트로 구성된 간단한 런치 코스를 시켜서 느긋하게 먹었다.

마이코는 자기 이야기를 별로 하지 않았다. 물어보면 대답하지만 적극적으로 말할 마음은 없는 모양이었다. 서로 안 지 얼마 되지 않아서인지, 아니면 자기 이야기를 하지 않는 유형이라서 그런지는 모르겠다. 료는 마이코에 관해 더 많이 알고 싶었지만 깊이 파고들어도 될지 재고 있는 상태였다.

왜 국제 자원봉사 활동에 지원했는지가 제일 궁금했다. 며칠 만에 끝나는 단기 자원봉사라면 모르지만 JICA의 장기 자원봉사는 어중간한 마음가짐으로는 절대 못 하는 일이다. 마이코와 이야기를 나눈 뒤에 조사해보고 알았는데, JICA의 국제 자원봉사는 봉사 지역을 선택할 수 없다고 한다. 즉 쿠알라룸푸르라는 쾌적한 도시에 온 것은 완전히 우연이다. 어쩌면 더 가혹한 환경에서 자원봉사를 해야 했을지도 모른다. 무엇 때문에 그 정도로 큰 각오를 했는지 알면 마이코를 제대로 이해할 수 있지 않을까 싶었다.

료는 마이코에게 관심이 많았지만 아직 연애 감정은 아니라고 분석했다. 연애 감정으로 발전할 가능성은 있지만 지금은 이야기에 굶주린 마음이 앞섰다. 마이코와 만나게 된 후에야 그동안 다른 사람과 실컷 이야기를 하고 싶어 입이 근질근질했음을 깨달았다. 남에게 동정의 시선을 받는 게 괴로워 일본에서 달아났는데 결국 남의 관심을 필요로 하고 있다. 마음의 상처는 이렇게 치유되는 것임을 깨달았다.

하지만 이야기만 할 수 있다면 아무나 좋다는 것은 아니었다. 마이코니까 이야기를 해보고 싶다는 마음이 생겼다. 직접 말을 나누어보니 뜻밖에도 서글서글한 성격이라 대하기 편했지만 성당에 있을 때 멀리서 본 어두운 표정이 지금도 생각난다. 무슨 일로 그런 표정을 짓게 됐는지 알 때까지 마이코는 계속 흥미로운 존재로 남아 있을 것 같았다.

"쿠알라룸푸르는 정말로 평화로운 곳이에요. 해외에서 생활하는데 이렇게 긴장하지 않아도 될 줄은 몰랐어요. 은퇴한 후에 여기로 이주하는 일본인이 많은 것도 이해가 가네요."

식사를 마치고 커피를 마시면서 마이코에게 그렇게 말을 붙였다. 노천 식당이라 길을 오가는 사람들이 잘 보였다. 말레이계, 중국계, 인도계, 그리고 백인까지 다양한 인종의 사람들이 돌아다니고 있었다. 히잡과 니캅을 쓰고 다니는 여자는 무슬림임을 한눈에 알아볼 수 있고, 인도계 사람은 물론 힌두교도이리라. 그 밖에 불교도와 기독교도도 한데 모여 살아가는데 종교 간 충돌도 민족 투쟁도 없다. 세상에 기적처럼 홀연히 나타난 도시였다.

"맞아요. 실은 저, 쿠알라룸푸르에 대해 아무것도 몰랐거든요. 그래서 와보고 깜짝 놀랐어요. 아주 도시적이고 쾌적해서 미안할 정도였어요."

마이코는 우스갯소리로 그러는 것이 아니라 정말로 미안한 듯이 이맛살을 살짝 찌푸렸다. 누구한테 미안한 걸까. 환경이 정비되지 않은 개발도상국에서 활동하는 국제 자원봉사자들에게 미안하다는 말인가.

"지금 전 세계가 테러의 위협에 시달리고 있잖아요. 종교 분쟁 같은 게 없었던 일본에서도 소규모 테러라는 동족상잔이 벌어지고 있고요. 일본에 있는 것보다 여기가 훨씬 안전해요."

"……그러게요. 이게 아니었는데."

마이코는 맞장구를 친 것 같았지만 실은 혼잣말을 중얼거렸는지도 모른다. 하지만 지금 마이코는 료와 이야기를 나누고 있는 중이었다. 한순간 망설였지만 일부러 둔감한 척 그 혼잣

발을 물고 늘어져보았다.

"이게 아니었다고요? 더 가혹한 환경에서 자원봉사를 하실 생각이었어요?"

"예? 아아, 예. 맞아요. 자원봉사니까요. 평화로운 나라에서 편하게 지내려던 게 아니에요."

"왜 자원봉사에 지원하셨는지 물어봐도 될까요?"

마침 좋은 기회다 싶어서 예전부터 궁금했던 점을 과감하게 물어보았다. 하지만 사적으로 민감한 질문이라는 자각은 있었으므로 농담처럼 들리게 말했다. 그러자 아니나 다를까 마이코는 장난스럽게 노려보는 표정을 지으며 "아니요" 하고 대답했다.

"물어보면 안 돼요."

"아, 그랬군요. 죄송해요."

이렇게까지 대놓고 거부할 줄이야. 알고 지낸 지 얼마 되지 않은 사람에게는 말할 수 없는 깊은 이유가 있는 듯했다. 그렇다면 이야기해줄 때가 오기까지 기다리자. 나도 마이코에게 말하지 않은 게 있으니까. 료는 자신을 그렇게 타일렀다.

6

다음주에 성당에 갔을 때는 마이코가 먼저 알아보고 손짓을 했다. 자기 옆에 앉으라는 뜻인 듯했다. 어쩐지 쑥스러웠지만 친밀함을 표시해주는 게 기뻐서 몸을 구부린 채 앞으로 가서 벤치에 앉았다. 마이코에게 작게 인사하자 마이코도 웃음으로 답했다. 흐름상 어쩔 수 없이 기도하는 시늉을 했다. 그러나 신에게 무슨 기도를 해야 할지 좋은 생각이 나지 않았다. 신사에서 하듯이 박수를 치고 집안이 번창하기를 기원할 수는 없으니 부디 일본을 평화롭게 해달라고 기도했다.

지금까지 마이코와 마주보고 앉은 적은 있지만 이렇게 옆에 나란히 앉기는 처음이었다. 거리가 가까워지자 가슴이 쿵쿵 뛰었다. 이렇게 조금씩이나마 친해진다면 자기 이야기를 털어놓아도 될 것 같았다. 그 사건에 대해 남에게 차분하게 이야기한 적은 아직 한 번도 없었다. 이제는 말해도 괜찮겠다 싶을 만큼 마음속의 깊은 상처에도 딱지가 앉았다.

"오늘은 가타쿠라 씨가 안내할 차례네요. 맛있는 가게를 또 알려주세요."

예배가 끝나자 마이코가 쾌활하게 말했다. 지금까지 중화요리와 프랑스 요리를 먹었으니 오늘은 다른 요리를 먹어볼 생각이었다.

"부킷 나나스에도 가게가 꽤 많아요. 가본 적 있으세요?"

"없어요. 가보죠."

거기까지 가는 변변한 교통수단이 없어서 조금 걸어야 했다. 걷는다고 해도 거리로 따지면 차이나타운의 가장자리까지 가는 정도와 비슷하다. 이야기하면서 걸으면 순식간에 노착할 것이다.

페트로나스 트윈 타워와 함께 쿠알라룸푸르의 상징인 KL 타워가 가까이에 보이자 음식점이 늘어났다. 평일은 점심을 먹는 회사원들로 붐비지만 일요일이라 그런지 나들이를 나온 가족과 관광객이 눈에 띄었다. 두 사람은 제법 근사한 말레이 음식점에 들어갔다.

점심 식사를 주문하고 나서 KL 타워에 올라가본 적 있느냐는 화제를 꺼냈다. 마이코는 쿠알라룸푸르에 산 지 일 년이 다 되었지만 타워에 올라가본 적은 없다고 했다. 아무래도 자원봉사를 하러 왔으니 여기저기 관광이나 하러 다닐 수는 없다고 여기는 듯했다. 예배를 올릴 때 진지하게 기도하던 옆얼굴이 떠오를 만큼 금욕적인 태도였다. 기분 탓일지도 모르지만 마이코에게는 어쩐지 자신을 벌하고자 하는 구석이 있는 듯했다. 그 이유를 알고 싶었지만 마이코가 스스로 이야기해줄 때까지는 파고들지 않기로 했다.

"니노미야 씨는 일본에 계셨을 때부터 국제적인 일을 하셨어요?"

이 정도라면 상관없을 것 같아서 물어보았다. 마이코는 지난주처럼 답변을 거부하지 않고 "아니요, 아니요" 하고 고개를 저었다.

"국제적이긴요. 평범한 회사원이었어요. 매일 회사 건물에 처박혀 지냈죠."

"그런데 갑자기 JICA의 국제 자원봉사에 참가하시다니 굉장하네요. 행동력이 있는 사람은 다르다니까."

순수하게 감탄하자 마이코는 곤혹스러운 듯이 미간을 찡그렸다.

"그렇게 말씀하시는 가타쿠라 씨도 이렇게 해외에서 일하시잖아요. 행동력 있으시면서."

"아니요, 요전에도 말했다시피 저는 작은아버지 회사에서 전화 당번으로 일하니까요. 매일 빈둥빈둥 노는 거나 마찬가지죠. 여기 온 것도 실은 재활을 위해서예요."

"재활?"

당연히 마이코가 궁금하다는 듯이 물었다. 료는 이야기가 무거워지지 않도록 애써 밝은 투로 말했다.

"부모님이 한꺼번에 돌아가시는 바람에 여러모로 많이 힘들었거든요. 보다 못해 작은아버지가 여기로 부르신 거예요."

"그랬군요. 힘드셨겠어요. 그런데 한꺼번에라면, 사고로?"

"아니요. 테러요. 소규모 테러에 희생되셨어요."

놀래줄 생각은 없었지만 마이코는 얼어붙은 표정으로 눈이 휘둥그레졌다. 몹시 충격을 받았는지 눈도 깜박이지 않고 료를 똑바로 쳐다보았다. 너무나 놀란 모습에 료가 더 당황스러웠다. 가벼운 말투로 "에이, 왜요?" 하고 말하며 긴장을 풀려고 했다.

"지금은 테러의 시대잖아요. 저 개인한테는 큰 사건이지만 안타깝게도 테러에 희생된 사람은 전 세계에 널렸으니까요. 저 혼자만의 비극은 아니에요."

무거운 분위기를 누그러뜨리려고 별일 아닌 것처럼 말했지만 효과는 전혀 없었다. 마이코는 천천히 고개를 숙이고는 미동도 하지 않았다. 점심 식사가 나와도 손을 대려 하지 않았다. 료는 당황해서 마이코의 기분을 풀어주려고 했다.

"괜한 이야기를 꺼내서 죄송해요. 밥 먹기 전에 할 만한 이야기는 아니었네요. 일단 좀 드시죠. 제 부모님 이야기는 더이상 안 할게요."

"아니에요."

그제야 입을 연 마이코는 뜻밖에도 단호한 어조로 말했다. 고개를 들고 다시 한번 "아니에요" 하고 말했다.

"가타쿠라 씨는 아무 잘못도 없어요. 이건 제 문제예요. 저, 가타쿠라 씨께 드려야 할 말씀이 있어요. 하지만 아직 마음의 준비가 덜 되어서요. 나중에 한 번 더 뵐 수 있을까요?"

"그, 그야 물론이죠. 한 번이 아니라 몇 번이든 기꺼이 뵙겠습니다."

"제멋대로 굴어서 정말 죄송하지만 오늘은 이만 돌아가겠습니다. 심기를 불편하게 해서 죄송합니다."

서서히 허물없어지던 마이코의 태도가 다시 서먹서먹해졌다. 마이코는 곁에 놓아둔 가방에서 지갑을 꺼내 십 링깃짜리 지폐를 탁자 위에 내려놓더니 고개를 한 번 숙이고 가게에서 나갔다. 너무 단호한 모습에 불러 세우려고 해도 말이 나오지 않았다. 무슨 영문인지 몰라 료는 그저 멍하니 마이코가 사라진 방향만 바라보았다.

단념하고 탁자로 시선을 돌렸다. 마이코가 여기에 있었다는 증거는 십 링깃짜리 지폐뿐이었다. 이건 너무 많다고 마음속으로 헛되이 중얼거렸다.

7

료의 부모님은 신주쿠에서 일어난 소규모 테러에 휘말려 목숨을 잃었다. 몇 년 만인지도 모를 만큼 오랜만에 부부끼리 쇼핑을 하러 갔다가 카페에 들러 커피를 마시며 휴식을 취하고 있을 때 트럭이 돌진해 왔다. 많은 사람을 죽이고 자신도 죽겠다는 결의를 드러내듯 미친듯이 날뛰던 트럭은 료의 부모님을 포함해 수많은 사람을 친 끝에 건물에 부딪혀 멈췄다. 안전벨트를 하지 않은 운전자는 앞유리창을 뚫고 밖으로 튀어나가 숨을 거두었다. 누가 보기에도 소규모 테러가 분명했다.

범인이 시즈오카 소재의 자동차 공장에 일하는 파견 사원이었음을 나중에 뉴스로 알았다. 쾌적하다고는 하기 힘든 근로환경에서 쥐꼬리만한 월급을 받으며 힘들게 일한 모양이지만, 그렇다고 해서 수많은 사람을 저승길 길동무 삼아 자살한 행위가 정당화되지는 않는다. 많은 사람들이 다치고 죽은 가운데 료의 부모님은 특히 끔찍한 죽음을 맞았다. 아버지는 뇌까지 보일 만큼 이마가 쩍 갈라졌고 어머니는 얼굴이 일그러졌다. 죽음이란 언제 어느 때든 원통하게 느껴지는 법이겠지만 부모님이 그렇게 세상을 떠나다니 도저히 받아들일 수가 없었다.

아버지는 신용금고 직원으로 사십 년을 일하다가 정년퇴직하여 제2의 인생에 첫걸음을 내디딘 참이었다. 어머니도 료가 사립 고등학교에 입학했을 때부터 파트타임으로 일하다가 아버지의 퇴직에 맞춰 오랜만에 전업주부로 되돌아왔다. 아버지는 고지식한데다 지독하게 꼼꼼한 성격이었지만 어머니는 뭐든지 얼렁뚱땅 넘어가고 정리정돈에 서툴렀다. 그래서 두 사람은 늘 부딪혔지만 료의 눈에는 그런 것도 부부 나름의 의사소통으로 보였다. 질리지도 않고 매번 똑같은 일로 말다툼을 벌였다. 곁에서 보면 호흡을 척척 맞추어 콩트를 연기하는 것처럼 보였는데, 실제로 두 사람은 사이가 좋았다.

아버지와 어머니가 집에 없자 방이 묘하게 깨끗해져서 슬펐다. 료는 아버지를 닮아 정리를 잘한다. 어지럽히는 사람이 없자 낯설어 보일 만큼 깔끔해서 마치 남의 집 같았다. 쓸쓸함을 이기지 못해 어질러보아도 괜히 부자연스러워 보일 뿐이었다.

퇴직하기 전까지만 해도 아무런 취미도 없었던 아버지는 퇴직 후에 무슨 바람이 불었는지 장난감 블록을 사 모았다. 바둑이나 분재를 취미로 삼는다면 모를까 장난감 블록이라니 너무나 뜻밖이었다. 뭘 어쩌려나 싶어서 어머니와 함께 지켜보고 있자니 아버지는 블록을 잔뜩 사들여 뭔가 만들기 시작했다. 이 주 정도 걸려 완성된 것은 중세 유럽의 성이었다. 어린이용 블록으로 만들었다고는 믿기지 않을 만큼 완성도가 높았다. 아버지에게 이런 손재주가 있음을 처음으로 알고 깜짝 놀랐다.

완성된 성의 사진을 몇 장 찍은 후 아버지는 미련 없이 성을 허물고 다른 것을 만들기 시작했다. 완성품을 보관해둘 만큼 집이 넓지 않으니 어쩔 수 없었지만, 그렇게 근사한 성을 부수다니 참 아까웠다. 하지만 같은 블록을 사용해 이번에는 공룡을 완성하는 것을 보고 지그소 피즐과는 달리 몇 번이고 재미있게 즐길 수 있는 취미임을 알게 되었다. 그 뒤로는 료와 어머니도 어서 블록 작품이 완성되기를 기대했다.

아버지가 돌아가신 후 미완성 작품을 대신 완성시키려 했다. 아버지는 슈발이 지은 꿈의 궁전을 만들려고 한 것 같았다. 프랑스 남부 지역의 일개 우체부에 불과했던 페르디낭 슈발이 혼자서 돌을 쌓아올려 만들었다는 꿈의 궁전은 아버지의 마지막 작품으로 알맞았다. 거창한 꿈 없이 오로지 가족을 부양하는 데 인생을 쏟아온 아버지가 짓고 싶어 한 꿈의 궁전. 어떻게든 완성해서 사진을 부모님 무덤 앞에 놓아드리고 싶었지만 슬프게도 료에게는 그런 재능이 없었다. 만들어보고서야 아버지에게 특별한 재능이 있었음을 깨달았다. 색다른 분위기를 자아내던 작품이 료가 손을 대면 댈수록 평범해졌다. 그게 너무 슬퍼서 아무도 없는 집에서 온몸을 떨며 울었다. 너무 괴로워서 아무것도 손에 잡히지 않았다.

시계추처럼 그저 왔다갔다하기만 했던 회사에도 너이상 가지 않았다. 친구와 친척들이 걱정하며 심리 치료를 받아보라고 권했지만 그럴 기력도 없었다. 이대로 일본에 있으면 정체 모를 충동에 사로잡혀 스스로 목숨을 끊을 것 같았다. 그런 시기에 작은아버지가 쿠알라룸푸르에 오지 않겠느냐고 제안했다. 쿠알라룸푸르에 관해서는 하나도 몰랐지만 환경이 달라지면 답답함도 조금은 가시지 않을까 싶어서 가기로 했다. 반년 전의 일이었다.

처음엔 소규모 테러라는 말을 입에 담는 것 자체가 괴로워서 견딜 수 없었지만, 이제는 다 지나간 일로 여기고 화제로 삼을 수 있게 됐다. 쿠알라룸푸르의 온화한 기후와 인심, 그리고 마이코 덕분이었다. 그런데 정작 마이코가 료의 이야기를 듣고 격한 반응을 보였다. 마이코가 왜 그랬을까 골똘히 생각해보았지만 그럴듯한 이유는 떠오르지 않았다. 부모님을 잃은 직후와는 다른 유의 불안감이 몰려와서 마음이 진정되지 않았다. 몇 번이나 마이코에게 메일을 보내려다가 단념하기를 되풀이했다.

하지만 불안에 젖었던 기간은 그리 길지 않았다. 마이코에게서 메일이 왔다. 하고 싶은 이야기가 있는데 만날 수 없겠느냐고 했다. 마음의 준비가 된 모양이었다. 이번 주 일요일에

KLCC 공원의 인공 연못에 놓인 다리 위에서 만나기로 했다.

다리 위라니 약속 장소치고는 참 별나다 싶었지만 알아보기는 쉬울 듯했다. 다리는 주변보다 한층 높아 멀리서도 금방 눈에 들어온다. 일요일에 집을 나설 때 문손잡이를 잡은 손에 땀이 배었음을 깨달았다. 갑자기 마이코가 하려는 이야기를 듣고 싶지 않다는 충동을 느꼈지만 무시하고 집을 뒤로했다.

8

조금 일찍 도착할 요량으로 서둘러 나왔는데 마이코는 벌써 다리 위에 있었다. 위에서 내려다보는 마이코가 먼저 알아보고 아직 거리가 먼데도 고개를 살짝 숙여 인사했다. 료는 종종걸음으로 연못을 돌아 다리 위로 올라갔다.

"오래 기다리셨어요?"

페트로나스 트윈 타워 정면에 있는 이 연못에는 분수가 설치되어 있다. 분수가 솟아오를 때는 주변에 사람들이 모여들지만 지금은 분수가 멈춘 상태라 몇 명이 드문드문 벤치에 앉아 있는 게 다였다. 다리 위에도 마이코 혼자뿐이었다. 료가 다가가자 마이코는 딱딱한 표정으로 다시 머리를 숙였다. 어두운 표정으로 예배에 참석했던 예전의 마이코로 되돌아간 것 같아서 가슴이 아팠다.

"일부러 걸음하시게 해서 죄송합니다."

그렇게 사과했지만 마이코가 불러낸다면 료는 언제든지 환영이었다. 그 마음을 표현하고자 아주 경쾌하게 "아니요, 아니요"라고 말하고 타워 쪽을 쳐다보았다.

"어디 카페라도 갈까요? 조용한 카페도 있을 거예요."

"아니요, 괜찮으시다면 여기서."

마이코는 그렇게 말했다. 이 다리는 약속 장소일 뿐이고, 다른 자리로 옮길 줄 알았던 터라 조금 놀랐다. 서서 이야기하고 끝날 정도의 내용인 걸까.

"알았어요. 그런데 무슨 이야기인가요?"

가능하다면 지금까지처럼 대수롭지 않은 잡담이나 나누고 싶었지만 피할 수 없다면 빨리 끝내는 편이 낫다. 마이코가 지금부터 하는 이야기를 듣고 가슴 깊이 받아들여야 마이코를 제대로 이해할 수 있을 터였다.

"부모님이 희생되셨다면 소규모 테러가 어떤 배경에서 일어난 테러인지는 잘 아시겠군요."

마이코가 느닷없이 그런 말을 꺼냈다. 소규모 테러에 관한 이야기를 할 것이라고는 당연히 예상했지만 막상 들으니 마음이 무거워졌다. 숨을 한번 들이마시고 나서 대답했다.

"예, 알아요."

"도베라는 닉네임을 쓰는 사람이 테러범을 부추겼고, 도베가 여러 명이라는 것도 이미 알고 계시겠죠?"

"예, 일본 소식은 계속 찾아보고 있으니까요."

범인의 배후에 테러를 사주한 인물이 있다니 놀랐다. 배후 인물이 체포됐을 때는 이제야 겨우 사건을 과거에 묻을 수 있겠구나 싶었는데, 그후에도 테러가 계속 발생해 크게 실망했다. 이윽고 도베라는 닉네임으로 활동하는 배후 인물이 여러 명인 듯하다는 소식을 접하고 사태가 수렁 속으로 빠져들고 있음을 깨달았다. 앞으로 일본이 어떻게 될지 료는 무척 불안했다.

"도베 또한 다른 도베의 부추김을 받고 사회적 약자에게 테러를 사주한 거예요. 도베가 도베를 낳고 그 도베가 레지스탕스를 만들어내죠. 하지만 거슬러 올라가면 단 한 명의 도베가 시작한 일이었어요. 최초의 도베가 모든 테러의 근원이에요."

마이코는 단정적으로 말했다. 매스컴도 그렇게 추측했고 인터넷에서도 소문이 나돌았으므로 료도 알고 있었지만 확정된 사실은 아니었다. 어째서 마이코는 이렇게까지 딱 잘라 말하는 걸까. 마이코 본인이 그 의문에 바로 대답해주었다.

"한 방울의 증오를 사회에 떨어뜨려 일본을 테러가 일상적으로 발생하는 나라로 바꾼 인물. 최초의 도베가 바로 저예요."

9

마이코가 무슨 말을 하는 건지 잘 이해가 되지 않았다. 도중까지는 이해가 갔는데 마지막 말을 듣고 나자 머릿속이 물음표로 가득찼다. 이건 무슨 농담인가? 아니면 은유법인가? 이제 다시 만나고 싶지 않다면 그렇다고 말하면 될 텐데. 화를 내야 할 것 같았지만 오히려 기분은 가라앉았다. 마이코의 진지한 눈빛에 이것은 농담도 에두른 거절도 아니라는 뜻이 담겨 있었기 때문이다.

"무슨 말씀이세요? 느닷없이 그렇게 말씀하셔도 저는 안 믿습니다. 니노미야 씨가 최초의 도베라니 말도 안 돼요."

자신의 결의를 입 밖에 내어 확인했다. 앞으로 마이코가 뭐라고 하든 결코 참말로 받아들이지 않을 것이다. 그렇게 결심함으로써 혼란스러운 머리를 어떻게든 진정시키려고 했다.

"저는 삼 년 전에 어떤 남자를 알게 되었어요. 얼굴은 조직폭력배처럼 무섭게 생겼지만 마음속에는 소년 같은 정의감이 살아 숨쉬고 있어서 그릇된 일을 몹시 싫어하는 사람이었죠. 그 남자 이야기를 하고 싶어서 오늘 오시라고 한 거예요. 들어주실래요?"

마이코가 갑자기 화제를 바꾸었다. 료는 당황스러웠지만 분명히 관계있는 이야기일 테니 귀기울이기로 했다. 고개를 끄덕이자 마이코는 몸을 돌려 난간에 손을 얹었다. 그리고 먼 하늘을 올려다보며 혼잣말을 하듯이 이야기를 시작했다.

"그 사람과 저는 같은 회사에 다녔어요. 그 사람은 사내에서 헤이토 씨라고 불렸죠. 증오한다는 뜻의 hate요. 일본 사회에 대해 불평만 늘어놓으니까 일본이 그렇게 싫으냐는 야유의 의미를 담아서 헤이토 씨라고 부르게 된 거예요."

마이코의 말투가 담담해서 헤이토 씨에게 어떤 감정을 품고 있었는지는 짐작하기 힘들었다. 하지만 헤이토 씨가 마이코에게 크나큰 존재였음은 금방 알아차렸다.

"어느 날 회사 근처에서 자동차 사고가 났어요. 트럭 운전사가 갑자기 정신을 잃는 바람에 건물에 충돌한 거죠. 나중에 운전사가 기면증이라는 병을 앓고 있었다는 사실이 밝혀졌어요. 도저히 참을 수 없는 졸음이 몰려와서 갑자기 잠에 빠지는 병이에요. 운전사는 기면증에 걸린 지 얼마 되지 않아서 자신이 병에 걸린 줄도 몰랐어요. 그게 비극이었죠. 운전을 그만두기

전에 사고가 나고 말았어요."

료의 부모님이 말려든 테러와 비슷했다. 하지만 부모님이 돌아가신 사건은 테러범이 저지른 범행이고 마이코가 이야기한 일은 어디까지나 불행한 사고다. 표면상으로는 비슷해도 양쪽의 차이는 컸다.

마이코의 이야기는 계속됐다. 많은 사람들이 트럭에 치여 피를 흘리고 있어서 마이코는 저도 모르게 도우러 달려갔다. 하지만 도우려 나선 사람은 많지 않았고 대부분은 방관했다. 뿐만 아니라 사고 현장을 휴대전화로 촬영하는 사람까지 있었다고 한다. 마이코는 화가 치밀었지만 부상자를 응급 처치하는 사람의 지시를 받아 바쁘게 움직이느라 화낼 여유도 없었다. 그때 마이코에게 적확한 지시를 내린 사람이 바로 헤이토 씨였다.

두 사람은 그 일을 계기로 친해졌지만 입바른 말을 잘하는 헤이토 씨에게는 적이 많았다. 헤이토 씨와 친하게 지내다 마이코는 여자친구라고 오해를 받았다. 그래도 마이코는 주변의 수군거림에 휘둘리지 않고 헤이토 씨와 맺은 우정을 끝까지 지켰다. 마이코답다고 료는 생각했다.

"헤이토 씨는 고독한 사람이었지만 고독을 견딜 수 있을 만큼 강했어요. 그래도 제가 희미하게나마 헤이토 씨에게 등불 같은 구실을 한 것도 같아요. 헤이토 씨가 저세상 사람이 되고

난 뒤에야 그 사실을 알아차렸지만."

"돌아가셨나요?"

이야기가 예상치 못한 방향으로 흘러가서 무심코 끼어들었다. 마이코는 무표정한 얼굴로 고개를 끄덕였지만 우는 얼굴보다 더 진한 슬픔이 배어 있는 것 같았다. 료는 가슴이 뭉클해서 할말을 잃었다.

천식 환자였던 헤이토 씨는 발작 때문에 죽었다. 만화방 독실에 있을 때 발작을 일으켰지만 도와준 사람은 아무도 없었다. 마이코는 헤이토 씨가 주변 사람과 어울리지 못했고, 마지막 가는 길까지 혼자였다고 담담하게 말했다.

"저는 만화방에 있던 사람들이 미웠어요. 누구 한 사람이라도 신음하는 헤이토 씨를 걱정해 구급차를 불렀다면 목숨을 건졌을 거예요. 하지만 신음을 들었을 게 분명한 사람들은 모두 헤이토 씨를 못 본 척했어요. 트럭 사고 현장과 똑같았죠. 그저 수수방관했다고요. 일본인은 그래요. 자신과 주변 사람만 괜찮으면 그만이죠. 관계없는 사람에게는 놀랄 만큼 냉담해요. 저는 일본과 일본 사회가 미웠어요. 냉담하게 굴었으니 앙갚음을 당해도 싸다고 생각했죠. 그래서 평범하게 살아가기조차 힘들어 고통스러워하는 사람들에게 사회를 향해 저항하라고 부추겼어요. 냉담한 사회에 복수할 방법을 가르쳤죠. 동시에 그런 사람들에게 손을 내밀어주지 않고 방관하던 사람들도 언젠가 그에 합당한 벌을 받기 바랐어요. 도베라는 이름으로 활동하며 레지스탕스를 조종하던 사람들도 이제 조금씩 경찰에 체포되고 있어요. 그게 제 복수인 줄은 모르겠죠. 저는 진심으로 일본이 망하기를 바랐어요. 친구 한 명을 잃은 슬픔을 견디지 못해 일본 전체를 증오한 거예요."

마이코의 목소리는 낮았지만 털어놓는 말에서 귀기 어린 힘이 느껴져 료는 압도당했다. 료는 가면처럼 무표정한 마이코의 얼굴만 하염없이 바라보았다. 결코 표정이 바뀌지 않는 가면이라도 일류 연기자가 쓰면 분노나 슬픔을 표현할 수 있다고 한다. 료는 마이코가 느낀 절망의 가장자리에 서서 그 깊이를 헤아리는 게 고작이었다.

"그럴까요? 일본인은 그 정도로 남에게 차가울까요? 저는 그렇게 생각하지 않아요. 다른 나라에서는 물건을 잃어버리면 절대로 주인을 찾아주지 않지만 일본에서는 찾아주잖아요. 그건 일본인이 친절하기 때문 아닐까요?"

간신히 말을 긁어모아 항변했다. 일본인이 정직하다는 사실은 세계에 널리 알려져 있다. 료는 지금까지 단 한 번도 일본 사회가 냉담하다고 느낀 적이 없었다.

"온정을 베풀면 자신에게 되돌아온다. 이 말에 일본인의 기질이 고스란히 드러나요. 일본인은 남을 위해 친절을 베푸는 게 아니에요. 자신이 물건을 잃어버렸을 때 찾아주길 바라니까 남에게 온정을 베푸는 거죠. 게다가 그건 경제력이 있으니까 가능한 일에 지나지 않아요. 정말로 궁핍하다면 주운 지갑을 파출소에 갖다주지 않을 거예요. 실제로 지금 일본 사회에서는 분실물을 파출소에 갖다주지 않는 사람이 늘어나고 있어요. 일본이 친절한 나라라고요? 현실을 몰라서 그렇게 말씀하시는 거예요."

그렇게까지 딱 잘라 말하니 마이코가 말하는 현실이 무엇인지 알쏭달쏭했다. 확실히 당장 오늘 필요한 돈도 없는 사람에게 정직하기를 바라는 것은 무리다. 마이코는 테러로 치닫는 근로 빈곤층들의 현재 상태가 그렇다고 이야기하는 것이리라.

그래도 아직 이해가 가지 않아 료는 반론할 거리를 찾았다. 일본인이 친절하다는 사실을 증명할 사례는 그 밖에도 있을 것이다.

"분실물을 찾아주는 것뿐만이 아니에요. 역 선로에 떨어진 사람을 위험을 무릅쓰고 구해주는 의인도 있잖아요. 그런 사람은 타산 없이 친절한 마음과 정의감을 발휘한 것 아닌가요?"

분명 현재 일본의 상태는 악화되고 있는지도 모른다. 그렇지만 이런 유의 미담은 요즘도 들을 수 있다. 헤이토 씨가 당한 일은 비극이었지만 그저 운이 나빴을 뿐이라고 료는 생각했다.

"어느 나라에든 훌륭한 사람은 있어요." 마이코는 태연하게 대꾸했다. "하지만 아무나 그런 일을 할 수 있나요? 당장이라도 전철이 올지도 모르는 상황에서 선로에 뛰어내려 사람을 구하는 게 일본 사람이라면 누구나 할 수 있는 일일까요? 절대 아니에요. 훌륭한 사람이 몇 명 있으니까 그 사회는 친절한 사회다. 그건 비약이에요."

마이코의 주장은 논리정연하여 모순을 찾기 힘들었다. 하지만 료는 여전히 반박하고 싶었다. 마이코의 생각을 받아들이면 마이코를 위해 좋지 않을 것 같았다.

"듣고 보니 확실히 일본인은 자기 주변 사람만 괜찮으면 그만이라고 생각하는 경향이 있는지도 모르겠네요. 하지만 그게 나라가 망해야 할 만큼 몹쓸 죄인가요? 가족과 친구를 우선하는 건 당연하잖아요."

료의 생각은 그랬다. 자신이 안전해야 남에게 친절하게 대하려는 마음도 생기는 법이다. 이기적일지도 모르지만 죄는 아니다. 돈이 없는 사람이 남에게 금전적인 도움을 줄 수는 없다.

"남의 아픔을 상상하지 못하는 사람을 저는 절대로 용서할 수 없어요."

마이코의 말은 간단했다. 마이코의 분노는 거기에 집약된 걸까. 상상력의 결여. 상상력이 없는 사람은 남에게 친절을 베풀수 없다. 마이코가 하려는 말도 이해가 가지 않는 건 아니었다.

료가 이해하지 못하는 까닭은 헤이토 씨를 잃고 마이코가 얼마나 마음이 아팠을지 상상하지 못하기 때문인지도 모른다. 부모님을 테러로 잃어 크게 상심했으면서도 마이코의 마음은 상상이 되지 않았다. 마이쿠는 이런 사람에게 분노하는 것이리라.

"헤이토 씨를 좋아하셨나요?"

진부한 질문이기는 했지만 거리낌없이 물었다. 마이코의 슬픔에 공감하고 싶었다.

"모르겠어요. 아니요, 좋아했어요. 하지만 모르겠네요."

처음으로 마이코의 표정이 변했다. 눈썹을 찡그리며 고개를 살짝 저었다.

"저도 제 마음을 모르니까 헤이토 씨와 더 많은 이야기를 하고 싶었어요. 제 마음도 확인하지 못한 채 헤이토 씨를 떠나보내다니 너무 원통했어요."

마이코는 입을 꾹 다물었다. 입을 다물어 솟구치는 감정을 가두려고 애쓰는 것처럼 보였다.

"저도 일본에 친절한 사람이 많다는 건 알아요. 하지만 그때는 없었죠. 헤이토 씨가 천식 발작으로 괴로워하고 있을 때 주변 사람들은 모두 보고도 못 본 척했어요. 헤이토 씨가 아는 사람이었다면 절대로 무시하지 않았을 거예요. 하지만 모르는 사람이니까 바닥에 쓰러져 끙끙 앓고 있어도 괜찮냐고 물어보지 않은 거죠. 이해해요. 헤이토 씨는 조직폭력배처럼 무섭게 생겼으니까 말을 붙이기가 쉽지 않았겠죠. 저도 그건 알아요. 하지만 헤이토 씨는 그런 사람이 아니었어요. 왜 아무도 몰라준 걸까요. 전혀 무서운 사람이 아니었는데. 겉모습 탓에 죽다니 도저히 받아들일 수 없었어요. 저는 그날 그 순간에 만화방에 있던 사람들만 미워하고 싶었어요. 하지만 그 사람들이 누군지 알아낼 수가 없었죠. 그러니 일본 사회의 문제라고 받아들이는 수밖에요. 저는 일본 사회 전체가 친절하다면 헤이토 씨는 죽지 않았을 거라는 넋두리에 사로잡히고 말았어요."

아아, 똑같다. 료는 드디어 공감할 수 있었다. 료 또한 부모님이 돌아가신 후에 넋두리에 사로잡혔다. 그때 부모님의 외출을 말렸다면. 신주쿠가 아니라 다른 곳에 가라고 권했다면. 아무 의미도 없지만 한번 빠지면 헤어나기 힘든 넋두리의 늪. 료와 마이코는 그저 행동력에 차이가 있었을 뿐인지도 모른다. 마이코는 증오할 대상을 찾았고 료는 찾지 못했다. 그저 그뿐이었다.

마이코는 괴로운 듯이 얼굴을 찡그리고 말을 이었다.

"하지만 가타쿠라 씨의 부모님과는 상관없는 일이죠. 저는 아무 관계없는 수많은 사람들을 제 증오에 끌어들였어요. 가타쿠라 씨의 인생도 저 때문에 달라졌고요. 저는 언젠가 이런 날이 올 줄 알았어요. 자신의 죄와 직면하는 날이."

마이코가 자신의 죄라고 표현해서 다시금 놀랐다. 역시 거짓말이 아니었나. 정말 마이코가 최초의 도베인가. 도베는 인터넷을 이용하여 다른 도베와 레지스탕스들을 부추겼다고 한다. 마이코는 일본에 있었을 때 헬프 데스크라고 불리는 부서에 근무하며 컴퓨터에 생긴 문제를 해결했다고 했다. 쿠알라룸푸르에도 아이들에게 컴퓨터를 가르치는 자원봉사자로 파견됐다고 들었다. 마이코에게는 그런 일을 저지를 만한 능력이 있었음을 새삼스럽게 깨달았다.

"오늘은 가타쿠라 씨 좋을 대로 처분해주십사 하는 생각에서 뵙자고 했어요. 저는 가타쿠라 씨의 원수예요. 복수를 당해 죽어도 싼 인간이죠. 부디 부모님의 복수를 하세요. 가타쿠라 씨께는 그럴 권리가 있어요."

마이코는 예상도 하지 못했던 말을 꺼냈다. 하지만 마이코가 최초의 도베였다고 고백한 후에도 복수할 생각은 전혀 들지 않았다. 마이코의 말이 전부 사실이라면 분명 부모님의 원수다. 그럼에도 미워하는 감정은 솟지 않았다.

"전 못 해요. 당신을 미워할 수 없어요."

힘없이 말하자 마이코는 목소리를 높였다.

"왜요? 저는 일본 사회를 혼란에 빠뜨린 장본인이에요. 벌을 받는 게 당연한 인간이라고요. 왜 저를 미워하지 않는 건데요. 저는 이렇게도 괴로울 만큼 증오에 물들었는데 당신은 어째서 부모의 원수를 미워하지 않나요?"

답은 바로 떠오르지 않았다. 그래도 막연하게 움직이는 마음을 좇을 수는 있다. 료는 자신의 마음을 들여다보며 말을 하나하나 골랐다.

"저는 쿠알라룸푸르가 좋아요. 여기 오고 나서 정말로 좋아하게 됐어요. 민족과 종교가 다양한데도 다툼은 전혀 없죠. 하지만 모두가 평등하기 때문은 아니에요. 실제로는 말레이계가 우대받는다는 건 니노미야 씨도 잘 아시겠죠. 정치판에서도 말레이계가 힘을 쥐고 있고, 부동산을 살 때도 말레이계가 우선이에요. 다양한 사람이 함께 살면 역시 평등하기는 힘들죠. 하지만 인도계도 중국계도 말레이계를 질투하거나 부러워하지 않아요. 하물며 미워하면서 자신의 권리를 소리 높여 주장하지도 않죠. 그랬다가는 평화를 잃는다는 걸 잘 알기 때문이에요. 저는 여기 와서 그들의 지혜를 배웠어요. 미워해도 아무 소용 없어요. 제가 복수하려고 당신을 죽이면 이번에는 당신 부모님이 저를 미워하겠죠. 한없이 이어지는 증오의 사슬을 끊으려면 누군가는 멈춰야 해요. 그렇다면 제가 멈출게요. 당신과 보낸 며칠이 정말 즐거웠으니까."

료가 신중하게 고른 말을 더듬더듬 꺼내놓는 동안 마이코의 눈은 점점 커졌다. 마이코는 전혀 생각지도 못한 발상이었는지도 모른다. 하지만 료의 마지막 한마디를 듣고 눈에 들어간 힘을 풀었다. 오늘 처음으로 지은 웃음처럼 보였다.

"저는 스스로를 가혹한 환경에 몰아넣으려고 JICA의 국제자원봉사에 지원했어요. 그런데 일본과 다름없이 살기 좋은 쿠알라룸푸르로 파견됐죠. 그리고 마침내 소규모 테러의 피해자 유족과 만났는데 그 사람은 저한테 복수하지 않겠대요. 다른 사람에게 벌을 내려달라고 청하다니 너무 염치없다는 뜻이겠죠."

료는 마이코의 자학적인 말투에서 위험을 느꼈다. 저도 모르게 한 발짝 다가서서 손을 뻗었다.

"니노미야 씨, 자살하려는 건 아니겠죠? 자살은 절대로 안 됩니다."

"걱정 마세요." 마이코는 명랑하다고도 할 수 있을 어조로 딱 잘라 말했다. "자살은 안 해요. 살아서 죗값을 치르는 게 앞으로 제가 할 일이라는 걸 깨달았어요. 저와 함께 보낸 시간이 즐거웠다고 말씀해주셔서 고마워요. 저도 가타쿠라 씨를 만나서 다행이에요. 언젠가 제 마음속의 증오가 씻겨 나가는 날이 온다면 전부 가타쿠라 씨 덕분이에요."

마이코는 가슴 한복판에 손을 얹고 눈을 감았다. 기도하는 모습처럼 보였다.

"이만 실례할게요. 이제 다시는 못 뵙겠죠. 하지만 가타쿠라 씨를 잊지 않을게요."

조용하게 인사한 후 마지막으로 마이코는 료의 눈을 똑바로 쳐다보았다. 그 검은 눈동자에 깃든 것은 결코 절망이 아닐 터였다.

마이코는 이제 다시는 못 만날 것이라고 했다. 하지만 료는 그 말에 동의하지 않았다. 마이코가 자신의 죄에서 눈을 돌리지 않고 속죄하는 삶을 산다면 언젠가 소식을 들을 날이 올 것이다. 그것은 바람이나 예측이 아니라 뚜렷한 확신이었다. 그러므로 료는 발걸음을 돌려 멀어져가는 마이코를 불러 세우지 않았다. 마이코의 이름을 다시 들을 날이 오기를 즐거이 기다리기로 했다.

옮긴이 | **김은모**

경북대학교 행정학과를 졸업했다. 일본어를 공부하던 도중에 일본 미스터리의 깊은 바다에 빠져들어 헤어나지 못하고 있다. 아직 국내에 소개되지 않은 다양한 작가의 작품을 소개하고자 노력하고 있다. 옮긴 작품으로 누쿠이 도쿠로의 『프리즘』, 『미소 짓는 사람』, 기타야마 다케쿠니의 『인어 공주』, 마리 유키코의 『여자 친구』를 비롯하여 우타노 쇼고의 '밀실살인게임' 시리즈, 미쓰다 신조의 '작가' 시리즈, 『애꾸눈 소녀』, 『모즈가 울부짖는 밤』, 『달과 게』 등이 있다.

나를 닮은 사람

초판 발행 2017년 9월 20일

지은이 누쿠이 도쿠로 | **옮긴이** 김은모 | **펴낸이** 염현숙

책임편집 지혜림 | **편집** 임지호 | **외주교정** 조소영
표지디자인 이경란 | **본문디자인** 이정민
저작권 한문숙 김지영 | **마케팅** 우영희 정진아 김혜연
홍보 김희숙 김상만 이천희
제작 강신은 김동욱 임현식 | **제작처** 영신사

펴낸곳 (주)문학동네
출판등록 1993년 10월 22일 제406-2003-000045호
임프린트 엘릭시르

주소 10881 경기도 파주시 회동길 210
문의 031-955-1901(편집) 031-955-8896(마케팅) 031-955-8855(팩스)
전자우편 editor@elmys.co.kr | **홈페이지** www.elmys.co.kr

ISBN 978-89-546-4563-8 03830

엘릭시르는 출판그룹 문학동네의 임프린트입니다.